비교문학과 텍스트의 이해

일본문학·문화의 경계

글쓴이

김정희 金靜希, Kim Jounghee 성신여자대학교 일어일문학과 강사

한정미 韓正美, Han Chongmi 단국대학교 일본연구소 학술연구교수

이부용 李芙鏞, Lee Buyong 한국외국어대학교 일본어통번역학과 강사

박일호 朴一昊, Park Ilho 성신여자대학교 인문과학대학 일어일문학과 교수

박진수 朴眞秀, Park Jinsu 가천대학교 인문대학 동양어문학과 교수

권정희 權丁熙, Kwon Junghee 성균관대학교 비교문화연계전공 강사

안영희 安英姬, An Younghee 계명대학교 교양교육대학 조교수

이병진 李秉鎭, Lee Byungjin 세종대학교 국제학부 일어일문학전공 교수

임다함 任다함, Yim Daham 고려대학교 글로벌일본연구원 연구교수

남상욱 南相旭, Nam Sangwook 인천대학교 일어일문학과 조교수

최재철 崔在喆, Choi Jaechul 한국외국어대학교 일본어대학 일본언어문화학부 교수

이충호 李忠澔, Lee Chungho 부산외국어대학교 일본어창의융합학부 조교수

한일비교문학·문화 총서 3

비교문학과 텍스트의 이해 일본문학·문화의 경계

초판인쇄 2016년 2월 15일 **초판발행** 2016년 2월 25일
엮은이 한일비교문학연구회 **펴낸이** 박성모 **펴낸곳** 소명출판 **출판등록** 제13-522호
주소 서울시 서초구 서초중앙로6길 15, 1층
전화 02-585-7840 **팩스** 02-585-7848 **전자우편** somyungbooks@daum.net **홈페이지** www.somyong.co.kr

값 26,000원 ⓒ 한일비교문학연구회
ISBN 979-11-5905-053-4 93830

한일비교문학·문화 총서 3

한일비교문학연구회 편

비교문학과 텍스트의 이해

일본문학·문화의 경계

Comparative Literature and Understanding of the Text
The Boundaries of Japanese literature and Culture

소명출판

나는 나를 볼 수 있을까? 내가 나를 보려면 거울과 같이 나를 비추는 매체를 이용해야 하고, 나의 뒷모습까지 알려면 다른 사람이 나에 대해 설명하는 말을 들어야 할 것이다. 라캉의 명제에 빗대어 말하자면 '나는 내가 없는 곳에 존재한다'라고 할 수 있는 것은 아닌가. 이른바 나의 존재는 타자를 통해 인식되고 이해되며 이미지를 얻는다고 할 수 있다. 그러한 타자 또한 바라보는 나에 의해 보여지고 이해되며 존재의 의미를 갖는다. 이러한 '나'와 '타자'의 모습을 드러내게 하려면 '비교'라는 '거울 비추기'가 유용한 전략적 방법이 되지 않을까. 이 책은 이러한 '비교'의 방법을 운용하여 일본문학·문화 텍스트를 읽고, 일본문학·문화가 어떻게 경계를 만들고 또 그 경계를 넘나들며 새로운 의미를 생산하고 있는가를 고찰한 결과물이다.

문학은 한 나라 또는 한 문화공동체 내에서 수직적으로 연속되는 역사적 관계를 만들어 가며, 동시에 수평적으로 타국 또는 타 문화공동체와 다양한 방식으로 교류하고 타 문학체계를 횡단하며 자기동일성을 구축한다. 비교문학은 바로 그러한 횡적 관계에 주목하며 그 횡단의 미학적 가치를 드러내게 하는 연구이다. 그렇기에 일본의 문학과 문화의 모습을 들여다보고 그 의미를 이해하고자 할 때에 '비교'라는 방법의 실천은 일본문학·문화 내부의 논리만으로는 볼 수 없는 새로운 관계와 특성을 보여줄 수 있을 것이다. 이것이 우리가 일본문학·

문화의 텍스트를 읽는 데 있어서 비교문학의 방법에 의거하는 이유이다. 이 방법을 통해 일본문학·문화 안에서 종적으로 계승되고 발전되어 온 미적 체계와 현상을 규명할 뿐만 아니라, 서구문학 및 동아시아 문학과 접촉하고 교류하며 횡적으로 전개된 변용의 양상과 동인을 그려낼 수 있을 것이다.

비교문학은 주지하는 바와 같이 19세기 낭만주의시대 이후 프랑스를 중심으로 하는 유럽 문학이 자국 중심의 단일한 국민문학적 연구체제로는 자신들의 문학이 가지는 다양한 현상을 설명할 수 없게 되자, 타국 문학과의 상호연관성을 실증적으로 밝히고자 하는 것에서 출발하였다. 그러나 1940년대에 미국에서 신비평이 대두되면서, 유럽의 비교문학은 영향 관계에 중심을 두고 지나치게 과학적 실증성을 강조하여 문학의 심미적 가치를 소홀히 하였다고 비판을 받게 되며, 이후의 비교문학은 비교 대상의 문학성과 미학적 가치를 중시하여 작품에 내재된 미적 규칙성을 찾으려는 방향으로 나아갔다. 이러한 비교연구는 엄정한 영향 관계의 규명이라는 속박에서 벗어나게 되고, 다른 학문 분야와도 연계되며 그 영역이 확장되었다. 현재의 비교문학은 이 두 가지 방법의 혼용과 융합을 지향하고 있고, 우리들의 글 또한 실증적 규명과 미학적 가치의 중시라는 양 방향을 오가고 있다. 그러나 비교 대상의 무제한의 확장과 자의적 선택을 경계하며 일본문학·문화의 텍스트를 비교의 시선으로 읽고, 비교문학이 개별 문학의 틀을 넘어 세계성을 추구하는 '경계 넘기'의 속성을 지닌 연구라는 관점을 공유하며 민족·국가·언어·문화·지(知)의 체계 등의 경계를 넘어선 다양한 미학적 현상과 관계를 밝히고자 하였다.

이 책의 글은 크게 3부로 구성되어 있다. 제1부 '텍스트의 경계'에서는 일본의 신화와 설화, 고전소설을 대상으로 하여 텍스트는 작가에 의해 만들어진 정적 고형물이 아니라 해석하는 주체가 관여함으로써 확장되어지는 의미의 동적 공간임을 확증하고, 해석의 의도에 따라 변용되는 텍스트의 표상과 의미 생산의 다이너미즘, 텍스트 생산 방식의 계승 양상을 규명한다. 「『고사기』의 세계관이 만드는 아메노히보코 이야기―『일본서기』와의 비교를 통해」는 아메노히보코 이야기를 중심으로 『고사기』와 『일본서기』를 비교하여 양 텍스트가 표상하고 있는 세계인식의 차이를 규명하며 신화의 텍스트론적 분석의 의의에 대해 논한다. 「모노가타리 문학(物語文学) 속의 고료신앙(御霊信仰)―『니혼료이키(日本霊異記)』와 『곤자쿠모노가타리슈(今昔物語集)』의 나가야노 오키미(長屋親王) 설화의 비교를 중심으로」는 인용의 단편이 모자이크를 그려내는 상호텍스트성에 주목하며 사자의 원령에 대한 공포로부터 비롯된 고료신앙이 설화 텍스트 사이에 어떻게 변주되고 차이를 만드는가를 고찰한다. 「서도 전수를 통해 본 고전 텍스트의 연환(連環)―『겐지이야기』를 중심으로」는 『겐지이야기』에 그려진 붓글씨 쓰기 전수를 중심으로 고전시대의 교육 방법을 구체적으로 고찰하며 텍스트의 생성과 순환의 메커니즘을 규명한다.

제2부 '장르의 경계'에서는 일본문학의 장르가 타 문학의 장르와 만나고 이를 수용하는 과정에서 본래의 실체적 성격을 강화하기도 하고, 또 한편으로는 경계를 무너뜨리며 새로운 양식으로 확장 또는 진화하는 양상을 고찰한다. 그리고 문예의 양식이 한어(漢語)·서구어·한국어·일본어라는 언어의 경계를 넘어 다른 언어 환경 안으로 수용되는

과정과 규칙성의 변화, 실험성의 의의 등에 주목하며 일본문학 장르에 대한 비교시학의 가능성을 추구한다. 「오토모노 야카모치[大伴家持]의 한문서—시서(詩序)에서 와카서[和歌序]로」는 한시문의 양식인 한문서가 『만요슈[万葉集]』의 가인을 통해 어떻게 와카 양식으로 변용되며 어떠한 미학적 의의를 가지는가 하는 문제를 논한다. 「근대 일본 번역 창가의 문예적 성격」은 창가의 교과서인 『소학창가집』 '초편'에 수록된 번역 창가의 가사를 수사·운율·음성적 효과 등과 같은 문체의 변주에 주목하며 장르론의 관점에서 분석하여 가사의 문예적 특성을 고찰한다. 「번역／번안의 분기—『장한몽』과 '번안의 독창성(originality)'」은 원작 『곤지키야샤[金色夜叉]』의 단일한 원천으로 환원되지 않는 복합적 의미망에서 '번안의 독창성'으로 간주되는 조중환의 신소설 『장한몽』의 정체성이 구성되는 방식에 주목하여, 1910년대 번안의 존재 방식의 의미를 분석하고, 근대적 번역／번안의 개념의 정착과 역사적 의의를 논한다. 「일본 사소설과 『외딴방』」은 사소설이라는 독특한 문학양식이 '일본'이라는 경계를 만드는 데 기여하였다는 사실을 확인하면서, 사실과 픽션의 경계, 소설 속의 사회성에 주목하여 신경숙의 『외딴방』이 가지는 사소설과의 유사성과 차이점을 규명한다.

　제3부 '문화의 경계'에서는 일본미술·영화·점령·'조선인'상·영웅 만들기 등을 키워드로 일본문화가 일본이라는 문화공동체의 경계를 넘어선 세계에서 어떻게 기능을 하고 있으며 타 문화와의 관계에 어떻게 작용하는가를 분석하고, 문화전달의 기제가 이른바 국가의 이데올로기 장치로서 어떻게 작동하고 있는가 하는 점에도 주목한다. 이를 통해 외적 요인에 의해 일본문화 체계에 변화가 일어나는 현상과

장(場)을 비교의 방법으로 드러내고자 하며, 일본문화에 보이는 미학적 일관성뿐만 아니라 그 안의 모순과 분열도 살펴본다. 「오카쿠라 덴신[岡倉天心]의 일본미술 발견과 야나기 무네요시[柳宗悅]의 공예를 둘러싼 근대의식」은 전략으로서의 일본미술이 어떻게 발견되어 일본 표상으로 기능하게 되는가, 그리고 근대비평으로서의 민중공예론이 어떠한 의의를 가지는가 하는 문제를 근대의식의 양상과 관련지어 논한다. 「잡지『조선공론』영화란의 탄생과 재조일본인의 영화문화」는 일제강점기의 재조일본인을 위한 종합잡지『조선공론』에 영화란이 생겨나는 배경과 과정을 탐색하고 편집 방침을 분석하여 그 영화란이 가지는 사회문화적 역할을 규명한다. 「검열과 글쓰기ー사카구치 안고의 점령기 텍스트들의 비교를 통해서」는 사카구치 안고의 점령기 텍스트를 중심으로 검열 시스템의 작동 양상을 분석하고, 작가에 있어서 검열이 가지는 의미를 고찰하며 전후 일본의 '점령' 표상 연구의 흐름을 재고한다. 「오오에 켄자부로[大江健三郎] 문학 속의 '조선인'상ー『만엔 원년의 풋볼[万延元年のフットボール]』을 중심으로」는 오오에 켄자부로의 문학 속에서 조선인의 이미지는 어떻게 그려지고 조선인과 일본인의 관계 양상은 문학적 장치로서 어떻게 기능하는가를 고찰하며 조선인 표상의 의미를 논한다. 「한국과 일본의 영웅 만들기 문화현상 비교ー구스노키 마사시게와 충무공 이순신 현창사업을 중심으로」는 동아시아 지역학적 관점에서 한일 양국의 영웅 현창 과정을 탐색하며, 양국의 문화적 배경에 의해 변용되어 가는 영웅의 모습과 영웅에 대한 인식의 차이를 고찰한다.

위와 같은 글을 담은 이 책은 한일비교문학연구회의 회원들이 비교문학 연구의 새로운 방법을 모색하며 일본을 탐구한 '한일비교문학·문화총서'의 세 번째 총서가 된다. 『비교문학자가 본 일본, 일본인』(2005)과 『번역과 문화의 지평』(2015)에 이어 2016년에 본 총서가 출간될 수 있었던 것은 무엇보다도 회원 선생님들의 연구회에 대한 각별한 애정과 연구에 대한 남다른 열정이 있어 가능했다. 집필에 참여해 주신 선생님들께 감사드리고, 학술적 조언과 격려로 힘을 주신 선임 회장님들과 회원 선생님들께 고마움을 전한다. 그리고 출판 환경의 어려움에도 불구하고 출간을 흔쾌히 수락해 주신 소명출판의 박성모 대표님과 공홍 편집부장님, 그리고 정성을 다해 섬세하게 편집을 해주신 채현아 선생님께 감사드린다. 끝으로 이 책을 통해 작게나마 일본을 이해하는 또 하나의 길이 열리기를 기대하며, 부족한 점에 대한 독자 제현의 기탄없는 질정을 바란다.

2016년 2월
한일비교문학연구회 회장 박일호

1부 텍스트의 경계

2부 장르의 경계

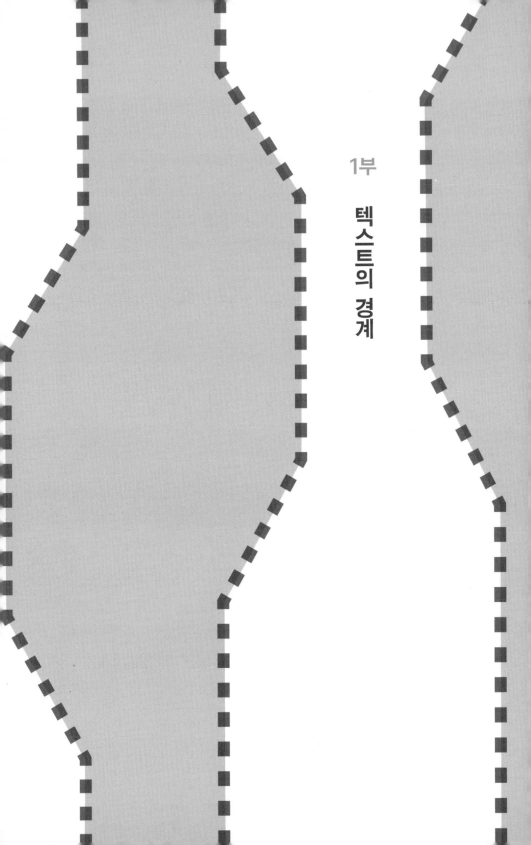

1부

텍스트의 경계

『고사기』의 세계관이 만드는
아메노히보코 이야기

『일본서기』와의 비교를 통해

김정희

1. 들어가며

8세기에 편찬된 『고사기(古事記)』『일본서기(日本書紀)』에는 왜(일본)에 온 신라 왕자 아메노히보코(『고사기』에 '천지일모(天之日矛)', 『일본서기』에 '천일창(天日槍)'으로 기록)에 대해 말하는데, 이는 언뜻 같은 내용을 말하는 것처럼 보이지만, 그 세부에 이르면 결코 같다고 말할 수 없다. 하지만, 과거 '기기신화(記紀神話 : 『삼국유사』『삼국사기』신화를 통칭하여 한국 신화라고 일컫는 것처럼 과거 일본에서는 『고사기』『일본서기』내용의 유사성으로 인해 '기기신화'라는 통칭을 사용하였다)'라는 말을 썼던 것처럼, 히보코 이야기도 여전히 '기기의 히보코 이야기'로서 『고사기』『일본서기』속의 히보코 이야기를 구별하지 않고 인용하는 경우가 많다. 이는 지금까지 히보코 이야기를 민속·전승·역사적 측면에서 접근하는 연구는 수없이 많았지만 텍스트 전체의 논리에 기초하여 왜『고사기』의 히보코 이야기가『일본서기』와의 차이를 보이는지 살피지 않았기 때문이다. 그런데,『일본서기』가『고사기』보다 월등히 많고 긴 분량의 한반도 관련 기사를 갖고 있는데 반해, 이 히보코 이야기만큼은『고사기』쪽이 더 많은 내용을 갖고 있다는 점도,『일본서기』와는 변별되는『고사기』세계를 파악하는데 있어서 히보코 이야기가 주요한 키워드가 될 것임을 추측케 한다. 그럼, 과연 히보코 이야기가『고사기』의 어떤 독자적 세계관과 맞물려 있을지 살펴보도록 하자.

2. 히보코 이야기의 위치

1) 문제의 소재

첫 번째로 히보코 이야기의 차이점은『고사기』가 히보코의 왜(倭) '도래(渡來)'를 응신천황대(15대)에 '옛날'에 있었던 이야기로 기술하는데 반해,『일본서기』는 히보코의 '래귀(來歸)'를 수인천황대(11대)에 있었던 이야기로 기술한다는 것이다. 이에 대해 간다히데오「아메노히보코」[1]에서는 "기타큐슈[北九州]와 야마토[大和]를 연결하여 세토[瀨戶]내해(內海) 일본이 완성되는 것은 경행천황의 서방 정벌 이후, 일본이 일본이 되는 것은 한국 정벌 이후다. 일본이 일본이 되어 있지도 않은데 귀

---

[1] 神田秀夫,「天之日矛」,『日本神話』, 有精堂, 1974, 218면.

화했다고 쓰는 것은 우스운 얘기다. 이것이 고사기를 쓴 야스마로의 상식이었을 것이다. 즉, 아메노히보코가 귀화했다고 쓰기 위해서는 응신천황대에 도달해야 한다고 생각한 것 같다"고 『고사기』『일본서기』 기사 내용을 혼용하여 쓰고 있다. 즉, 그는 『고사기』에는 '도래(단순히 바다를 건너왔다는 개념)'의 용례밖에 없고, '귀화(중화사상에 기초한 개념)'는 『일본서기』에만 나올 수 있는 개념이라는 점, 『고사기』는 천황의 세계를 '왜(중심지로서의 개념)'로 표기하지, 『일본서기』처럼 '일본(한반도에 대한 국명)'을 쓰지 않는다는 점 등을 간과하고 『고사기』『일본서기』의 내용을 뒤섞어 설명하고 있는 것이다.

그럼, 본격적으로 『고사기』『일본서기』의 차이를 부각시키기 위해 『일본서기』의 정문(일서가 아닌 正文)에 없고 『고사기』에만 나타나는 이야기를 '히보코와 혼인하는 히메고소 신' '히보코 계보 속의 다지마모리와 신공황후' '히보코가 가져온 신보(神寶) 신의 자식인 이즈시오토메 신과 하루야마(春山) 신의 혼인'이라는 세 가지 내용을 중심으로 살펴보도록 하자. 다음은 그와 관련된 『고사기』의 기사이다.

① 또한, 옛날에 신라국왕의 자식이 있었는데 이름을 아메노히보코라 한다. 그 사람이 도래하였다. 도래한 이유는 신라국에 한 늪이 있었는데 이름은 아구누마라고 한다. 그 늪 옆에 한 천한 여자가 낮잠을 자고 있었다. (…중략…)

그리하여 그 여인은 낮잠 잘 때부터 태기가 있어 붉은 구슬을 낳았다. (…중략…)

그 구슬을 갖고 와서 바닥 옆에 두니 곧 아름다운 여인으로 변했다. 곧바로 결혼하여 적처(嫡妻)로 삼았다. (…중략…) 그리하여 그 나라 왕의 아들이 교만하여 부인을 나무라니 그 여인이 말하길, '무릇 나는 당신의 처가 될 여자가 아니다. 내 조국으로 가겠다'라고 말하며 곧바로 몰래 작은 배를 타고 도망쳐 건너가 나니와[難波]에 머물렀다.

(이는 나니와의 히메고소 신사에 있는 아카루히메 신이다)

② 이에 아메노히보코, (…중략…) 곧바로 뒤쫓아 건너와 나니와에 도착하려는 순간 해협의 신이 막고 나니와에 들여보내주지 않았다. 때문에 다시 돌아가 다지마에 도착했다. 그곳에 머무르며 (…중략…) 낳은 자식이 다지마모로스쿠, 그 자식은 다지마히네, 그 자식은 다지마히나라키, 그 자식은 다지마모리, 다지마히타카, 기요히코(3명)였다. (…중략…) 다지마 히타카가 그의 조카인 유라도미와 혼인하여 낳은 자식으로 가즈라키노타카누가히메노미코토[葛城之高額比賣命]가 있다.(이는 오키나가타라시히메노미코토[息長帶比賣命]의 선조다)

③ 그리하여 아메노히보코가 갖고 건너 온 물건은 옥진보라고 하여 (…중략…) 거울 두 개를 합하여 8종이 된다.(이는 이즈시의 야마에 대신이다)

그리고 이 신의 딸, 이름은 이즈시오토메가 있었다. (…중략…) 그때 두 명의 신이 있었는데 형의 이름은 아키야마노시타히오토코[秋山之下氷壯夫], 동생 이름은 하루야마노카스미오토코[春山之霞壯夫]이다. (…중략…)

그러자 그 어머니, 등나무 넝쿨을 뜯어다 하룻밤 사이에 옷과 버선 신발을 만들고, 활과 화살을 만들었다. 그리고 아우에게 그 옷을 입히고 활과 화살을 주어 그녀(이즈시오토메)의 집에 보내니, 그 의복과 활과 화살이 모두 나무 꽃으로 변했다. (…중략…) 이때 하루야마가 그녀의 뒤를 쫓아 방으로 들어가 부부의 연을 맺었다. 그리하여 한 명의 자식을 낳았다.

①은 히보코의 혼인과 도래, ②는 히보코의 계보, ③은 도래한 이즈시야마에 대신(=8종의 신보)의 딸과 하루야마의 혼인을 말하는 부분이다.

여기서 우선 문제가 되는 것은 이 이야기의 삽입 위치다. 이 이야기는 오오야마모리노미코토의 반란에서 오오사자키노미코토(훗날의 인덕천황)가 천하를 다스리기까지의 황위계승을 둘러싼 이야기와 응신의 자손 계보 이야기 사이에 실려 있는데, 왜 이 이야기가 중권의 말미를 장식하는 응신천황대에 실려 있는지 의문시되어왔다. 히보코의 5대손에 해당하는 신공황후의 신라정벌 이야기도 중애천황대(14대)에 있고, 히보코의 현손(손자의 손자)에 해당하는 다지마모리 이야기도 4대를 거슬러 올라가 수인천황대(11대)에 있으므로 응신천황대(15대)에 '또한 옛날'로 시작되는 히보코 이야기는 이상한 삽화라고 말하지 않을 수 없다. 『일본서기』정문(正文)이 히보코의 래귀(來歸)를 '3년 봄 3월에 신라왕자 아메노히보코 래귀하였다'라고 하여 수인3년 3월에 있었던 일이라 하고, 『일본서기』의 이전(異傳)이 히보코 이야기와 유사한 이야기인 쓰누가아라시 등의 귀화를 '미마키시로 천황대(10대 숭신천황)에 있었던 일이라 하여 역사적 실체화하는 것과는 다른 기술 방식이다.

이 문제에 대해 사카시타케이하치 아메노히보코 이야기」[2]에서는 아메노히보코 계보 말미에 오키나가타라시히메(신공황후)의 이름이 보이는 것에서 『고사기』가 신공황후의 혈연상 '정벌의 합리화'를 말하기 위해 히보코 이야기를 중권의 마지막인 응신천황대에 실었다고 말한다. 마찬가지로 사카모토마사루 「응신기의 구상」[3]에도 '아메노히보코 계

2　阪下圭八, 「天之日矛の物語」, 『古事記の語り口』, 笠間書院, 2002, 193면.
3　坂本勝, 「応神記の構想」, 古事記学会 編, 『古事記研究大系 3 ─ 古事記の構想』, 高科書店,

보에 신공황후가 신라왕자의 후예인 것을 기록한 것은 함께 신라토벌을 필연화 또는 정당화하기 위해'라고 말한다. 그러나 '정벌의 합리화' 때문이라면 이 히보코 이야기를 신공황후의 신라정벌 전에 신공황후의 계보와 함께 싣는 편이 위화감 없이 읽을 수 있는 게 아닌가?

2) 히보코 이야기와 중권을 맺는 응신천황조

그럼, 왜 『고사기』는 히보코 이야기를 중권 말미 응신천황 자손 계보 앞에 실은 걸까? 이야기를 거슬러 올라가 신라정벌을 지시하는 신의 탁선을 보자. 여기서는 '무릇 이 천하는 네가 다스릴 나라가 아니다.' '무릇 이 나라는 네 배 속에 있는 아기(응신)가 다스려야 할 나라다'라고 하여, 아마테라스(천조대신, 황조신)가 응신천황(중권에서의 마지막 천황)의 '나라' 지배를 지시하는 기사를 싣는다(14대 중애천황조). 신무천황(1대)조에도 아마테라스와 다카키 신의 의지가 인간 세상에 발현되긴 하지만, 그것은 다케미가즈치 신에게 아시하라나카쓰쿠니의 평정을 명하는 것에 국한될 뿐, '천황'으로서 지상세계(천하)를 지배하는 것을 지시하고 있는 것은 아니다. 요컨대 응신천황대에 이르러 아마테라스에 의해 천하지배의 정당성이 부여되었다는 것이다.

중권에서는 동서의 날뛰는 신과 사람들이 복속되고 마지막으로 한국에 대한 정벌과 혼인이 행해지는데, 여기서 작용되는 신들의 지도와

1994.

도움은 중권에만 보이고, 하권에는 일체 나타나지 않는다. 하권 이후에는 신도 히토코토누시 신밖에 나오지 않는데, 이 신도 천황과 마주칠 뿐으로, 천황 지배에 아무런 관여도 지시도 하지 않는다. 즉, 하권 이후는 신의 지도나 도움을 필요로 하지 않는다는 것이다.

그렇다면, 응신천황대에 신의 관여가 불필요한 시대가 완성되었다는 것을 나타내기 위한 하나의 장치로서 이 응신 천황대에 히보코 이야기가 삽입된 게 아닐까? 특히 하루야마의 어머니[御祖]가 아들인 하루야마와 이즈시오토메 신(이즈시 하치마에 대신(히보코가 가져온 신)의 딸)의 혼인을 위해 의복과 활·화살을 만드는데 이것이 혼인을 앞둔 늦은 봄에 피는 등나무 꽃으로 변하는 장면은 주목할 만하다. 도래인(히보코)과 토착신(아카루히메 신)의 결합, 토착신(하루야마)과 도래신의 자손(이즈시오토메 신)이 결합됨으로서 만물의 소생을 의미하는 하루야마의 시대가 새로운 시대로서 막을 열게 되는 것(하권의 시작)이다.

요컨대, 히보코 이야기와 그에 이어지는 하루야마 아키야마 이야기는 이야기의 초점을 '정벌'에서 '혼인'으로 이행시키고 있다. 『고사기』는 이 이야기를 통해 도래인(물건·신)도 신의 의지에 의해 평화적으로 천황지배의 질서화에 편입되고, 천황의 세계에 '혼인'으로 맺어졌다는 것을 보여주고 있다. 바꿔 말하면, 『고사기』는 도래물(신)과 토착신의 결합을 중권의 마지막에 얘기함으로서 『고사기』세계가 신의 관여가 불필요한 새로운 시대를 맞이할 수 있었다는 것을 보여주고, 그러한 세계의 확인을 하권의 시작인 인덕천황의 '구니미(높은 곳에 올라가 자신의 치하(사방)를 둘러보는 것)기사로서 나타내고 있다는 것이다.

3. 혼인 이야기

그럼, 위에서 말한 '혼인'에 대해서 좀 더 구체적으로 살펴보자. 『고사기』의 히보코 이야기가 『일본서기』에 비해 단적으로 다른 점은 히보코와 히메고소 신의, 도래한 신보(神賓)신의 딸과 하루야마 신의 '혼인'을 말하고 있다는 점이다. 이와 유사한 이야기를 싣는 『일본서기』(이전(異傳), 수인천황조) 오오가라[意富加羅]국의 왕자, 쓰누가아라시토의 이야기를 확인하면 다음과 같다.

일설에 말하길, 미마키[御間城]천황대에 (…중략…) 대답해 말하길,

'오오가라국왕의 자식, 이름은 쓰누가아라시토, 다른 이름은 우시키아리시치칸키라고 한다. 다른 사람에게서 일본국에 성황(聖皇)이 있다는 말을 듣고 귀화했다. (…중략…)

일설에 말하길, 처음에 쓰누가아라시토 (…중략…) 그 신돌[神石]이 아름다운 소녀로 변했다. 여기에 아라시토 크게 기뻐하며 교합하려고 하였다. 하지만, 아라시토가 다른 곳에 가 있는 동안 소녀는 금세 사라져 버렸다. 아라시토는 크게 놀라 자기 부인에게 묻기를 '소녀는 어디로 갔나' 부인이 대답하길, '동쪽을 향해 갔다'라고 말한다. 곧바로 찾아 쫓아갔다. 결국 멀리 바다 건너 일본국에 들어왔다. 찾던 소녀는 나니와[難波]에 와서 히메고소새[比賣語曾社]의 신이 되고, 또 도요[豊]국의 구니노구치[国前]군에 이르러 히메고소사의 신이 되었다.

『일본서기』의 중심적인 이야기를 이루는 '정문(正文)'에 히메고소신

의 기록이 없기 때문에 이전(異傳)의 기록을 들었는데 이를 보자면 『고사기』의 히메고소 신이 '적처(본처)'로 기록되고 있는데 반해, 『일본서기』의 이전(異傳)은 '소녀(동녀, 童女)'로 표현되고, 히메고소 신은 쓰누가아라시토와 맺어지지 않는다. 신라왕자건 오오가라 왕자건 『일본서기』에는 한반도의 왕자와 히메고소 신의 혼인이 없다는 것이다. 마찬가지로 『일본서기』에는 이어지는 하루야마 아키야마의 이야기도 없을뿐더러 히보코가 가져온 신의 딸과 하루야마 신과의 혼인도 없다.

『일본서기』가 한반도 왕자와의 혼인을 이야기하지 않기 때문에 히보코의 계보를 이야기하는 방식도 달라진다. 『고사기』의 히보코 이야기는 그 자손 계보 중 다지마모리의 도코요[常世]이야기(수인천황조), 신공황후의 신라정벌 이야기(중애천황조), 이즈시오토메 신과 아키야마신·하루야마 신의 이야기(응신천황조)가 이어지는데, 『일본서기』(정문(正文))에는 다지마모리도 신공황후도 히보코의 자손으로서 그 이름을 올리지 못하고, '신의 딸'로서 기록되는 이즈시오토메 신도 나오지 않는다.

즉, 신라 왕자와 히메고소 신의 혼인, 도래한 신보(神宝)신의 딸과 하루야마 신의 혼인, 또 그에 잇는 신공황후와 다지마모리의 계보는 『고사기』독자의 것인데, 이를 그저 '기기의 히보코 이야기'로 얘기하면 『고사기』가 말하고자 하는 바를 놓쳐 버리게 된다는 것이다.

『고사기』는 "또 옛날에 이름은 아메노히보코라고 한다. 그 사람이 건너 왔다. 건너온 이유는"이라는 히보코 이야기의 서두에서 그 말하고자 하는 요지를 보여주고 있다고 할 수 있다. 『일본서기』의 쓰누가아라시토는 '도래'가 아니라 '귀화'했다고 한다. '귀화'란 황제의 덕에 화하여 그 나라에 귀속한다는 중화사상에 기초한 개념이다. 그에 반해,

『고사기』의 히보코 이야기는 '옛날'에 있었던 일로서 신공황후의 조상, 다지마모리의 조상이 '도래한 이유'를 말하고, 혼인을 통한 도래인(물건)과 천황 세계와의 연계를 말한다. 『일본서기』의 히보코 이야기가 번국(蕃國)왕자의 조공이야기라고 한다면, 『고사기』의 히보코 이야기는 천황에의 헌상을 일체 말하지 않는 혼인과 혈연의 이야기인 것이다.

4. 고사기에 있어서의 세계 인식

1) 중심과 주변

그럼, 『고사기』의 어떠한 세계인식이 이러한 혼인이야기를 만든 것일까? 앞서 언급했지만 『고사기』에는 외부로부터의 호칭인 국호로서의 '일본'이 없고 이야기의 중심국으로서의 '왜'만 나오는데, 이 '왜'는 천황의 이름 앞에도 나오고 있다. 예컨대 신무천황의 이름에 대해 『고사기』는 '간야마토이와레비코노미코토[神倭伊波礼毘古命]'를, 『일본서기』는 '간야마토이와레비코[神日本磐余彦尊]'를 쓰고 있는데, 다른 천황의 이름을 보아도 모두 '왜'와 '일본'이 대응되어 쓰여지고 있다는 것을 알 수 있다. 『고사기』에는 '왜'가 『일본서기』에는 '일본'이 각각의 텍스트에 있어서 필연적으로 선택되어졌다는 것이다.

그 외에도 『고사기』 『일본서기』에서는 '왜'와 '일본'을 다음과 같이 기술하고 있다.

그 히코지 신, 곤란하여 이즈모로부터 왜(야마토)국으로 올라가려고 해서

—『紀』(신대(神代))

여기에 오키나가타라시히메노미코토, 왜로 올라 돌아갈 때

—『紀』(중애천황조)

다베[田部]를 정하고, 또한 히가시노 아와 수문(水門)을 정하고, 또한 요리를 관장하는 오오토모베[大伴部]를 정하고, 또 왜의 미야케[屯家]를 정하고, 또 사카테[坂手]연못을 만들어서 대나무를 그 둑에 심었다.

—『紀』(경행천황조)

그 국왕 (…중략…) '지금부터 이후엔 천황의 명령대로 (…중략…) 끊임없이 섬기겠다고 말했다. 그래서 이것으로 신라국은 미마카이[御馬甘]로 정하고, 백제국은 와타리노 미야케[渡の屯家]로 정했다.

—『紀』(중애천황조)

신라왕, (…중략…) "내가 듣기에 동쪽에 신의 나라가 있는데 일본이라 한다. 또한 성스런 왕이 있는데 천황이라고 한다. (…중략…) 해마다 남녀의 조공을 바치겠다. 지금부터 이후는 오랫동안 서번(西蕃)이라 칭하면서 조공을 끊지 않겠다."

—『紀』(중애천황조)

『고사기』의 신대와 중애 천황조의 기록은 이즈모로부터 왜국, 신라

로부터 왜에의 이동을 말하는 경우, '올라간다'를 사용하고 있다. 『고사기』안에서는 어느 지역에서도 '왜'에의 이동을 '내려간다'를 써서 표현하지 않는다. 세계의 중심축은 어디까지나 '왜'가 되는 것이다. 이것은 신대에 있어서 아시하라나카쓰쿠니[葦原中國]가 중심축이 되는 것과 일맥상통하는 부분이다. 『고사기』에서는 '아시하라나카쓰쿠니' 없이 서로 다른 나라들이 관계를 맺는 기술이 없다. 예컨대 고노시다카미쓰 『고사기의 세계관』[4]에서 말하듯이, 『고사기』의 신대는 언제나 '아시하라나카쓰쿠니'와 '황천국', '아시하라나카쓰쿠니'와 '네노가타쓰쿠니' '아시하라나카쓰쿠니'와 '해신국(海神國)'으로, '아시하라나카쓰쿠니'를 중심축으로 하여 신대의 세계를 구축하고 있는 것이다. 마찬가지로, 인대(人代)도 왜와 신라와의 관계, 왜와 백제와의 관계는 있지만 신라·백제 등 다른 나라들끼리 서로 관계 맺는 기사는 없다. 이것은『일본서기』가 일본과의 관련 없이 한반도 국가들끼리의 화해와 분열 이야기를 기록하는 것과는 다른 서술방식이다.

『일본서기』는 신라로부터 명명되는 국호(왕조명)[5]로서의 '일본'을 말하고, 일본은 '신국(神國)', 신라는 '번국(蕃國)'으로 규정하는데 반해, 『고사기』의 '왜'는 밖으로부터 불리우는 장면이 없다. 또한 상기와 같이 『고사기』의 백제의 미야케도 '바다를 건넌 곳'에 있는 '미야케'로 왜의 '미야케'와도 구별하지 않는다. 그에 반해, 『일본서기』는 한반도 안의 미야케를 '(내)관가'라고 표기하여, 기본적으로 열도내의 '미야케[屯倉]'

---

4 神野志隆志, 『古事記の世界観』, 吉川弘文館, 1986.
5 요시다 다카시는 왜가 종족명, 일본이 왕조명이었다고 말한다(吉田孝, 『日本の誕生』, 岩波書店, 1997).

와 구별하고 있다(열도내의 미야케 중 나씨[那津] 한 곳만이 미야케[官家]라고 되어 있으나, 이는 곡물들을 모아 비상시에 대비하는 곳으로 독특한 예라고 할 수 있다). 또한, 『일본서기』는 '왜의 여왕, 통역을 계속 시켜 조공하게 했다(신공섭정 66년)', 신라에서 온 인질에 딸려 온 자로서 '통역관 한명(효덕천황 대화 5년 5월)', '한의 부녀자[韓婦]가 있었는데 한어(韓語)를 써서 말하길(민달천황 12년 그해)' 등, 일본과 한(韓)이 각각의 언어 공간에 있다는 것을 나타내고 있는데 반해, 『고사기』의 경우는 이러한 용례 없이 마치 왜와 한국이 같은 언어공간에 있는 것처럼 생각되게 한다.

밖으로부터의 국호 호명이 없고, 열도와 한반도의 미야케를 구분하지 않고, 같은 언어 공간 속에 있는 것처럼 말하는 『고사기』의 서술방법, 이처럼 내부와 외부의 관계가 아니라, 중심(왜)과 주변(각국)의 관계밖에 없는 『고사기』의 세계 인식은 지금까지 확실치 않다고 말하여져 왔던 『고사기』의 기사들이 왜 그렇게 쓰이게 된 건지 그 답을 제시해 준다. 신라를 정벌했음에도 불구하고 백제를 바다 건너 미야케로 했다는 것(중애), 신라인을 데리고 백제 연못을 만들었다는 것(응신), 백제의 조공에 한의 대장장이와 함께 오(吳)의 사이소[西素]가 말하여지는 것 등, '한(韓)' '백제' '신라' '오'는 서로의 경계가 모호한 채 왜의 주변국으로서 천황 세계로 편입되고 있는 것이다. 그렇게 애매한 경계 속에서 『고사기』의 세계는 『일본서기』와는 다른 혼인 이야기를 만들어가게 되는 것이다.

2) 『고사기』의 천하

그럼 도대체 이러한 세계 인식은 어디에서 유래되고 있는 것인가? 『고사기』『일본서기』에서는 천황의 치하를 나타내는 말로서 반복해서 '천하'를 쓰고 있는데, '천하'란 중국 한적에서 왕조 교체시기에 스스로의 정통성을 부각시키려는 문맥이나 춘추전국시대에 통일국가를 이루고자 하는 문맥에서 많이 쓰인 말이다. 그런데, 『고사기』『일본서기』의 '천하'가 한적의 '천하'를 모방한 개념이라는 것은 많은 학자들이 지적한 바와 같지만, 지금까지 중국의 어느 시대의 어떠한 천하관이 『고사기』에 반영되어 어떤 식으로 『일본서기』와는 다른 한국 관련 기사가 만들어졌는지에 대해서는 논해져오지 않았다.

그럼, 이를 살피기 위해 '천하'와 관련된 '사방(四方)'[6]과 '중국',[7] '사이(四夷)'[8]라는 용례에 주목하여 다음의 예를 보도록 하자.

> 하늘 아래[薄天之下] 왕의 땅이 아님이 없고, 온 땅 끝까지 왕의 신하가 아닌 이가 없다.
>
> ―『시경』(곡풍지십(谷風之什))

백성들은 고달퍼라 조금이라도 편하게 했으면,

---

6 김한규 씨는 '사방'이란 성읍국가를 포괄적으로 가리키는 용어였다고 말하여, '사방'이 '천하'를 사용하기 이전의 개념이었다고 말한다(김한규,『천하국가』, 소나무, 2005, 46면).

7 '중국'은 서주 시대에는 주나라의 직할지를 가리켰지만 춘추시대에는 제후국의 영토를 가리키게 되었다고 한다(堀敏一,『中国と古代東アジア世界』, 岩波書店, 1993, 49면).

8 '사이(四夷)'란 동이·서융·남만·북적을 가리킨다. 『小学紺珠』(地理類), 中華書局, 1987, 52면.

이 중국을 사랑하여 온 세상(四方)편안하게 했으면

—『시경』(대아)

옛날에 주공(무왕의 동생)은 관숙·채숙(다른 형제들)이 왕과 화친하지 못해서 나라가 멸망할 것을 근심하여 친척을 제후로 봉하여 주나라 왕실의 울타리로 삼았다 (…중략…) 덕으로서 중국을 감화하고 형(刑)으로서 사방의 오랑캐를 경계했다.

—『춘추좌씨전』(희공(僖公))

문(文)·무(武)·성(成)·강(康)이 이복 동생들을 세워 주나라의 변방을 지키게 한 것은 왕실을 보좌하여 쇠퇴함을 막게 하기 위함이다.

—『춘추좌씨전』(소공(昭公))

천하에 명산이 8개 있다. 그리고 3개는 오랑캐[蠻夷]에 있고 5개는 중국(中國)에 있다.

—『사기』(효무본기(孝武本紀))

소위 유자(유학자)가 말하는 중국이란 천하에 81분의 1정도일 뿐이다.

—『사기』(맹자순경열전(孟子荀卿列傳))

각각의 성립연대는 미상이지만 적어도 『시경』(서주 초기(B. C. 11세기)) ~춘추 중기((B. C. 6세기)까지의 시 모음) → 『춘추좌씨전』(전국시대 성립(B. C. 5세기~B. C. 3세기)) → 『사기』(전한 시대 성립(기원전 91년경))의 순으로 성립되었다는 것은 말할 수 있을 것이다. 여기서 '천하'란 주나라 직할지를 의미하는 '중국'만을 가리키는 경우와 사방의 이민족(만이융적(蠻夷戎狄))도 포함하는 광역을 가리키는 경우가 있다. 『시경』의 단계에서는 중심지로서의 '중국'과 그 확대를 가리키는 '사방'이 보이며, 이는 이적(오랑캐)을 포함하지 않고 혈연을 기반으로 하는 '천하'로 간주된다. 한편, 『춘추좌씨전』에 보이는 '천하'의 용례도 혈연을 기반으로 하는 주왕실의 치하를 가리키는데, 이것이 중국과 사이(四夷)를 포함하는 세계를 가리키는 건지는 확실치 않다. 중국과 이적을 포함하는 세계로서의 '천하'가 나타나는 확실한 예는 한대(漢代)에 성립한 『사기(史記)』로, 적어도 한대에는 광역의 의미의 '천하'가 쓰였다고 볼 수 있다.

여기에 이춘식 『중화사상』에서의 발언이 주목을 끈다. 즉, 은나라, 주나라는 동일혈연을 기반으로 하는 씨족사회로서 주왕실과 제후는 본가와 분가의 관계이고, '나라'의 개념은 '집'의 확대이기도 했기 때문에 가족에게 '형(刑)'을 내리지 못하고, '예(禮)'로서 규제하는 시대였다고 한다. 환언하면 한대(漢代) 이전에는 혈연 사회, 예의로 규범지우는 씨족사회로, 외부를 갖지 않는 '천하' 관념이 사용되어졌다는 것인데, 이러한 중국의 천하 관념을 염두에 두고 다음의 『고사기』의 기사를 확인해 보면 어떨까?

① 『고사기』에는 중국(천하에 포함되지 않는 외부)에 관한 이야기가 없다.
② 히보코의 혼인을 통해 '한(韓)'과 '왜'는 혈연관계로 맺어진다. (신공황후 등)
③ '왜의 미야케[倭屯家]'처럼 백제는 '바다 건너 미야케[渡屯家]'라고 기록

되는 등 왜와 한의 경계 구분이 모호하고, 한국을 차별시하는 용례가 없다. 또한, 천하의 구성 요소로서 '집[家]'을 들고 있다.

④ 구마소 등의 토벌 기준은 '예(禮)'의 유무에 있다. '도(道)'에 대해서는 말하지 않는다.

⑤ 인덕 천황의 나라 보기[國見] 경우, '천하'가 아니라 '사방'을 보았다고 하며, 백성이 노역에 힘겨워하지 않으니 성제(聖帝)의 세상이라고 칭송한다.

⑥ 한반도 나라들 간의 이야기가 없다.

⑦ '왜'의 세계는 밖으로부터의 명명도 없고, 외부의 이적도 없다.

그에 반해 『일본서기』는 이렇게 말한다.

① 중국을 말한다. '수' '당'은 '동쪽의 천황, 삼가 서쪽의 황제에 아뢴다(추고16년 9월)'에서 알 수 있듯이 일본과는 별개의 대등적 세계로서의 외부가 존재한다.

② 히보코는 조공하는 신라왕자일 뿐이고, 일본과 혼인 관계로 맺어지지 않기 때문에 신공황후도 히보코의 자손으로 기록되지 않는다.

③ 기본적으로 열도내의 미야케[屯倉]와 한국의 미야케[(內)官家]를 구분한다. 한국을 차별시하는 기사를 싣는다. 천하의 구성요소는 '집[家]'이 아니라 '관가(官家)'이며 이는 조공의 기초 단위가 된다. 신라정벌 때도 지도와 호적을 봉인했다고 기록되며 귀화한 사람들을 호적에 편성했다고 하는 기사가 많이 보인다.

④ 『일본서기』안에서는 '예(禮)'와 '도(道)'가 세계규범으로 말하여진다. 하늘에 거역하는 것을 '무도(無道)'라고 하고(숭신천황 10년 9월), 무도함

은 추방이나 살해, 나라 멸망 등의 기사로 이어진다.

⑤ 인덕천황의 구니미[國見]의 경우, '사방'이 아니라 '역중(域中)'을 보았다고 하며 궁을 완성해서 성제라고 칭송받았다고 한다. '역중(域中)'은 『고사기』에는 없는 용례인데, 『노자』[9]에 의하면, '역중'이란 '도(道)·천(天)·지(地)·왕(王)'의 네 가지 큰 존재가 있는 나라 안을 가리킨다고 하며, '천·지·왕'의 세계는 절대적 가치가 있는 '도'의 규범에 의해 유지된다고 하였다.

⑥ 일본과 고(구)려(高麗) 사이, 일본과 신라 사이뿐 아니라 한반도 내 각 나라들 사이의 이야기가 그려진다.

⑦ '일본'의 국호는 한반도 국가들에 상대해서 쓰이며, 에미시 등의 동이(東夷, 경행27년 2월 등), 고려의 북적(흠명 9년 4월 등), 쓰쿠시이와이의 '서융(계체21년 6월, 8월), 탐라의 남만(신공49년3월) 등 중국의 이적과 유사한 사이(四夷)를 말한다. 『춘추사씨전』에 나타나는 '사이(四夷)'와 '번병(蕃屛)'의 용례는 『일본서기』에는 있지만 『고사기』에는 나타나지 않는다.

즉, 『고사기』의 세계는 은·주 시대처럼 각국이 전란에 휩싸여있지 않은 시대, 강력한 중앙집권 국가가 완성되어 있지 않은 시대, 각국이 혈연으로 맺어지고 '예'로 규범지우는 씨족사회, 사방의 이적을 갖지 않는 하나의 세계를 표방한다. 그러한 세계에 히보코 이야기는 혈연이야기, 혼인이야기가 될 수밖에 없고, 한반도 남부의 나라들은 천황의 세계에 외부로서가 아니라 왜의 주변에 있는 나라들로서 천황의 세계에 편입되어지고 있는 것이다.

---

9 阿部吉雄·山本敏夫 외, 『新釈漢文大系 老子·荘子上』, 明治書院, 1966, 52면.

5. 나가며

이상, 『고사기』의 히보코 이야기에 대해 『일본서기』와 비교하면서 히보코 이야기의 위치, 혼인, 세계인식이라는 세 절로 나누어 살펴보았다.

먼저, 『일본서기』의 히보코 이야기는 번국(蕃國)왕자의 조공이야기로서 기록되기 때문에 히보코와 신공황후와의 혈연관계를 나타낼 필요를 갖지 않고, 그것이 중권을 마감하는 응신조에 있을 필요도 없다. 또한 『고사기』 히보코 이야기와 유사한 내용을 갖는 『일본서기』의 쓰누가아라시토 이야기의 경우도, 일본 토착신과의 결혼이 이루어지지 않고, 도래가 아니라 귀화(오랑캐가 황제의 덕을 흠모하여 그 나라에 복속하는 것)의 용례를 갖게 된다.

이에 반해 『고사기』는 히보코의 '귀화'가 아니라 '도래'를 말한다. 『고사기』의 히보코 이야기는 신공황후도 히보코의 자손으로 나타나고 도래자(도래물(도래신), 도래인)와 토착인과의 결합이 기록된다. 『고사기』에서는 이 히보코 이야기를 신의 관여가 불필요한 새로운 시대(하권)를 맞이하는 조건으로 보고 있으며, 그 때문에 이 이야기는 중권을 맺는 응신 천황대에 혼인과 혈연의 이야기로서 나타나지게 된다.

이러한 차이는 『일본서기』가 한대(漢代) 이후의 외부로서의 이적(오랑캐)이 존재하고 그를 교화와 형벌로 다스리는 제국적 세계관을 표방하고 있는데 반해, 『고사기』의 세계는 그 이전의 외부를 갖지 않는 씨족 사회를 표방하는데서 빚어진다. 『고사기』의 히보코 이야기는 『일본서기』와 혼용될 수 없는 『고사기』의 독자적 세계관에 기초한 혼인과 혈연의 이야기인 것이다.

참고문헌

논문

神田秀夫,「天之日矛」,『日本神話』, 有精堂, 1974.

坂本勝,「応神記の構想」, 古事記学会 編,『古事記研究大系 3－古事記の構想』, 高科
　　　書店, 1994.

阪下圭八,「天之日矛の物語」,『古事記の語り口』, 笠間書院, 2002.

단행본

김한규,『천하국가』, 소나무, 2005.

이춘식,『중화사상』, 교보문고, 1998.

鎌田正,『新釈漢文大系 春秋左氏伝』(一), 明治書院, 1971.

_____,『新釈漢文大系 春秋左氏伝』(三), 明治書院, 1977.

堀敏一,『中国と古代東アジア世界』, 岩波書店, 1993.

吉田孝,『日本の誕生』, 岩波書店, 1997.

山口佳紀, 神野志隆志,『新編日本古典文学全集 古事記』, 小学館, 1997.

石川忠久,『新釈漢文大系 詩経』(中), 明治書院, 1998.

_____,『新釈漢文大系 詩経』(下), 明治書院, 2000.

水沢利忠,『新釈漢文大系 史記』(二), 明治書院, 1973.

_____,『新釈漢文大系 史記』(九), 明治書院, 1993.

神野志隆志,『古事記の世界観』, 吉川弘文館, 1986.

阿部吉雄・山本敏夫 외,『新釈漢文大系 老子・荘子上』, 明治書院, 1966.

坂本太郎・家永三郎 외,『日本古典文学大系 日本書紀』下, 岩波書店, 1965.

_____,『日本古典文学大系 日本書紀』上, 岩波書店, 1967.

『小学紺珠』(地理類), 中華書局, 1987.

모노가타리 문학[物語文学] 속의 고료신앙[御霊信仰]

『니혼료이키[日本霊異記]』와 『곤자쿠모노가타리슈[今昔物語集]』의 나가야노 오키미[長屋親王] 설화의 비교를 중심으로

한정미

고료신앙[御霊信仰]이란 개인이나 사회에 재화를 가져다주는 사자[死者]의 원령에 대한 공포로부터 비롯하여 이를 진무하기 위한 신앙을 가리킨다. 일반적으로 그것은 나라시대[奈良時代, 710~784] 말에서 헤이안시대[平安時代, 794~1192] 초두에 걸쳐 정변에 의하여 원한을 가지고 죽임을 당한 사람들의 영혼이 지벌을 내리지 않도록 위령하는 행위에서 시작되었다고 생각되고 있다.[1]

고료에 대해서는 민속학적으로는 사람을 신[神]으로 제사하는 풍습

---

1 鎌田東二, 「記紀神話にみる御霊信仰」, 『国文学 解釈と鑑賞』 第63巻 3号, 至文堂, 1998, 17면.

의 일환으로, 종교학적으로는 인격신(人格神)으로서 설명되고 있다. 역사학에서는 이러한 인격신의 성립이 나라시대에서 헤이안시대에 걸쳐서 귀족간의 권력 항쟁이 빈발하여 그 결과 실각(失脚)하거나 도읍에서 추방되거나 하여 권력자가 분사(憤死)하거나 하면 사자의 원령이 지벌을 내려 여러 재액을 가져다준다고 하는 믿음에서 발생하였다고 본다.[2]

지금까지 각 모노가타리에 나타난 고료신앙에 관한 연구는 종래로부터 진척된 바 있으나 모노가타리 전체에 있어서 각각에 투영된 고료신앙이 어떻게 변모해왔는가 하는 문제는 거의 다루어지지 않았는데, 이 장에서는 우선『니혼료이키』와『곤자쿠모노가타리슈』에 그려져 있는 고료신앙을 나가야노 오키미 설화의 비교를 중심으로 살펴보고자 한다.

1. 고료신앙의 생성

고료신앙이란 어떠한 신앙이었을까? 고료신앙은 어떻게 생성되어 전개된 것일까? 고료와 고료에[御霊会]가 문헌상에 처음 등장한 것은『삼대실록(三代実録)』조칸[貞観] 5년(863) 5월 20일 조항이다.

신센엔[神泉苑]에서 고료에를 거행한다. 칙령이 내려져 사콘에 츄죠[左近衛中将] 종4위하(従四位下) 후지와라노 모토쓰네[藤原基経], 우콘에 곤노츄

---

2   宮田 登, 「民間における御霊信仰」, 『国文学 解釈と鑑賞』第63巻 3号, 至文堂, 1998, 81면.

죠[右近衛権中将] 종4위하 가네유키[兼行], 나이죠노카미[内蔵頭] 후지와라노 아손 도키쓰래[藤原朝臣常行] 등을 파견하여 고료에를 보게 한다. 왕·구교시[王公卿士]가 모여서 같이 본다. 영좌(靈座) 6전(六前)에 궤연(几筵)을 놓고 꽃과 과일을 가득 진열하여 공경훈수(恭敬薰修)를 한다. 릿시[律師] 에타씨[慧達]를 불러 강사로 하여 금광명경(金光明経) 일부와 반야심경(般若心経) 6권을 연설하게 하고 우타료[雅楽寮]의 연주재[伶人]에게 명하여 아악을 연주하게 한다. 천황의 시종(侍従) 아이들 및 좋은 집안의 어린 아이들을 무인(舞人)으로 하여 대당(大唐)·고려(高麗) 춤을 추게 하고, 또한 잡기(雑伎)·산가쿠[散楽]를 서로 다투어 그 재능을 다하게 한다. 이 날은 선지(宣旨)가 있어서 신센엔의 4문을 개방하고 도읍인(일반 사람들)의 출입종관(出入縦観)을 허용하였다.(112~113면)[3]

위의 인용에는 신센엔[神泉苑]에서 고료에가 행해진 것이 기록되어 있는데, 세이와[清和] 천황은 궁중 신센엔에서 고료에를 개최하여 사츄죠[左中将] 후지와라노 모토쓰네와 우츄죠쥬[右中将従] 후지와라노 도키쓰라의 양 칙사를 신센엔에 파견시키고, 6개의 고료의 자리[靈座六前][4]를 설치하여 그 앞에서 릿시 에타쓰가 금광명경과 반야심경을 독경하고 우타료의 연주자에 의한 아악, 아동·어린 아이[稚児]에 의한 춤과 잡기·산가쿠(고대 중국의 곡예·마술·익살·흉내내기 등의 잡다한 예능) 등의 예능이 봉납되었다고 한다.

---

3 黒板勝美 編, 『新訂増補国史大系 第4巻 — 日本三代実録』, 吉川弘文館, 2005. 본 장(章)의 인용문의 번역은 필자에 의한 것임. 이하 같음.

4 당해기사(当該記事)에 「靈座六前」라고 되어 있는 것을 따랐으나 5좌라고 보는 설도 있다(井上満郎, 「御霊信仰の成立と展開」, 『民衆宗教史叢書 第5巻 — 御霊信仰』, 雄山閣, 1984).

이른바 고료란 스도 천황[崇道天皇], 이요 오키미[伊予親王], 후지와라노 오토지[藤原夫人] 및 관찰사(観察使), 다치바나노 하야나리[橘逸勢], 훈야노 미야타마로[文室宮田麻呂] 등이 그것이다. 모두 한결같이 주살되어 원혼이 역귀(疫鬼)[5]가 되었다. 근년 이래에 전염병이 빈발하여 사망이 굉장히 많았다. 생각건대 이 재해는 고료가 발생하는 곳이다.(113면)

고료는 '스도 천왕, 이요 오키미, 후지와라노 오토지 및 관찰사, 다치바나노 하야나리, 훈야노 미야타마로 등', 반역을 이유로 처벌된 사자의 억울한 영혼으로, 전염병 등의 재해는 '고료가 발생하는 곳'과 관련된 것이라고 기록되어 있다. 스도 천황은 스와라 친왕[早良親王]을 말하는 것으로 후지와라노 다네쓰구[藤原種継] 암살사건에 관계된 용의로 체포되어 스스로 금식을 하고 아와지[淡路]로의 이송 도중에 사망하였으며, 후지와라노 오토지는 이요 오키미의 어머니로 모자(母子)가 함께 모반(謀反)의 의혹으로 자살했다. 관찰사 후지와라노 나카나리[藤原仲成]는 구스코의 변(薬子の変, 고닌[弘仁] 원년(810)에 일어난 정변)으로 체포, 사살되고, 다치바나노 하야나리는 죠와의 변(承和の変, 죠와 9년(842)에 일어난 정변)에 연좌되어 유배 도중에 사망, 훈야노 미야타마로도 843년에 모반사건을 일으켜 이즈[伊豆]로 유배되었다. 후지와라노 나카나리를 빼고 다른 5영(霊)의 공통점은 모반죄로 자살하거나 유죄를 받아 유배지나 도중에 원한을 가지고 죽거나 한 것이어서 후지와라노 나카나리를 포

---

5 원문에 「冤魂成レ癘」라고 되어 있는데, '癘'는 역귀(疫鬼)를 가리켜 중국에서는 옛날부터 서욱(瑞頊)의 세 아들이 역귀가 되었다고 전해지고 있다(村山修一, 「御霊信仰とは」, 『国文学 解釈と鑑賞』第63巻 3号, 至文堂, 1998, 11면).

함시키면 비명에 죽은 사람의 영혼이라고 할 수 있다.

미야타 노보루[宮田登] 씨는 위의 '6인의 고료는 사자가 원령화되어 지벌을 발현하고 있는 것에 대한 명칭으로 특정 영혼에 대하여 경칭을 붙이고 있다'[6]고 말하고 있는데, 그것은 '원혼이 역귀가 되었다. 근년 이래에 전염병이 빈발하여 사망이 굉장히 많았다'라는 기술에서도 알 수 있듯이, 역병이 원혼(고료)에 의하여 야기된다고 생각하는 사고방식[7]이 '천하', 즉 사회에 만연해 있었기 때문이다.

경기(京畿)에서 시작하여 다른 지방에 이른다. 여름과 가을(夏天秋節)에 이르는 곳마다 고료에를 여는 것은 끊이지 않는다. 부처에게 절하고 경전을 설법하고 노래하고 또한 춤을 춘다. 어린 아이들은 치장을 하여 말 위에서 활로 화살을 쏘게 하고 근육질의 무사들은 웃통을 벗고 스모[相撲]를 하게 하며, 말을 타고 달리면서 활을 쏘는 기사(騎射)의 예능을 드리게 하고, 말을 달리게 하는 하시리우마[走馬]의 승리를 겨루게 하고, 연기자는 외설스러운 유희를 하며 서로 뽐내며 경쟁하게 한다. 모여서 보는 사람들(관객들)은 서로 밀치락달치락하지 않는 사람이 없다. 먼 곳이나 가까운 곳이나 인순(因循)이 되어 당분간 풍속이 되었다. 올 봄 초에 기침이 전염병이 되어 많은 백성이 쓰러졌다. 마침내 조정은 기도를 하기에 이르고 이 고료에를 거행하게 되었다. 이는 올해의 기원에 보답하는 법회인 것이다. (113면)

---

6 宮田 登, 앞의 글, 81면.
7 신타니 다카노리[新谷尚紀] 씨「御霊と祟り」(『国文学 解釈と鑑賞』第63巻 3号, 至文堂, 1998)에 의하면, 이와 같은 고료를 역신(疫神)과 같은 것이라고 간주하는 사고방식은 원령사상과 역신사상과의 습합(習合)에 의한 것임에 틀림없으나, 원령사상도 역신신앙도 8세기 후반에 고양(高揚)을 보이는 것으로 당시는 아직 양자가 결합되지 않았다고 한다.

고료에는 경기(교토[京都] 부근) 지방에서 시작하여 여러 고장으로 퍼진 것으로 여름에서 가을에 이르는 시기에 부처에게 절을 하고 경전을 설법하며 가무·기사(말 위에서 활로 화살을 쏘는 것)·스모·하시리우마·유희(遊戲) 등의 예능이 이루어지고 그것이 풍속이 되었다고 한다. 거기에 초봄부터 역병이 유행하여 백성이 많이 죽은 것을 걱정한 조정에서도 고료에를 행하기에 이르렀다는 것이다.

이토 유이신[伊藤唯真] 씨에 의하면, 원래 '고료'는 신령(神靈), 성령(聖靈) 등 존귀한 영혼을 가리키는 말로 원한, 원령을 의미하는 것이 아니라 음이 통하는 것에서 원령을 고료로 표기한 것이라고 보는 것도 하나의 견해이나, 정중히 제사지내야 하는 영혼이기 때문에 제사의 대상으로서 '고료'라고 경칭하게 되었다고 말하고 있다. 그러나, 이『삼대실록』의 기사에서 알 수 있는 것은, 고료란 스도 천황·이요 오키미 등 6좌의 '고료'를 효시로 한 것이고 고료신앙은 바로 이 궁중 고료에서 성립되었다고 말할 수 있는 것이다.

이와 같은 고료신앙이 문학 텍스트에서는 어떻게 묘사되고 있는 것일까? 이를『니혼료이키』와『곤자쿠모노가타리슈』의 나가야노 오키미 설화에 각각 나타나 있는 고료신앙을 서로 비교함으로써 이 문제에 접근해보기로 하자.

2. 『니혼료이키』에 있어서 고료신앙
—'오키미의 원령[親王の気]'

정치적으로 원한을 남긴 사자의 원령이 살아 있는 자에게 지벌을 내린다고 하는 생각은 옛날부터 있었다. 대표적으로 덴표[天平] 원년(729)에 참언(중상)에 의하여 음독 자살한 나가야노 오키미의 뼈가 바다에 흘려보내어져 도사노쿠니[土佐国]에 표착(漂着)하였는데, 그 무렵 도사노쿠니에서 백성이 많이 죽어 이것이 오키미의 원한에 의한 것이라고 하는 상소가 있었다. 『니혼료이키』에는 나가야노 오키미의 죽음에 이르기까지의 경위가 다음과 같이 기술되어 있다.

나라[奈良] 도읍에서 천하를 다스린 쇼무[聖武] 천황은 부처님 앞에서 큰 맹세를 하고 덴표 원년 봄 2월 8일에 사쿄[左京]의 간고지[元興寺]에서 성대한 법회를 열어 불(仏)·법(法)·승(僧)의 삼보(三宝)를 공양하였다. 태정대신(太政大臣) 정2위인 나가야노 오키미에게 칙명을 내려 승려들에게 식사를 올리는 직책의 장관으로 임명하였다. 때마침 한 승려가 버릇없이 취사장에 들어와 밥공기를 가지고 와 밥을 받으려고 했다. 오키미는 이것을 보고 상아 주걱으로 승려의 머리를 쳤다. 승려의 머리는 찢어지고 피가 흘러나왔다. 승려는 머리를 어루만지며 피를 닦고 너무나 원망스러운 듯이 울며 그 자리에서 모습을 감추어 그대로 행방도 알 수 없게 되었다. 그때에 법회에 모인 많은 승려나 사람들은 몰래 속삭이며 '왠지 불길하다. 좋은 일이 없을 거야'하고 서로 말했다. (119~120면)**8**

나가야노 오키미는 덴무(天武) 천황의 손자에 해당되고 아버지는 다케치노미코(高市皇子)[9]인데, 덴표 원년(729) 2월 8일에 간고지 대법회가 거행되어 나가야노 오키미는 승려들에게 식사를 올리는 직분에 임명되었다. 거기에 1명의 사미(沙彌)가 버릇없이 취사장에 들어와 밥공기를 쳐들어 밥을 받으려고 하자, 오키미는 이것을 보고 상아 국자로 사미의 머리를 쳤다. 이에 사미의 머리는 찢어지고 피가 나와 피를 닦으면서 원망스러운 듯이 그 자리에서 사라져버리는데, 법회에 모인 많은 승려나 사람들이 함께 몰래 오키미의 행동을 비판하였다는 것이다.

그리고 2일 후에 오키미를 시기 질투하는 사람이 있어서 천황에게 험담을 고하기를 '**나가야노 오키미는 국가를 쓰러뜨리려 꾀하고 천황의 자리를 빼앗으려 하고 있습니다**'라고 아뢰었다. 천황은 매우 화가 나 군병을 보내어 오키미와 싸우게 하였다. 오키미는 이길 가망이 없다고 생각하여 '자신은 이렇다 할 죄도 없이 체포된다. 체포되면 반드시 죽임을 당할 것이다. 다른 사람의 손으로 죽임을 당하느니 자살하는 편이 낫겠다'하고 각오를 했다. 그리하여 아들과 손자들에게 독약을 먹이고 목졸라 죽인 후에 오키미 자신도 독약을 마시고 자해하였다. 천황은 칙명을 내려 그 시체를 성 밖에 버리고 태워 부숴서 강에 던져 바다에 버리게 하였다.(120면)

2일 후에 오키미에 대하여 중상하는 자가 나타나 '나가야노 오키미

8 中田祝夫 校注·訳, 『新編日本古典文学全集 10 − 日本霊異記』, 小学館, 2001.
9 『속일본기(続日本紀)』 덴표 원년(729) 2월 13일 조항에 '갑술, (…중략…) 나가야 왕은 덴무(天武) 천황의 손자, 다케치노미코(高市親王)의 아들'이라고 되어 있다(青木和夫 他 校注, 『新日本文学大系 13 − 続日本紀 2』, 岩波書店, 1990, 207면).

는 국가를 쓰러뜨리려 꾀하고 천황의 자리를 빼앗으려 하고 있습니다'라며 천황에게 험담을 아뢰었다. 이에 천황은 매우 화가 나 군병을 파견하여 오키미와 싸우게 하였다. 오키미는 '죄가 없는데(罪无くして)'라고 생각하면서도 붙잡히면 반드시 죽임을 당할 것이라고 생각하여 자손들과 함께 독약을 먹고 목을 졸라 죽인 후에 오키미 자신도 음독 자해하게 된다. 이에 천황은 일족의 시체를 성 밖에 태워 부수어 바다에 뿌리도록 명한다.

다만 오키미의 뼈만은 도사노쿠니로 옮겨 매장시켰다. 그런데 마침 그 무렵에 도사노쿠니에서 많은 인민이 죽었다. 그래서 인민들은 두려워하여 관청에 호소의 문서를 제출하며, '오키미의 원령에 의하여 인민이 죽음으로, 이대로는 이 지방 사람들이 모두 죽음으로 없어져 버립니다'라고 아뢰었다. 천황은 이것을 듣고 오키미의 유골을 잠시 도읍 근변에 가지고 오도록 다시 기노쿠니[紀伊国]의 아마노코오리[海部郡] 하지카미[椒枡] 오키 섬[沖の島]으로 옮겼다.

아, 슬픈 일이여. 부와 지위가 흥왕할 때에는 그 고명함이 나라 전체에 널리 퍼지나 일단 재난이 닥치면 몸 둘 곳이 없다. 하루아침에 망해버리는 것이다. 자신의 높은 지위를 자만하여 승려를 때렸기 때문에 불법을 지키는 선신(善神)도 미워한 것이다.(120~121면)

천황은 오키미의 뼈만은 도사노쿠니에 옮겨 묻게 했는데, 그 무렵 백성들로부터 '오키미의 원령에 의하여 인민이 죽음으로, 이대로는 이 지방 사람들이 모두 죽음으로 없어져 버립니다'라는 상소가 올려진다. 이

에 천황은 오키미의 뼈를 기노쿠니의 아마노코오리 하지카미에 둔다. 주목할 만한 것은 여기에서의 '기(気)'는 '모노노케(もののけ)'로 혼의 현상 형태[10]이므로 백성은 오키미의 '원령'의 지벌에 의하여 많은 사자가 나왔다고 인식하고 있으며 이대로는 이 고장에 있는 사람이 모두 죽음으로 없어져 버릴 것을 두려워하고 있는 것을 엿볼 수 있다.

나가후지 야스시[永藤 靖] 씨[11]는 궁중 내부 혹은 왕권내부에서 일어난 사건에 의해 생긴 지벌, 원령은 그 닫힌 세계, 그 공동체에서 발생하여 외부로 넘어가는 경우는 없는 법이라서, 나가야노 오키미의 '원령'은 하나의 공동체를 넘어 '고료'의 성격을 띠게 된다고 주장한다. 또한 오키미일족의 유해를 헤이죠쿄[平城京] 밖에 버리게 한다고 하는 발상도 무고함에 의하여 죽임을 당한 오키미 일족의 '원령'의 저주를 배제하기 위하여 취해진 처치라고[12] 말하고 있다. 그렇게 본다면 오키미의 뼈를 기노쿠니의 아마노코오리 하지카미에 놓는 것은 먼저 제시된 역병을 진정시키기 위해 영혼을 진무하는 고료에와 같이 '오키미의 원령[親王の 気]', 즉 '고료'를 진정시키기 위해 취해진 처치로 봐도 좋지 않을까?

---

10 肥後和男, 「平安時代における怨霊の思想」, 史学研究会 編, 『史林』24-1, 史学研究会, 1939.
11 永藤 靖, 「古代都市と御霊—怨霊から御霊信仰へ」, 『国文学 解釈と鑑賞』第63巻 3号, 至文堂, 1998, 100면.
12 肥後和男, 앞의 글, 99면.

3. 『곤자쿠모노가타리슈』에 있어서 고료신앙
─ '악기[悪心の気]'

『곤자쿠모노가타리슈』에는 '고료에'의 용례는 한 번 밖에는 등장하지 않고 있지만(권28·7화), 고료신앙의 양상을 엿볼 수 있는 나가야노 오키미 설화는 권20·27화에 수록되어 있다.

지금은 옛날 일이 되어 버렸으나, 쇼무 천황 제위 시절, 나래(奈良)에 도읍이 있었을 때에 천황은 덴표 원년 2월 8일을 정해서 사쿄의 간고지에서 성대한 법회를 거행하고 삼보를 공양하였다. 그때에 태정대신 나가야노 오키미라고 하는 사람이 칙명을 받들고 여러 승려를 공양했다.

그때에 한 사미가 있었는데 버릇없이도 공양 밥이 담겨 있는 곳에 가서 주발을 들고 밥을 달라고 하였다. 오키미는 이것을 보고 사미를 쫓아 몰아내려고 때렸는데 사미의 머리에 상처가 생겨 피가 흘러 나왔다. 사미는 머리를 싸매고 피를 닦고 닦으면서 슬퍼했는데 어느새 홀연히 모습을 감추었다. 그리고 어디에 갔는지 완전히 행방을 알 수 없었다. 법회에 참석한 승려들과 사람들은 이것을 듣고 몰래 나가야노 오키미를 비방하였다.

그 후에 나가야노 오키미를 질투하는 사람이 있어서 천황에게 **'나가야는 왕을 쓰러뜨리고 나라를 빼앗으려고 생각하고 있어서 이와 같이 천황이 선근을 베푸시는 날에 악행을 행한 것입니다'**라며 중상했다. 천황은 이를 듣고 매우 진노하여 다수의 군대를 보내어 나가야의 집을 포위시켰다. 그래서 나가야는 스스로 '나는 이렇다 할 죄도 없는데 벌을 받았다. 틀림없이 죽임을 당할 것이다. 하지만 다른 사람에게 죽임을 당하느니 [   ] 그저 자해하는 편이 낫겠다'라고 생각하고 우선 독을 가지고 아들과 손자에게 마시게 하여 그 자리에서 죽였다. 그 후에 나가야도 스스로 독을 마시고 죽었다.(106~107면)[13]

위에서는 나가야노 오키미가 간고지의 대법회에서 탁발하러 온 사미의 머리를 다치게 한 악업 때문에 반역의 중상을 받고 쇼무 천황의 문책을 받아 자손과 함께 주살되어 결국 나가야노 오키미까지 자살에 이르게 되었다고 기록하고 있다. 여기까지의 내용은 『니혼료이키』와 거의 같다. 다만 강조된 부분의 중상이 '나가야는 왕을 쓰러뜨리고 나라를 빼앗으려고 생각하고 있어서 이와 같이 천황이 선근을 베푸시는 날에 악행을 행한 것입니다'라고 되어 있는데, 『니혼료이키』에는 '나가야노 오키미가 국가를 쓰러뜨리려 꾀하고 천황의 자리를 빼앗으려 하고 있습니다'라고 되어 있어서 『곤자쿠모노가타리슈』는 불교에 의한 불선을 행하는 자의 해석을 덧붙이고 있음[14]을 알 수 있다. 그리고 쇼무천황이 나가야노 오키미의 시체를 성 밖에서 태워 버리고 강에 흘려보내었기 때문에 뼈가 표착한 도사노쿠니 백성이 많이 죽어버렸다고 되어 있다.

천황은 이를 듣고 사람을 보내어 **나가야의 시체를 도읍 밖에 가지고 가서 버리게 하고 태워서 강에 흘러보내었고 시체는 도사노쿠니에 도착했다. 그러자, 그 고장의 많은 백성들이 죽었다. 백성들은 '나가야의 악기(惡氣) 때문**

---

13 馬淵和夫 他 校注 · 訳, 『新編日本古典文学全集 37－今昔物語集 3』, 小学館, 2001.
14 『곤자쿠모노가타리슈』두주(頭注)17, 史学研究会 編, 앞의 책, 107면.

에 이 고장의 백성들이 많이 죽어버렸습니다'라고 호소했다. 천황은 이를 듣고 나가야의 [   ]를 도읍에서 멀리하려고 기이노쿠니의 아마노코오리 하지카미 오키 섬에 두었다. 이를 보고 들은 사람들은 '그 사미를 죄도 없는데 벌했기 때문에 호법신(護法神)이 미워하신 까닭이다'고 말했다. (107면)

　백성의 호소에 의하면, 많은 인민들이 죽은 것은 '나가야의 악기(惡氣)'에 의한 것이다. 이 '악기[惡心ノ氣]'는 『니혼료이키』에서는 '오키미의 원령[親王ノ氣]'으로 기록되어 있는데, 『곤자쿠모노가타리슈』에서는 '나가야의 악기(惡氣) 때문에 이 고장의 백성들이 많이 죽어버렸습니다'라고 기록되어 있어서 공통적으로 나가야노 오키미의 죽음의 부정을 피하고 그 '원령'의 지벌을 두려워했던 고료신앙의 영향을 받은 흔적을 나타내고 있음을 알 수 있다. 원령은 받들어 모시어 진정시키지 않으면 안 되는 대상으로 그것은 결코 신앙의 대상으로는 되지 못하여 원령신앙이라는 것은 성립되지 않는다.[15] 그러나 '나가야의 시체를 도읍 밖에 가지고 가서 버리게 하고 태우고' 그 골회를 수도 밖으로 멀리 방류한 것은 '악기', 즉 '고료'를 진정시키기 위하여[16] 취한 처치로, '도읍에서 멀리하려고'라고 되어 있듯이, 쇼무천황 자신의 몸에 닥치지 않도록 한 행동으로 볼 수 있다. 즉, 쇼무천황이 나가야노 오키미의 '고료'의 지벌을 명확히 인식하고 있음을 알 수 있다. 이에 비하여 『니혼료이키』는 '도읍 근변에 가지고 오도록'이라고 되어 있듯이 반대의 의

15　永藤 靖, 앞의 글, 100면.
16　『곤자쿠모노가타리슈』 두주(頭注) 23에는 「오키미의 영혼의 부활과 원령의 지벌을 두려워했기 때문이다」라고 되어 있다(史学研究会 編, 앞의 책, 107면).

미를 취하고 있어서 '원령(気)'의 존재를 인정하면서도 쇼무천황이 위정자로서의 행동을 취하고 있음을 알 수 있다.

또한, 나가야노 오키미가 죽은 것은 정치적 밀고에 의한 것인데,『니혼료이키』에는 '자신의 높은 지위를 자만하여 승려를 때렸기 때문에 불법을 지키는 선신(善神)도 미워한 것이다'라고 되어 있어서 오키미 자신이 높은 지위를 자만하여 사미의 머리를 쳤기 때문이라고 기록되어 있는 것에 비하여,『곤자쿠모노가타리슈』는 '그 사미를 죄도 없는데 벌했기 때문에 호법신이 미워하신 까닭이다'라고 사미를 죄도 없는 데 벌했기 때문이라고 보고 있어서 여기에서도 양자(両者)의 차이가 뚜렷이 드러나 있다. 즉, 어디까지나 쇼무천황의 정치성을 중심에 두고 드러내고 있는『니혼료이키』와, 나가야노 오키미의 행동을 불교적인 입장에서 서술한『곤자쿠모노가타리슈』와의 기술의 차이에서 양자의 편찬의식의 차이를 엿볼 수 있는 것이다.

참고문헌

자료

青木和夫 他 校注, 『新日本文学大系 13－続日本紀 2』, 岩波書店, 1990.

黒板勝美 編, 『新訂増補国史大系 第4巻－日本三代実録』, 吉川弘文館, 2005.

中田祝夫 校注・訳, 『新編日本古典文学全集 10－日本霊異記』, 小学館, 2001.

馬淵和夫 他 校注・訳, 『新編日本古典文学全集 37－今昔物語集 3』, 小学館, 2001.

논문

鎌田東二, 「記紀神話にみる御霊信仰」, 『国文学 解釈と鑑賞』 第63巻 3号, 至文堂, 1998.

宮田 登, 「民間における御霊信仰」, 『国文学 解釈と鑑賞』 第63巻 3号, 至文堂, 1998.

肥後和男, 「平安時代における怨霊の思想」, 史学研究会 編, 『史林』 24-1, 史学研究会, 1939.

永藤 靖, 「古代都市と御霊―怨霊から御霊信仰へ」, 『国文学 解釈と鑑賞』 第63巻 3号, 至文堂, 1998.

井上満郎, 「御霊信仰の成立と展開」, 『民衆宗教史叢書 第5巻－御霊信仰』, 雄山閣, 1984.

단행본

山中 裕 他 編, 『平安時代の信仰と生活』, 至文堂, 1991.

柴田 実 編, 『日本宗教史叢書 5－御霊信仰』, 雄山閣, 1984.

서도 전수를 통해 본 고전 텍스트의 연환(連環)

『겐지 이야기』를 중심으로

이부용

1. 들어가며

현대에는 문서를 작성할 때 컴퓨터를 사용하여 자판을 두드리는 일이 일반적이다. 그러나 인쇄술이 발달하기 이전에는 편지 등의 개인적인 문서뿐만 아니라 궁중의 기록이나 책을 만드는 일 또한 붓글씨를 통해 이루어졌다. 궁중에는 서도를 전문으로 하는 서기들이 있었고 공무를 맡은 사람에게 붓글씨를 쓰는 일은 기본적인 소양 중 하나였다.

헤이안 시대에 쓰여진 일본문학작품 속에 편지의 필적이나 종이의 무늬 등에 관한 상세한 언급이 보이는 이유는 편지를 통해 교류하던 시대를 반영하고 있기 때문이다. 더욱이 문학작품이 담고 있는 서도론을 비롯한 예술론은 후대의 미학적 규범이 되어 이후의 일본문화에 영향을 주기도 했다.

특히『겐지 이야기[源氏物語]』에는 등장인물들이 붓글씨를 쓰는 장면
이 구체적으로 표현되어 있는데 그 중에서도 딸에게 서도를 가르치는
아버지의 모습이 주목된다. 자녀 교육에 대한 깊이 있는 시선을 담고
있는 이 작품이 당대의 서도 교육을 어떻게 반영하고 있는지 또한 이
후의 일본고전문학 및 문화사적 전개에 있어『겐지 이야기』의 서도 교
육은 어떠한 영향을 끼치고 있는지 살펴보기로 하자.

2. 아버지의 서도 교육

주인공 겐지[源氏]는 젊은 시절 여러 여성들과 연애를 했는데, 우대신
의 딸과 연애를 하다가 발각된 것이 계기가 되어 관직에서 물러나 잠시
스마[須磨]에서 지내게 된다. 그러던 중 그곳에서 알게 된 지방 수령의
딸 아카시노키미[明石の君]와의 사이에서 아이를 얻는다. 겐지는 그 딸
을 도읍의 육조원에 데려와서 교육시킨다.

그는 딸이 황후가 된다는 숙요(宿曜)의 예언을 믿고 그에 걸맞은 교
양을 쌓게 하는데, 아가씨의 생모인 아카시노키미가 정월에 아가씨에
게 신년을 축하하는 물품들과 편지를 보낸 첫 울음권[初音巻]의 장면을
살펴보자.

아가씨의 방에 방문하시니 아이들, 시중드는 사람들은 앞뜰에 만들어둔
가산(假山)의 어린 소나무를 뽑아서 놀고 있다. 젊은 뇨보[女房]들은 자신

들도 해보고 싶다고 생각하며 바라보고 있다. 북쪽 별채에서 특별히 준비한 듯한 과일 등이 들어있는 바구니, 음식 도시락 등을 보내오셨다. 오엽 가지에 옮겨 앉은 휘파람새 모형도 예사롭지 않고 뭔가 생각이 담겨있는 것 같다.

　(아카시노키미) 가는 세월을 소나무에 이끌려 지내는 사람

　　　　　　　휘파람새여 오늘 첫소리 들려주오

　새 울음이 들리지 않는 마을에서

라고 보내오시니 정말 애처롭게 생각된다. 겐지님께서는 눈물을 참을 수 없으신 기색이다. (겐지) "답장은 스스로 쓰세요. 정월 초에 처음으로 전하는 소식을 피해야 할 분은 아니니"라며 벼루를 준비하시고 쓰게 하신다. 아가씨는 정말로 사랑스럽고 아침 저녁으로 수행하는 사람들조차 감탄할 정도의 아름다운 모습이다. 생모가 지금까지 막연하게 상상만 하며 아가씨와 떨어져 지내게 한 것을 미안하고 괴롭게 생각하신다.

　(아가씨) 떨어져 지낸 세월은 지났지만 휘파람새의

　　　　　　둥지였던 소나무 그곳이 잊힐리야

　어린 마음에 떠오르는 대로 읊은 다소 장황한 와카이기는 하다.(初音③ 145~146)**[1]**

　　아카시노키미에게서 온 노래에 겐지는 딸이 직접 답장을 쓰도록 권하며 벼루를 준비해서 쓰게 한다. 아가씨는 이때 여덟 살 정도로 아직

---

[1]　특별한 주기가 없는 한, 본 원고에 인용된 텍스트의 한국어역은 필자에 의한다.『겐지 이야기』의 일본어 원문은 阿部秋生・秋山虔他,『源氏物語』1~6(新編日本古典文学全集), 小学館, 1994~1998을 기준으로 하였으며, 인용부의 마지막에 원문의 권명, 권수, 페이지를 표기한다.

어리고 와카를 쓰는 연습이 충분하지 않은 상태이다. 아카시 아가씨가 바로 답장을 쓸 수 있도록 종이와 벼루를 준비해주는 이 문맥을 통해 아버지로부터 서도를 배우는 딸의 일상을 엿볼 수 있다.

3. 아카시 아가씨의 문방구

1) 보랏빛 종이

이와 같이 겐지는 딸에게 세심하게 습자를 지도하는데 태풍권[野分 券]에는 아카시 아가씨의 벼루에 관련된 흥미로운 서술이 보인다. 아가 씨의 이복 오빠인 유기리[夕霧]가 사랑하는 여인에게 편지를 보내기 위해서 벼루와 종이를 빌리는 장면이다.

　신경 써야 할 분들을 겐지 대신과 함께 방문하였기에 유기리 중장은 뭔가 불편한 마음이 되었다. 보내고 싶은 편지도 못 쓰고 중천이 되었다고 생각하며 아카시 아가씨 방 쪽으로 가셨다. "애기씨는 아직 무라사키노우에님 쪽에 계십니다. 바람을 무서워해서 오늘 아침에는 일어나지도 못하셨습니다"라고 유모가 말한다.

　(유기리) "정말로 세찬 바람이라 숙직이라도 서 드릴까하고 생각했습니다만, 할머니가 꽤 힘들어하시는 것 같아서 ……. 인형들 저택은 어떻습니까?"라고 묻자 사람들이 웃음을 터뜨리며 "부채 바람이라도 불면 애기씨는 정말 걱정이신데 조금만 더 심했으면 바람에 부수어 질 뻔 했습니다"라고

대답한다.

(유기리) "뭔가 종이 좀 있는지요. 뇨보들의 벼루랑"이라고 청하자 궤에 다가가서 종이 한 묶음을 꺼내어 벼루 뚜껑에 담아 드린다. (유기리) "아니, 이런 황송하게도"라고 말했지만 아카시노키미의 신분을 생각해보고는 조금은 괜찮겠다는 생각이 들어 편지를 쓰기 시작한다. 보랏빛 엷은 종이다. 주의를 집중해서 먹을 갈고, 붓 끝을 응시해가며 정성들여 쓰시고 또한 붓을 멈추어 생각하시고 하는 모습이 정말 아름답다.(野分③282~283)

유기리는 뇨보[女房]의 벼루를 빌리려고 했는데, 막상 뇨보들이 꺼내어 온 것은 아카시 아가씨의 벼루였다. 갑작스런 요구에 바로 꺼낼 수 있는 벼루는 아카시 아가씨의 것이었던 셈이다. 이는 평소에 그녀가 문방구를 가까이에 두고 습자를 하고 있었음을 짐작하게 하는 대목이다.

벼루와 종이를 빌린 유기리는 "아니, 이런 황송하게도"라며 잠시 동안 그것을 사용하기를 꺼린다. 여동생인 아카시 아가씨의 것이기 때문이다. 그러나 유기리는 그녀의 생모가 지방출신으로 육조원 내에서 신분이 아주 높은 사람은 아니라는 점을 떠올리고 결국 그녀의 벼루와 종이를 빌리기로 한다.

그런데 위 부분에서 아가씨가 평소에 사용하는 종이가 보랏빛이라는 점이 주목된다. 상세한 인용은 생략하지만 연보랏빛권[若紫巻]의 습자 장면(若紫①258)에서도 무라사키노우에[紫上]가 보라빛 종이에 글씨를 쓰는 묘사가 보인다. 겐지에게 서도를 배운 무라사키노우에와 아카시 아가씨와 관련된 색이 공통적으로 보라색이라는 점은 단순한 우연은 아닌 것 같다.

후지타 쇼한[藤田菖畔]은 각 등장인물과 관련된 종이의 색에 관한 논문에서 "보라색은 황실 및 황실과 동등하다고 생각되는 높은 신분의 사람들이 사용하는 색이다"[2]라고 지적한다. 『겐지 이야기』에서도 역시 보랏빛은 고귀한 혈통을 상징하는데, 여기서 보랏빛 종이는 두 등장인물을 양모와 양녀로서 연결하는 장치로 기능하고 있다고 하겠다.

2) 명품 벼루

인용부에는 벼루, 벼루뚜껑, 종이, 먹 등의 서도의 문방구가 구체적으로 제시되어 있다. 헤이안 시대에 좋은 벼루라고 하면 겹 벼루상자[重硯箱]를 예로 들 수 있다.[3] 『유취잡요초(類聚雜要抄)』는 궁중의 의식에서 쓰이던 물건들을 그림과 함께 기록한 책으로 도구들을 만드는 방식이나 각 도구의 크기 등 상세한 내용이 적혀있다. 그 중 겹 벼루상자 항목에는 "935년 중궁의 축하연의 조도품으로 이것을 사용했다"[4]는 설명이 있다.

『겐지 이야기』는 가나[仮名]로 쓰여져 있고 삽화는 들어있지 않지만, 겹 벼루상자를 상상해 보는 것은 『겐지 이야기』의 독해에 도움이 된다. 붓이나 먹, 종이 등이 갖추어져 있다는 아카시 아가씨의 벼루상자는 아마 『유취잡요초』의 벼루상자처럼 정교한 것으로 여러 문방구가 들

---

2 藤田菖畔, 「紫式部の書道観―源氏物語の紙の色について」, 『語学・文学研究』9, 金沢大学教育学部国語国文学会, 1979, 4면.
3 春名好重, 『平安時代書道史』, 思文閣書店, 1993, 91면.
4 川本重雄・小泉和子 編, 『類聚雜要抄指図巻』, 中央公論美術出版, 1998, 205면.

어있었을 것이라고 생각된다.

일본 고대의 역사기록인 『후쇼랴키[扶桑略記]』를 참조로 해보면 935년에 열린 중궁의 축하연이란 중궁 온시[穩子]의 50세 축하연을 의미하는 것으로 보인다. 935년 3월 26일자 기사에 "상녕전에서 태후의 50세 축하연이 있었다"[5]라고 기록되어 있기 때문이다. 중궁 온시는 다이고 천황의 뇨고[女御]로 그 사이에 두 아들 스자쿠 천황[朱雀天皇], 무라카미 천황[村上天皇]이 있다. 천황의 아내가 되어 두 아들을 낳고 그 아들들을 천황으로 즉위시켰다는 점에서 궁중에 출사하기를 원하는 여성들에게는 최고로 부러워할 만한 존재였을 것이다.

태풍권의 시점에서 아카시 아가씨는 8~10세 정도로 그려져 있다. 가을의 태풍에 인형집이 무사한지를 묻는 유기리의 농담 섞인 말에서 볼 수 있듯이 아직 인형놀이에 몰두해 있는 어린 아이다. 그런데 이렇게 어린 딸에게 겐지는 궁중의 황후에게 바쳐진 벼루처럼 크고 정밀하게 만들어진 명품 벼루를 준비해준 것 같다. 아카시 아가씨는 성장하여 예언에 따라 중궁이 되는데, 겐지는 중궁 온시와 같은 딸의 미래를 기대한 것인지도 모르겠다. 작가가 어디까지 염두에 두었는지 흥미로워지는 부분이다.

이상의 삽화는 겐지가 예언을 믿고 아카시 아가씨를 황후에 알맞은 교양을 갖춘 여성으로 키우기 위해서 정성들여 서도교육을 행했음을 보여준다고 하겠다.

5　国史大系編修会 編, 『扶桑略記 · 帝王編年記』, 吉川弘文館, 1965, 211면.

4. 상자 속의 책들

겐지의 아카시 아가씨에게 대한 서도교육은 매화가지권[梅枝卷]부터도 확인할 수 있다. 거기에는 아카시 아가씨의 성인식이 그려져 있는데, 겐지는 습자책에 각별하게 신경을 쏟는다. 가령 아가씨를 위해서글씨를 모을 때는 최상의 먹이나 붓이 선택된다.

> 먹, 붓 등을 최상품으로 골라 꺼내시어 평소에 부탁하는 분들에게 특별한 편지를 보내시자, 어려운 일이라고 생각하여 사퇴하려고 하는 사람들도있는데, 진심으로 정성껏 부탁하신다. 얇은 고려 종이가 상당히 아름다우니 (겐지) "풍류를 좋아하는 젊은 사람들을 시험해보자"고 하시며 재상중장, 식부경궁의 병위독, 내대전의 두중장 등에게 "흘림글씨를 넣은 그림이나 노래를 바탕으로 한 그림을 마음껏 적어보세요"라고 말씀하시자 모두심혈을 기울여 임한다.(梅枝③417)

겐지는 글씨를 잘 쓰는 부인들로부터 가나의 습자본을 모을 때 따로편지를 보내어 정중한 의뢰를 한다. 또한 재상중장(宰相中將), 식부경궁(式部卿宮)의 병위독(兵衛督), 내대전(內大殿)의 두중장(頭中將) 등에게 흘림글씨[葦手]나 와카를 바탕으로 한 그림인 우타에[歌繪]를 부탁하는데, 그때 글씨나 그림을 받기 위해 보낸 종이는 얇은 고려(高麗) 종이였다.당시 일본에서 고려 종이는 박래품으로 고급이었던 점이 반영되어 있다. 아버지 겐지가 습자본을 만드는 데에 상당히 세심한 주의를 기울였음을 알 수 있는 대목이다.

또한 딸을 위해서 습자, 초서, 두루마리 등을 상자 한 가득 모으는데 특히 견본으로 삼을 가나 글씨를 여러 사람들에게 의뢰하고 있는 것이 눈에 띈다.

또한 요즘에는 다만 가나 글씨를 비평하시며 세간에서 서도를 잘 쓴다는 사람은 신분의 고하를 막론하고 찾아내시고 그들이 쓸 만한 내용을 고려하시어 쓰게 하신다. 이 상자에는 품위가 떨어지는 것은 넣지 않으시고 특별히 그 사람의 인성이나 지위 등을 잘 고려하시어 초서나 두루마리 등을 쓰게 하셨다. 여러 가지 진귀한 보물들로 다른 나라의 조정에도 없을 법한 물건들 중에서도 특히 이 서책들을 구경하고 싶어 애태우는 젊은 사람들이 많을 정도였다.(梅枝③422~423)

입궁 때에 지참할 상자에는 아카시 아가씨가 궁중에 들어가서 가까이에 두고 읽어야 할 책자나 두루마리 등이 모아져 있었다. 그런데 서적의 내용뿐만이 아니라 그것을 서사한 사람까지가 상세하게 고려되었다. 이들 서적은 내용은 물론이지만, 그 필적 또한 고려되어 서도의 규범이 되는 책들을 모았음을 알 수 있다.

5. 가집(歌集)을 선물하는 의미

1) 『고킨와카슈』의 필사본

한편 아카시 아가씨의 입궁 때에 보내진 서적 중 고유명사 두 개가 보인다. 호타루 병부경[蛍兵部卿宮]이 보낸 『고만요슈[古万葉集]』와 『고킨와카슈[古今和歌集]』가 그것이다.

겐지님은 오늘도 또한 서도에 관한 것을 말씀하시며 지내시고 여러 종이를 이어서 쓴 책 등을 꺼내신다. 병부경궁은 그런 김에 아들 시종을 시켜 책들을 가져오게 하셨다. 사가 천황[嵯峨天皇]이 노래를 골라 적으신 『고만요슈』가 네 권, 다이고 천황[醍醐天皇]이 적으신 『고킨와카슈』를 중국산 하늘색 종이에 이어, 같은 색으로 짙은 무늬가 있는 얇은 비단으로 만든 표지, 같은 크기의 축, 색실을 중국식으로 묶은 끈 등도 품위가 있고, 권마다 필체를 달리하여 훌륭하게 쓰셨다.

등불을 가까이에 밝혀서 보고는 "정말 흥미롭네요. 요즘 사람들은 단순히 부분적으로 멋을 내기만 하지요"라고 칭찬하신다. 이 책들은 그대로 겐지 대신에게 드리기로 한다. 호타루 병부경은 "만약 딸이 있어도 음미할 줄 모르는 이에게는 전하고 싶지 않은데, 딸도 없으니 제게 두면 삭아 없어질 것이니까요"라며 헌상하신다. 겐지님은 시종에게 훌륭한 한적(漢籍) 등을 침향나무 상자에 넣어서 좋은 고려 피리와 함께 답례를 하셨다.(梅枝③421 ~422)

사가 천황과 다이고 천황이 필사했다는 이 책들이 당시 존재했는지 아닌지는 알 수 없지만, 현재 남아있는 서책을 통해 이 두 고유명사가 담고 있는 의미를 상상해보는 것은 이야기의 이해에 큰 도움이 될 것 같다.

당시에는 여러 가지 문양이 들어간 염색 종이나 금박 및 운모 등이 뿌려진 화려한 종이 위에 물 흐르듯 유려한 글씨가 쓰여 있었다. 아카시 아가씨를 위해 만들어진 가집도 이러한 미술품으로서 손색이 없는 것이었다고 생각된다.

그런데 호타루 병부경이 서책을 증정한 것은 단순히 아가씨의 입궁을 축하하기 위한 것이 아니라, 육조원을 성제(聖帝)의 "정통을 계승해야 할 장소로서"[6] 보는 의미가 포함되어 있다고 한다. 황후가 되는 아카시 아가씨의 인물조형에 주목한 견해이다.

또한 『고킨와카슈』와 관련해서 헤이안 시대의 수필인 『마쿠라노소시[枕草子]』 '청량전의 동북쪽 모퉁이에' 장단에는 다음과 같은 기술이 보인다.

옛날 무라카미 천황 시대에 센요덴뇨고라는 분이 계셨는데, 자네들도 그 분이 고이치죠[小一条] 좌대신님 따님인 것은 다 알지. 유명한 분이시니 말일세. 그 따님이 아직 입궐하기 전에 그 부친인 대신께서 늘 '첫째는 붓글씨를 배우도록 해라. 그리고 둘째는 화금(和琴)을 다른 사람보다 잘 칠 수 있도록 할 것이며, 셋째는 『고킨와카슈』 20권을 전부 암기해서 학문의 표본으로 삼도록 해라' 하고 가르치셨네. 천황께서는 일찍이 그 얘기를 들으신

---

6 河添房江, 「梅枝巻の光源氏」 『源氏物語の喩と王権』, 有精堂, 1992, 332면.

지라 모노이미[物忌] 날이 되자 『고킨와카슈』를 가지고 뇨고 방으로 납시어 사이에 휘장을 놓고 앉으셨네.[7]

요컨대 센요덴뇨고[宣耀殿女御]의 아버지 후지와라 모로타다[藤原師尹]가 첫째로는 가나의 서도를 연습하고, 둘째로는 음악의 소양을 갖추고, 셋째로는 『고킨와카슈』를 전부 암기할 것을 딸에게 훈계하는 내용이다. 뇨고는 아버지의 가르침대로 와카를 전부 외워서 천황이 감탄했다는 이야기가 전해지는데, 이는 당시의 여성 교육의 모습을 대표적으로 보여주는 이야기이다.

관련하여 여기서는 『고만요슈』나 『고킨와카슈』가 언급될 때, 아버지와 딸의 관계를 생각하게 하는 언설이 부여되어 있는 점에 주목하고 싶다. 앞의 인용문에서처럼 호타루 병부경의 자식은 아들뿐이다. 그러나 그는 만약 딸이 있다고 하더라도 그 가치를 모르는 이에게는 줄 마음이 들지 않는다고 말하면서 귀중한 책을 겐지의 딸을 위해 증정하기로 한다. 그 장면에서는 특히 딸에게 전수하는 것으로서의 가나로 쓰여진 가집의 측면을 엿볼 수 있다.

『에이가 이야기[栄花物語]』 성인식권[御裳着卷]에는 데이시 내친왕[禎子內親王]의 성인식 때에 대궁 후지와라 쇼시[藤原彰子]가 당대의 유명 가인 기노 쓰라유키[紀貫之]가 쓴 『고킨와카슈』 20권을 보냈음이 기술되어 있다.

---

7 일본어 저본은 신편일본고전문학전집본 53~54면을 사용하였으며, 한국어역은 기본적으로 정순분 역, 『마쿠라노소시』, 갑인공방, 2004, 51면을 인용하고, 필자가 일부 표현을 수정하였다.

일품궁은 4월 3일까지 계실 예정이었지만 다음 날까지 있는 것은 길하지 않으므로 2일 밤에 환궁하셨다. 일품궁에게 내리는 선물로 은이나 황금 상자 등에 쓰라유키가 손수 적은 『고킨와카슈』 20권, 미코히다리가 적은 『고센와카슈』 20권, 도후가 적은 『만엽집』 등을 덧붙여 드리니, 세상에 더할 나위 없는 훌륭한 책들이었다. 고 엔유 천황[円融天皇]으로부터 이치조 천황에게 전해진 것이겠지. 세상에 흔히 있는 책들은 아니다. (御裳着②340~341)

위의 사례는 『겐지 이야기』보다 후대의 일이지만, 여성의 교양으로서 와카가 중시되었다는 점은 재차 확인된다. 기노 쓰라유키[紀貫之], 미코히다리[御子左 : 겐메이 천황], 오노 도후[小野道風] 세 명은 모두 명필로 이름난 사람들이다. 아름다운 글씨로 쓰여진 가집을 입궁할 때 준비한다는 점에서 귀족 여성의 교육에 있어서도 가집을 곁에 두고 보고 배우는 것이 얼마나 중요하게 다루어졌는지를 알 수 있는 대목이다.

다시 말하면 『고킨와카슈』의 향수(享受) 때에는 와카의 내용은 물론이고 그 필적도 중요한 감상의 대상이었음을 알 수 있다. 아카시 아가씨에게 전해진 책으로 사가 천황(786~842)의 『고만요슈』, 다이고 천황(885~930)의 『고킨와카슈』라고 되어 있었듯이 와카의 감상을 위해서뿐만이 아니라 서도가 중시되어 있었음이 제시되고 와카와 서도가 관련되어서 하나의 것으로서 기능하고 있었음을 알 수 있다.

가와조에 후사오[8]는 명필로 유명한 사가 천황이 중국의 왕희지(王羲

---

8 河添房江, 「梅枝巻の文化的権威と対外関係」, 仁平道明 編, 『源氏物語と東アジア』, 新典社, 2010, 139면.

之) 등의 책을 수집했던 점에 대해 언급하며『겐지 이야기』본문 중의
"'사가 천황이 고만엽집을 선택하여 쓰신 네 권'이란 이야기 속의 가공
의 책이니, 거기에는 해서(楷書)에서 벗어난 행초서(行草書)의 만요가나
로 쓰여진 네 권의『만요슈』가 상상되었던 것일지도 모른다"고 지적한
다. 이처럼 아카시 아가씨에게 전해진 가집은 그것이 어떤 내용을 담
고 있는 것인가 뿐만 아니라 그것이 누구의 필적으로 쓰여 있는가 또
한 상당히 중요한 점이 되어 있었음을 알 수 있다.

2) 습자 교과서

현재 동경국립박물관에 소장되어 있는『겐에이본 고킨와카슈元永本
古今和歌集』에는 다양한 자모의 흘림글씨가 사용되었고 한자도 사용된
특징이 있다. 거의 완전한 형태로 남아있으며 사진집이 발간되어 있어
현재 한 수 한 수의 와카나 서체를 확인할 수 있다.

연대적으로는『겐지 이야기』보다 이후의 작품이지만, 예를 들면『겐
에이본 고킨와카슈』를 위 장면을 고찰하는 데 참고로 살펴볼 수 있다.
고마쓰 시게미[9]에 의하면『겐에이본 고킨와카슈』의 서사는 명필 후지
와라 사다자네(藤原定実, 1077년경~1120년경)의 필적이라고 추정되므로
1008년을 전후해서 쓰여진『겐지 이야기』보다는 조금 늦지만 그리 멀
지 않은 시대에 성립했다.

9　小松茂美,『元永本 古今和歌集の研究』, 講談社, 1980, 134면.

그것의 편찬목적에 대해서는 실제로 편지 등을 쓸 때에 사용하기 위한 교과서적 성격도 함께 가지고 있었음이 지적되고 있다.[10] 특히 같은 내용이 중복되어 쓰여 있는 점이 특징적이다. 단순히 와카를 기록하기 위한 것이라면 똑같은 내용이 두 번 기재될 리가 없는데, 서체에 차이가 있거나, 개행 부분을 달리 하여 두 번 실려 있는 등 서도의 교과서적인 성격을 엿볼 수 있다.

아카시 아가씨에게 주어진 가집은 앞서 인용부에서 "권마다 필체를 달리하여 훌륭하게 쓰셨다"라고 되어 있듯이 『겐에이본 고킨와카슈』에 보이는 것과 같은 다양한 서법을 구사한 것으로 모범이 되는 서도의 견본으로서의 성격을 가지고 있던 점도 생각해 볼 수 있다.

이상으로 고찰해 왔듯이 겐지는 아카시 아가씨가 떨어져 살고 있는 생모에게 편지를 쓸 때, 상세한 지도를 하고 입궁 때에는 견본책이나 서적을 모아 보내는데, 그 행위는 단순히 조도품을 준비한다는 것이 아니라 아버지로부터 딸에게 이어지는 지(知)의 연결을 형성하는 과정이다.

그리고 이러한 내용을 담은 『겐지 이야기』는 『고킨와카슈』를 비롯한 여러 텍스트들의 관련성 속에서 이야기를 형성해감을 알 수 있다.

---

10 遠藤邦基, 「表記の戯れ」, 浅田徹他, 『和歌が書かれるとき』, 岩波書店, 2005, 240면.

6. 아버지로부터의 서도 전수

헤이안 시대 여성의 기록인 『사라시나 일기[更級日記]』에는 『겐지 이야기』 정도로 세심하게 지도하는 모습은 보이지 않지만, 아버지 스가와라 다카스에[菅原孝標]가 작자에게 후지와라 유키나리(藤原行成, 972～1027)의 딸의 필적을 견본책으로 전한 일화가 실려 있다.

또 소문으로 듣자니 시종 대납언님 댁의 아가씨도 돌아가셨다고 한다. 그 남편 되시는 중장님께서 몹시 슬퍼하고 계신다는 얘기를 들으니 그 슬픔이 가슴이 시리도록 와 닿았다. 헤이안쿄에 막 올라왔을 때 아버지께서 "이걸 보고 글씨를 연습해라"하고 가져다주신 글이 있었는데 그게 바로 그 아가씨가 쓰신 것이었다. 옛 와카를 몇 수 적은 것이었는데 다시 꺼내서 읽어 보니 '깊은 밤 문득 눈 뜨지 않았으면'이라는 와카가 적혀 있는 것이 아닌가. 그리고 바로 옆에는 '도리베야마 산꼭대기 위에서 연기 나거든 허무하게 돼 버린 이 몸인 줄 알게나'라는 와카가 아름다운 필체로 쓰여 있었다. 돌아가실 것을 미리 알기라도 하신 것처럼 하필이면 이런 와카를 써 놓으시다니. 아가씨가 쓰신 글씨를 보니 다시금 눈물이 왈칵 쏟아졌다.(『更級日記』, 296～297)[11]

인용부와 같이 그 글씨를 견본으로 하라며 전한 사람은 아버지 스가와라 다카스에[菅原孝標]로 이 부분의 서술에는 딸의 서도의 교육에 아

---

11 한국어역은 정순분·김효숙 역, 『사라시나 일기』, 지만지, 2014, 59～60면을 인용하였다.

버지가 관여하고 있었음이 투영되어 있다.

이 부분에서 모범으로 해야 할 글씨의 주인공이 다름 아니라 시종대납언, 즉, 유키나리의 딸이었다는 점은 주목할 만하다. 즉, 이 부분에서는 당대에 명필로 이름을 날렸던 유키나리의 딸 역시 글씨를 잘 썼음을 알 수 있다. 유키나리의 딸은 당시에 열 다섯 살이었으니 아직 어린 연령이었는데 아버지의 지도를 받아서 글씨를 잘 썼을 것이라고 판단된다. 이러한 예는 헤이안 시대에 아버지가 딸에게 서도를 지도했음을 단적으로 보여준다고 할 수 있다.

또한 역사 모노가타리[歷史物語] 중에서 『오카가미[大鏡]』 사네요리전[實賴伝]에는 여성에게도 서도의 비전이 전해졌을 가능성을 보여주는 예가 보인다. 다음은 명필이었던 후지와라 사리(藤原佐理, 944~998)의 딸에 관한 기술이 보이는 부분이다.

또한 거의 이 건으로 점점 일본에서 첫째가는 서예가라는 평판을 얻었습니다. 육바라밀사의 편액도 이 다자이 대이[太宰大弐] 사리가 쓴 것입니다. 그 대이의 딸은 사촌 야스히라[懷平] 우위문독의 부인으로 쓰네토[経任] 님의 모친입니다. 대이에게 뒤떨어지지 않는 여류 서예가입니다.(『大鏡』, 100~102)

사리의 딸은 아버지에게 뒤떨어지지 않을 정도의 여류의 명필가였다고 한다. 사리의 딸의 예는 『에이가 이야기』 제36권의 뿌리 겨루기권[根合卷]에도 상세하게 언급되어 있다.

와카집은 두 권으로 황금표지를 붙이고 구슬을 뗀 것을 끈으로 했다. 그림도 제목에 맞추어 그려 두었다. 쓰네도 중납언 권대부의 모친이 쓰셨다. 아흔이 넘은 사람이 그렇게 두텁게 채색한 그림에 조금도 먹이 바래지 않게 채색하신 것이다. 정말로 훌륭하시다.(根合③392)

인용문에는 사리의 딸이 황후궁 간시[寬子]의 춘추 가회[歌合]에서 읊어진 와카들을 청서(清書)하는 역할을 담당했다는 점이 기술되어 있다. 당시 사리의 딸은 90세가 넘었지만 그 필력은 아직 정정했다고 한다. 사리의 딸이 명필이었다는 점 또한 헤이안 시대에 아버지가 딸에게 서도를 전수했음을 명확히 알 수 있는 또 하나의 사례라고 하겠다.

중세에는 아버지가 딸에게 서도의 비전을 전수하는 예가 좀 더 많이 눈에 띈다. 『겐지 이야기』가 쓰여진 시대에 명필로 유명했던 후지와라 유키나리의 후손 세손지가[世尊寺家]에는 서도의 비결이 구전되어 왔는데 제6대 고레유키[伊行]의 저서 『야학정훈초(夜鶴庭訓抄)』 마지막 부분에 "이 책은 고레유키경이 딸에게 주려고 쓰신 것이다"[12]라는 구절이 보여 딸인 겐레이몬인 우경대부[建礼門院右京大夫]를 위해서 비전을 써서 남긴 의도가 확인된다.

『야학정훈초』에는 와카를 쓰는 법에서부터 발원문이나 장지문에 써 붙이는 색지에 이르기까지 적절한 필법에 관한 훈계가 쓰여 있고, 벼루나 먹, 붓의 보관방법이나 문방구에 대해서도 상세하게 기록되어 있다. 또한 궁중에서 서도의 봉행을 할 때 주의할 점이나 비설(秘説) 등도

---

12 岡麓,「夜鶴庭訓抄」,『入木道三部集』, 岩波書店, 1931, 13면.

엮어져 있다.

타이틀의 의미는『백씨문집(白氏文集)』제3권 풍론(諷論)3의 오현탄(五絃彈) 중의 시구 '밤에 학이 새끼를 생각해서 둥지 속에서 운다(夜鶴憶子籠中鳴)'를 전거로 한 것이다. 자식을 생각하는 부모의 심정을 배경으로 아버지가 딸의 교육에 쏟은 심정이 전해져 오는 점이 흥미롭다. 그 본문 중에서 딸에게 서도의 비전서를 남기는 이유가 제시되어 있는 부분을 인용해본다.

우리 집안의 자손이라면 선조가 행한 일을 배워야 한다. 만약 어려운 질문을 하는 사람이 있다면 이렇게 대답하면 된다. (…중략…) 가풍이니까 다른 사람들보다도 자세하게 조금씩은 알아야한다.[13]

고레유키는 유키나리 이래로 전래해 온 가풍을 환기시키며 서도 연마의 필요성을 역설하며 훈계한다. 서도를 전문으로 하는 가문이므로 여성이라도 꼭 배워야한다는 점이 강조되어 있다.

『겐지 이야기』의 아카시 아가씨는 궁중에서 일하는 겐레이몬인 우경대부와 입장은 다르지만, 궁중생활에서 필요한 서도의 교양을 아버지가 가르친다는 점에서는 우경대부와 겹쳐지는 측면도 있을 것 같다. 즉,『야학정훈초』의 예는 여성교육에서 아버지의 역할이 얼마나 중요한지를 전해준다.

고레유키는『겐지 이야기』의 최초의 주석서라고 일컬어지는『겐지

---

13 위의 책, 6~13면.

석[源氏釈]의 저자이다. 『겐지 이야기』를 속속들이 알고 있었을 것이 틀림없는 고레유키가 『야학정훈초』를 집필하고 딸을 교육했다는 점에서 고레유키는 혹시 『겐지 이야기』로부터 딸 교육에 대한 영향을 받지는 않았을까라고 상상해보는 것도 재미있을 것 같다.

7. 나가며

첫 울음권에서 겐지가 아카시 아가씨의 서도교육을 행하는 장면은 교육의 주체가 유모나 어머니가 아니라 아버지라는 점이 특징적이다. 생후 얼마 되지 않아 아버지 겐지와 떨어져서 생활해 온 아카시 아가씨가 육조원의 생활에 단기간에 익숙해질 수 있었던 이유 중 하나는 겐지가 생활 속에서 딸의 눈높이에 맞추어 정성스레 교육을 행했기 때문이다.

태풍권의 장면에서 유기리의 시선에 의해 생모의 신분이 고려되듯이 그녀가 아카시에서 태어났다는 사실은 당시의 귀족사회에 있어서 마이너스가 되는 요인이었다. 글씨 연습은 그러한 그녀가 교양 있는 여성으로서의 소양을 배우는 준비과정이었다고 하겠다. 또한 이야기는 그녀가 겐지로부터 습자를 배우는 모습을 묘사하여 그녀의 존재가 양모 무라사키노우에와 연관되어 감을 암시한다. 아카시 아가씨를 위해 준비된 습자 종이의 색깔이 보라색이었던 것은 그녀가 습자를 통해서 무라사키노우에의 고귀함과 이어져 감을 단적으로 보여준다.

아가씨가 사용하는 벼루상자가 크고 훌륭하게 만들어진 것이었다는 점은 궁중에서 활약할 장래를 고려해서 어릴 때부터 마음을 다해 교육해 온 아버지 겐지의 노력을 느끼게 한다. 이러한 노력은 매화가 지권에도 보이는데 딸의 입궁을 위해서 습자본을 모으고 사람들에게 글씨를 부탁하는 아버지로서의 겐지의 모습이 부각되어 있다. 본문에서 『고킨와카슈』나 『고만요슈』가 언급되는 것은 그녀의 미래의 황후로서의 정치적 위치와도 관련된 것인데, 한층 더 주목할 점은 그러한 겐지의 행위가 후지와라 유키나리나 후지와라 사리의 딸의 경우처럼 서도를 전문으로 하는 서예가의 딸을 교육하는 모습을 떠올리게 한다는 점이다.

당시는 여성의 사회활동에 제약이 있었던 시대이지만, 전문적인 서예가로 활약했던 여성의 존재가 분명히 있었고, 『겐지 이야기』의 아카시 아가씨 교육의 예는 아버지의 딸 교육의 구체적인 모습을 보여주는 것 같다.

헤이안 시대의 여성 교육은 유모나 뇨보 등의 여성이 담당하는 것이 일반적이었다고 생각되지만, 이상의 서도교육의 예는 아버지가 딸의 교육에 깊게 관여하고 있었음을 나타내고, 남성에 의한 딸 교육이라는 측면을 부각시킨다. 즉, 와카나 서도 등 문예의 영역에 있어서 아버지의 지도가 눈에 띄는 셈이다. 유년시대에 아버지로부터 정성껏 교육을 받은 아카시 아가씨의 경우, 겐지가 죽고 없는 우지십첩[宇治十帖]의 세계에서는 대궁(大宮)으로 등장하여 궁중의 질서를 유지하는 어른의 역할을 수행하는 모습으로 그려진다.

또한 스가와라 다카스에의 딸은 『사라시나 일기』를 남기고 『하마마쓰추나곤 이야기[浜松中納言物語]』의 작자로서 추정되고 있는 것처럼 일본문학사에 있어서 뚜렷한 자취를 남기고 있다. 이렇게 활약하는 여성이 되기까지의 바탕에는 아버지의 교육이 일정한 부분을 차지하고 있었을 것이라고 생각된다.

게다가 『야학정훈초』를 저술한 세손지 고레유키의 딸 겐레이몬인 우경대부는 궁중에서 일했으며, 전란을 경험하고 전쟁에서 잃어버린 사람들을 향한 그리움을 와카로 묶어 『겐레이몬인 우경대부집』을 남겼다. 이 작품은 그녀의 문학적 감수성과 글솜씨를 보여준다. 『겐지 이야기』의 구절구절을 정독한 고레유키가 딸에게 서도의 비전을 저술하여 남긴 것은 마치 겐지가 아카시 아가씨에게 서도의 규범이 되는 책들을 전한 것을 떠올리게 한다.

이상의 고찰을 통해 『겐지 이야기』에 그려진 겐지의 딸에 대한 서도 교육은 작품 속에 언급되는 선행하는 문학작품들, 그리고 『겐지 이야기』를 읽고 향유한 지식인들이 남긴 후행 텍스트들의 관계성 안에서 살펴볼 때 그 특징이 명확히 보임을 알 수 있다. 아카시 아가씨의 서도 교육 이야기는 하나의 텍스트가 받아들인 세계와 창조해 낸 세계가 또 다른 텍스트를 생성해내고 그것이 일본의 문화 코드가 되어 고리처럼 이어져 가는 모습을 상징적으로 보여준다.

참고문헌

논문

藤田菖畔, 「紫式部の書道観－源氏物語の紙の色について」, 『語学・文学研究』9, 金沢
　　　大学教育学部国語国文学会, 1979.

尤海燕, 「'音'と'楽'－勅撰集の編纂原理」, 『古今和歌集と礼楽思想』, 勉誠出版, 2013.

遠藤邦基, 「表記の戯れ」, 浅田徹他, 『和歌が書かれるとき』, 岩波書店, 2005.

河添房江, 「梅枝卷の光源氏」, 『源氏物語の喩と王権』, 有精堂, 1992.

　　　, 「梅枝卷の文化的権威と対外関係」, 仁平道明 編, 『源氏物語と東アジア』, 新
　　　典社, 2010.

단행본

정순분 역, 『마쿠라노소시』, 갑인공방, 2004.

　　　・김효숙 역, 『사라시나 일기』, 지만지, 2014.

岡麓, 『入木道三部集』, 岩波書店, 1931.

犬養廉, 『新編日本古典文学全集－更級日記』, 小学館, 1994.

国史大系編修会, 『扶桑略記・帝王編年記』, 吉川弘文館, 1965.

橘健二・加藤静子, 『新編日本古典文学全集－大鏡』, 小学館, 1996.

糸賀きみ江, 『新潮日本古典集成－建礼門院右京大夫集』, 新潮社, 1979.

山中裕・秋山虔他, 『新編日本古典文学全集－栄花物語 2』, 小学館, 1995.

　　　　　　　, 『新編日本古典文学全集－栄花物語 3』, 小学館, 1998.

小松茂美, 『国宝 元永本 古今和歌集』上・下, 講談社, 1980.

　　　, 『元永本 古今和歌集の研究』, 講談社, 1980.

松尾聰・永井和子, 『新編日本古典文学全集－枕草子』, 小学館, 1997.

阿部秋生・秋山虔他, 『新編日本古典文学全集－源氏物語 1〜6』, 小学館, 1994〜1998.

川本重雄・小泉和子 編, 『類聚雑要抄指図卷』, 中央公論美術出版, 1998.

秋山虔, 『新潮日本古典集成－更級日記』, 新潮社, 1980.

春名好重, 『平安時代書道史』, 思文閣書店, 1993.

平岡武夫・今井清 編, 『白氏文集歌詩索引』下, 同朋社出版, 1989.

2부

장르의 경계

오토모노 야카모치[大伴家持]의 한문서

시서(詩序)에서 와카서[和歌序]로

박일호

1. 들어가며

만요슈[万葉集]의 작품들은 일반적으로 다이시[題詞]라는 제목을 가지고 있는데, 짧은 한문으로 쓰인 이러한 제목을 통해 작품의 성립 배경, 취지, 작가, 제작시기 등을 명시하고 있다. 그리고 경우에 따라서는 작품의 말미에 주(注)를 붙여서, 작가, 제작 취지, 제작 시기, 출전 등을 명기하고 있다.

그런데 만요슈에는 이러한 간결한 명기법과는 달리 비교적 긴 한문의 서(序)를 앞에 붙인 작품이 다수 수록되어 있다. 이른바 한문서(漢文序)라고 할 수 있는데, 서한 형식의 서문뿐만 아니라 작품 제작의 배경과 취지를 기록한 서문이 한시, 단가(短歌), 장가(長歌), 연작 단가 등에 붙여져 있다. 이러한 서문은 중국의 시(詩)나 부(賦)의 서문 형식을 모방한 것이라 할 수 있는데, 특히 만요슈 가인들에게 많은 영향을 준 『문선(文選)』에 수록된 '시의 서문'이나 '부의 서문' 이외에 악부시(樂府詩)의 서문, 왕발(王勃)·낙빈왕(駱賓王)을 중심으로 하는 초당시(初唐詩)의 서문 등의 방법을 수용하였다고 할 수 있다.[1]

이러한 만요슈의 한문서는 넓은 범위에서 『문선』의 시부(詩賦) 또는 초당시의 서문에서 활용되는 방법을 답습하고 있다. 하지만 만요슈의 한문서는 한시뿐만 아니라 와카와도 결합된 서문이라는 점에서 그 성격과 기능이 '한시문의 서'와는 다른 위상을 가진다. 이는 최초로 와카에 한문서를 붙인 오토모노 다비토(大伴旅人)의 작품이나 그에 이어지는 야마노에노 오쿠라(山上憶良)의 작품이 와카라는 일본 전통의 장르에 한문학의 시서 양식을 도입하여 독창적인 시세계를 표현하고 있다는 점에서 확인된다. 그런데 양식적으로 이질적인 것을 도입하여 외형적으로 와카에 결합시켰다는 것 이상으로, 내면적인 표현세계의 유기적 결합과 구조적 변이에 주목하며 새로운 양식을 시도한 가인은 위의 두 가인의 영향을 받은 만요슈 말기의 오토모노 야카모치(大伴家持)라고 할 수 있다. 야카모치는 서문의 제작에 있어 『문선』 수록 시부의 표현을 가져왔을 뿐만 아니라 선행가인의 작품을 보다 적극적으로 활용하였다.

그러나 이러한 적극적인 활용이 선행 작품이나 선행 가인에 지나치게 의존적이라는 비판을 받아 왔다. 그래서 야카모치에 있어서 '모방'

1　小島憲之 외, 『新編 日本古典文学全集 万葉集』 2, 小学館, 1995의 다자이(太宰) 장관 오토모경(大伴卿), 「흉문(凶問)에 답하는 노래 한 수」(제5권·793)·「일본만가(日本挽歌)」(제5권·794~799)·「매화의 노래 32수」(제5권·815~852)·「마쓰라가와(松浦川)에 노니는 서(序)」(제5권·853~863)의 주석 참조.

과 '창조'라는 문제는 그의 문학적 성과를 평가하는 저울과 같은 의미를 가지고 있어서, 비평의 시대적 경향, 또는 평자의 시선이 모방과 창조의 어느 한 쪽으로 기울어지는가에 따라 그의 문학적 달성은 최고점과 최저점을 오가며 큰 폭으로 흔들리게 된다. 특히 근대적 비평관으로 볼 경우 모방은 그대로 독자성의 결여나 타성으로 치부될 수 있어서 그의 문학은 당연히 낮게 평가되었다. 즉 가키노모토노 히토마뢰柿本人麻呂]나 오쿠라, 다비토 등이 이룬 문학세계에 들어서고자 하는 의욕만이 앞서서 그들을 무자각적으로 추종하여, 결과적으로는 그들의 아류에 머물러 버렸다고 하는 혹평이 가해졌다.[2] 따라서 야카모치의 한문서도 타성적 모방의 예로서 파악되어, 그 표현적·양식적 독창성은 주목받지 못했다.

그러나 전후, 특히 1970년대 이후부터 야카모치가 선행가인의 방법을 계승하는 과정 속에서 이루어낸 방법적 시도와 달성의 의의가 다양한 각도로부터 재조명되었다.[3] 이러한 경향 가운데 야카모치의 한문서가 전통적인 와카의 방법을 어떻게 이어 받아 자기화하였는가, 또 외래 한문학의 방법을 어떻게 받아 들여 와카화[和歌化]하였는가 하는 문제는 야카모치 문학세계를 재조명하는 회로의 하나로서 주목되게 되었다. 만요슈의 한문서는 이른바 '한문서+와카'라는 이질적인 장르의 결합인데, 이러한 독특한 결합에 있어 더욱 개성적인 시도가 이루지는 예가 아카모치의 작품이다.

---

2 土屋文明, 『万葉集私注』, 筑摩書房, 1969~1970; 吉井巖, 『万葉集への視角』, 和泉書院, 1990 등.
3 伊藤博, 『万葉集歌人と作品』上·下, 塙書房, 1975; 小野寬, 『大伴家持硏究』, 笠間書院, 1980; 橋本達雄, 『大伴家持作品論攷』, 塙書房, 1985; 多田一臣, 『大伴家持—古代和歌表現の基層—』, 至文堂, 1994 등.

하가 노리오[芳賀紀雄], 오노 히로시[小野寛], 데쓰노 마사히로[鉄野昌弘], 니시 가즈오[西一夫] 등의 연구를 통해 한문서 제작에 있어서 야카모치가 도입한 한시문의 표현과 선행 가인의 방법이 면밀하게 고찰되며, 표현의 전거와 관련해서는 그 전모가 밝혀졌다고 할 수 있다.[4] 하지만 이 연구들에 있어서 한문서와 관련된 논의는 어구의 출전을 규명하고 그 변용 양상을 고찰하는 데 중심을 두고 있어, '한문서와 시', '한문서와 와카'의 형식적인 관계 및 그 구조적 특성에 대한 논의는 아직 많은 과제를 남기고 있다.

이 글에서는 위와 같은 점에 주목하여 야카모치가 어떻게 와카의 형식과 표현에 한시문의 세계를 도입하여 독자적인 시세계를 조성하였는가, 또 와카에 한문서가 결합되는 형태가 단지 외면적인 형식의 차원을 넘어 어떻게 내면화된 구조 — 유기적 구조 — 의 문예양식으로 새롭게 인식되었는가 하는 문제를 고찰하고자 한다.

2. 오토모노 다비토의 한문서와 야카모치

야카모치의 문학에 큰 영향을 미친 가인으로서는 우선 습작기를 지나 가인의 길로 들어설 수 있도록 이끌어 준 오토모노 사카노에노이라

---

4 芳賀紀雄, 「家持の桃李の歌」, 『万葉集における中国文学の受容』, 塙書房, 2003(초출 1982); 小野寛, 「大伴家持の漢詩文」, 『上代文学と漢文学』, 汲古書院, 1986; 鉄野昌弘, 「転換期の家持―『臥病』の作をめぐって」, 『大伴家持「歌日誌」論考』, 塙書房, 2007(초출 1990); 西一夫, 「天平十九年春の家持と池主の贈答―「臥病」作品群の形成」, 『万葉』第174号, 万葉学会, 2000 등을 들 수 있다.

쓰메[大伴坂上郎女]를 들 수 있다. 하지만 한시문을 습득하고 문인의 세계에 나아가는 데 있어서 친부인 오토모노 다비토의 영향은 지대하였다. 한문서 제작에 한해서만 보아도 야카모치 작품 중 최초의 한문서(덴표[天平]19년 2월 29일에 야카모치가 이케누시에게 보내는 비가(悲歌) 2수(제17권·3965~3966)의 서문)는 다비토의 「다자이[太宰] 장관 오토모경[大伴卿]이 흉문(凶問)에 답하는 노래 한 수」(제5권·793)로부터 배워 제작되었다. 793의 서문과 3965~3966 사이에 직접적인 인용의 관계는 보이지 않지만, 3965~3966의 서문의 성립에 관여하고 있는 전작(前作) 3963의 표현이 다비토로부터 얻은 것이라는 점에 주목하면, 3965~3966의 서문이 다비토의 793의 서문에서 배웠다는 것을 알 수 있다. 즉 3965~3966의 서문 '뜻하지 않게 나쁜 병에 걸려 수십 일 간이나 고통 속에 있었습니다(忽沈枉疾, 累旬痛苦)'는 3962~3964의 제목 '뜻하지 않게 나쁜 병에 걸려 거의 황천길에 이르렀습니다(忽ちに枉疾に沈み, 殆と泉路に臨む)'로부터 가져온 것이고, 3963의 '세상은 덧없는 것인가(世の中は数なきものか)'는 다비토의 「흉문에 답하는 노래[報凶問歌]」(제5권·793)의 '세상은 덧없는 것이라고(世の中は空しきものと)'를 모방한 표현이다. 인간의 병고로 인해 탄식하지 않을 수 없는 '세상의 허무'를 표현함에 있어서 두 작품은 서로 이어져 있다. 그리고 793의 서문은 서간문 형식인데, 야카모치의 3965~3966의 한문서는 이 방법을 수용한 것이라 할 수 있다. 먼저 다비토의 793의 서문과 노래를 살펴보자.

　　다자이후 장관 오토모경이 흉문에 답하는 노래 한 수

　　불행이 거듭되며 부보를 연이어 받고 있습니다. 그저 마음이 무너지는 슬픔을 안고, 한없이 단장의 눈물을 흘리고 있습니다. 하지만 두 분의 도움을 받아 얼마 남지 않은 여명을 겨우 이어가고 있을 뿐입니다. 글로는 말하고자 하는 바를 다 표현할 수 없다고 하는 것은 예나 지금이나 원망스러운 일입니다.

太宰帥大伴卿, 凶問に答ふる歌一首

禍故重疊, 凶問累集. 永懷崩心之悲, 独流断腸之泣. 但依 両君大助, 傾命纔継耳. 筆不尽言, 古今所歎.[5]

이 세상살이

그저 덧없다는 걸

알게 됐을 때

실로 점점 더욱더

슬퍼질 뿐입니다

世の中はむなしきものと知るときしいよよますます悲しかりけり

― 제5권 · 793

한문서는 서간형식으로서 사륙변려문(四六騈儷文)을 모방하고 있으며 어구 표현은 법첩척독류(法帖尺牘類)[6]나 '오도부(呉都賦)(『문선』권5)', 초당(初唐) 사언(謝偃)의 '답가사(踏歌詞) 3수' 등에 의거하고 있다.[7] 서문은

---

5   한문 및 노래의 인용은 小島憲之 외, 『新編日本古典文学全集 万葉集』 1~4, 小学館, 1994
     ~1996에 의한다. 이하 동.

6   小島憲之, 『上代日本文学と中国文学』 中, 塙書房, 1964, 745~746면 참조.

7   井野口孝, 「旅人の報凶問歌」, 『セミナー 万葉の歌人と作品』 第四巻, 和泉書院, 2000 참조.
     「報凶問歌」의 한문에 대한 종래의 연구는 어구의 의미나 전거를 중심으로 이루어져 왔
     고 그 성과는 井野口孝에 의해 상세히 정리되었다. 이 글은 어구의 전거 규명을 중심으

불행이 거듭되고 부보가 이어져 비탄 속에 지내고 있는 심정을 서술하면서, 그 슬픔을 이겨낼 수 있도록 도와준 지인에 대한 감사의 마음을 표하고 있다. 서문에 이어지는 단가 793은 삶의 덧없음을 새삼 통감하며 더더욱 자신의 숙명적 슬픔을 탄식하고 있다.

서문에 인사의 내용을 담고 노래에서 구체적인 심정을 서술하는 방법은 한시문의 시서(詩序) 형식[8]으로부터 배운 것으로서 야카모치에게도 영향을 주게 된다. 하지만 서문과 노래 사이의 관계성에 있어서 야카모치는 다비토와는 다른 성격을 갖는다(후에 서술). 다비토의 경우 서문은 노래에 앞서 취지를 알리는 전제적 내용으로 이루어져 있으며, 노래의 표현이나 세계에 직접적으로 이어지지는 않는다. 위 작품에서 볼 수 있듯이 서문에서 '그저 마음이 무너지는 슬픔을 안고(永に崩心の悲しびを懷き)'라고 서술된 심정이 노래에서는 '실로 점점 더욱더 슬퍼질 뿐입니다(いよよますます悲しかりけり)'라고 읊어지고 있는데, 서문과 노래는 각각의 형식적 역할에 충실할 뿐 서로는 구조적으로 긴밀하게 연결되어 있지는 않다. 서문은 '두 분의 도움을 받아(依両君大助)'라고 하는 서간으로서의 인사가 중심에 놓여 있고, 노래는 '세상살이가 그저 덧없다는 걸(世の中は空しきものと)'이라고 하듯이 허무감의 자각과 자기탄식으로 향하고 있다. 서문과 노래는 이른바 등가적 관계에 있으며, 서문은 노래의 세계에 적극적으로 관여하려 하지 않는 지점에 위치하고 있다. 이러한 서문의 방법은 다비토의 다른 작품에서도 마찬가지로 확

로 한 문제에서 벗어나 한문서와 와카와의 관계, 한문서가 지니는 역할, 한문서가 노래에 붙여짐으로써 구현되는 구조에 대해 논한다.
8 각주 1 참조.

인할 수 있다.

　　송구스럽게도 보내주신 서한을 받고는 기분이 한결 좋아졌습니다. 그때에 문득 은하수를 건너는 견우와 직녀와 같이 애절한 마음이 들고, 또한 연인을 기다리다 지쳐 죽은 미생(尾生)[9]과 같은 심정으로 가슴이 미어졌습니다. 바라옵건대 헤어져 있어도 서로 무사하여 언젠가 뵈올 날을 고대할 뿐입니다.

　　노래와 서문 다자이장관 오토모 경

　伏辱来書, 具承芳旨. 忽成隔漢之恋, 復傷抱梁之意. 唯羨, 去留無恙, 遂待披雲耳.

　　歌詞兩首 太宰帥大伴卿

지금 용마가

있다면 좋을텐데

(아오니요시)

그대 있는 나라[奈良]에

갔다 오기 위해서

竜の馬も今も得てしかあをによし奈良の都に行きて来むため

—제5권 · 806

9　본문의 '다리를 붙잡은 마음(抱梁之意)'은 『문선』 「금부(琴賦)」의 이선(李善)의 주(注)가 전하는 고사에 의거한 표현. 미생이라는 남자가 다리 아래에서 여자와 만나기로 약속하였으나 아무리 기다려도 여자는 나타나지 않았고, 그러는 동안에 강물이 불어나 결국 다리를 붙잡은 채 죽었다고 하는 이야기를 가져와 기다림의 애절함을 표현하고 있다.

깨어나서는

만날 수도 없네요

(누바타마노)

한밤 꿈에선 내내

뵐 수 있게 해 주세요

現には逢ふよしもなしぬばたまの夜の夢にを継ぎて見えこそ

— 807

답하는 노래 2수(808~809) 생략

위 「용마 증답가[竜の馬の贈答歌]」의 서문은 다비토 작품 중 두 번째 한
문서에 해당하는데,[10] 서문은 '송구스럽게도 보내주신 서한을 받고는
기분이 한결 좋아졌습니다(伏辱来書, 具承芳旨)'라고 하며 서한을 보내준
상대에 대한 감사의 마음을 서술하며 상대를 만나고 싶어 하는 심정을
전하고 있다. 한편 노래는 '용마[竜の馬]'(806)[11] '한밤의 꿈[夜の夢]'(807)과
같이 만나고 싶은 자기의 마음을 구체적인 대상에 의거하여 표현하고
있으며, 서문으로부터 진전된 심상 세계를 읊고 있다. 하지만 서문이

---

10 서문의 작자에 대해서는 다비토설과 다비토로부터 서한을 받은 나래[奈良]의 한 사람이
라는 설로 양분되어 있지만, 주제와 표현에 있어서 서문과 노래가 이어져 있는 점을 중
시하여 다비토 제작설에 따른다. 露木悟義, 「竜の馬の贈答歌」, 『セミナー 万葉の歌人と
作品』第四卷, 和泉書院, 2000, 116~117면 참조.

11 상대와의 거리를 좁히기 위해 희구되는 '용마'는 서문의 '그때에 문득 은하수를 사이에
두고 그리워하는 견우와 직녀처럼 애절해져(忽成隔漢之恋)'로부터 연상될 수 있는 표현
이다. 그러나 해당 서문의 표현으로부터 얻었다기보다는 『옥대신영(玉台新詠)』의 「白
銅鞮歌」나 『문선』의 「別賦」등 시부(詩賦)의 표현으로부터 도입된 것이라 할 수 있다. 위
의 글, 118면 참조.

노래의 주제를 앞서 제시하거나 또는 노래가 서문의 표현을 이어받아 숙성시키거나 하지 않는다. 즉 서문의 표현은 노래에 도입되거나 변용되지 않으며, 서문은 이른바 전제적 자기충족의 형식으로서만 그 역할을 부여받고 머물러 있다.

이상과 같이 서간 또는 고토바가키[詞書]¹²와 같은 성격을 가지는 다비토의 한문서는 '한문서와 와카'라는 이질적인 양식이 병렬적으로 놓여 있으며, 시적 내포의 관계까지는 의도하고 있지 않다. 그러나 다비토의 「현금[日本琴]의 노래」(제5권·810~811)에 이르러서는 서문이 단순한 인사의 범위를 넘어 그 표현 영역을 노래의 세계까지 넓히고 있다.

오토모노 다비토 근상

오동나무 현금 한 개 쓰시마 유이시산의 오동나무 가지

이 현금이 꿈속에 처녀가 되어 나타나 "저는 먼 섬의 높은 산에 뿌리를 내리고 줄기는 넓은 하늘의 아름다운 빛을 받았습니다. 항상 연무에 휩싸여 산천의 끝을 떠돌고 아득히 바람과 파도를 바라보며, 베어질 듯 하면서도 베어지지 않은 채 살고 있었습니다. 그저 백년 후에도 덧없이 골짜기에서 썩어가는 것이 아닌가 하고 걱정을 하였습니다. 그런데 때마침 운이 좋게도 훌륭한 목수를 만나 베어져 작은 현금으로 만들어졌습니다. 음질이 나쁘고 음량이 부족한 것도 꺼리지 않고 군자이신 당신 곁에 항상 놓여 사랑 받는 현금이 되기를 바라고 있습니다"라고 하며 노래로 아뢰기를,

---

12 와카의 앞에 붙여서 제작 시기, 장소, 사정, 목적 등을 간단히 설명한 문장.

大伴淡等謹狀

梧桐日本琴一面 對馬結石山孫枝

此琴, 夢化娘子曰, 余託根遥島之崇巒, 晞幹九陽之休光. 長 帶烟霞, 逍遥山

川之阿, 遠望風波, 出入鴈木之間. 唯恐百年 之後, 空朽溝壑. 偶遭良匠, 剖

為小琴. 不顧質麁音少, 恒希 君子左琴. 即歌曰,

저는 언제쯤

좋은 소리 알아줄

사람이 있어

그 분의 무릎 위에

누일 수 있을까요

いかにあらむ日の時にかも音知らむ人の膝の上我が枕かむ

— 제5권·810

제가 그 노래에 답하여 이르기를

제 말 못하는

나무라 할지라도

반드시 너는

고귀한 분에게

사랑받는 현금이리라

　僕, 詩詠に報へて曰く

言問はぬ木にはありとも愛しき君が手馴れの琴にしあるべし

—811

풍아(風雅)의 세계에 젖은 허구의 작품인데, 서문은 '이 현금이 꿈속에 처녀가 되어 나타나 말하기를(此琴, 夢化娘子曰)'이라고 현금을 처녀로 의인화 하여 질 좋은 오동나무가 현금이 된 내력을 서술하며, '군자의 좌금(君子左琴)'이 될 것을 바라고 있다. 이어지는 처녀의 노래는 서문의 취지를 요약하는 형태로 자신의 좋은 소리를 알아 줄 사람을 기다리는 심정을 읊고 있다. 한편 그 답가는 '말 못하는 나무이지만 고귀한 분에게 늘 연주되고 사랑받는 훌륭한 현금'이라고 칭송하고 있다.

문면만으로 보면 현금을 모티브로 한 향락적 취미가 그려진 서문과 노래의 조합이지만, 구제되지 못하는 다비토의 불우함을 암시하는 우의(寓意)의 작품이라고 볼 경우에[13] 서문과 노래는 단순한 병치의 관계에 머물러 있지 않다. 서문의 '먼 섬의 높은 산에 뿌리를 내리고 ……베어질 듯 하면서 베어지지 않은 채 살고 있었습니다'가 노래에서 '말 못하는 나무'로 집약되며, 중용되지 못한 채 쓸모없는 신세가 된 자신의 불우함이 축약어 형태로 보다 강하게 표출된다. 또한 서문의 '군자의 좌금'이 노래에서는 '소리를 알아주는 사람 있어 그 고귀한 분이 사랑하는 현금'으로 치환되며, 자신을 인정해 주는 사람에 대한 찬미의 심정이 친밀한 형태로 표현되고 있다.

이와 같이 서간문을 노래에 대한 서문으로 붙이는 방법이 다비토에 의해 처음 시도되고, 나아가 단순한 친교적인 서간 형식을 넘어서 「현

---

13 古沢未知男, 「『淡等謹状』と『琴賦』」, 『漢詩文引用より見た万葉集の研究』, 桜楓社, 1966은 근상의 목적이 상경 청탁에 있다고 하였다. 이 글처럼 그 창작 의도를 정치적 목적과 결부시키는 설과 근상은 순수한 문학적 취미에 의한 제작을 의미한다는 설이 대립하며 제기되었다. 창작 의도와 관련해서 어떠한 입장을 취해도 노래의 표현은 서문과의 타성적·병렬적 관계를 무너뜨리고 새롭게 상호작용하며 전개되고 있다.

금의 노래」의 예처럼 서문과 노래가 심미적으로 상호관계를 맺는 문예 형식으로서의 '노래[和歌]의 서문'이 그에 의해 시도되었다. 야카모치는 이러한 '노래의 서문'의 방법을 받아들이며, 그것을 새로운 양식으로서 자각하고 보다 적극적으로 진전시켰다고 할 수 있다. 야카모치의 최초의 예를 살펴보자.

수령(守令) 오토모노 스쿠네 야카모치가 판관(掾) 오토모노 스쿠네 이케누시에게 보내는 비가 두 수

뜻하지 않게 중병 걸려 수십 일간이나 고통 속에 있었습니다. 많은 신에게 기도를 올려 이제 겨우 조금 나아졌습니다. 그러나 여전히 몸은 욱신욱신 아프고 피곤하며 기력은 약해져 있습니다. 아직 감사의 인사도 올리지 못하고, 그리운 마음은 점점 깊어갑니다. 지금이야말로 봄날 아침에 봄꽃은 그윽한 향기를 봄 정원에 퍼뜨리고 봄날 해질 무렵에 꾀꼬리는 봄 숲에서 지저귀고 있겠지요. 이러한 계절에 즈음하여 현금과 술은 즐겨야만 하지요. 흥에 겨워 노닐고 싶은 마음 간절하지만, 아직 지팡이를 짚고 나설 기운이 없습니다. 홀로 장막 안에 누워 우선 보잘 것 없는 노래를 지어 보았습니다. 경솔하게도 귀하에게 보내 웃음거리로 삼으시라고 생각했던 것이지요. 그 노래로 아뢰기를,

守大伴宿祢家持, 掾大伴宿祢池主に贈る悲歌二首
忽沈枉疾, 累旬痛苦. 祷恃百神, 且得消損. 而由身体疼羸, 甫力怯軟. 未堪二展謝, 係恋弥深. 方今, 春朝春花, 流馥於春苑, 春暮春鶯, 囀声於春林. 対

此節候, 琴罇可翫矣. 雖有 乗輿感, 不耐策杖之労. 独臥帷幄之裏, 聊作寸分
之歌. 軽奉 机下, 犯解玉頤. 其詞曰,

봄꽃은 지금

향기를 흩뿌리며

한창이겠지요

꺾어 머리에 꽃을

힘이라도 있으면

春の花今は盛りににほふらむ折りてかざさむ手力もがも

— 제17권 · 3965

꾀꼬리 울며

흩뜨려 놓을 봄꽃

언제쯤이나

그대와 함께 꺾어

꽂을 수 있을까요

うぐひすの鳴き散らすらむ春の花いつしか君と手折りかざさむ

— 3966

2월 29일, 오토모노 스쿠네 야카모치

二月二十九日, 大伴宿祢家持

한문서는 뜻하지 않게 병에 걸려 힘겨운 시간을 보내었지만 이제는
회복되고 있다는 근황을 알리며, 봄의 풍광을 즐기지 못하는 우울한

심정을 토로하고 있다. 홀로 장막 안에 누워있는 자신의 곤경과 모두와 함께 밖에 나가 봄의 풍광을 완상할 수 없는 괴로움을 호소하는 서간문인데, '안으로부터의 괴로움'과 '밖으로의 동경'을 대비시킨 '노래의 서문'으로서 이케누시에게 보내어져 있다. 한문서가 일차적으로 예의적 친교의 표명에 입각하고 있다는 점에서 이 작품의 서문은 「흥보에 답하는 노래」나 「용마 증답가」와 같은 작품의 서문 형식을 답습한 것이라 할 수 있다.

그러나 서문의 표현이 노래의 표현으로 활용되며 새로운 시세계의 성립에 긴밀하게 관여하고 있는 점은 「현금의 노래」의 방법을 진전시킨 것이라 할 수 있다. 서문에 이어 읊어진 노래 두 수(3965~3966)는 '봄꽃은 지금 향기를 흩뿌리며 한창이겠지요 / 꾀꼬리 울며 흩뜨려 놓을'과 같이 시각, 후각, 청각을 통해 봄 풍광을 포착하여 이를 즐길 수 없는 폐쇄적 상황을 탄식하고 있는데, 이 복합적인 감각 표현은 서문의 '지금이야말로 봄날 아침에 봄꽃은 그윽한 향기를 봄 정원에 퍼뜨리고 봄날 저녁에 꾀꼬리는 봄 숲에서 지저귀고 있겠지요'를 받아 이루어진 것이다. 즉 서문에서 제시된 후각적 이미지가 노래에서 '향기를 흩뿌리며 한창이겠지요(にほふらむ)'와 같이 시각과 후각이 통합된 하나의 어휘로 응축되고 또 서문의 청각 이미지는 '울며 흩뜨려 놓을(鳴き散らすらむ)'과 같이 청각과 시각이 통합된 공감각의 복합어로 표현되고 있다. 이와 같이 한문서의 표현은 노래에 이르러 감각의 복합적 전이가 이루어지며, 우울과 폐쇄적 상황에 대응하는 외적 세계의 경물 — 동경의 대상 — 이 구체적인 이미지로 형상화된다. 이러한 야카모치의 서문은 단순한 서한의 기능을 넘어서, 노래와 유기적으로 연결됨으로써 주제

를 구체적인 이미지로 형상화하는 이른바 '시적 기능을 의식한 와카의 표현 양식'의 하나로서 시도된 것이라 할 수 있다.

3. 야마노에노 오쿠라의 한문서와 야카모치

다비토에 이어서 오쿠라도 한문서를 붙인 다수의 작품을 남기고 있는데, 야카모치는 이러한 오쿠라의 작품으로부터도 그 방법을 수용하고 있다. 한문서의 수용이라는 관점에서 오쿠라와 야카모치의 관계를 논한 연구로서는 가나이 세이치[金井清一], 스즈키 다케하루[鈴木武晴], 사토 다카시[佐藤隆] 등이 있지만,[14] 이러한 연구는 주로 야카모치가 오쿠라의 어떠한 표현에 의거하였는가 하는 전거의 확정에 중심을 두고 있다. 하지만 이 글에서는 '한문서와 와카'에 의해 조성되는 구조에 주목하여, 오쿠라를 적극적으로 수용하면서 독자적인 방법을 추구한 야카모치의 양식적 실험을 고찰한다.

오쿠라의 작품에 있어 최초의 한문서는 쓰쿠시[筑紫] 다자이후[大宰府]의 상관인 다비토의 망처를 애도하는 「일본만가(日本挽歌)」(제5권·794~799)에 붙여진 서문에서 확인할 수 있다. '한문서+칠언시+장가(794)+반가(795~799)'로 구성되어 선행 가인의 작품에서는 볼 수 없는 복합형식의 장대한 작품이다.

---

14 金井清一, 「教諭史生尾張少咋歌の説話志向性」, 『万葉詩史の論』, 笠間書院, 1984; 鈴木武晴, 「史生尾張少咋を教へ諭す歌」, 『都留文科大学研究紀要』 제45집, 都留文科大学, 1996; 佐藤隆, 「大伴家持の教諭歌」, 『大伴家持作品研究』, おうふう, 2000 등을 들 수 있다.

무릇 듣기에는 사생의 생사는 꿈이 모두 덧없는 것과 같고 삼계의 윤회는 팔찌의 끝이 없는 것과 같다고 합니다. 그렇기에 유마대사도 사방 열 자의 작은 방에서 병고를 안고 계셨고, 석사여래도 사라쌍수의 숲에서 열반의 고통으로부터 벗어나실 수가 없었다고 합니다. 이러한 두 성인조차 죽음이 다가오는 것을 물리칠 수 없었고, 이 세상에서 어느 누가 찾아오는 죽음으로부터 벗어날 수 있겠는가 하는 것을 알았습니다. 밤과 낮이 서로 그 빠름을 경주하여 마치 눈앞을 지나치는 새가 아침에 날아가듯 빠르게 시간이 지나가고, 지수화풍의 사대 원소로 이루어진 사람의 몸은 각각의 요소가 서로 침범하여 마치 저녁에 말이 문틈을 달려 지나가듯 서둘러 스러져 버립니다. 오호 통재라, 아름다운 미모도 삼종지의와 더불어 영원히 떠나고, 하얀 피부도 부녀의 사덕과 함께 영원히 사라져 버렸습니다. 어찌 상상이나 해 볼 수 있었겠습니까, 부부 백년해로의 맹세도 덧없고, 외로운 새처럼 인생의 반을 홀로 살게 되리라고는. 향기로운 규방에는 병풍만이 쓸쓸하게 둘러쳐져 있어, 단장의 슬픔은 더더욱 견딜 수 없고, 베갯머리에는 명경이 덧없이 걸려 있을 뿐이니 탄식의 눈물은 한없이 떨어집니다. 황천에 이르는 문이 한 번 닫히면 다시 만날 방도도 없습니다. 오호 애재라.

蓋聞, 四生起滅, 方夢皆空, 三界漂流, 喩環不息. 所以維摩 大士在于方丈, 有懷染疾之患, 釈迦能仁坐双林, 無逸泥洹之 苦. 故知, 二聖至極, 不能払力 負之尋至, 三千世界, 誰能逃 黑闇之搜来. 二鼠競走, 而度目之鳥旦飛, 四蛇 争侵, 而過隙 之駒夕走. 嗟乎痛哉, 紅顔共三従長逝, 素質与四德永滅. 何 図, 偕老違於要期, 独飛生於半路. 蘭室屏風徒張, 断腸之哀 弥痛, 枕頭明鏡 空懸, 染筠之涙愈落. 泉門一掩, 無由再見. 嗚呼哀哉.

애욕의 강에 일렁이던 파도는 이미 사라지고

고해의 번뇌도 또한 맺지 못하고 사라져버렸네.

예부터 이 이승을 싫어하여 떠나려 하였고

부처님의 본원대로 저 극락정토에 의지하려네.

愛河波浪已先滅 苦海煩悩亦無結

従来厭離此穢土 本願託生彼浄刹

　　일본만가 한 수

우리 주군의 먼 조정이라 하는

(시라누이) 쓰쿠시 지방으로

우는 애처럼 그리워하며 내려와

세월은 아직 얼마도 안 됐건만

꿈에서조차 생각지도 못한 새

그만 맥없이 쓰러졌으니

무어라 말을 해야 할지 모르네

돌 나무에게 물을 수도 없구나

고향이라면 탈도 없었을 텐데

원망스럽게 떠나버린 아내여

이런 나에게 어찌하라는 건가

논병아리처럼 둘이 나란히 하여

다짐했었던 마음도 소용없게

집 떠나 가버리네

　　日本挽歌一首

大君の　遠の朝廷と　しらぬひ　筑紫の国に　泣く子なす　慕ひ来まして

息だにも　いまだ休めず　年月も　いまだあらねば　心ゆも　思はぬ間に

うちなびき　臥やしぬれ　言はむすべ　せむすべ知らに　石木をも　問ひ放

け知らず　家ならば　かたちはあらむを　恨めしき　妹の命の　我をばも

いかにせよとか　にほ鳥の　二人並び居　語らひし　心そむきて　家　離り

います

반가

　反歌

집에 돌아가

어찌하면 좋으리

(마쿠라즈쿠)

아내도 없는 침실

외롭기만 할 텐데

家に行きていかにか我がせむ枕づくつま屋さぶしく思ほゆべしも

—795

불쌍하게도

이렇게 돼버린 걸

그리워하며

찾아온 아내 마음

덧없기만 하구나

はしきよしかくのみからに慕ひ来し妹が心のすべもすべなさ

―796

원통하구나

이럴 줄 알았다면

(아오니요시)

쓰쿠시 구석구석

보여주었을 텐데

悔しかもかく知らませばあをによし国内ことごと見せましものを

―797

아내가 봤던

멀구슬나무 꽃은

져 버리겠네

내 우는 눈물 아직

마르지 않았는데

妹が見し棟の花は散りぬべし我が泣く涙いまだ干なくに

―798

오노산 기슭

안개가 자욱하네

내 탄식하는

숨결의 바람 탓에

안개가 자욱하네

大野山霧立ち渡る我が嘆くおきその風に霧立ち渡る

—799

　한문서는 처 잃은 다비토의 깊은 비애를 애도하고 있는데, 불교적 사생관을 배경으로 하는 한어(漢語)를 구사하면서, 마치 추선공양문(追善供養文)의 애도문[15]과 같은 형식으로 이루어져있다. 서문은 모두의 '무릇 듣기에는(蓋聞)'부터 '이 세상에서 어느 누가 찾아오는 죽음으로부터 벗어날 수 있겠는가(誰能逃黑闇之搜来)'까지의 1부, '밤과 낮이 서로 그 빠름을 경주하여(二鼠競走)'부터 '오호 통재라(嗟乎痛哉)'까지의 2부, '아름다운 미모도 삼종지의와 더불어 영원히 떠나고(紅顏共三從長逝)'부터 '외로운 새처럼 인생의 반을 홀로 살게 되리라고는(独飛生於半路)'까지의 3부, '향기로운 규방에는 병풍만이 쓸쓸하게 둘러쳐져 있고(蘭室屛風徒張)'부터 말미의 '오호 애재라(鳴呼哀哉)'까지의 4부로 나눌 수 있다. 1부에서는 인간은 말할 것도 없고 석가여래도 사멸의 고통으로부터 벗어날 수 없었다고 하는 생사윤회의 이치를 서술하고, 2부에서는 시간이 빠르게 지나가 버리는 소멸의 이치를 서술하고, 3부에서는 처의 미모도 삼종지의와 부녀의 사덕과 함께 영원히 스러져버렸다고 하는 허망함을 서술하고, 4부에서는 처를 잃고 홀로 탄식의 눈물을 흘린다고 하는 비애를 서술하고 있다. 4개의 단은 이른바 기승전결의 구조로 이어지며, 서문 전체는 처의 죽음으로부터 인해 실감하는 존재의 무상함과 사

---

[15]　芳賀紀雄의 앞의 책 수록 글 「憶良の挽歌詩」에 한시문의 영향 및 원문(願文)으로서의 특성에 대해 상세히 기술되어 있다(초출, 1978.6).

멸의 고통을 전하고 있다.

서문에 이어지는 7언시는 처의 죽음에 의해 애욕이나 번뇌로부터 자유로워졌고, 세상을 예토(穢土)라고 하여 멀리하며 극락정토를 염원하게 되었다고 처의 죽음 이후의 심정을 읊고 있다. 처의 죽음을 통해 그 이치를 깨닫게 되었다고 하는 점에서 서문에 이어지고 있다. 그러나 '처의 죽음으로 인해 이 예토에 대한 미련도 없어지고 이제는 왕생을 염원할 뿐이라고 하는 것이 진정 깨달음이라고 할 수 있겠는가'[16] 하는 의문이 남듯이, 얼마간의 거리로 불설(佛說)로부터 벗어나면서, 작자의 절망적인 고통은 유보된 채 처의 죽음 이후의 깨달음을 이성적으로 정리하려고 한다. 이 이성적 태도는 장가에 이르면서 처의 죽음에 절망하는 감성적 고뇌와 탄식으로 전개된다.

장가는 처의 죽음을 '그만 맥없이 쓰러졌으니(うちなびき臥やしぬれ)'라고 읊으며 직접적인 언급을 피하고 있는데, 이러한 완곡한 표현은 애써 처의 죽음을 인정하려 하지 않는 망집을 드러내고 있는 것이라 할 수 있다. 게다가 이 '5음·5음'이라는 파조(破調)는 의미상으로 끊어지는 부분이 되어,[17] 처의 상실과 삶의 단절을 음률의 변화로 두드러지게 나타내고 있다. 처의 상실이 홀로 남겨진 자신의 비애와 대비되며, 그 비애는 나의 어리석은 '푸념'[18]과 회한으로 표현되고 있다.

반가는 5수를 통해 처의 부재에 의한 당혹함, 탄식, 회한, 비탄이라는 뼈저린 슬픔을 시간적 추이에 따라 전개시키며, 서문으로부터 이어

---

16 鐵野昌弘, 「日本挽歌」, 『セミナー 万葉の歌人と作品』第五巻, 和泉書院, 2000, 44면.
17 小川靖彦, 「日本挽歌の反歌五首をめぐって」, 『日本上代文学論集』, 塙書房, 1990, 167면.
18 鐵野昌弘, 「日本挽歌」, 앞의 글, 48면.

받은 비애의 심정을 추스르고 있다.

이상과 같이 「일본만가」의 서문은 단지 주제를 제시하고 그 기능을 다하는 것에 머물지 않고, '서문(기) → 칠언시(승) → 장가(전) → 반가(결)'이라는 구조를 전개시키기 위한 논리적 출발점이 되면서 마지막 반가에까지 그 자장이 미치고 있다. 이러한 서문의 기능은 오쿠라의 다른 작품에서도 확인되는데, 와카 또는 시가군(詩歌群)의 앞에 놓이는 한문서는 한시문의 시서(詩序)에 대응할 수 있는 양식으로 의식되어, 이른바 와카서[和歌序]로 제작되었다고 할 수 있다. 한문의 표현이 와카의 표현에 적극적으로 활용되면서 와카의 세계에 깊게 관여하고 있다고는 할 수 없지만, 한문서는 작품 전체의 전개에 있어서 '논리적 방향 제시'의 역할을 수행하고 있다. 즉 오쿠라에 있어서 '한문서'는 주제 면에서 시 및 와카에 이어지면서, 논리적으로 시가의 세계를 완결하게 하는 양식이라고 할 수 있을 것이다.

야카모치는 이와 같이 시가군의 유기적 구성에 관여하는 서문의 기능을 적극적으로 자신의 창작에 도입하고자 하였다. 예를 들자면, 「서기(書記) 오하리노 오쿠이[尾張少咋]를 타이르는 노래 한 수」(제18권·4106~4109)의 한문서는 이어지는 와카와 표현을 공유하지는 않지만, '칠거지악(七去之惡)' '삼불거(三不去)' '양처례(両妻例)' '조서(詔書)' 등을 들면서 '부부의 윤리'를 법리적으로 제시하는 서론의 형태로 되어 있다. 그리고 '부부애와 윤리성'이라고 하는 주제가 장반가에 인도되어 구체적이며 희화적으로 그려지며, 전체 시세계가 반가 3수에 이르러 결론처럼 매듭지어지고 있다.

그런데 야카모치는 이러한 오쿠라의 논리적 전개 방식을 수용하면서도 더 나아가, 한시문적 방법을 넘어서 '서문'과 '와카' 사이에 새로운 상호작용이 일어나도록 표현의 연쇄적 관계를 중시하는 '한문서+와카' 양식의 가능성을 개척하였다. 오쿠라의 한문서가 바로 한시의 서문으로부터 배운 '시문의 방법'을 완고하게 적용하고 있는 것에 비하여, 야카모치의 한문서는 구조뿐만 아니라 표현의 활용이나 프로세스를 중시하여 어디까지나 '와카의 방법'에 의거하면서 새로운 양식을 시도하고 있다. 즉 서문에서 제시되는 주제나 심상이 와카의 언어로 변주되면서 새로운 리듬을 만들고 그 흐름 속에서 반가 또는 가군의 최종부는 주제를 반추하며 논리적 귀결로 정착시킨다. 이러한 야카모치 한문서의 기능과 특성에 대해서는 다음 장에서 살펴보자.

4. 오토모노 야카모치의 와카서[和歌序]

다비토와 오쿠라에 의해 시도된 한문서는 야카모치에 이르러 방법적으로 확대되어, 새로운 '와카양식'으로서 성립하게 된다. 야카모치는 다비토 한문서의 서한적 기능과 오쿠라 한문서의 논리적 기능을 융합하여 서문을 새로운 요소로서 와카와의 상호작용에 관여하도록 함으로써 와카서[和歌序]의 양식적 가능성을 개척하였다고 할 수 있다. 이러한 시도가 잘 드러나는 작품이 덴표[天平]19년(747) 2월 20일부터 시작되는 일련의 가군(歌群)이다. 각 노래의 제목과 개요를 제작 순으로 열거하면, 다음과 같다.

① 2월 20일 야카모치 / 와병중의 독영가(獨詠歌)

② 2월 29일 야카모치 / 이케누시〔池主〕에게 보내는 비가 2수

    (A) 한문서 : 뜻하지 않게 병에 걸렸으나 접차 회복 되어 가는 상황과

        봄 풍광에 대한 동경

    단가 : 봄꽃을 즐길 수 없는 병고에 대한 탄식

③ 3월 2일 이케누시 / 야카모치에게 보내는 답가 2수

    (A') 한문서 : 야카모치의 문장에 대한 상찬과 봄 풍경을 함께 완상할

        수 없는 쓸쓸함

    단가 : 병 때문에 봄의 아름다운 경치를 감상 할 수 없는 야카모

    치에 대한 위로

④ 3월 3일 야카모치 / 다시 보내는 노래 1수

    (B) 한문서 : 자신의 문재(文才)에 대한 겸손

    장반가 : 병고의 슬픔과 이케누시에 대한 감사, 그리움

⑤ 3월 4일 이케누시 / (야카모치에게 보내는) 칠언만춘삼일유람 1수

        (七言晚春三日遊覧 一首)

    (C) 한문서 : 만춘의 풍광과 주연을 함께 즐기지 못하는 슬픔

    칠언율시 : 곡수(曲水)의 연회를 떠오르게 하는 즐거운 연회의

    모습과 만춘의 풍광에 대한 찬미

⑥ 3월 5일 이케누시 / (다시 보내는 답가 1수)

— 3973〜3975

(B') 한문서 : 야카모치의 문재(文才)에 대한 상찬

    장반가 : 야카모치의 슬픔에 대한 위로와 야유회에의 권유

⑦ 3월 5일 야카모치 / (이케누시에게 보내는 칠언율시 및 단가 2수)

— 3976〜3977

(C') 한문서 : 이케누시의 시문에 대한 감사의 인사

    칠언율시 : 만춘의 풍광에 대한 동경과 그것을 즐기지 못하는

    탄식

(D) 단가 2수 : 만춘의 경치를 즐기지 못하는 안타까움과 원망, 이케

    누시를 연모하는 마음

위와 같은 ①〜⑦ 가군 각 작품들은 선행하는 작품의 제목[題詞], 한
문서, 노래(장반가 또는 단가)로부터 표현이나 시상을 이어 받아 전개되
고 있다. 이러한 표현의 도입과 전개에 있어 상호 대응하는 관계를 적
시하면 아래와 같다.

① 2월 20일 야카모치 / 와병중의 독영가

— 제17권 · 3962〜3964

- 3962〜3964의 제목[題詞] 「뜻하지 않게 중병에 걸려 거의 황천길에 이
  르렀습니다(忽沈枉疾, 殆臨泉路)」 → ② 단가 3965〜3966의 한문서
  「뜻하지 않게 중병에 걸려(忽沈枉疾)」

- 장가 3962의 본문 「끔찍한 고통 나날이 악화되니(痛けく し 日に異に増
  さる)」 → ② 단가 3965〜3966의 한문서 「수십일 간이나 고통 속에

있었습니다(累旬痛苦) …… 하지만 아직 몸은 욱신욱신 아프고 피곤하며 기력은 약해져 있습니다(而由身体疼羸, 筋力怯軟)」→ ④ 장가 3969의 본문 「그만 쓰러져 침상에 드러누워 끔찍한 고통 나날이 심해지니(うちなびき床に臥い伏し 痛けくの日に異に増せば)」

② 2월 29일 야카모치 / 이케누시에게 보내는 비가 2수

— 3965~3966

(A) 단가 3965~3966의 한문서

- 한문서의 「봄꽃은 그윽한 향기를 봄 정원에 퍼뜨리고(春花流馥於春苑)」→ ② 단가 3965의 본문 「봄꽃은 지금 …… 향기를 흩뿌리며 한창이겠지요(春の花今は盛りににほふらむ)」

- 한문서의 「봄날 해질 무렵에 봄 꾀꼬리는 봄 숲에서 지저귀고 있겠지요(春暮春鶯囀声於春林)」→ ② 단가 3966의 본문 「꾀꼬리 울며 흩뜨려 놓겠지요(うぐひすの鳴き散らすらむ)」

- 한문서의 「기력은 약해져 있습니다(筋力怯軟)」→ ② 단가 3965의 본문 「힘이라도 있으면(기력 회복된다면)(手力もがも)」

③ 3월 2일 이케누시 / 야마모치에게 보내는 답가 2수

— 3967~3968

(A') 단가 3967~3968의 한문서

- ② 단가 3965~3966의 한문서 「봄날 해질 무렵에 봄 꾀꼬리는 봄 숲에서 지저귀고 있겠지요(春暮春鶯囀声於春林)」→ ③ 단가 3967~3968의 한문서 「가련한 꾀꼬리는 잎사귀에 숨어서 울고 있습니다(嬌

鶯隱葉歌)」→ ④ 장가 3969의 본문 「우거진 숲에 숨어우는 꾀꼬리(繁
み飛び潜くうぐひすの声)」

④→⑤→⑥→⑦ 가군(歌群)을 마무리하는 난(乱)의 형식으로 종결

　본 가군은 형식면에서 (A)(서·단가)→(A')(서·단가), (B)(서·장반가)
→(B')(서·장반가), (C)(서·칠언율시)→(C')(서·칠언율시), (D)와 같이 네
개의 그룹으로 이루어져 있다. 시세계의 전개 양상을 보면 우선 (A·
A')에서는 와병 중에 있어서 흐드러지게 피어나 향기를 뿜어내고 있는
봄꽃도 완상할 수 없는 안타까움과 그 기분을 위로하는 심정이 담담히
서술된다(기). 이어서 (B·B')에서는 봄의 정경이 보다 구체적으로 그
려지면서 동시에 상대에 대한 그리움과 만날 수 없음을 심화된 형태로
표출되고(승), (C')에서는 두 사람이 공감하는 모습이 3월 삼짇날 곡수
연(曲水宴)이라는 중국 전래의 행사를 매개로 그려지며 변화된 정경이
더해진다(전). 그리고 (D)에서는 만춘의 경치를 즐기지 못하는 탄식과
이케누시를 그리워하는 심정을 서술하며 (A·A')로부터 (C·C')까지
이어져 온 주제를 간결히 정리하는 형태로 매듭짓고 있다(결).
　이상과 같이 형식과 시세계의 전개 양상을 살펴보면, 본 가군은 동
일한 주제로 일관되어 있는 한 묶음의 작품이면서, 앞선 그룹의 표현
과 주제는 다음 그룹이 이어받으며 전개와 전환을 거쳐 마지막 그룹에
서 매듭 짓는 연쇄구조를 이루고 있다. 즉 시간의 경과와 더불어 진전
되는 양자(야카모치·이케누시)의 심정과 정경의 모습이 각 그룹 간에 호
응하면서 전개되어 마지막에 그 주제가 반추되는, 이른바 기(A·A')→
승(B·B')→전(C·C')→결(D) 구조로 이루어져 있음을 알 수 있다.[19]

이러한 가군 전개에 있어서 중요한 역할을 하는 것이 바로 바로 한 문서이다. 위에서 살펴보았듯이 ② 야카모치의 비가 3965~3966의 한문서(A)는 앞선 ① 야카모치의 와병가 3962~3964의 표현을 취해 성립 되었고, 나아가 ③의 표현과 세계에까지 관여하고 있다. 한문서의 표현이 후속하는 와카의 표현에서 활용되며 구체적인 이미지를 형성하며 심정에 현실감을 더하면서 전개된다. 즉 선행하는 장가·반가의 제목이나 가구(歌句)가 한문서로 받아들여져 와카의 문맥에서 한시문의 문맥으로 한문화되고, 다시 그 한문의 표현이 다음 노래에 이어지면서 와카의 문맥으로 전환되어 파동처럼 전개되어 간다. 이러한 과정 속에서 와카는 한문서의 표현을 일본어화 하여, 분명한 맥락을 갖지 못한 언어들을 새롭게 조합하고 활성화하며 구체적인 의미를 드러낸다. 따라서 한문서가 가군에 참여함으로써 '한문서+(한시)+장반가+단가'는 서로 장르적 거리와 긴장을 내포하면서도 긴밀하게 결합된 하나의 작품으로서 완결된다고 할 수 있다.

이와 같이 야카모치는 와카의 제작에 있어서 선행하는 가인들과는 차별화되는 자기만의 방법으로 한시문을 활용하여, 와카의 표현 공간을 확대하고 심화하였다. 그 활용은 단지 어구의 차용이나 모방에 머물지 않고 새로운 가군의 구성방식을 의도하는 것이고, 한시문과 와카라는 장르적 이질성을 넘어서 새로운 양식의 창조를 시도한 것이다. 이러한 방법적 시도의 대표적인 예가 바로 시서(詩序)를 수용하여 자기화한 와카서[和歌序]라고 할 수 있다.

---

19 가군의 시상 전개의 양상은 졸고, 「家持反歌の転換と亂」, 『日本研究』第12号, 韓国外大 日本研究所, 1998에서 서술한 내용에 의거했다.

5. 나가며

오토모노 야카모치는 『문선』·초당시 등의 시서 형식을 앞서 수용한 오토모노 다비토·야마노에노 오쿠라의 방법에서 나아가 한문서와 와카가 유기적으로 연결되는 새로운 양식을 시도하였다. 그 한문서의 특성과 의의를 정리하면 다음과 같다. ① 야카모치 작품에 있어서 '한문서+와카'라는 형식은 표현의 반복적 수용과 변용을 통해 주제가 반추되고 음미되는, 이른바 표의(表意)의 프로세스를 중시한 양식이다. ② 한문서라는 이질적인 양식이 와카의 표현 세계에 지속적으로 관여하며 와카와 교섭하는 과정 속에서 한문의 문맥과 와카의 문맥은 균등화된다. ③ 한문서에서 제시된 시세계는 그것만으로 완결성을 가지지 못하고, 이어지는(받아들여지는) 와카를 통해 명확한 세계로 드러난다. 즉 한문서는 한시문의 형식이지만, 와카적 원리에 지배된다. ④ 야카모치는 선행 가인이 도입한 한문서의 방법을 이어받으면서도 더 나아가 한문서를 와카의 세계에 적극적으로 접근시켜 새로운 표현 수단으로서의 양식을 시도하였다. 즉 야카모치의 한문서는 새로운 양식성에 대한 의도와 의욕의 결과물이라고 할 수 있다. ⑤ 야카모치는 한문학 수용에 있어서 단지 어구의 차용이나 표현의 모방에 머물지 않고 '한문'과 '와카'라는 양식적 이질성을 넘어 새로운 양식의 창조를 시도하였다. 그 대표적인 예가 시서 형식을 응용한 '한문서+와카'라고 하는 '와카서[和歌序] 양식'이라고 할 수 있으며, 이는 한시문과 와카라는 장르적 경계를 넘어서는 새로운 양식의 성립을 의미한다.

참고문헌

논문

金井清一,「教諭史生尾張少咋歌の説話志向性」,『万葉詩史の 論』, 笠間書院, 1984.

鈴木武晴,「史生尾張少咋を教へ諭す歌」,『都留文科大学研究紀要』第45集, 都留文科 大学, 1996.

露木悟義,「竜の馬の贈答歌」,『セミナー 万葉の歌人と作品』第四巻, 和泉書院, 2000.

小川靖彦,「日本挽歌の反歌五首をめぐって」,『日本上代文学論集』, 塙書房, 1990.

井野口孝,「旅人の報凶問歌」,『セミナー 万葉の歌人と作品』第四巻, 和泉書院, 2000.

佐藤隆,「大伴家持の教諭歌」,『大伴家持作品研究』, おうふう, 2000.

鉄野昌弘,「日本挽歌」,『セミナー 万葉の歌人と作品』第五巻, 和泉書院, 2000.

단행본

江口冽,『大伴家持研究』, 桜楓社, 1995.

高木市之助,『高木市之助全集』第三巻, 講談社, 1976.

橋本達雄,『大伴家持作品論攷』, 塙書房, 1985.

吉井巌,『万葉集への視角』, 和泉書院, 1990.

多田一臣,『大伴家持－古代和歌表現の基層』, 至文堂, 1994.

芳賀紀雄,『万葉集における中国文学の受容』, 塙書房, 2003.

小島憲之,『上代日本文学と中国文学』中, 塙書房, 1964.

_____ 외,『新編日本古典文学全集 万葉集』1～4, 小学館, 1994～1996.

小野寛,『大伴家持研究』, 笠間書院, 1980.

伊藤博,『万葉集歌人と作品』上・下, 塙書房, 1975.

鉄野昌弘,『大伴家持「歌日誌」論考』, 塙書房, 2007.

清水克彦,『万葉論序説』, 桜楓社, 1987.

土屋文明,『万葉集私注』, 筑摩書房, 1969～1970.

근대 일본 번역 창가의 문예적 성격

박진수

1. 머리말

메이지유신에 의해 도쿠가와 막번 체제를 무너뜨리고 성립된 메이지 신정부의 최대 목표는 하루라도 빨리 일본을 서구 열강과 어깨를 나란히 할 수 있는 근대 국민국가로 만드는 것이었다. 1868년 메이지유신 직후, 1871년의 폐번치현(廢藩置県)을 비롯하여 징병제(1873년), 세제개혁(1873년)의 실시 등 국가 체제의 근본적인 구조개혁에 착수한 것은 바로 이와 같은 절박한 이유 때문이었다.

그런데 이러한 시급한 과제와 함께 메이지 신정부에 있어서 더욱 중요시된 장기 프로젝트는 국가발전의 초석을 다지는 일, 즉 교육의 근대화였다. 사실상 에도시대에는 일본 전역에 분포한 데라코야(寺子屋)[1]

를 통해 읽기와 쓰기 및 셈법 등의 기초적인 지식이 일반 서민들에게 보급되어 당시 일본인의 식자율은 세계 최고 수준이었다. 이러한 기초 위에 1872년 8월 메이지 정부는 근대적 학교제도를 도입한 '학제(學制)'를 제정, 반포하여 전국에 소학교와 중학교의 설치를 의무화했다.

소학교의 교과목은 습자, 독본, 수신, 산술, 양생법, 지학대의(地學大意) 등 14개였고, 중학교는 국어학, 역사학, 이학, 부기법(簿記法) 등 16개였는데, 소학교에는 '창가'(唱歌, "쇼카"로 읽음), 중학교에는 '주악(奏樂)'이라는 과목이 포함되어 있었다. '창가'는 영어의 'song' 또는 'vocal music'의 번역어에 해당하는데 아악(雅樂)에서 사용하는 '창가'(唱歌, "쇼가"로 읽음)라는 용어를 전용(轉用)해온 것이다. 아악의 '창가'는 악기의 선율을 입으로 읊조리는 연습법을 가리키는데, 새로운 '창가'는 '악기에 맞추어 노래를 바르게 불러서 "덕성을 함양하고 정조(情操)를 도야(陶冶)"하는 목적의 교과목' 또는 '불리는 노래 그 자체'를 가리키게 되었다.[2]

그러나 당시의 일본에는 이러한 음악을 가르칠 지도방침이나 교사도 없었고 교과서나 악기 등 여건이 갖추어져 있지 않았기 때문에 '당분간 이것을 뺀다(當分之키缺ク)'는 단서를 달아 '창가' 교육을 유보하지 않을 수 없었다. '창가'의 교육이 실제로 이루어지는 것은 1879년 음악

---

1 서민의 자제들에게 실무적인 지식과 기능을 교육한 민간 교육시설. 기원은 중세 사원으로까지 거슬러 올라가지만 에도시대가 되어 상공업의 발달과 사회 전반의 문서주의(文書主義)로 인해 실무 교육의 수요가 급증하자 전국에 16,560개, 에도에만 크고 작은 데라코야가 약 1,300개가 있었다. 1872년 학제가 실시되자 교사(敎師)와 교사(校舍)의 확보에 어려움을 겪던 정부는 기존 교육 시설인 데라코야를 활용했다.

2 團伊玖磨, 『私の日本音楽史』, 日本放送出版協会, 1999, 183〜185면 참조. 중학교의 교과목 '주악'은 말 그대로 음악과 함께 기악을 연주한다는 의미로 사실상 창가와 거의 동일한 의미로 사용되었다. 이 역시 소학교와 같은 이유에서 '당분간 뺀다(當分缺ク)'고 할 수밖에 없었다.

취조괘(音楽取調掛)가 문부성에 의해 설치되어 여기서 편찬한『소학창가집(小学唱歌集)』이 발행되고 나서부터이다. 그때까지의 약 10년간 '창가' 교과목은 사실상의 개점휴업 상태였던 것이다.[3] 본 글은 바로 이 '창가'의 교과서인『소학창가집』'초편(初編)'에 실린 외국 곡을 번안한 곡, 이른바 '번역창가(飜譯唱歌)'로 불리는 곡의 가사 텍스트에 대한 분석을 통해 당시 창가 가사의 문예적 특징의 일면을 밝히는 것을 목적으로 한다.

현재까지 국내에 근대 일본의 창가에 대한 여러 연구가 있으나 주로 한국의 개화기 창가와 관련한 언급이 대부분이며 일본 창가를 다룬다고 하더라도 국내 학계에 개괄적으로 소개하는 정도의 것이 많다. 최근에는 일본 창가에 대한 본격적인 연구가 나오고 있는데 '창가' 개념의 성립 과정이나 일본의 근대 국민국가 형성 과정에서의 창가의 역할에 관한 것들이 비교적 의미 있는 연구라 할 수 있다.[4] 그러나 역사적 관점에서 창가라는 장르 자체를 포괄적 시각으로 다룬 연구가 아닌 개개의 창가 가사를 텍스트로 하여 치밀하게 분석하고 그 문예적인 측면을 다룬 연구는 아직 많지 않은 것 같다.

---

3 위의 책, 185면.
4 이권희,「근대일본의 '소리문화'와 창가(唱歌)─창가의 생성과 '음악조사계(音樂取調掛)'의 역할을 중심으로」,『일본사상』Vol.19, 한국일본사상사학회, 2010, 107~137면; 이권희,「근대기 일본의 국민국가 형성과 창가(唱歌)─문부성창가(文部省唱歌)를 중심으로」,『日語日文學硏究』Vol.77 No.2, 한국일어일문학회, 2011, 283~303면; 林慶花,「식민지 조선에서의 창가, 민요 개념 성립사─일본에서의 번역어 성립과 조선으로의 수용 과정 분석」,『大東文化硏究』Vol.71, 성균관대 대동문화연구원, 2010, 329~364면 등이 이에 해당함.

2. 『소학창가집』 초편의 성립 과정

음악취조괘의 총책임을 맡은 사람은 이사와 슈지(伊沢修二, 1851~1917)였다. 그는 시나노[信濃] 지방의 다카도죠(高遠城, 현재의 나가노[長野]현)에서 하급무사의 아들로 태어나 도쿄대학[東京大学]의 전신인 다이가쿠난코[大学南校]를 나와 문부성과 공부성(工部省) 관료를 거쳐 관립 아이치사범학교[愛知師範学校]의 교장으로 있던 중 1875년부터 1878년 사이에 사범학교 교육조사를 명받고 미국에 유학하게 된다. 미국에서는 매사추세츠주 브리지워터사범학교와 하버드대학에서 수학했으며 당시 보스턴에 와있던 미국 초등 음악 교육의 1인자 루더 화이팅 메이슨(Luther Whiting Mason, 1818~1896)을 만나게 되어 그 지도를 받는다.

1878년 4월 유학생활을 마무리하면서 이사와는 미국 유학에 동행했던 유학생 감독 메가타 다네타로(目賀田種太郎, 1853~1926)와 연명으로 작성한 「학교 창가에 쓸 음악 취조 사업 착수 건의서」를 문부성에 제출한다. 여기에는 '무릇 음악은 학동들의 신기(神氣)를 상쾌하게 하여 그 면학의 피로를 해소하고, 폐와 장을 강하게 하여 그 건전함을 도우며, 음성을 맑게 하고 발음을 바르게 하며 청력을 좋게 하고 사고를 치밀하게 하고 또한 능히 심정을 즐겁게 하여 그 선성(善性)을 감발(感發)케 한다'[5]는 창가의 효용을 주장한다.

같은 해 5월 이사와는 귀국 후 곧바로 도쿄사범학교의 교장으로 부

---

5 團伊玖磨, 앞의 책, 188~189면에서 재인용(夫レ音樂ノ學童神氣ヲ爽快ニシテ其ノ勉學ノ勞ヲ消シ, 肺臟ヲ强クシテ其ノ健全ヲ助ケ, 音聲ヲ淸クシ, 發音ヲ正シ, 聽力ヲ疾クシ, 考思ヲ密ニシ, 又能ク心情ヲ樂マシメ其ノ善性ヲ感發セシム).

임하는데 그 사이에도 계속해서 음악 교육의 필요성을 주장하며 문부성에 '음악전습소(音楽伝習所)'의 설치를 건의한다. 이것이 받아들여져서 일본 최초의 음악 교육 기관인 음악취조괘가 설치된 것이 1879년 10월의 일이다. 이사와는 도쿄사범학교 교장직과 함께 이 음악취조괘의 총책임자인 고요가카리[御用掛]를 겸하게 된다. 고요가카리에 임명된 직후 그는 또 다시 문부성에 「음악취조괘에 관한 건의서」를 제출하여 ① 동서양의 음악을 절충하여 신곡을 만들어야 하며 ② 장래 국악[6]을 진흥할 인재를 양성해야 하며 ③ 모든 학교에서 음악을 교육해야 한다는 것을 주장했다. 이러한 주장은 이후 ①『소학창가집』등 창가 교과서의 제작 발행 ② 사범학교에서의 음악 교원 양성과 도쿄음악학교(음악취조괘의 후신, 현 도쿄예술대학)의 설립 ③ 각급 학교에서의 음악 교육의 확립으로 구체화·현실화된다.

이러한 과정에서 음악취조괘의 요청에 따라 문부성은 앞서 언급한 이사와의 음악 스승인 미국의 메이슨을 일본에 초청하여 그로 하여금 음악 교과서의 편찬과 음악 교사의 양성을 돕게 한다. 일반적으로는 유학 시절의 인연으로 이사와와 메가타의 강력한 요청에 의해 메이슨을 초청하게 된 것으로 알려져 있지만 나카무라 리헤이[中村理平]의 조사에 따르면 오히려 문부성의 다나카 후지마로(田中不二麿, 1845~1909) 몬부다이호(文部大輔, 현 문부성 차관에 해당) 등 문부성 수뇌부가 훨씬 전

---

6 오늘날 한국에서 '국악'이라고 하면 전통 음악을 의미하는 말로 들리지만, 19세기 말 당시 일본에서 '국악' 즉 '고쿠가쿠[國樂]'라고 하면 외래 문물과 함께 들어온 서양 음악도 아니고 궁중의 아악과 같은 전통 시대의 음악도 아니며 일본 내 각 지역에 산재한 지방 음악도 아닌, 그야말로 '중앙집권적 근대 국민국가로서의 일본'을 대표하고 상징하는 새로운 음악을 지칭하는 개념으로 사용되었다. 다시 말해 national language인 '고쿠고[国語]'와 함께 national music으로서의 '고쿠가쿠'가 필요했던 것이다.

부터 음악 교육의 필요성에 대한 확고한 인식을 갖고 있었고 이것이 정책 방향에 작용했다는 것이다. 음악취조괘를 설치한 것부터가 이미 이러한 상급자의 방침을 받아들여 이사와 등이 자신의 업무를 충실히 실현한 것으로 볼 수 있다는 것이다. 이렇게 볼 때 메이슨의 초청이 실현된 것 역시 큰 정책의 흐름 속에서 이사와와 메가타가 자신들의 인맥을 십분 활용하여 실무를 차질 없이 수행한 것으로 이해할 수 있을 것이다.[7]

1880년 3월 일본에 온 메이슨은 음악취조괘의 외국인 교사로서 근무하게 되면서 교사 양성 및 학생 지도를 담당하게 되는데 이와 함께 그가 맡은 또 하나의 중요한 임무는 바로 창가 교육에 사용할 교재의 선곡 작업이었다. 이 작업은 이사와가 책임자로서 총괄하는 가운데 메이슨이 선곡하면 여기에 궁내성 아악과(雅楽課)의 악인(楽人)[8]들이 음악취조괘의 조교로서 곡을 다듬고 문학자[9]들이 가사를 붙이는 식으로 진행되었다. 이렇게 해서 처음으로 만들어진 것이 1881년 11월에 발행된 『소학창가집』초편(총 33개의 곡 수록)이다.

이어서 음악취조괘는 『소학창가집』제2편(1883년 3월, 총 16곡), 『소학

7　中村理平, 『洋楽導入者の軌跡日本近代洋楽史序説』, 刀水書房, 1993, 485~489면 참조. 나카야마 리헤이의 조사에 따르면, 이미 1877년 11월 23일에 도쿄대학에서 열렸던 다나카 후지마로 몬부다이호의 연설회 내용 및 여러 가지 정황으로 미루어 보아 당시 문부성의 최고실력자로서 다나카는 자신의 교육사상에 입각하여 시종일관 창가 교육에 대한 필요성을 열정적으로 설파했다는 것이다. 나카야마는 이 책의 403면부터 553면까지 150면에 걸쳐 메이슨에 관한 철저한 실증적 조사를 통해 각종 기록과 행적 및 연구를 망라하여 그 결과를 싣고 있다.

8　우에 사네미치(上真行, 1851~1937), 오쿠 요시이사, 쓰지 노리우케[辻則承], 시바 후지쓰네[芝藤鎮]. 堀内敬三・井上武士, 『日本唱歌集』, 岩波書店, 1958, 242면.

9　이나가키 치카이(稲垣千穎, 1845~1913), 사토미 다다시[里見義], 가베 이즈오[加部巖夫]. 위의 책, 242면.

창가집』제3편(1884년 3월, 총 42곡), 『유치원창가집(幼稚園唱歌集)』(1887년 12월, 총 29곡) 등의 편찬을 이어가면서 초등 교육에 있어서의 창가 교과목의 기초를 다졌다. 그 사이에 1887년 10월에 음악취조괘는 도쿄음악학교로 개칭되고 이사와가 교장으로 취임한다.

1888년부터는 이『소학창가집』과 병행하여 민간에서 발행한 창가집이 문부성의 검정을 거쳐 각급 학교에서 채택되기도 했다. 예를 들면 오와타 다케키(大和田 建樹, 1857~1910)와 오쿠 요시이사(奧好義, 1958~1933)의『메이지창가(唱歌)』(1888~90년 사이에 제1집부터 제6집까지 발행) 등이 그것이다. 그 이후로도 관선 혹은 민선 창가집이 계속적으로 간행되었다. 도쿄음악학교에서 편집한『중등창가집(中等唱歌集)』(1889년), 도쿄음악학교의 교관인 고야마 사쿠노스케(小山作之助, 1864~1927)가 편집한『국민창가집(唱歌集)』(1891년), 이사와 자신이 단독으로 편집한『소학창가(小学唱歌)』(1892~93년) 등이 이어지면서 도쿄음악학교의 조교수 야마다 겐이치로(山田源一郎, 1870~1927)와 같은 사람은『대첩군가(大捷軍歌)』(1894~1897)와 같은 군가집도 창가집으로서 편집, 보급하여 창가의 '국민적 확산'에 기여했다.

이러한 흐름 속에서 문부성에서 직접 편집한『심상소학독본(尋常小学読本)』의 운문 텍스트를 기반으로 구성한『심상소학독본창가(尋常小学読本唱歌)』(1910년 7월)에 이르러 문자 그대로 '문부성 창가'라는 것이 탄생하게 되었다. 또 이를 바탕으로 1911년부터 1914년 사이에 각 학년별 전6권의『심상소학창가(尋常小学唱歌)』가 출현했다. 오늘날 일본에서 애창되고 있는 소위 '문부성 창가'라는 것은 주로 이때에 수록된 곡들을 가리킨다.

『소학창가집』초편부터『심상소학창가』에 이르기까지의 30여 년 간 일본의 음악 교육은 음악취조괘와 도쿄음악학교 혹은 문부성에서 직접 주도한 관주도의 창가 보급으로 이루어져 왔다는 것은 위에서 살 펴본 바와 같다. 그러다가 1918년에 이르러 이와 같은 관제(官製) 창가 는 하나의 새로운 도전에 직면하게 되었다.『빨간 새[赤い鳥]』(1936년 폐 간)의 창간과 함께 스즈키 미에키치(鈴木三重吉, 1882~1936)의 '동요'[10] 운 동이 출현한 것이다. 동요운동은 당시 다이쇼 데모크라시[大正デモクラ シ一]라 불리우는 자유주의·민주주의의 분위기 속에서 나타났다. 창 가에 대항하여 '좀 더 자유롭고 풍부한, 그리고 어린이의 마음에 와 닿 는 노래를 만들자'는 구호를 내걸고 민간에서부터 자연스럽게 일어났 다.[11]

---

10 일본어에서 '도요童謠'라는 한자어는 한국어 '동요'와 다소 차이가 있다. 한국어 '동요'
   의 사전적 정의는 '문학 장르의 하나로, 어린이들의 생활 감정이나 심리를 표현한 정형
   시. 형식상 음수율이 강화되어 음악성이 돋보이며 형식과 수사(修辭)를 중요시한다', '어
   린이를 위하여 동심(童心)을 바탕으로 지은 노래', 혹은 '어린아이들의 감정이나 생각을
   담아서 표현한 문학 장르의 하나. 또는 거기에 곡을 붙여 부르는 노래' 등으로 되어 있다.
   또 백과사전류나 음악용어사전의 경우에는 '어린이들의 세계에서 제재를 취하고, 어린
   이들이 늘 사용하는 말을 사용해서, 어린이들의 가창에 알맞도록 만들어진 노래' 등으로
   정의하고, 이하 기술에서 동요의 종류와 역사를 설명하고 있다. 일본어 '도요'의 사전적
   정의는 1차적 의미에 있어서 한국어 '동요'와 크게 다르지 않다. '어린이들이 부르는 노
   래', '동심을 표현한 노래' 등의 표현이 그러하다. 그런데 거의 예외 없이 다음과 같은 제2
   의 정의가 함께 기재되어 있다. '1920년대 이후 1940년대까지 어린이를 위해 만들어진
   노래.' 즉 '동요'를 '특정한 시대의 어린이 노래'로 규정하고 있는 점이 특이하다. 그러고
   보면 현재 일본에서 동시대의 어린이 노래는 일반적으로 '도요'라고 하지 않고 '고도모노
   우타(子供の歌; '어린이의 노래'라는 뜻)'라고 한다. 다시 말해 일본어에서 한자어 '도요'
   는 어린이들의 노래를 시대를 통틀어 부르는 '총칭'적 의미와 함께 특정한 시대의 역사적
   산물로서의 '어린이 노래'를 가리킨다. 뿐만 아니라 '창가' 역시 이러한 메이지 시대의 어
   린이들의 노래라는 역사적 개념으로서의 뉘앙스가 강하다. 上笙一郎,『日本童謠事典』,
   東京堂, 2005, 해당항목 153~154·194~197·260~262·431~433면 참조.
11 長田曉二,「時代とメディアがつくる子どもの歌」, 東海教育研究所『望星』3月号, 東海大学
   出版会, 2003, 19면.

그러나 동요운동이 제창될 때까지 창가는 당시 일본의 아동들이 음악적 정서의 기초를 형성하는 데에 유일한 영향을 준 미디어였다. 일본의 창가는 동요운동 이후에도 '메이지, 다이쇼, 쇼와昭和의 세 시기를 거치면서 소학교와 중학교라는 공통의 장에서 국정교과서 또는 검정교과서를 기반으로 공통의 노래'[12]를 전 국민을 상대로 보급해왔다. 특히 『심상소학창가』가 나온 1910년대부터 1940년대까지의 40년이라는 긴 세월 동안 일본 전국 심지어는 식민지 조선과 타이완까지도 국정교과서를 통해 거의 똑같은 노래를 '제국의 영토' 내에서 '일제히' 불러 온 것이라 할 수 있다.

본 글은 그 사실에 대한 가치판단을 하고자 하는 것이 아니며, 어떠한 이데올로기에 입각한 단죄를 하고자 하는 것도 아니다. 다만 많은 사람들이 자신의 삶 속에서 하나의 문화적 코드를 형성하고 특정한 텍스트를 받아들여 내면화하는 한편 자기 나름대로 의미작용을 하면서 지내왔다는 엄연한 사실에 주목하고자 한다. 본 글에서는 번역창가 중에서 지금까지 불러지는 이러한 곡들의 노랫말에 대한 언어적·미학적 분석을 시도함으로써 외래문화 수용의 일반적 예를 고찰해보는 동시에 서구 문화의 동아시아적 변용이라는 관점에서의 구체적 사례를 검토하려는 것이다.

12　長田暁二,『歌でつづる20世紀』, ヤマハ, 2003, 39면.

3. 루소 작곡 〈멀리 보니〉의 수록

『소학창가집』 초편의 선곡은 앞서 말한 대로 주로 미국인 음악교육자 메이슨에 의해 이루어졌는데 수록된 곡은 크게 세 가지 종류로 대별된다. 우선 '태서명곡에 일본어 가사를 붙인 것(泰西名曲に日本語の歌詞をつけたもの)', '아악이나 속악으로부터 채용된 것(雅楽や俗学から採用されたもの)', '새로 창작된 것(新たに創作されたもの)'이 그것이다.[13] 『소학창가집』에서 '태서명곡에 일본어 가사를 붙인 것(泰西名曲に日本語の歌詞をつけたもの)' 즉 외국 곡을 번안한 것 중에서 오늘날까지 눈에 띄게 널리 사랑받고 있는 곡을 꼽으라면 〈멀리 보니[見わたせば]〉 〈반디[蛍]〉 〈나비[蝶々]〉의 세 곡 정도이다.

이 곡들은 하나같이 원래의 가사와는 상당히 거리가 있는 내용으로 번안된 것들이다. 문체에 있어서도 〈멀리 보니〉의 경우는 일본 고전의 문어체인 아문체(雅文體), 〈반디[蛍]〉의 경우는 한문체, 〈나비[蝶々]〉의 경우는 굳이 말하자면 구어체에 해당하여 당시의 '와칸요[和漢洋] 혼재'로 이야기될 수 있는 당시의 복잡한 시대상을 대변하고 있는 듯하다. 이 중 본 글에서는 우선 〈멀리 보니〉를 텍스트로 하여 당시 번역창가[14]

---

13 團伊玖磨, 앞의 책, 193면.
14 일본에서 '번역창가(翻訳唱歌)'란 외국의 민요나 애창가곡 등에 일본어 가사를 붙여서 학교에서 불려졌다는 의미로 사용되며 '와세이창가[和製唱歌]'와 대립되는 개념으로 사용하고 있다. 藍川由美, 「『翻訳唱歌集』について」, 藍川由美・中野振一郎, 『翻訳唱歌集 故郷を離るる歌』, DENON, 1998, 4면(CD). 그런데 당연한 이야기이지만 외래 문물이 들어와서 자문화의 전통과 접합이 일어나면 어떤 식으로든 형식상의 혹은 내용상의 변용이 일어나게 마련이다. 창가의 경우도 마찬가지여서 특히 메이지 시대의 것을 비롯하여 대부분의 경우 '번역창가'는 개사의 정도가 심한 경우가 많아서 사실상 '번역'이라기 보다 '번안'이라는 말이 더 어울릴 수 있다.

의 문예적 특징을 살펴보려 한다. 먼저 곡의 도입 과정과 수록 과정에 관해 잠시 살펴보겠다.

〈멀리 보니〉는 시바타 기요테루[柴田清熙]와 이나가키 치카이[稲垣千穎]가 각각 1절과 2절을 작사한 것으로 알려져 있다. 이 곡은 지금도 전 세계 여러 나라에 널리 알려진 멜로디이며 일본과 한국에서는 보육원 혹은 유치원에서 유아들을 상대로 한 노래 지도나 동작 지도에 자주 등장하는 메뉴의 하나이다. '주먹 쥐고 손을 펴서~'로 시작되는 누구나 들었음직한 노래, 바로 〈주먹 쥐고 손을 펴서〉이다. 이 곡의 원래 작곡자는 프랑스의 계몽사상가 장 자크 루소(Jean-Jacques Rousseau, 1712 ~ 1778)로 알려져 있다. 원곡은 1752년 10월 18일 루이 15세 앞에서 공연된 후 1753년 3월 1일부터 일반에 공개된 오페라 〈마을의 점쟁이(Le Devin du village)〉의 제8장 판토마임에 사용된 곡이다.

루소의 작곡 이후 이 곡은 영국을 비롯한 유럽과 미국에서 여러 형태로 변형되어 받아들여지게 된다. 지금의 멜로디에 가깝게 변주된 것은 1812년 독일계 영국인 피아니스트 요한 밥티스트 크래머(Johann Baptist Cramer, 1771~1858)에 의한 〈루소의 꿈(Rousseau's Dream)〉에서부터이다. 그 이후 잘 알려진 것이 1773년에 존 포셋(John Fawcett)가 작사한 찬송가 〈그린빌(Greenville)〉이다. 또 미국에서는 '소중히 기르던 거위가 죽었다고 로디 아줌마에게 가서 말해'라고 시작하는 민요 〈로디 아줌마에게 가서 말해(Go tell Aunt Rhody)〉가 되었다.

일본에는 1874년 최초로 밥티스트 교회가 발행한 『성서의 초서(聖書之抄書)』에 찬송가 〈그린빌〉이 「그대의 인도자」라는 가사가 붙여진 상태로 수록되어 받아들여졌으나 1931년 이후에는 찬송가 목록에서 사

라진다. 이에 대해 이 곡과 루소와의 확증적 관계를 찾기 위해 유럽 각지를 조사 연구하여 의미 있는 성과를 발표한 음악학자 에비사와 빈(海老沢敏, 1931~)은 그의 저서 『주먹 쥐고 손을 펴서 고찰むすんでひらいて考]』에서 '찬송가로 실으려 해도 창가와 군가로서 너무 많이 알려져 버린 것이 요인이 아닐까'[15] 하는 해석을 내놓았다.

『소학창가집』 초편에 실린 〈멀리 보니〉의 가사는 작사자 시바타와 이나가키가 헤이안 시대(平安時代, 794~1192년)의 왕명에 의해 편찬된 시가집인 『고킨와가슈(古今和歌集)』(912년)의 와카(和歌)를 바탕으로 하고 있다. 소세이호시(素性法師, 생년미상~910?)의 '멀리 보니 버드나무 벚나무 한데 어울려 도회지의 봄은 비단이 되었구나(みわたせば柳桜をこきまぜて宮こぞ春の錦なりける)'라는 와카를 응용한 것이다. 원래 와카의 세계에서는 단풍으로 물든 가을 풍경을 비단에 비유하는 경우가 일반적이지만 여기서는 봄의 버드나무와 벚꽃의 색조를 시각적으로 제시하면서 가을과는 또 다른 색다른 '비단'으로 표현했다고 할 수 있다. 이러한 와카의 우아함과 정취를 그대로 가져와 설명적으로 읊은 노래가 〈멀리 보니〉이다.

그런데 이 가사는 찬송가와 함께 널리 보급되기 이전에 이미 교과서에도 더 이상 수록되지 않고 사람들의 기억에서도 희미하게 사라져버렸다. 그것은 초등학생이 배우고 부르기에는 다소 위화감이 느껴질 정도로 지나치게 고상하고 품격이 높은 가사이기 때문일 것으로 생각된다. 또 당시에 대두되는 군국적 분위기 속에서 아무래도 군가가 더 급

---

15 海老沢敏, 『むすんでひらいて考』, 岩波書店, 1986, 242면.

속도로 확산되었을 것이다.[16]

실제로 이후에 이 곡은 1895년 청일전쟁 때에 도쿄음악학교의 교수 도리이 마코토[鳥居忱]에 의해 작사되어 〈전투가(戰鬪歌)〉라는 제목으로 군가집인 『대동군가(大東軍歌)』에 수록된다. 모두 부분의 '멀리 보니'은 똑같지만 '멀리 보니 몰려들 온다 / 적의 대군 우습구나 / 이미 전투는 시작되었네 / 나가자 사람들아 쳐서부수자 / 탄환을 넣고서 격파하라 / 적의 대군을 격파하라'와 같은 내용이다. 군가로서의 박력 때문인지 일반에는 학교에서 배운 우아한 분위기의 창가 〈멀리 보니〉보다 이 〈전투가〉가 더 많이 알려졌다. 재미있는 것은 청일전쟁 시기에 한국에는 창가 〈소나무〉로 중국에는 군가 〈상무의 정신(尚武之精神)〉으로 알려져 불리었다는 점이다. 한국의 경우는 〈멀리 보니〉의 영향, 중국의 경우는 〈전투가〉의 영향을 받은 것으로 보고 있다.

제2차 세계대전이 끝나고 나서 1947년에는 문부성에 의해 초등학교 1학년을 대상으로 한 최초의 '음악' 국정교과서가 『1학년 음악[一ねんせいのおんがく]』이라는 이름으로 발행되었다. 여기에는 완전히 새로운 가사로 등장하는 데 이것이 바로 〈주먹 쥐고 손을 펴서〉이다. 현재까지 보육원이나 유치원에서 널리 불리고 있다. 가사는 '주먹 쥐고 손을 펴서 / 손뼉 치고 주먹 쥐고 / 또 다시 펴서 손뼉 치고 / 그 손을 위로 (이후 반복, 마지막 구에서 밑으로, 앞으로, 옆으로 등 다양성을 부여함)' 그런데 이 새로운 가사의 작사자가 누구인지에 대한 정보는 전혀 알려져 있지 않다.

---

16 http://www.worldfolksong.com/closeup/musunde/intro.htm.

가사의 내용으로 보아 아마도 유아 교육의 현장에서 개사곡에 의한 '유희가'로서 불리기 시작한 것이라 상상해볼 수 있다.[17] 더욱 놀라운 것은 한국의 보육원과 유치원에서도 똑같은 가사를 사용하여 유아 대상 지도를 하고 있다는 점이다. 다만 노래의 후반부에서 일본어 가사에는 없는 '햇님이 반짝 햇님이 반짝 / 햇님이 반짝 반짝거려요'가 삽입되어 있다는 점만 다를 뿐이다. 양자의 유사성은 어떠한 것에서 비롯된 것인지, 일본어 가사에서 보이는 놀이 문화적 다양성과 한국어 가사에서 보이는 '반짝'이면서도 엉뚱 발랄한 창의성은 과연 어떠한 과정을 통해서 생겨나게 되었는지 하는 것은 흥미로운 주제일 수 있다. 에비사와 빈에 따르면 현재의 일본어 가사는 확증은 없지만 메이지 말기 즉 1910년 전후부터 항간에서 자연발생적으로 불리기 시작했다고 한다.[18] 그렇다면 더더욱 이 점에 관해서 향후 충실한 실증적 연구가 필요하다 하겠다.

4. 『고킨와카슈』와 『소학창가집』의 시점과 풍경

『소학창가집』초편에 실린 〈멀리 보니〉의 가사를 주로 수사표현과 운율 및 음성적 효과의 면에서 분석해 보겠다.

---

17 河嶋喜矩子, 「むすんでひらいて」, 『国文学 解釈と教材の研究』(特集 〈日本の童謡〉, 2004年2月 臨時増刊号), 学燈社, 2004, 117면.
18 海老沢敏, 『むすんでひらいて考』, 岩波書店, 1986.

見わたせば, あおやなぎ,	멀리 보니 파란 버들잎
花桜, こきまぜて,	벚꽃과 한데 섞여서
みやこには, みちもせに	도회지에는 길에 한가득
春の錦をぞ.	봄의 비단이로다.
さおひめの, おりなして,	사오히메(봄의 여신)가 짜 만들어서
ふるあめに, そめにける.	내리는 비에 색이 들었다.
みわたせば, やまべには,	멀리 보니 산 근처에는
おのえにも, ふもとにも,	봉우리에도 산기슭에도
うすきこき, もみじ葉の	엷고도 짙은 단풍 이파리
あきの錦をぞ.	가을의 비단이로다.
たつたひめ, おりかけて,	다쓰타히메(가을의 여신)가 짜 엮어서
つゆ霜に, さらしける.[19]	이슬서리를 맞고 있다.(직역−필자)

제4행째를 제외하고는 모두 5음구로 구성된 문어체의 노래로 전형적인 일본의 풍경을 읊고 있다.[20] 먼저 첫 구의 동사 '見わたす'는 '멀리까지 넓게 바라보다, 조망하다'는 뜻이다. 그리고 어미 '−せば'는 현대어와 달리 고어에서는 동사의 가정형(假定形)이 아닌 이연형(已然形)으로서 '확정적 사실의 가정'을 나타낸다. 따라서 '멀리까지 넓게 바라보면' '조망해 보면'이라기보다 '멀리까지 넓게 바라보니까' 또는 '조망해 보니까' 정도의 뜻으로 볼 수 있을 것이다.

---

19 堀内敬三・井上武士編,『日本唱歌集』, 岩波書店, 1958, 15면.
20 河嶋喜矩子, 앞의 글, 117면.

첫 구에 이러한 말이 오는 것은 어떤 의미인가? 자연스럽게 이후의 '풍경'에 대한 시점의 틀을 제공한다. 그 점에서는 와카의 경우나 창가의 경우나 또 창가의 1절이나 2절이나 크게 다를 바가 없어 보인다. 어느 경우나 풍경을 한 눈에 내다볼 수 있는 즉 조망권이 확보되는 어떤 지점에 서서 표현 대상을 바라보고 있다는 것을 의미한다.

여기서 헤이안 시대의 '멀리보다[見わたす]'와 메이지 시대의 그것은 과연 동일한 의미로 해석할 수 있는지에 대한 의문이 들기도 한다. 고정적인 시점에 의해 통일적으로 파악되는 대상 혹은 풍경은 근대라는 특수한 시대의 중요한 특징에서 비롯된 것이라면 약 천 년의 차이를 두고 있는 두 개의 텍스트에서 동일한 의미를 취할 수 있는 것인가? 가라타니 고진이 '근대에 있어서의 풍경이란 사생(寫生)이기 이전에 하나의 가치 전도'[21]라고 했듯이 양자 사이에는 어떤 큰 전환이 전제되어 있어야 하지 않을까 하는 생각이다. 그것은 '기호론적 배치의 전도(顚倒)' 혹은 '원근법적 전도'[22]라고 표현될 수 있는 방식에 의해서 획득되는 시점이라 할 수 있을지도 모른다.

실제로 와카의 텍스트와 창가의 텍스트에서 의미화되는 과정의 차이를 섬세하게 음미할 필요가 있다. 와카의 경우는 표현 대상이 순간적 장면 포착의 결과와 같은 것이라면 창가의 경우는 이와 달리 원경(遠景)과 근경(近景)을 구분 가능하게 하는 시간적 흐름을 느낄 수도 있을 것 같다. 그러한 의미에서 창가의 '멀리 보니[見わたせば]'는 일회적 순간포착적 동작이 아니라 연속적 계기적 사건의 중심 시좌를 확보하게

---

21 柄谷行人, 『日本近代文学の起源』, 講談社, 1988, 25면.
22 위의 책, 31면.

하는 동작으로 다가온다. 1절이 지나고 2절에서 또 다시 '멀리 보니'가 반복되는 경우 그 효과가 직접적이다. 적어도 1절과 2절은 한 장면에 포착될 수 있는 내용이 아니며 어떤 시간적 과정과 공간적 깊이를 고려해야만 의미화되는 사상(事象)인 것이다.

와카의 경우는 '버드나무 벚나무를 한데 섞여서(柳桜をこきまぜて)'라고 하여 대상을 시각적으로 열거하는 데에 그쳤지만 했지만, 창가는 '파란 버들잎'이라 하여 처음부터 특정한 색깔을 제시하고 있다. 뿐만 아니라 '길에 한가득(みちもせに)'과 같은 식으로 와카에는 없는 표현을 첨가하여 구사함으로써 좀 더 설명적인 느낌을 주고 있다. 어차피 와카의 표현은 5 / 7 / 5 / 7 / 7로 총 31개의 음절수로 제한된 가운데 어휘를 선택해야 하므로 압축적인 대신 설명은 포기해야 하는 것이라면 창가의 경우는 5 / 5가 여섯 번 반복되는 가운데 제4구를 예외로 하면 산술적으로는 1절 당 58개로서 도합 116개의 음절수를 허용 받은 것이 되므로 약 4배 정도의 여유가 있다. 따라서 필연적으로 무언가 와카에는 없던 내용을 대폭 첨가하지 않을 수 없었을 것이다.

이러한 점에서 봄의 여신인 '사오히메'를 등장시킨 것은 매우 절묘한 선택이었다고 본다. '사오히메'의 등장은 내용적으로 와카의 내용을 크게 벗어나지 않고 그 우아한 정취를 충분히 살리면서 '봄의 비단(春の錦)'을 잘 보충해주는 역할을 하고 있기 때문이다. 그 점은 2절의 '다쓰타히메' 역시 마찬가지이다. 특히 1절과 2절의 조응 관계가 충분한 설득력을 갖는 것처럼 보인다. 그러나 한편으로 7 · 5 또는 5 · 7조의 전통적인 리듬감에 익숙한 당시의 문학자들이 5 · 5의 자수를 맞추는 것에 다소 어색함을 느꼈을지도 모른다. 새로운 형식의 노래를 만들어

내는 것에 따르는 그만큼의 불안감도 있었을 것이라 여겨진다.

그리고 또 한 가지 음의 반복과 배치, 배열 등 음성적 효과의 측면에도 주목할 필요가 있다. 와카의 경우를 소리 나는 대로 알파벳 문자로 표기하면 다음과 같다.

miwataseba yanagi sakurawo kokimazete

miyakozo haruno nisiki narikeru

상구(上句)의 시작 음절과 하구(下句)의 시작 음절이 같은 것, 그리고 하구의 마지막 부분 어두에 'n'이 반복 되는 것 외에 특별히 의미 있는 규칙성은 찾기 어렵다. 이에 반해 창가의 경우는 다음과 같다.

miwataseba aoyanagi

hanazakura kokimazete

miyakoniwa mitimoseni

haruno nisikiwozo

saohimeno orinasite

huruameni somenikeru

miwataseba yamabeniwa

onoenimo humotonimo

usukikoki momijibano

akino nisikiwozo

tatutahume orikake**te**

tuyusimoni sarasi**keru**

표시를 통해 알 수 있듯이 각 구의 첫 음절은 'm', 'n', 't' '모음'이 반복적으로 사용되고, 끝 음절에 'i' 'e' 'o' '-ikeru' 등이 반복적으로 오며, 일일이 표시는 하지 않았지만 전체적으로 'm' 'n' 'h' 등이 많이 사용되고 있다. 이러한 경향은 작사자가 의식했든 의식하지 않았든 하나의 의미 있는 음성적 효과를 낼 수 있는 조건이 어느 정도 갖추어져 있다고 볼 수 있다. 동일한 음의반복을 통해 시(詩)다운 멋과 음의 안정감을 추구하고 'm'의 경우는 양순음으로서 파열음이나 파찰음보다는 상대적으로 부드럽고 편안한 느낌을 강조했다고 볼 수 있다.

5. 맺음말

근대 일본 최초의 번역창가집인 『소학창가집』 초편에 실린 〈멀리 보니〉는 프랑스 계몽사상가 루소 작곡의 오페라의 일부가 변주된 곡이 메이지유신 이후 일본에 들어온 것이다. 본 글의 고찰을 통해 1절과 2절의 작사자 시바타 기요테루와 이나가키 치카이 두 사람은 서로 머리를 맞대고 의논하며 여러 가지 측면을 고려하면서 오랜 시간 문장의 조탁(彫琢)을 거쳐 이 노래 가사를 완성한 것이 아닐까 하는 추측을 충분히 가능하게 한다. 메이지 시대 초기의 음악 교육에 종사한 음악취조괘의 작사자들은 이와 같이 각기 아문체, 한문체, 구어체를 구사하면서 악곡에 맞는 정서 표현과 음수와 음성적 효과까지 고려하며 작사 작업에 임했다는 것을 알 수 있다. 그 작사자들은 '문학자' 또는 '국문학자'들로서 '국어' 및 '국문학'과 함께 '국악'의 창출에 매진하여 메이지 신정부가 목표로 하는 근대국가의 형성과 국민의 교육이라는 대형 프로젝트에 이와 같은 방식으로 헌신했다고 할 수 있다.

참고문헌

논문

이권희, 「근대일본의 '소리문화'와 창가(唱歌)―창가의 생성과 '음악조사계(音樂取調掛)'의 역할을 중심으로」, 『일본사상』 Vol.19, 한국일본사상사학회, 2010.

_____, 「근대기 일본의 국민국가 형성과 창가(唱歌)―문부성창가(文部省唱歌)를 중심으로」, 『日語日文學研究』 Vol.77 No.2, 한국일어일문학회, 2011.

林慶花, 「식민지 조선에서의 창가, 민요 개념 성립사―일본에서의 번역어 성립과 조선으로의 수용 과정 분석」, 『大東文化研究』 Vol.71, 성균관대 대동문화연구원, 2010.

藍川由美, 「『翻訳唱歌集』について」, 藍川由美・中野振一郎, 『翻訳唱歌集 故郷を離るる歌』, DENON, CD, 1998.

河嶋喜矩子, 「むすんでひらいて」, 『国文学解釈と教材の研究』(特集 '日本の童謡', 2004年 2月 臨時増刊号), 学燈社, 2004.

長田暁二, 「時代とメディアがつくる子どもの歌」, 東海教育研究所, 『望星』 3月号, 東海大学出版会, 2003.

단행본

上笙一郎, 『日本童謡事典』, 東京堂, 2005.

海老沢敏, 『むすんでひらいて考』, 岩波書店, 1986.

柄谷行人, 『日本近代文学の起源』, 講談社, 1988.

團伊玖磨, 『私の日本音楽史』, 日本放送出版協会, 1999.

長田暁二, 『歌でつづる20世紀』, ヤマハ, 2003.

中村理平, 『洋楽導入者の軌跡日本近代洋楽史序説』, 刀水書房, 1993.

堀内敬三・井上武士, 『日本唱歌集』, 岩波書店, 1958.

기타

http://www.worldfolksong.com/closeup/musunde/intro.htm.

번역 / 번안의 분기

『장한몽』과 '번안의 독창성(originality)'

권정희

1. 1910년대 번안의 '모순적' 존재방식

이 글은 한국의 1910년대 초 번안이 번역으로 명명되던 현상을 저작권(Copyright)의 법제와 관련지어 그 역사적 의미를 규명하려는 것이다. 번안의 용어가 등장하지 않는 1910년대 번안의 존재방식을 저작권법제가 규정하는 '번안의 독창성(originality)'을 근간으로 두 개념이 분화되는 과정에서 자리매김하여 번안소설 『장한몽』을 둘러싼 번역 / 번안 개념의 자장을 탐색하려는 것이다.

선행 연구에 따르면 1910년대 초 번안의 용어는 사용되지 않고 별개로 인식하기보다는 번역의 방법으로 인식했다.[1] 번역 / 번안은 1910년대까지는 명확하게 구분되지 않고 혼재되어[2] 서사 텍스트의 연재물에 번안의 용어가 부기된 사례는 1922년 『매일신보』의 번안소설 백대진의 「유정」의 '번안(飜案)'이 최초이다. 1922년 이후 『매일신보』소설 연재란에서는 번역 아니면 '저작'이라는 구분으로부터 '창작' 아니면 '번역·번안'으로 인식 틀이 이행한다는 것이다.[3]

이러한 선행 연구의 성과 위에서 근대 초기 번안의 용어가 가시화되지 못했던 1910년대 번안의 존재방식은 다음과 같은 점에서 문제적이다.

첫째, 1908년 한국에 적용된 일본의 저작권법에는 번안이 명시되었다. 일본은 1899년 저작권보호에 관한 국제동맹 조약인 베른협약에 가입하여 adaptation을 번안으로 번역하였으며[4] 1890년대 번안을 창작에 비해 열등한 가치로 비판하는 논조도 드물지 않았다. 1910년대 번안의 용어가 널리 확산되었던 일본의 개념어 번안을 한국에서는 이례적으로 도입하지 않고 배제해 온 셈이다. 즉 일본의 번안소설을 번안의 범주 용어를 배제한 채 번안소설을 번역해 온 선택적 기제가 작용했다는 논리가 성립된다.

주지하는 바와 같이 1908년 한국에서 시행된 저작권법은 1899년 제정된 일본제국의 법률 제39호의 저작권법을 한국에 확대 적용했다. 저작권법과 출판법이 같은 해 동시에 시행되면서도 이 시기 한국의 판

1　최태원, 「일제 조중환의 번안소설 연구」, 서울대 박사논문, 2010, 12면.
2　이희정, 『한국 근대소설의 형성과 『매일신보』』, 소명출판, 2008, 104면.
3　최성윤, 「근대 초기 서사 텍스트의 저작, 번역, 번안 개념에 관한 고찰」, 『한국문학이론과 비평』 59, 한국문학이론과 비평학회, 2013, 228~229면.
4　제10조 "번안, 변곡 등과 같이 여러 가지 명칭으로 하는 문학적 혹은 미술적 저작물의 허락 없는 간접 표절은, 동일한 형체 혹은 그 밖의 형체에서 단지 주요하지 않는 변경 증보, 또는 절약을 더한 복제에 지나지 않아 특별히 신저작물로서의 성질을 구비하지 않는 경우에서는 본 조약을 적용하여 불법복제 속에 포함해야 할 것으로 함." 內務省警保局, 『著作権保護二関スル国際同盟条約·国際同盟条約追加規定·ベルヌ条約及追加規定二関スル解釈的宣言書』, 內務省警保局, 1898, 35면.

권은 저작권법이 아닌 1909년 공포된 출판법에 기초하여 작성함으로써 저작권법에 따른 저작권자보다 포괄적인 범주에 속한 판권상의 저작자 규정에 의거하여 저작권은 출판법의 구속력 하에 두어졌다.[5] 출판법이 유력했던 '당시의 출판 관행에서 실효를 거두지 못했던 저작권 법제'로 평가되어 저작권법이 현실과 무관한 것으로 간주되어 왔던 기존 연구에 의거한다면 저작권법에 기재된 번안의 용어를 총독부 발행 기관지 『매일신보』에서도 일체 의식하지 않았다는 무리한 가정을 전제하게 된다. 1910년대 『매일신보』에서는 가족·교육·위생 등 조선총독부가 제정한 각종 법령을 고지하거나 법령의 해설과 법제 의식을 고취하는 논설 및 기사가 상시적으로 게재되었다. 따라서 신문 지상에 저작권법제가 거론되지 않았다 하더라도 1908년 시행된 저작권법제가 일체 의식되지 않았다고 가정하기란 어렵다. 출판법 및 저작권법제의 시행 이후의 상황은 번역 / 번안 개념화 과정에서 음미해볼 필요가 있다.

둘째, 출판법 및 저작권법 시행 이전 1900년대에도 한국에서는 오늘날 번안으로 범주화할 수 있는 글쓰기 방식이 이루어져 왔다. 주지하는 바와 같이 1900년대에도 정치소설의 번안과 서양 문학의 일본어 번역을 중역하는 방식이 이루어져 번안은 그리 낯선 것이 아니다. 번안의 글쓰기 관습이 이루어졌으나 번안으로 인지되지 않고 번안을 번역으로 개념화했던 것으로 보인다. 그러므로 번안의 용어가 등장하지

---

5 방효순, 「일제시대 저작권 제도의 정착과정에 관한 연구」, 『서지학연구』 21, 서지학회, 2001, 219면; 남석순, 「1910년대 신소설의 저작권 연구—저작권의 혼란과 매매 관행의 원인을 중심으로」, 『동양학』 43, 단국대 동양학연구소, 2008.

않는 현상이 번안의 역사에서 갖는 의미를 묻지 않은 채 번안으로 간주된 한국의 번안 개념의 역사는 온전하지 않다는 것이다.

외국 문학 수용에서 이루어진 번안의 방식은 '역술'[6] 등으로 명명되어져 왔으나 1910년대 번안은 번역으로 호명된다. 이것은 글쓰기의 진화에 따른 명명의 변화라기보다 번안의 글쓰기 방식이 번역의 개념으로 범주화되는 과정과 연관된 것으로 저작권법제가 규정하는 '번역권(翻譯權)'[7]에 입각한 인위적 개입에 의한 재조정으로 이해될 수 있다. 동일한 번안의 방식이 '역설'에서 '번역'으로 명명되는 변화는 번역의 개념화와 관련한 것으로 1900년대와 1910년대의 번역 / 번안을 둘러싼 인식 차이의 배경에는 저작권법제가 작용한다는 것이다. 국민국가의 편제 속에서 번역보다 더 활발하게 이루어진 근대 초기 번안이 번역으로 유통되었다는 사실은 각별히 유념해야 할 필요가 있다. 번역보다 번안이 압도적으로 많았던 근대 초기 번안으로 인지되지 않았다는 문제적 상황은 번안의 개념 역사에서 해명되어야 한다. 이 두 가지 명제에서 1910년대 번안소설의 시대에 번안으로 명명되지 않는 현상을 법제의 번역 / 번안 개념의 규범화와 외국문학을 수용하는 글쓰기 관습

6　근대 계몽기의 번역은 '역술'로 명명되며 '번역자의 언술이 일종의 편집행위(삭제, 축소, 확대)를 거치며 번역 텍스트에 적극 개입하는 경우'를 말한다. 김남이, 「20세기 초 한국의 문명전환과 번역―重譯과 譯述의 문제를 중심으로」, 『어문논집』63호, 민족어문학회, 2011.

7　저작권법의 '저작권'은 제1장 저작자의 권리 "문예학술의 저작물의 저작권은 번역권을 포함하고 각종 각본 및 악보의 저작권은 흥행권을 포함한다"에 명시된다. 統監府 特許局, 『統監府特許局法規類集』, 統監府 特許局, 1909, 155면. 당시 번안이 '번역권' 개념이 아니라 '각종 각본'으로 간주되었을 가능성도 원리적으로는 존재한다. 1910년대 각색이 번안 개념을 대체했던 정황에서도 유력하지만 이는 번역과 번안이 분리되었다는 전제에서 가능하다. 이 글에서는 번역과 번안의 분기와 개념 정립은 중첩되어 1910년대 초 번역 / 번안 인식에 저작권법제 개념이 개입되는 형태로 번안이 '번역권'에 포괄되었을 가능성에서 논의를 편다.

의 문제가 작용하는 한국의 번역 / 번안 개념 형성의 특질로 이해하려는 것이다.

일본에서 메이지 초기의 판권 사상과 출판 제도가 원저자의 허락 없이 무단으로 번역서에도 판권을 인정함으로써 서양의 지식 도입을 적극적으로 추동했던 시기 번안에 대해 기술하지 않았으나 1899년 베른 협약(Berne Convention for the Protection of Literary and Artistic Works) 가입 이후 저작권법이 시행되면서 무단 번역이 금지되고 번안이 활발히 이루어졌던 역사[8]와 견주어보면 출판법과 저작권법제가 번역 / 번안의 개념에 미친 영향을 탐색하는데 시사점을 얻을 수 있다. 원저자의 허락 없는 번역이 금지되고 번안은 '신저작물'로서의 '독창성(originality)'이 인정되지 않으면 '불법복제'가 되는 베른협약의 가입을 우려했던 작가, 출판계는 '법망'을 피하여 번안을 타개책으로 하여 돌파했다. 이는 이 시기 번역과 번안이 명확히 구별되었기 때문이라는 것이다.[9] 이와 같이 베른 조약 가입 전 '판권 공포증'이 만연할 만큼 법제에 민감하게 대응했던 일본의 출판 상황과 번역 / 번안 개념은 긴밀하게 결부되었다. 일본의 '번역과 번안이 분리'되는 역사는 출판법과 저작권법이라는 법제화와 연동하여 작동해 온 반면 한국에서는 출판법의 구속이 컸던 출판 상황에서 저작권법제는 출판과 번역 / 번안 개념 역사에 의식되지 않았다.

저작권법 시행 첫 해인 1908년 저작권 출원 건수는 일본인 6건, 한국인 5건으로[10] 미미하지만 당대 출판 시장 규모를 감안한다면 저작

---

8   甘露純規,「翻訳と翻案の区別」,『森鴎外論集 歴史に聞く』, 新典社, 2000, 72면.
9   위의 글, 108~109면.

권법이 출판에 아무런 반향을 미치지 않았다고 확언할 수는 없는 것이다. 또한 1910년대 출판 매체를 주도하던『매일신보』에서 저작권법제의 번역 규정을 배제한 개념이 통용되어 왔다고 간주하기는 어렵다. 저작권법제와 실재와 거리가 있는 제한적인 번역 / 번안의 개념화는 당대 법제를 규범으로 하는 인식 틀을 기저로 하여 이루어졌다는 것이다. 1910년대 번안의 명명방식은 이러한 출판법과 저작권법제에서 규정된 번역 / 번안 개념과 관련한 현상일 가능성이 있다. '1907~1908년 무렵 신소설이 양산'[11]된 출판 시장은 출판법 및 저작권법제와 연관된 지형 변화인 것이다. 신저작물로 유통되었던 번안과 신소설은 법제의 번안 / 번역 개념에 근거하여 구축된 출판 시스템인 것이다. 이러한 맥락에서 1910년대 후반 번안의 용어가 등장하기까지 번안의 명명방식의 변모는 번역 / 번안 개념이 범주화되는 국면으로 파악할 수 있다. 출판법 제1조 "저작자는 문서를 저술, 번역, 편찬하거나 도서를 作爲하는 자"[12]라는 법제의 '저작자' 개념 또는 저작권법제에서 번안의 용어는 구사되지만 저작자(author)의 권리를 부여하는 저작권과 관련해서는 '번역권(翻譯權)'[13]으로 포괄적으로 기술했던 법제에서 기존의 번안의 글쓰기가 번역으로 개념화되는 재조정이 이루어졌을 개연성이 있다. 이에 '번역권'에 근거하여 번안을 번역으로 포괄했을 것이라는 가정은 설득력이 있다. 익숙한 번안의 글쓰기 방식이 근대 일본에서 수입된 번역 개념으로 포섭되어 번안 방식에 입각한 개념화가 이루어지는 과정

---

10 統監府農商工部,『韓国通覽』, 農商工部, 1910, 159면.
11 한태석,「신소설의 판권」,『출판학 연구』, 한국출판학회, 1981, 20면.
12 統監府,『第二次韓国施政年報明治41年』, 統監府, 1910, 31면.
13 統監府 特許局, 앞의 책, 155면.

에 놓여 있는 것으로 보인다. 즉 번역·번안 개념의 정립 과정에서 출판법과 저작권법제의 문제가 간과될 수는 없다.

1910년대 『매일신보』를 무대로 하는 조중환의 일련의 번안소설은 이 시대 특유의 번안의 존재 방식을 고찰하는데 유용하다. 조중환은 동일한 번안의 범주인 『쌍옥루』를 번역으로 『장한몽』은 '신소설'로 다르게 제시했다. 이와 같이 1910년대 조중환이 번안소설에 대해 명명 방식을 달리한 것은 당대의 출판 상황이 산출하는 이 시대 특유의 이해 방식에서 변별되었을 가능성이 있다. 즉 오늘날 '번안소설' 을 대표하는 『장한몽』에 대한 신소설의 범주와 1910년대 초 『매일신보』를 중심으로 번안이 번역으로 명시되었던 현상의 일환인 『쌍옥루』는 저작권법제에서 규정하는 번역·번안·창작의 개념화의 맥락과 연관된 명명이라는 것이다. 이러한 배경에서 이 글에서는 조중환의 번안소설을 저작권의 관계에서 갖는 수용방식의 차이를 미세하게 드러내는 텍스트라는 의미를 부여하여 저작권의 시각에서 『장한몽』의 수용을 근대적 번역 / 번안 개념의 정착과 결부하여 조망할 것이다.

2. 1910년대 번역 개념 – 저작권법제의 '번역권(翻譯權)'

1910년대 『매일신보』의 번안소설은 번역 또는 신소설로 발표되었다. 서양소설을 번안한 '중역'과 일본소설의 번역 / 번안도 번역으로 명명되었다. 1910년대 『매일신보』의 번안소설 시대를 연 『쌍옥루』(1912.7 ~1913.2)의 예고에서 표명하는 바와 같이 번역을 명시했다. "일본의 「몸

의 죄(己之罪)」라 ㅎ눈 쇼셜을 번역"했다는 『쌍옥루』는 "니디쇼셜계의,
뎨일 유명한 긔의죄(己의 罪)ㄹ ㅎ눈 소셜을, 번역ㅎ야, 조선 풍속에, 뎍
당ㅎ도록 만든 것"[14]으로 기술하여 원작의 존재를 암시하고 번역을 명
기했다. 등장인물과 배경을 "조선 풍속에, 뎍당ㅎ도록 만"드는 것이 번
역으로 제시됨으로써 번역과 번안이 구별되지 않았다는 판단의 근거
가 되었다.

　1914년 심천풍의 「형제」의 예고 "'론돈타인쓰라는 신문에 련지되야
셰상에 쩌들던 「지나간 죄」라는 쇼셜을 근본으로 숨고 인졍풍쇽을 교
묘히 우리 죠선에 맛도록 혹 번역도 ㅎ며 혹 ㅈ긔의 의ㅅ를 붓치여"[15]
라는 기술에서도 영국 신문에 연재된 서양소설을 번역한 일본어 소설
의 중역을 번역으로 명시했다. '조선 풍속으로 옮기는 것'이라는 번역
관념은 "외국 취향이 남아 있으면 번안이 아니라 번역"으로 번안은 '일
본화'를 핵심으로 한다는 쓰보우치 쇼요[坪內逍遙]의 번역 / 번안 개념'[16]
과는 상치된다. '조선 풍속으로 옮긴다'는 '자국화'[17]를 뜻하는 '번역' 개
념은 '일본화'라는 일본의 번안 개념과 대조적이다. 원작에 충실한 번
역이 이국 취향을 표출한다는 번역의 의미는 오늘날 통용되는 일반적
인 번역 개념에 부합한다. 1910년대 『매일신보』를 중심으로 번역의 외
연은 확장되어 오늘날 번안인 '조선화'의 수용 방식도 번역에 포괄함
으로써 '번역권'과 일치하는 인식을 보인다. 일본에서 만든 근대의 개

---

14 「演藝界」, 『매일신보』, 1912.7.17.
15 「형제」 예고, 『매일신보』, 1914.5.19.
16 坪內逍遙, 「翻案について」, 『早稻田文學』15号, 早稻田文學社, 1885; 坪內逍遙, 『逍遙選集』 2卷, 春陽堂, 1926, 717면.
17 최태원, 앞의 글, 8면.

넘어를 도입한 역사에 비추어 번역 개념은 번안이 배제된 채 번안이 번역으로 전도된다.

『매일신보』에 번안의 용어가 처음 등장한 1916년 하몽 이상협의 「해왕성」 광고의 한자어 '飜案' 이래 '저작원고 현상모집' 광고 '內鮮人'의 출판 원고' 공모에서 "飜譯飜案은 채용치 안이홈"[18]이라는 단서 조항에 '번안'이 사용되었다. '현상소설모집'에서는 "번안이라도 조선의 현대에 모순되지 안이흐면 무방함, 飜譯을 此를 取치 안이홈"[19]이 기술되어 하몽의 중역에 구사된 한자어 번안과는 다른 의미에서 번안과 번역이 변별된다고 하겠다. 다시 말하면 하몽의 '飜案'은 한자어로서 그 뜻이 이해된다는 전제라면 1910년대 후반의 '현상소설모집' 광고에서 '번안을 포함'한 것은 창작성과 결부되어 번안과 번역이 동일한 언어를 공유하는 수용 주체의 내재적 문제로서 구별되는 것이다. 번역 / 번안 개념어 형성의 추적은 별고에서 다루어져야 하므로 이 글의 논지와 관련하여 연구 대상을 한정한다면 번역 / 번안의 수용 방식은 '창작성'에서 분기되며 이것은 '번안의 독창성(originality)'을 인정한 저작권법제의 번안 개념과 조응하여 한국의 번역 / 번안 개념에 저작권법제가 개입되는 양상을 고찰하려는 것이다.

1886년 제정된 베른협약의 저작권 규정에서는 '원작의 동일성'의 기준을 '동일한 형체'로 삼아 표절을 준별하거나 '신저작물로서의 성질'을 갖추었는가의 여부를 판단하는 방식이 채택되었다. 원작의 '동일성'을 유지하는 번역과 '변경 증보, 또는 절약을 더한 복제'에 지나지 않아

---

18 『매일신보』, 1919.5.20.
19 『매일신보』, 1919.5.29.

'신저작물로서의 성질'을 구비하지 않는 번안과 원작의 '동일성'을 해체하는 번안의 개념이 정립되었다. 번안은 제호와 내용과 형식의 '의장(意匠)'을 변경함으로써 원작에 대한 '독창성'이 인정되었다. 이러한 '신저작물로서의 성질'을 구비한 조건을 통해 번안은 저작자의 권리가 부여된 '신저작물'을 생성했다.[20] 베른협약을 '존중하여 제정된'[21] 일본의 저작권법제가 적용된 한국의 저작권법제도 '번안의 독창성'개념을 기축으로 한 것이라 하겠다. 따라서 이 글에서는 1910년대 번역 / 번안 개념과 그 차이의 연원에 저작권법제가 관계하여 법제의 시각은 당대의 번역·번안·창작 개념의 연관체계를 조망하는 인식 틀을 제공한다는 논지를 제기할 것이다. '번역과 번안이 별개로 인식되기보다 번역의 방법으로 인식되었다'[22]는 지적은 '문예 학술의 저작물의 저작권은 번역권을 포함한다'는 저작권법제 제1조 저작자의 권리 규정에서 파악된다. 오늘날의 번안을 지시하는 "조선 풍속으로 옮"기는 번역 개념은 저작권법제의 '번역권'에 입각하여 이해될 수 있다.

한편, "셔양의 소설은 셔양의 소설더로 번역"[23]한 중역 「정부원」은 기존의 번안소설과는 다르게 '역자의 각주'의 형태로 "번역하는 자로서의 자의식을 표현한다."[24] 이것은 중역도 번역으로 기술되었다는 점

---

20 당시의 저작권 등록에 관한 규정에는 저작물 제호·저작자 명칭·저작 및 발행연월일·저작물의 의장 등이 구비되어야 했다. 統監府 特許局, 앞의 책, 162~163면; 권정희, 『『호토토기스(不如歸)』의 변용—일본과 한국의 텍스트의 번역』, 소명출판, 2011, 제5장 참조.
21 1886년 성립된 베른협약 제1조는 저작자의 권리를 보호하기 위한 동맹의 형성과 제2조 보호되는 저작물의 대상을 제3조 저작물의 본국이 국내법으로 정하는 방식에 따르도록 방식주의를 채택한 보호방식을 규정했다. 각 동맹국은 이러한 협약적 규정에 따라 이 규약을 존중하여 입법하여 자국법률의 일부로 되어 시행하는 것을 보장하여야 한다. 허희성, 『베른협약축조개설』, 일신서적, 1994, 11~14면.
22 최태원, 앞의 글, 12면.
23 하몽, 「『貞婦怨』에 대하여」, 『매일신보』, 1914. 10. 29.

에서 번안이 어떻게 지워지는가, 즉 서양소설을 번안한 일본의 번안 /
번역소설을 한국의 '중역'과는 다른 형태의 번역으로 명명되는 문제로
파악하려는 것이다. 여기에 한국의 번역 / 번안 개념을 특징짓는 자질
이 형성된다는 점에서 이야기에서 소설로의 역사는 이러한 통로를 경
유함을 주목해야 한다는 것이다. 이것은 국민국가 단위로 편제된 베른
협약이 동맹국의 저작물의 권리를 보호하는 '국어의 번역'[25]을 전제로
하여 '중역' 개념이 기입되지 않는 당대의 번역 개념과 관련한 문제라
는 것이다. 베른협약 제19조 "본격적으로 가입한 제국(諸國)은 언제라
도 그 식민지 또는 속령지(屬領地)를 위하여 이것에 가입해야 할 권리를
갖는다"와 같이 식민지에 관한 조항도 별도로 두어 식민본국의 저작물
보호를 위해 식민지는 부분적으로 해당 조항에 가입하는 방식을 취했
다. 이러한 베른협약의 법제에 근거에서 일본은 1908년 한국에 저작
권법을 적용한 것이다. 즉 저작권법제는 '국어의 번역' 개념의 인식 틀
을 조형하면서 일본어를 '국어'로 하는 식민본국과 '식민지'의 관계에
서 '중역'은 별도로 개념화하지 못한 채 '번역'과 동일한 것으로 간주된
다. 요컨대 번역이 저작권법제의 토대에서 범주화되는 문제인 것이다.

번역 개념은 성립에서부터 번안 개념과 관계한다. 베른협약의 '이차

---

24 권용선, 「번안과 번역 사이 혹은 이야기에서 소설로 가는 길―이상협의 『명부원』을 중
심으로」, 『한국근대문학연구』 9, 한국근대문학회, 2004, 145면.

25 베른협약 제2조 "동맹국의 하나에 속하는 저작물 또는 그 계승인은 동맹국의 하나에 공
식적인 저작물 혹은 아직 공공화하지 않은 저작물에 관해 타국에 그 국법이 내국인민에
현금(現今) 부여하고 혹은 장래 부여할 권리를 부여한다"와 제19조 "이와 같은 식민지의
가입은 총 식민지 또는 속령지를 가입시켜야 할 일반의 선언에 의하여 특별히 가입해야
할 부분을 열거하고 혹은 단지 그 가입해야 할 부분을 지적하여 이것을 해야 할 것" 등을
규정했다. 베른협약은 "국제 동맹국의 공무상의 국어는 프랑스어"로 규정하여 동맹국의
"여러 개의 국어로 서적을 발행하는 권리"를 위한 '국어의 번역'을 전제로 한 국제조약이
다. 內務省警保局, 앞의 책, 2~6면.

적 저작물의 창작 행위를 대상으로 하는' 'adaptation'을 번안으로 번역한 1899년 일본의 저작권법제에서 개념의 기본 틀이 구축되었다. 한국에서는 베른협약에 가입한 일본의 저작권법제가 적용된 것이므로 간접적인 형태로 베른협약의 개념 규정의 기축 위에서 '한국 저작권령'이 제정된 것이다. 한국의 저작권법의 범위 대상을 규정한 제19조[26]는 '신저작물로 간주'되지 않는 번안으로 '저작권 발생하는 것 없'다는 단서를 단 것이다. 이는 베른협약 10조 원작과 '동일한 형체'를 견지하여 '신저작물로서의 성질을 구비하지 않는 경우'에 상응하는 것이다. 제19호 저작권법의 번안은 베른협약에 기초하여 원작과 '동일한 형체'가 유지되는 번안에 한정했다. 베른협약의 '신저작물로서의 성질을 구비하지 않은 번안' 규정은 '신저작물의 성질을 구비한 번안'의 대립적 개념으로 일본의 예와 같이 번안의 방식이 신저작물로 활발하게 출판되는 결과를 촉구했다. 한국에서는 베른협약에 가입하지 않았던 역사에서 저작권법제의 번역 / 번안 개념과 직면하여 길항하는 개념화 과정이 생략된 채 1908년 저작권법제에서 정초된 번역 개념의 규범화가 이루어졌다. 1900년대 초 일본 출판계의 저작권을 둘러싼 첨예한 논쟁에서 표출하는 바와 같이 신저작물과 결부된 번안의 태생적 기원은 봉인된 채 저작권법제의 '저작권 발생하는' 신저작물 생성의 출판 관행은 이러한 제도적 기반에서 자리잡게 된 것이다. 따라서 1910년대 초 번안의 용어가 가시화되지 않은 현상은 저작권법제의 '번역권' 개념과

---

26 "원 저작물에 훈점, 방훈, 구독, 비평, 주해, 부록, 도화를 더하거나 또는 기타 수정 증멸을 하거나 혹은 번안했기 때문에 새롭게 저작권 발생하는 것 없음. 신저작물로 간주되어야 할 것은 이것에 한하지 않음." 統監府 特許局, 앞의 책, 167면.

신저작물을 생성하는 저작자의 권리 개념과 관련한 것일 가능성도 배제할 수 없다. 한국에서 번안 개념은 이러한 저작권법제의 제도적 개념화 장치와 오해나 굴절된 수용 방식과의 관계 속에서 다각적으로 고찰되어야 할 것이다. 저작권법제에 대한 해석과 수용의 역사에 관해서는 이 글의 범위를 넘는 영역으로 이 글에서 강조하려는 것은 『매일신보』를 중심으로 1910년대의 번안이 번역으로 명명되었던 현상은 저작권법제 시행 이전 번안의 용어가 등장하지 않았던 것과는 차이가 있다는 점이다. 1910년대는 저작권법제의 개념적 인식 틀이 작동한다는 점에서 1900년대의 번역 상황과 다르다. 번역/번안의 개념을 '역술'이라는 20세기 초의 번역 행위와의 연관성 속에서 파악하려는 전망 속에서 이 글에서는 저작권법제의 시각에서 1910년대 초로 대상을 한정한다. 번안 개념이 '신저작물의 생성'과 결부됨으로써 기존의 관습적인 번안의 글쓰기가 '저작'과의 관계에서 재편되며 저작권에 대한 욕망의 문화 심리적 기제가 번안의 용어 사용에 연관된다는 것이다. 이러한 1910년대 번안의 존재방식을 조중환의 『장한몽』출간을 전후로 하는 번안소설의 수용을 통하여 탐색함으로써 『장한몽』이 번안의 역사에서 기폭제가 될 수 있었던 문제성을 살펴볼 것이다. 여기에 1910년대의 역사적 의미를 갖는 오늘날과는 다른 번역·번안·창작 개념과 출판 미디어의 한 단면이 드러날 것이다.

3. 번안 방식의 변화와 텍스트에 대한 소유 의식

1) '著'에서 '作'으로 – '번안의 독창성(originality)'의 분기

1912년 『쌍옥루』는 신문연재소설 예고에서 번역으로 제시되면서도 연재 당시 작가 표기는 '趙一齋 著'로 『장한몽』에서는 '趙一齋 作'으로 기술되었다. 통상적으로 '저'와 '작'은 "됴일지션싱의 져술혼 장한몽"[27] 과 같이 '著述'로도 '著作'으로도 사용되어 '著'와 '作'의 경계는 명료하지 않다. 그런데 조일재의 번역 행위는 동시기 '역술'에서 번역으로 '신소설'로 구별되었다. 이에 "조중환과 심우섭이 사용한 '저' '작'의 표기는 번역과의 차이를 강조하기 위한 당대적 지표로"[28] 간주되었다.

당대 번역이 '역술'로 표기되었던 개념 체계에서 번역을 표방하는 『쌍옥루』의 작가 표기 '저'는 저작자의 권리 행위와 관련한 것으로 보인다. 번역자도 출판법의 '저술, 번역, 편찬, 도서 作爲'의 행위에 의해 저작자의 지위가 부여되었다. 그렇다면 번역의 작가 표기 '역자'와 '著'의 차이는 번역자 외의 '저술' 또는 "도서를 作爲하는" 행위에서 발생하는 저작자 의식과 연관된 것일 가능성이 있다.

『쌍옥루』는 연재 예고에서 "將來 演劇의 好材料"임을 강조하여 연극 전에 "미리 보아두었다가" 연극을 관람할 것을 당부하는 등 소설은 연극 상연을 전제함으로써 신문연재 시 '금전재(禁轉載)'를 부기하여 연극화를 의식한 저작자의 권리를 표명했다.

---

27 「속편 장한몽 광고」, 『매일신보』, 1915.5.11.
28 최성윤, 앞의 글, 227면.

출판법의 '저작자'의 개념은 판권의 저작자의 개념으로 통용되어 1910년대 저작권을 매입[29]한 출판업자가 2차적 저작물, 혹은 편집 저작권을 만들 권리[30]를 행사하는 것이 출판계의 관행으로 정착했다. 이러한 출판법의 저작자의 권리를 넘어 저작권법제에서는 저작자의 권리를 "문예학술의 저작물의 저작권은 번역권을 포함하고 각종 각본 및 악보의 저작권은 흥행권을 포함"[31]하는 것으로 규정했다. 흥행권이란 1908년 베른협약 개정에서 규정된 '공연권(right of public performance)'으로 일본어에서는 '흥행권'으로 번역되었다.[32] 1910년대 각본이 없는 구치다테[口立て] 방식의 연출이[33] 이루어지던 상황에서 소설 집필 단계의 각본의 저작권인 흥행권에 대한 명확한 자각 여부를 단정하기 어렵지만 소설 연재 당시 '금전재(禁轉載)'로 기재하여 연극화를 의식한 저작자의 권리를 표명한 것은 분명해 보인다. "將來 演劇의 好材料"라는 신문 예고에서 표출하는 '독자를 관객으로 호명하고 관객을 독자로 호명하는 상호 순환의 구조'[34]는 소설과 연극의 연계 시스템이 1912년 무렵 정착되어 연극화를 염두에 둔 독자 즉 연극계를 향해서도 발신하는 판매 전략인 것이다. 당시 『매일신보』에는 '본지 구독자'에게 '연극 무료 관람권을 배포'한다는 공연 예고가 종종 게재되는 바와 같이 신문 연재소설의 연극화는 번안소설의 인기 상승 요인이 되었다. 소설의 저

---

29 김동인, 「조선의 소위 판권문제」, 『신천지』 22, 1948.1.

30 방효순, 앞의 글, 223면.

31 統監府 特許局, 앞의 책, 155면.

32 內務省警保局, 앞의 책 참조.

33 양승국, 「한국 최초의 신파극 공연에 대한 재론」, 『한국극예술연구』 4, 한국극예술학회, 1994, 211면.

34 최태원, 「1910년대 신소설의 독자·대중·미디어」, 사에구사 도시카쯔[三枝壽勝] 외편, 『한국 근대문학과 일본』, 소명출판, 2003, 33면.

작자가 각본의 저작권자가 소유하는 '흥행권'의 권리 내용 즉 연극화를 위한 권리에 일정 정도 영향력을 행사하는 상황을 '연극 무료 관람권을 배포'한다는 예고 기사에서도 짐작할 수 있다. 즉 연극화를 겨냥한 소설의 전략은 저작자의 권리 행위에 대한 접근성에서 '2차적 저작물로 제한적인 출판법의 번역에 의한 '저작자'의 지위를 넘어 "복제, 번역, 흥행"[35] 등 연극 공연의 권리까지 포괄하는 저작권법제의 '저작자'의 권리에 대한 의식이 '著'의 표기를 추동했다고 하겠다. 이러한 『쌍옥루』의 광고 전략은 '역술' 『불여귀』의 '역자'와는 다른 작가 표기 '저'로 기술하게 했다는 추정이 가능하다. 이러한 점에서 '역자'와 '저작자'라는 선택지는 저작자의 권리 의식의 표출이며 향후 단행본 출판과 연극화를 염두에 둔 포석이다. 이러한 전제에서 '저'에서 '작'으로의 변화에는 무엇이 의식되었는가를 살펴본다.

'1910년대 중반까지 신문소설의 필자들이 신문사의 기자인 경우는 소설 집필에 따른 별도의 보상을 받지는 않았다. 신문에 소설을 연재해 받을 수 있는 원고료 월수입이 신문 기자의 한 달 월급과 비슷한 액수였던[36] 원고료의 형태로 지불되었다. 이러한 신문연재소설의 저작권의 문제에서 『쌍옥루』와 『장한몽』은 동일한 조건이다. 단행본으로 간행되면 양자 모두 '저작자'의 지위를 확보한다. '著'와 '作'은 '著述' '著作'과 같이 호환되지만 신문연재 당시 『쌍옥루』의 '趙一齋 著'에서 『장한몽』의 "趙一齋 作"으로의 변화가 아무런 의미가 없는 것은 아닌 듯하

---

35 統監府特許局, 앞의 책, 149면.
36 김영민, 『문학제도 및 민족어의 형성과 한국 근대문학(1890~1945)-제도, 언어, 양식의 지형도 연구』, 소명출판, 2012, 69면.

다. 『장한몽』의 예고 문안은 양자의 변별 지점에 천착할 수 있는 단서를 제공한다.

> 쌍옥루(雙玉淚)의 필법으로, 특별히 고심연구ᄒᆞᆫ 일디 걸작(一大傑作)이오, 소셜계의, 티두(小說界泰斗)올시다. 사실의 ᄌᆞ미잇는 것과, 인정의 곡진함은 완연히, 그 사ᄅᆞᆷ의 얼골이, 조희우에 낫타나오는 듯ᄒᆞ고, 쳐졀참졀ᄒᆞᆫ, 비극격쇼셜(悲劇的小說)이오, 겸ᄒᆞ야 경세지료(經世材料)라 홀 터이오니, 제군은 보다, 더욱 익독ᄒᆞ소서[37]

"將來 演劇의 好材料"인 '번역'임을 명시했던 『쌍옥루』와 달리 『장한몽』의 연재 예고에서는 "특별히 고심연구ᄒᆞᆫ 일디 걸작(一大傑作)"과 "소셜계의, 티두(小說界泰斗)"라는 소설 작품의 가치에 초점을 둔다. 원작의 권위를 빌어 소설의 가치를 제시하는 것이 아니라 "사실"과 "인정의 곡진함"에서 "ᄌᆞ미"를 주는 "비극격쇼셜(悲劇的小說)"임을 역설하여 소설 자체의 가치를 강조한다. 즉 '著'에서 '作'으로의 변화는 "뎌술하고 번역한 소셜"[38]과 같이 '번역'의 '저술'에서 "특별히 고심연구ᄒᆞᆫ 일디 걸작(一大傑作)"의 "쇼셜"로의 이동을 함축하는 것이다. "무릇 쇼셜"은 "모도다 됴ᄒᆞᆫ 지료가 되야 긔쟈의 붓긋을 ᄭᆞ라 ᄌᆞ미가 진진한 쇼셜이 되"[39]는 "지료"에서 "긔쟈의 붓긋"에 의해 "ᄌᆞ미" 있는 "소설이 되는" 창작자로의 변모인 것이다. "특별히 고심연구ᄒᆞᆫ" 번역자 주체의 노력에

---

37 『매일신보』, 1913.4.24.
38 「독서의 취미」, 『매일신보』, 1916.1.29.
39 「화의혈」, 『매일신보』, 1911.4.6.

'作'의 의미를 둔다는 점에서 번역자의 '창작성'의 가치에 대한 자각을 엿볼 수 있는 대목이다. 저작자의 지위에서는 동일한 '著'에서 '作'으로의 변화에 의식되는 것은 작품의 소설적 가치를 담지하는 '창작성'이라 하겠다. 이는 저작권법제의 관점에서 보자면 "신저작물의 생성"의 물적 기반 '창작성'에 대한 자각으로 원작의 저작물과 "신저작물"의 대립 체계에서 작동하는 변모인 것이다. "쌍옥루(雙玉淚)의 필법으로"에서 지시하는 바와 같이 번역임을 암시하면서도 "신저작물"의 가치에 주안점을 둠으로써 원본과 원저자를 밝히지 않은 신소설로 제시된다. 제2장에서 기술한 바와 같이 1910년대 『매일신보』의 번역은 "조선의 풍속"으로 옮기는 것이다. "『쌍옥루』의 번안이 주로 원작의 일정한 장면들을 잘라내거나 압축하여 간결하게 만드는 번안극의 각색 기법을 소설로 전용하여 번안자의 개입을 생략과 압축 등으로 제한하는 소극적 태도 즉 '축약적 번안'이라면 『장한몽』은 번안자의 개입을 극대화하는 '적극적' 태도"[40]를 취한 번안 방식의 차이는 저작권법제의 시각에서 설명될 수 있다. 『쌍옥루』의 '소극적 번안 방식'은 원작의 '동일한 형체'가 보전되는 '주요하지 않은 변경' 등 원작의 '동일성'을 유지하는 방식인데 반해 '적극적 번안'인 『장한몽』은 원작의 동일성을 해체하여 신저작물의 생성을 향한 전략이 수행된 것이라 하겠다. "신저작물로서의 성질"을 구비하려는 저작자의 위치가 원작의 "동일한 형체"가 보전되지 않는 '적극적 번안'의 태도를 발생하게 한 것이다. 따라서 '신저작물'을 향한 저작자의 권리 개념이 '著'에서 '作'으로의 변모를 촉구한

---

40 최태원, 앞의 글, 45면.

것이다. 즉 번역자에게 부여되는 저작자의 권리가 아니라 "도서를 作爲하는" 저작자의 자기 규정이 '作'으로의 이행을 촉발했다는 것이다. 이는 "저자의 권리가 발생하는 것은 텍스트의 형태, 즉 내용상 및 표현상의 형태에 대한"[41]것이라는 '창작'의 저작자에 대한 의식에 접근하는 것으로 저작권법이 규정하는 '독창성(originality)'을 핵심으로 하는 번안 개념에 상응하는 것이라 하겠다. 즉 '著'와 '作'의 경계에서 '고심 연구'는, 번역과 번안이 원작에 대한 '독창성'에서 분기되는 창작 행위에 대한 의식성의 표출인 것이다.

원작의 '의장'을 변경하는 조건을 충족함으로써 부여된 원작에 구속되지 않는 새로운 저작자의 의식은 저작권법제에 기원을 둔 출판 관행에서 형성되었다. 번안이라는 신저작물의 생성을 규정한 저작권법제의 인식 기반에서 번안을 신저작물로 가시화하게 한 출판 관행이 뿌리 내렸다는 것이다. 조일재의 '著'에서 '作'으로의 이동에서 부각된 '고심 연구'는 번역자의 정신적 노동에서 신저작물의 가치가 생성된다는 의식을 내포하는 것으로 작가 표기의 변화는 번안의 '독창성'에 대한 경도(傾倒)로도 읽혀질 수 있다는 것이다. 이것을 동시대 '著'와 '作'의 개념으로 일반화할 수는 없지만 조일재의 번안에 대한 '著'에서 '作'으로 작가 표기의 변모는 저작자의 권리 의식의 미묘한 변화를 표출한다. 따라서 『매일신보』를 중심으로 번안이 번역으로 명명되었던 현상은 번역과 번안이 분화되는 과정에서 저작자의 '번역권' 및 '신저작물'을 생성하는 저작권법제의 번역 / 번안 개념과 저작자의 권리에 대한 의

---

41 Viala Alain, 塩川徹也 외역, 『作家の誕生』, 藤原書店, 2005, 118~119면.

식이 맞물려 작용하는 것이라고 하겠다.

『호토토기스』의 원제를 살린 표제『불여귀』로 '역술'에서 원작『오노가츠미[己ガ罪]』에서『쌍옥루』로 표제를 변경한 '번역'의 번안으로 '표제와 내용·형식의 의장'의 변경을 통해『장한몽』이라는 '신소설'로 번역／번안 방식의 변화는 원저자에 종속된 관계를 탈피하여 독립적인 '신저작물'의 저작자를 향하여 전진했다. 이러한 도정에서『쌍옥루』와『장한몽』의 출발 지점은 다르며 '역자'에서 '著'로 '作'으로 점진하는 작가 표기에 번역 주체 위치 변화를 표출했다. 이것은 '번안의 독창성'을 '신저작물 생성'의 조건으로 하는 베른협약의 저작권법제 번안 개념과 조응한다. 번역자 개별 주체의 의식의 차원이 아니라 '신저작물의 생성'이 촉구되는 출판시장 질서의 기반에 법제의 메타적인 개념적 장치가 작동한다는 것이다. 오늘날 창작의 '독창성(originality)'을 추구하는 지배적 사유에서 퇴보인 번안의 방식이 보다 가치 있는 것으로 인식될 수 있는 근거들이 여기에서 발견된다. 원작에 대한 독창성에서 번안이 번역과 분리되면서『쌍옥루』의 원작에의 강박을『장한몽』에서 탈각하게 되는 것이다.

오늘날 "'번역'이 원작의 오리지널리티를 인정하고 따르는 태도라고 한다면 1910년대 당시의 번안 행위는 집필자가 스스로의 텍스트에 오리지널리티를 부여"[42]함으로써『장한몽』에 이르러 번안은 번역과 분리될 수 있는 인식 토대를 구축하게 되는 것이다. '역술'에서 번역을 통해 번안에 이르는 경로는 현대의 '번안에서 번역'으로 이행하는 문학사

---

[42] 최성윤, 앞의 글, 227면.

기술과 역방향이다. 이러한 간극에 '신저작물의 생성'을 가능하게 했던 당대의 번안 개념이 자리하여 여기에 접근할 때 오늘날의 표절인 당대의 번안이 역사의 진보로 인식되었던 시대를 이해하게 된다. 1910년대 초반 번안은 번역으로 명명되었고 점차 창작으로 대체되기도 하는 등 번안이 가시화되지 않는 이 시대 번역과 창작 개념은 저작권법제에 토대를 둔 것이다. 원작을 '조선의 풍속'으로 변경하는 의미의 '번역' 개념은 '번역권'을 포함하는 '저작물의 저작권'의 권리 개념의 개입으로 변형된 것이라 하겠다.

"쌍옥루의 필법"을 구사한 『장한몽』은 "고심 연구"를 통해 '조선의 풍속으로 옮기는' 번역 개념을 뛰어넘었다. 번역자 자신의 주체적 "의 스"를 발휘하는 '독창성(originality)'의 영토는 '나의 것'으로 자부하게 하는 텍스트의 '정신적 권리'[43]의 원천인 것이다. 저작자의 위치에서 부여되는 텍스트에 대한 '정신적 소유' 의식은 원작과 전향적인 관계를 맺게 하여 번안 태도에 영향을 미쳤다. 실제 저작권법제에 근거한 등록을 하지 않은 변형된 저작자 개념일지라도 텍스트에 대한 '정신적 소유' 의식의 동력은 '신소설의 판권에는 그 작품이 누구의 것인가는 그다지 중요하게 인식되지 않았던' '작가를 알 수 없는 시대'에서 고유명사의 작가 시대로의 변화를 촉구했다. 조일재를 '저작자'로 기입한 『장한몽』은 이러한 텍스트에 대한 '정신적·물질적 소유'의 추구로 출판의 흐름을 바꿔놓은 것이다.

---

43 Viala Alain, 앞의 책, 118~119면.

2) '의장'의 변경─시각성의 배치와 '장한'표제의 문화적 맥락

원작의 '표제 및 내용·형식의 의장의 변경'을 통한 '신저작물'이 간행되어 저작권법제에 기원을 둔 서적 출판문화를 정착시킨 1910년대 '의장(意匠)'의 용어가 '개작'과 관련하여 사용되는 맥락을 주시할 필요가 있다. 따라서 제3장에서는 '의장'의 용어가 구사되는 맥락과 원작 『곤지키야샤(金色夜叉)』에서 『장한몽』으로의 변모를 '표제 및 내용·형식의 의장의 변경'을 통해 '번안소설의 '독창성'을 구현하는 방식을 살펴볼 것이다.

1912년 『쌍옥루』에 이어 1913년 『매일신보』에서는 이인직의 신소설 『모란봉』을 예고하면서 "이 쇼셜은 죠션의 쇼셜가로 유명흔 리인식(李人稙)씨가 교묘흔 의쟝을 다흐야 혈루(血淚)의 한편으로 민든 것"[44]으로 기술한다. 1911년 발매금지 처분된 신소설 『혈의 루』 "옥련의 사적"을 "全篇을 訂正하고" "血淚"에서 "목단봉이라 개제하고 하편을 저술하여" 대폭 개작한 것이다.[45] 『혈의 루』에서 『모란봉』이라는 '개작'의 과정은 원본에서 이차 텍스트를 생성하기 위한 공정에 "의쟝"의 질적 수준이 중요함을 뜻하는 것으로 "혈루(血淚)의 한편"의 신소설의 성립 과정과 연관된 의미로 '의장'이 사용되었다. 작가 이인직이 "교묘흔 의쟝을 다"하는 것은 '외관상의 미감'을 위한 '특수 고안'의 일종으로 '디자

---

44 『매일신보』, 1913.2.4.
45 "이 소설은 몇 년 전에 강호 애독자의 환영을 얻던 옥련의 사적인데 이번에 그 全篇을 訂正하고 또 血淚라 하는 제목이 비관에 근함을 嫌避하여 목단봉이라 개제하고 하편을 저술하여", 『매일신보』, 1913.2.5; 함태영, 「『혈의 루』 제2차 개작 연구─새 자료 동양서원본 『牧丹峰』을 중심으로」, 『대동문화연구』 57, 성균관대 대동문화연구원, 2007, 209면.

인 상표'를 뜻하는 오늘날의 '의장(意匠)'의 의미와는 차이가 있다. 즉 『혈의루』에서 『모란봉』으로의 개작에서 "교묘훈 의쟝"은 시각적 이미지를 포함하여 '내용·형식'의 변경과 관계하는 "등장인물·장면 설정, 줄거리 등"을 지시하는 의미로 사용된 '의쟝' 개념"[46]인 것이다. 이것은 원본에서 "교묘한 의장"으로 신저작물을 생성하는 신소설 성립 과정을[47] 추론할 수 있는 대목이다. 원본에서 파생된 '2차적 저작물' 번안의 '창의성(creativity)'은 "등장인물·장면 설정, 줄거리 등이 그 국민의 교환 불가능한 특성과 결부되는" '의쟝'을 관건으로 하는 '창작력의 결정체'이다.[48] 쓰보우치 쇼요[坪內逍遥]와 같이 '일본화'를 핵심으로 하는 번안의 의미는 '국어의 번안'을 통한 "국민의 교환 불가능한 특성과 결부되는" '의쟝'의 변경을 통하여 번안의 '독창성(originality)'을 발현하는 것이다. 전술한 '일본화'라는 번안의 의미와 "조선 풍속으로 옮기는" 1910년대의 번역의 의미는 "그 국민의 교환 불가능한 특성과 결부"되는 원작의 '의쟝'의 변경을 공유하는 수용방식인 것이다. 즉 1910년대 번역

---

46 1880년대 일본 쓰보우치 쇼요의 번안개념은 원작의 '의장'을 개변하여 환골탈태한다는 것이다. 이러한 번안 개념은 '인물의 성격에 기초하여 조형되는 등장인물·장면 설정·줄거리 등'을 지시하는 의미로 사용된 '의장' 개념을 토대로 한 것이다. 甘露純規, 앞의 글, 88면.

47 1919년 『매일신보』에 게재된 난파 홍영후의 『허영』의 '저작자의 말'은 "쇼셜의 지료"에서 신소설 성립 과정을 여실히 보여준다. "◇져작쟈의 말 셜중민의 뒤를 이어 금번에 가명쇼셜 허영 『虛榮』을 여러분 압헤 드리게 되엿슴니다 오릭동안 고심훈 결과에 요사이에 겨우 쇼셜의 지료를 엇어모왓슴으로 이제 지긔의 감흥과 로력으로 여러분을 위호야 붓을 들기로 호엿슴니다 원릭 아모것도 아는 것이 엄는 나로는 자못 대담훈 짓이라고도 호겟지오만은 어느 덤으로 보면 샤회를 위호는 츙심에셔 나왓다고도 호겟스온즉"(『매일신보』, 1919.9.3). 『허영(虛榮)』은 기쿠치 유회[菊池幽芳]의 『유자매(乳姉妹)』를 대본으로 하여 집필된 번안소설로 1913년 출판된 신소설 『보환연』과 거의 유사하다. 이는 동일한 원작소설을 대본으로 번안 집필된 결과이다. 강현조, 「『보환연』과 『허영』의 동일성 및 번안문학적 성격 연구」, 『현대문학의 연구』 44, 한국문학연구학회, 2011, 44면.

48 甘露純規, 앞의 글, 88면.

으로 명명되는 번안의 방식은 일본의 번안과 마찬가지로 베른협약에서 규정한 번역·번안·창작 개념을 토대로 한다. 이 시대 저작자의 새로운 '체제'와 '필법'의 고안은 저작권법제의 용어로 보자면 '의장'에 대한 의식의 표현으로 저작자의 '의장'을 변경하는 능력을 가치 평가하는 것이다. "쇼셜의 지료"에서 "긔쟈의 붓끗을 짜라 주미가 진진한 쇼셜이"되도록 "긔쟈가 연구하고 쏘 연구ᄒ야 쇼셜톄지를"[49] 변하게 하는 2차 저작물 생성 과정에서 원본에 대한 "지료"로서의 물질성의 추구는 원본의 아우라를 지우게 하고 저작자의 "필법"과 "연구"의 "정신적 노동"에서 신저작물을 생성하는 '창작성'으로 견인했다. '의장'의 변경이라는 번역자의 능동적인 개입에 의한 "정신적 노동"의 가치에서 2차적 저작물의 연쇄 고리를 끊는 '번안의 독창성'은 새로운 저작자의 권리를 발생시키는 저작권법제의 번역·번안·창작의 개념 체계에서 부여된 것이다. 표현매체의 가치가 중시되어 저작물에 대한 권리가 표현매체의 소유자에게 속했던 전근대 저작권의 역사에서[50] 저작자의 정신적 노동에 가치를 두는 형태로 달라진 원본과 번역/번안의 관계는 '독창성' 개념의 변화를 가져왔다. 따라서 저작권법제의 시각에서 원본의 지위는 새로운 저작자의 위치와 관련한 것으로 '의장'의 변경에 의한 독창성에서 확보되는 것이다.

신문소설의 연재 종료 직후 1913년 발간된 단행본『장한몽』에서 삽화가 누락된 것도[51] '의장'의 변경과 관련하여 이해할 수 있다. 신문소

---

49 「소양정」소설 예고', 『매일신보』, 1911.9.29.
50 문화관광부 저작권위원회, 『한국 저작권 50년사』, 저작권위원회, 2007, 18면.
51 박진영, 『번역과 번안의 시대』, 소명출판, 2011, 330면.

설 연재 당시『장한몽』(1913.5.13~10.1)은 일본인 삽화가 쓰루다 고로[鶴田五郎]에 의한 서양화풍의 삽화를 게재하였다. 총 119회에 걸쳐 연재되어 115회에 삽화를 게재하였는데 원작『곤지키야샤[金色夜叉]』에서 구도와 인물 표현 등의 영향을 받았으며 여러 가지 서명의 낙관을 남겨 변화를 주었다.[52] 동시대의 신소설에 비해 상당히 세련된 표지에 고가임에도 단행본『장한몽』에서 삽화가 결락된 것은 인쇄술 및 제본 기술 등의 제약만이 아니라 일본 단행본 서적 문화와의 관계에서 파악된다.

『곤지키야샤』는『요미우리신문[読売新聞]』에 연재(1897.1.1~1902.5.11)된 당시 삽화가 없었으며 연재 종반 무렵에야 총 35회 게재되었다. 1897년부터 1903년까지 슌요도[春陽堂]에서 간행된 단행본은 권두화만 있을 뿐 삽화는 없다. 여기에는 삽화에 의존한 일본의 게사쿠식[戱作風]통속소설 및 '소신문'의 연재물인 '쓰즈키모노[続き物]'의 출판문화의 전통과 단절하고 새로운 소설을 표방하려는 작가들이 '삽화무용론'을 주창했던 시대 흐름이 놓여 있다. "소설은 글로써 뜻을 기술하고 사물을 서술하는 자"로 "삽화의 힘을 빌릴 필요"없다는 아에바 고손[饗庭簹村]의 주장에[53] 동조하는 오자키 고요는 자신의 신문소설에 삽화를 배제하는 주장을 개진하고 문장의 조탁, 언어에 의한 풍속 묘사에 주력했다.[54] 단행본『호토토기스』에서 신문소설 연재 당시 수록된 삽화가 배제된

52　김지혜,「일제강점 초기 식민지 문화의 재편, 신문소설 삽화〈장한몽〉」,『미술사논단』31, 한국미술연구소, 2012, 12면.

53　饗庭簹村,「雜錄」,『文芸倶楽部』1編, 1895.1月号.

54　槌田満文,「『金色夜叉』と挿絵無用論」,『文芸論叢』16号, 文教大学女子短期大学部文芸科, 1980, 48~53면.

것[55]과 마찬가지로 단행본 『곤지키야샤』에서도 삽화가 삭제되었다. 『호토토기스』를 '역술'한 단행본 『불여귀』와 『장한몽』에서 삽화의 배제는 이러한 메이지기 단행본 출판의 맥락에서 이해된다. 통속소설의 관습과 결부된 삽화의 전통을 단절한 원작의 흐름을 잇는 것이다.

『장한몽』의 표제도 이러한 '의장'변경의 일환으로 파악된다. 『곤지키야샤[金色夜叉]』에서 『장한몽』으로의 표제 변경에 관해 조중환은 '장한의 꿈'에서[56] 연유했다고 회고한 바 있다. 백낙천의 「장한가」에 발단한 것으로 간주되는 '장한의 꿈'은 원작에는 등장하지 않는 『장한몽』텍스트의 정체성을 보여준다. 따라서 이수일과 심순애의 비련을 '장한'으로 표상하는 상상력이 '꿈'과 조우하는 표제의 성립 계기의 탐색은 '신저작물'의 '내용 · 형식의 의장의 변경'과 결부하는 통로를 포착하는 의미가 있다.

『장한몽』에서 '장한의 꿈'과 직결되는 대목은 이수일이 백낙관을 향해 "나는 길고 길고 다시 긴 꿈을 꾸었네 그려"하고 고리대금업을 하던 회한의 과거를 '길고 긴 꿈'으로 비유하는 대화이다. 이에 백낙관이 "부활(復活)한 사람"이라고 답하는 이 장면은 『곤지키야샤[金色夜叉]』의 미완의 결말을 오구리 후요[小栗風葉]가 완결한 『종편 곤지키야샤[終篇金色夜叉]』를 원본으로 종결한 『장한몽』하권의 종반 부분의 대화를 번안한 것이다.[57] 기나긴 꿈과 같은 과거에서 깨어나 심순애와 재회한 이수일

---

55 권정희, 앞의 책, 126면.
56 조일재, 「장한몽과 쌍옥루」, 『三千里』, 삼천리사, 1935, 236면.
57 한광수, 「尾崎紅葉의 『金色夜叉』, 그리고 小栗風葉의 『金色夜叉終篇』과 조중환의 『長恨夢』-원작에서 이탈한 문학적 상상력」, 『일어일문학』 제42집, 한국일어일문학회, 2002; 나카가와 아가오, 「『長恨夢』의 번안 형태에 대한 재검토」, 『비교문학』 제30집, 한국비교문학회, 2002.

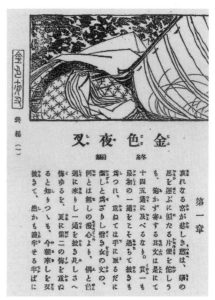

『매일신보』에 연재된
『장한몽』제1회의 삽화(1913.5.13)

오구리 후요〔小栗風葉〕,
『종편곤지키야샤〔終篇金色夜叉〕』(新潮社, 1909)의 1면

은 "우리가 인제는 일쟝 츈몽을, 늣게 씨다랏스니, 이후로는, 세상에서
공익ᄉ업에 힘을 쓰도록 합시다"[58]라는 대단원으로 "과거의 일을 일장
춘몽으로 돌리고 부부로서 새출발한다는 내용으로 전환"[59]한다. 사랑
이 좌절된 회한의 과거를 기나긴 꿈으로 비유하는 '장한의 꿈'은 결말
의 '일장춘몽'으로 확장되면서 해피엔딩의 전기를 맞는다. '일장춘몽'은
1912년 『호토토기스』에서 폐결핵에 걸린 나미코가 이혼 당하고 투신
하려는 순간 "모든 세상은 한바탕의 꿈에 지나지 않는구나〔すべて世は一

---

58 『장한몽』, 『매일신보』, 1913.10.1.

59 신근재, 「한일번안소설의 실제－『金色夜叉』에서 『장한몽』으로」, 『세계문학비교연구』 제
9집, 세계문학비교학회, 2003, 57면.

場の夢と過ぎなむ)"라는 회한과 무상감을 토로하는 독백을 '일장춘몽(一場春夢)'으로 번역하여 흥취와 유희적 의미를 덧붙인[60] 『불여귀』의 '역술'의 상상력을 확장한 것이다. '원작을 단초로 하여 '비틀거나' 주인공 하자마 간이치의 '꿈' 속에서 죽은 히로인 미야의 "꿈을 현실로 옮기는" 원작의 변형[61]과 오구리 후요의 『종편 곤지키야샤』라는 복수의 원본에서 착상된 '장한의 꿈'의 표제는 '일장춘몽'의 번역어가 매개하는 『불여귀』에서 촉발되었다. "도덕적 자연'에 대한 믿음과 훼손된 세계가 원환적인 완결성의 세계로 회복되리라는 낙천적 세계관은'[62] '일장춘몽'의 상상력에 토대를 둠으로써 해피엔딩으로 플롯 변경의 계기를 마련하는 것이다. "성명의 한 자 정도는 최소한 일치되거나 동음이의어"로 바꾼 조중환의 개명 방식은[63] 『장한몽』 성립의 계보를 추적하는 혈흔으로 설득력을 갖는다. 하자마 간이치[間貫一]에서 이수일(李守一)로 미쓰에[滿技]가 최만경(崔滿慶)으로 변경된 개명방식은 심순애(沈順愛)와 백낙관(白樂觀) 등 원작의 등장인물과 관련 없는 고유명사는 다른 원천과의 관계에서 작명되었을 가능성을 잠재하는 것이다. 『장한몽』의 등장인물 백낙관은 중국의 한시 「장한가(長恨歌)」의 지은이 백낙천(白樂天)과 유사한 고유명사이므로 예의 그 개명 방식에 의거한다면 출처로서 유력하다. 당 현종과 양귀비의 비련 「장한가」에 발원한 『장한몽』을 중국의 고전 시가로 소급하기까지 동아시아의 상상력이 공유하는 '장한' 표제

---

60 권정희, 앞의 책, 330~331면.
61 최태원, 앞의 글, 61~63면.
62 정종현, 「사랑의 삼각형과 계몽 서사의 결합―『金色夜叉』와 식민지 조선의 근대 소설의 관련 양상연구」, 『한국문학연구』 제26집, 동국대 한국문학연구소, 2003, 284면.
63 이재선, 『한국 개화기 신소설 연구』, 일조각, 1972, 328면.

는 시가 장르의 『장한가』군을 논외로 하더라도 일본에서는 1890년 톨스토이(Tolstoi, Lev Nikolaevich)의 소설 『크로이체르 소나타』가 1908년 『장한(長恨)』이라는 표제로 번역되고 소설 『장한(長恨)』(1905년), 『장한가』(1912년) 등 일련의 '장한' 표제 소설이 등장했다.

'부부애의 정신적 사랑과 순결'[64]의 문제를 담은 『크로이체르 소나타』는 『곤지키야샤(金色夜叉)』의 저자 오자키 고요의 공역으로 번역된 뒤 『호토토기스』의 저자 도쿠토미 로카의 서문을 단 '구어적 번역'이 『장한(長恨)』[65]의 표제로 출간되었다. 일본에서 톨스토이의 『안나 카레니나』는 오자키 고요의 공역서로 발간되었으며 『크로이체르 소나타』의 번역에도 오자키 고요와 도쿠토미 로카가 관여했다. 가정소설의 선두주자들에 의한 톨스토이의 수용은 메이지 시대의 가정소설이 형성되는 시대의 교양과 사상, 연애담론을 발신하는 진원지를 보여준다. 톨스토이가 수용되는 1900년대에서 1910년대 초반은 번뇌하는 문학청년들에서 광범위한 대중으로 향유의 폭을 넓힌 '『호토토기스(不如歸)』시대'[66]로 '순결' '순애(純愛)'의 표상이 정착되었다. 이를 시야에 넣는다면 『곤지키야샤』의 '미야(宮)'를 '심순애(沈順愛)'[67]로 번안한 『장한몽』의 고유명사는 지고지순한 순애로 표상되던 '『호토토기스』시대'와의 접속에서 착안되었을 가능성이 있다. 과거에 심순애의 고유명사에 관해 조

---

64 이철 역, 「순결의 이상 ─크로이체르 소나타」, 톨스토이, 『대 톨스토이전집』1, 신구문화사, 1974.
65 『크로이체르 소나타』는 小西增太郞·尾崎紅葉의 공역에 의하여 「名曲クレ゙ツエルワ」라는 표제로 번역이 『国民之友』에 게재된 후 '국민소설' 시리즈로 공간된 바 있다. 이것이 절판된 후 『長恨』의 표제로 '구어적 번역'이 출간되었다. 德富蘆花, 「序」, Tolstoi, Lev Nikolaevich, 筑山正夫 訳, 『長恨』, 昭文堂, 1908, 1면.
66 藤井淑禎, 『『不如歸』の時代』, 名古屋大学出版部, 1990.
67 조일재, 앞의 글, 236면.

중환은 "그 성질이 긏업시 부드럽고 順한 여성"으로 설명했다. "성명의 한 자 정도는 최소한 일치되거나 동음이의어"라는 조중환의 개명 방식은 '순애(順愛)'의 인물 조형 방식이 '순애(純愛)' 표상과 친연적이라는 점에서 '동음이의어'의 관계를 잠재한다. 『불여귀』의 투신모티프가 환기하는 심청의 상상력에서[68] 확장된 '심(沈)'과 '순애(純愛)'와의 '동음이의어'인 '순애(順愛)'가 조합된 고유명사로 전제한다면 이수일을 향한 집요한 '정조'의식은 오직 단 한 사람의 영원한 사랑을 추구하는 러브 이데올로기(Romantic love ideology)의 변주로도 읽혀진다. '창의적 번안'으로 지목된 '정조' 관념에 의한 변형도 이러한 '순결'한 '순애'라는 동시대 '연애' 표상의 문화 맥락에서 재고할 여지가 있다.

『장한몽』은 원작 『곤지키야샤』를 '『호토토기스』의 시대'에 중첩시켜 '표제 및 내용·형식의 의장'을 변경한 셈인데 이 글에서는 『장한몽』의 정체성 즉 번안소설의 '독창성'을 '장한'의 상상력으로 호명할 것이다. 원작에 비교적 충실한 형태의 번안 『장한몽』에서 급격하게 원작과 이탈한 '창의적 번안'인 내용의 '의장' 변경은 '플롯이 변경'된 투신 모티프에서 이루어졌다. 원작에 없는 심순애의 '회개'라는 변모가 백낙관과의 대면에서 강화된다는 점에서 표제와 백낙관의 고유명사와 대동강 투신과 심순애의 '회개'는 '장한'의 코드에 응축된다. 투신 모티프와 관련하여 "결혼한 부인의 순결"[69]이라는 기이한 '정조' 관념은 원작과 현저한 차이가 있다. 아이를 사산하는 원작과 다르게 김중배에 대한

---

68 권정희, 앞의 책, 317면.

69 김재석, 「〈금색야차〉와 〈장한몽〉의 변이에 나타난 한일신파극의 대중성」, 『근대전환기 한국의 극』, 연극과인간, 2010, 307면.

'신체적 정절'을 고수한다[70] 남편에게 정조를 잃어 투신하는 아내 심순애의 결혼 전 연인 이수일을 향한 '정조' 관념은 "한 집안에서 남매 같이 십여 년을 자라"난 과거의 정혼의 연을 회복하는 변경 방식에 의해 뒷받침된다. 당대의 도덕률로 보자면 비난이 퍼부어져야 하는 "돈에 눈이 먼 여성의 배신과 후회"라는 낯선 히로인을 향한 대중적인 열광의 이유들은 기실 그리 자명하지 않다. 부호 김중배와의 결혼이 당대의 결혼 제도에 따라 부모의 책임으로 전가되어 "수용계층인 일반 독자들의 의식수준과 그 특이한 접점"[71]에서 사회적 정당성을 획득하게 된다. '김중배에게 겁간당한 심순애'라는 폭력적 관계는 애정을 배신한 형벌이며 '련이(戀愛)'라 ᄒᆞᆫ 것은, 신성한 물건'이 필수 구성 요소임을 암시하여 연애'가 없는 김중배와의 가짜 혼사라는 고난을 극복하고 심순애와 이수일의 '연애'를 포함한 진짜 혼사에 이르는[72] '련이(戀愛)'의 서사적 기제로 기능하는 것이다. 당대의 전통과는 상충된 기이한 '정조' 관념은 '순결의 이상'을[73] 주창하는 톨스토이의 문학이 수용되던 '순애(純愛)'를 표상하는 '『호토토기스不如歸』시대'[74]의 일본 문화적 맥락에서 증폭되었을 개연성이 있다. 두 차례에 걸쳐 번역된 톨스토이의 『크로이체르 소나타』는 1900년대 정신적 사랑을 지향하는 부부애를 주창하여 『쌍옥루』의 '정신의 죄와 육체의 죄의 분리'[75]라는 새로운 유형의 연애표상은 도쿠토미 로카나 오자키 고요를 매개로 하는 톨스토

---

70 권두연, 「『장한몽』 연구」, 연세대 석사논문, 2003, 86면.
71 권영민, 「일재 조중환의 번안소설들」, 신동욱 외, 『신문학과 시대의식』, 새문사, 1981, 20면.
72 이경림, 「『장한몽』 연구」, 서울대 석사논문, 2010, 38면.
73 톨스토이, 앞의 책, 478면.
74 藤井淑禎, 앞의 책.
75 박진영, 앞의 책, 349면.

이 수용과 무관하지 않은 것이다. 고리대금업자에서 세례를 받으며 새로운 삶을 살려는 이수일을 지칭하는 "부활한 사람"은 가정소설에 끼친 톨스토이의 영향력을 단적으로 드러낸다. 비련을 '장한'으로 표상하는 동아시아 담론 구성의 맥락이 원작을 이탈한『장한몽』의 성립 배경이라는 의미에서 이 글에서는 그간 언급되지 않았던 자료를 추가했다. 이로써 '장한'의 코드를 통하여 '표제 및 내용·형식의 의장'을 변경하는 상상력의 원천을 얻게 된 것이다.

4. 번역·번안·창작 개념과 저작권법제

이 글은 조중환의『장한몽』을 중심으로 번안의 용어가 가시화되지 않았던 1910년대 번안의 존재 방식의 의미를 저작권법제의 번안 개념과 관련하여 분석한 것이다.

1908년 한국에 적용된 일본의 저작권법에는 번안이 명시되었다. 1900년대에도 한국에서는 오늘날 번안으로 범주화할 수 있는 글쓰기 방식이 이루어져 왔다. 이러한 사실에서 번안이 가시화되지 못한 현상은 저작권의 관계에서 해명의 단서를 얻을 수 있다. 여기에는 법제에서 규정하는 번역 / 번안의 개념적 규범화와 외국문학을 수용하는 글쓰기 관습의 문제가 작용한다. 법제 이전 존속해왔던 외국 문학의 수용 방식이 법제에서 규정되는 번역 번안의 범주에서 재배치되는 것이다. 번역 / 번안의 개념화 과정에서 출판 제도와 수용 주체의 욕망이 특정한 관습을 만들어냈던 심층에는 법제의 역사적 기원이 자리함을 기술했다. 법제의 저작권의 권리 개념에서 번역 / 번안이 재편되면서 '번역권(翻譯權)'으로 포괄되는 번안 개념도 번안의 '모순적' 존재 방식과 관련한다는 가능성을 제기했다. 이러한 '번안의 독창성'을 근간으로 '신저작물'을 생성하는 새로운 저작권을 발생시키는 의미의 '창작' 개념에서 번안소설이 창작소설로 간주되었던 당시의 번역과 창작의 개념적 체계에 접근했다. 저작권법제와 현실의 간극이 1910년대 출판 관행을 만들어내고 글쓰기 방식의 규범으로 저변에 작용한다는 점에서 근대 초기 번역·번안·창작 개념의 역사와 출판 미디어는 저작권법제의 시각에서 새롭게 조망되어야 함을 제기했다.

이러한 맥락에서 조중환의 번안소설이 번역과 '신소설'로 다른 명칭으로 제시되는 과정에 주목했다. 『쌍옥루』는 원작의 '동일성'이 유지된다는 의미에서 '소극적 번안' 태도인 반면, 『장한몽』은 원작의 '동일성'을 해체하여 '신저작물'을 생성하기 위한 '적극적 번안'의 태도를 취했다. 다시 말하면, 번안의 태도는 저작자의 권리와 관련되어 양자는 '텍스트에 대한 소유 의식'에서도 차이가 있다. 이러한 의미에서 『장한몽』은 번안의 '창의성'에서 기존의 번안 소설과 확연하게 다르다. 이를 번역과 번안의 분기를 내포한다는 저작권의 시각에서 『장한몽』 성립을 분석했다. 그 결과 원작 『곤지키야샤』의 '표제 및 내용·형식의 의장의 변경'을 통해 '신저작물'이 생성되는 과정이 규명되었다. 이는 번안의 창의성의 구축 과정으로서의 의의가 있다. 즉 저작권법제에서 번안의 오리지널의 인식 틀이 주조되었다는 것이다.

1910년대 초 조중환의 일련의 저술 활동의 '역술' 번역 '신소설' 등의 범주도 저작권의 관계에서 재조명했다. 원작 『곤지키야샤』와 『장한몽』

의 결정적인 차이를 집약하는 '장한'의 상상력으로 '표제 및 내용·형식의 의장'의 변경을 통해 '신저작물'『장한몽』이 성립되는 과정을 조감했다. 백낙천의 「장한가」에 발단한 것으로 추정되는 『장한몽』의 표제와 접맥되는 일본의 '장한' 표제소설은 번안소설의 창의성의 구성을 원작 『곤지키야샤』 텍스트 군에서 '장한'의 상상력을 공유하는 동아시아의 문화사적 맥락으로 확장된 지평에서 조명할 필요를 제기했다. 『크로이체르 소나타』가 『장한』으로 번역된 일련의 '장한' 표제의 문화적 맥락은 『장한몽』의 '표제 및 내용·형식의 의장'을 성립시키는 '번안의 독창성'의 구성에 시사점을 주는 것으로 유효하다는 논지를 전개했다.

1900년에서 1910년대에 이르는 가정소설의 수용이 톨스토이 수용과 중첩되는 양상을 단적으로 표출하는 번역소설 『장한』은 '순결의 이상화'를 테마로 하여 『호토토기스』의 지고지순한 '순애(純愛)' 표상의 기반인 정신적 사랑을 우위로 하는 부부애의 가치를 공유한다. 이러한 가정소설과 톨스토이 수용이 중첩된 맥락에서 주조된 '부부애 찬미'와 연애 시대의 '순애' 표상은 『불여귀』의 번역과 『장한몽』의 번안에도 연속되는 맥락을 창출한다. 『장한몽』의 '일장춘몽'을 과거로 하는 새로운 출발의 결말은 『호토토기스』의 투신 모티프에 부가된 『불여귀』의 '일장춘몽' 번역에서 확장된 것이다. 또한 심순애(沈順愛)의 고유명사는 『장한몽』의 고유한 작명 방식인 "동음이의어"의 관계에서 '『호토토기스』시대'의 '순애(純愛)' 표상과도 조응한다. 『불여귀』의 투신모티프와 '꿈'의 무상감이 『장한몽』의 '장한'과 '꿈'과 결합하는 상상을 구성하는데 일조했다는 점에서도 『장한몽』의 과거와는 다른 "결혼한 여성의 순결"이라는 '억지'의 '정조'관념을 강변하는 서사는 '영원한 사랑'을 추구하는 러브

이데올로기의 변형이라는 시각에서 재고할 필요성을 제창했다. 이와 같이 원작『곤지키야샤』의 단일한 원천으로 환원되지 않는 복합적 의미망에서 '번안의 독창성'으로 간주되는『장한몽』의 정체성이 구성되는 방식을 주목했다.『장한몽』의 '표제 및 내용·형식의 의장'에서 일정한 연관성을 갖는 '장한'의 상상력을 공유하는 텍스트에 대한 구체적 분석은 향후의 연구 과제로 남겨둔다.

참고문헌

자료

조중환,『불여귀』, 경성사서점, 1912.

_____,『장한몽』상·중·하, 조선도서주식회사, 1916.

조일재,「장한몽과 쌍옥루」,『三千里』, 삼천리사, 1935.

『매일신보』, 1910~1915.

饗庭篁村,「雜錄」,『文芸俱楽部』1編, 1895.1月号.

尾崎紅葉,『金色夜叉』, 春陽堂, 1899.

德冨蘆花,『小説 不如帰』, 民友社, 1900.

_____,「序」, Tolstoi, Lev Nikolaevich, 筑山正夫 訳,『長恨』, 昭文堂, 1908.

内務省警保局,『著作権保護ニ関スル国際同盟条約·国際同盟条約追加規定·ベルヌ条
　　　約追加規定ニ関スル解釈的宣言書』, 内務省警保局, 1898.

統監府,『第二次韓国施政年報明治41年』, 統監府, 1910.

統監府農商工部,『韓国通覽』, 農商工部, 1910.

統監府 特許局,『統監府特許局法規類集』, 統監府 特許局, 1909.

坪内逍遥,『逍遥選集』2卷, 春陽堂, 1926.

논문

강현조,「『보환연』과『허영』의 동일성 및 번안문학적 성격 연구」,『현대문학의 연구』
　　　44, 한국문학연구학회, 2011.

권두연,「『장한몽』연구」, 연세대 석사논문, 2003.

권영민,「일재 조중환의 번안소설들」, 신동욱 외,『신문학과 시대의식』, 새문사, 1981.

권용선,「번안과 번역 사이 혹은 이야기에서 소설로 가는 길—이상협의『명부원』을
　　　중심으로」,『한국근대문학연구』9, 한국근대문학회, 2004.

권철근,「톨스토이의 소설과 음악, 성, 그리고 죽음」,『외국문학연구』31호, 한국외대
　　　외국문학연구소, 2008.

김재석,「『금색야차』와『장한몽』의 변이에 나타난 한일신파극의 대중성」,『근대전
　　　환기 한국의 극』, 연극과인간, 2010.

김지혜,「일제강점 초기 식민지 문화의 재편, 신문소설 삽화〈장한몽〉」,『미술사논단』

31호, 한국미술연구소, 2012.

나카가와 아가오, 「『長恨夢』의 번안 형태에 대한 재검토」, 『비교문학』 30집, 한국비교
　　　문학학회, 2002.

남석순, 「1910년대 신소설의 저작권 연구－저작권의 혼란과 매매 관행의 원인을 중
　　　심으로」, 『동양학』 43집, 단국대 동양학연구소, 2008.

방효순, 「일제시대 저작권 제도의 정착과정에 관한 연구」, 『서지학연구』 21집, 서지학
　　　회, 2001.

신근재, 「한일번안소설의실제－『金色夜叉』에서 『장한몽』으로」, 『세계문학비교연구』
　　　9집, 세계문학비교학회, 2003.

양승국, 「한국 최초의 신파극 공연에 대한 재론」, 『한국극예술연구』 4집, 한국극예술
　　　학회, 1994.

이경림, 「『장한몽』연구」, 서울대 석사논문, 2010.

이철, 「순결의 이상－크로이체르 소나타」, 톨스토이, 이철 역, 『대 톨스토이전집』 1, 신
　　　구문화사, 1974.

정종현, 「사랑의 삼각형과 계몽서사의 결합－『金色夜叉』와 식민지 조선의 근대소설
　　　의 관련양상 연구」, 『한국문학연구』 26집, 동국대 한국문학연구소, 2003.

최성윤, 「근대 초기 서사 텍스트의 저작, 번역, 번안 개념에 관한 고찰」, 『한국문학이
　　　론과 비평』 59집, 한국문학이론과 비평학회, 2013.

최태원, 「일제 조중환의 번안소설 연구」, 서울대 박사논문, 2010.

한광수, 「尾崎紅葉의 『金色夜叉』, 그리고 小栗風葉의 『金色夜叉終篇』과 조중환의 『長
　　　恨夢』－원작에서 이탈한 문학적 상상력」, 『일어일문학』 42집, 한국일어일문학
　　　회, 2002.

한태석, 「신소설의 판권」, 『출판학 연구』, 한국출판학회, 1981.

함태영, 「『혈의 루』 제2차 개작 연구－새 자료 동양서원본 『牧丹峰』을 중심으로」, 『대
　　　동문화연구』 57집, 성균관대 대동문화연구원, 2007.

甘露純規, 「翻訳と翻案の区別」, 『森鴎外論集 歴史に聞く』, 新典社, 2000.

申美仙, 「韓国における長恨夢の大衆的受容－小説・演劇・メディア」, 『比較文学』 54,
　　　日本比較文学会, 2011.

槌田満文, 「「金色夜叉」と挿絵無用論」, 『文芸論叢』 16号, 文教大学女子短期大学部文
　　　芸科, 1980.

단행본

권정희, 『『호토토기스不如歸』의 변용―일본과 한국의 텍스트의 번역』, 소명출판, 2011.

김병철, 『한국 근대번역문학사 연구』, 을유문화사, 1975.

김영민, 『한일 근대어문학 연구의 쟁점』, 소명출판, 2013.

문화관광부 저작권위원회, 『한국 저작권 50년사』, 저작권위원회, 2007.

박진영, 『번역과 번안의 시대』, 소명출판, 2011.

이재선, 『한국 개화기 신소설 연구』, 일조각, 1972.

이희정, 『한국 근대소설의 형성과 『매일신보』』, 소명출판, 2008.

허희성, 『베른협약축조개설』, 일신서적, 1994.

Viala Alain, 塩川徹也 외역, 『作家の誕生』, 藤原書店, 2005.

藤井淑禎, 『『不如歸』の時代』, 名古屋大学出版部, 1990.

일본 사소설과 『외딴방』

안영희

1. 서론

일본 사소설은 작가의 체험을 있는 그대로 쓴 작품이다. 이러한 문학양식은 어느 나라에도 있는 일반적인 문학양식이다. 하지만 사소설을 일본만이 가진 독특한 문학양식이라고 말한다. 왜냐하면 사소설은 소설이 '픽션'임에도 불구하고 소설이 '사실'이라는 새로운 소설의 패러다임을 만들었기 때문이다. 또한 일반적으로 소설을 읽을 때 독자들은 소설을 픽션이라고 생각하고 읽지만 사소설을 읽는 독자들은 소설을 사실이라고 생각하고 읽기 때문이다. 결국 사소설은 소설에서 작가가 자신이 주인공이 되어 자신의 체험을 사실대로 쓴 작품이다. 또한 독자들은 작가들의 전기적인 사실을 하나하나 다 알고 있으며 소설에 나오는 주인공과 작가를 바꿔서 읽는다. 이러한 사소설의 독특한 문학양식이 '일본'이라는 문화적 경계를 만드는데 기여했다고 할 수 있다.

사소설은 소설이 픽션임에도 불구하고 작가가 경험한 사실을 쓰는 독특한 소설양식이므로 많은 서양인 연구자들이 의아해했다. 사소설 작가들은 자신의 경험을 솔직하게 고백하고 사소설 독자들은 작가가 얼마만큼 작가의 사생활을 꾸밈없이 솔직하게 표현했나에 더 많은 관심을 가진다. 따라서 사소설은 픽션을 사실로 전도시켜버린 새로운 일본의 소설양식이라고 한다. 사소설의 원조는 1907년에 나온 다야마 가타이의 『이불』이다. 문학사적으로 『이불』은 일본 자연주의의 길을 왜곡시키고 사소설의 길을 열었다고 한다. 따라서 『이불』이 서양자연주의를 오해한 것이라는 비판이 주를 이루었다. 즉 다야마 가타이는 서구의 근대문학을 정확하게 이해하지 못했고 사실과 진실을 혼동했다는 것이다. 이유가 어쨌든 일본 근대문학은 다야마 가타이가 길을 연 사소설 쪽으로 발전하였고 독자들은 사소설을 받아들이게 되었다. 사소설은 사소설을 애독한 독자들이 없었다면 100여 년의 긴 시간동안 존재하지 못했을 것이다. 한국에서도 특수한 형태의 고백문학인 사소설을 일부의 작가가 시도했지만 많은 독자층을 가지지 못했다. 지금까지 한국에서 대부분의 작가와 독자는 일본 사소설을 받아들이지 않았다. 그런데 1990년대 이후 많은 여성작가들이 사소설과 거의 일치하는 소설을 쓰기 시작했고 많은 독자층도 생기게 되었다. 그 대표적인 작가가 신경숙이라 할 수 있다.

일본의 사소설연구가들은 신경숙의 『외딴방』(1995)을 사소설과 일치하는 점에 주목하고 있다. 하지만 구체적인 연구는 없는 실정이다.

이에 필자가 『외딴방』을 분석하면서 사소설과의 관계에 대해 보기로 한다. 여기서는 사소설에서 문제가 되고 있는 소설을 쓰는 소설가의 얼굴이 나타나는 소설가 소설과 사실과 픽션의 관계, 소설 속에 사회성이 어떻게 나타났나에 주목하면서 『외딴방』과 사소설과의 관계에 대해 보기로 한다.

2. 소설가 소설과 일본 사소설

근대소설이 글을 쓰는 작가의 얼굴을 작품 속에서 감추었다면 언제부터인가 글을 쓰는 작가의 얼굴이 소설의 주인공으로 자주 등장하기 시작했다. 1960년대부터 서구의 소설들은 전통적인 내용과 형식에서 탈피해 급격한 변화를 보여주었다. 소설은 더 이상 리얼리티를 재현할 수 있다거나 보편적 진리를 제시할 수 있는 척하지 않게 되었다. 이러한 변화는 소설은 이제 더 이상 리얼리티를 재현할 수 없고 진실을 제시할 수 없다는 인식에서 비롯되었다. 이와 같은 인식에는 오늘날 우리가 믿고 있는 것들의 당위성에 대한 근본적인 불신과 회의가 자리 잡고 있었다. 우리가 믿고 있는 리얼리티나 진리들이 고정불변의 진실들이 아니고 유동적이고 추상적인 구축물이라면, 픽션과 리얼리티, 허구와 진실 사이의 경계선이 무너져버린다면 어떻게 픽션이 리얼리티를 재현할 수 있으며 진실을 제시할 수 있겠는가? 이러한 상황에서 소설을 쓴다는 것, 글을 쓴다는 것은 무엇을 의미하는가? 소설이 전통적인 소설양식이나 언어로 급변하는 현대의 리얼리티를 묘사할 수 있는 힘을 가지고 있을까? 메타픽션은 이러한 의문에서 시작되었다. 메타픽션이라는 용어는 픽션과 리얼리티 사이의 관계에 의문을 제기하기 위해 스스로가 하나의 인공품임을 의식적이고 체계적으로 드러내는 소설쓰기를 지칭한다고 한다. 이는 오랜 세월동안 진리로 통용되었던 아리스토텔레스의 '모방이론'에 근본적인 의문점을 제기하고 있음을 시사한다. 18~19세기 소설에서 개인은 가족관계, 결혼이나 출생이나 죽음을 통해 사회구조 속으로 '화합'되어 들어간다. 모더니즘 시대의 소설에서는 기존사회의 구조와 관습에 대한 '반대'와 개인의 '소외'를 통해서만 개인의 자주성이 지속된다. 그러나 현대에 와서는 개인을 억압하는 사회의 권력구조가 극도로 복합적이고 교묘하게 감추어져 있어 반대하고 투쟁해야 할 대상이 드러나 보이지 않게 되었다. 또한 진실과 허구의 구분 또한 명확하지 않기 때문에 현대소설의 저항 역시 복합적이고 불가시적이 되었다.[1] 메타픽션이라는 용어가 나타나기 전에 이미 글을 쓰는 작가의 얼굴이 소설에 나타나는 글쓰기는 사소설에서 자주 볼 수 있는 현상이었다. 왜냐하면 글을 쓰는 작가는 곧 주인공이므로 작가의 얼굴이 소설에 자주 나타날 수밖에 없는 것이 사소설이기 때문이다. 또한 사소설작가는 자신의 경험을 사실대로 써야하고 사소설독자는 소설을 읽을 때 사실로 읽어야 한다는 것이 사소설의 공식이다. 결국 사소설은 작가와 독자의 공감대가 이루어졌을 때에만 성립한다.

신경숙의 『외딴방』은 처음부터 끝까지 글쓰기에 대해 묻고 있다. 다음은 『외딴방』의 서두 부분과 마지막 부분이다.

---

1 김성곤, 「서평 메타픽션」, 퍼트리샤워, 김상구 역, 『메타픽션』, 열음사, 1989, 408~411면.

이 글은 사실도 픽션도 아닌 그 중간쯤의 글이 될 것 같은 예감이다. 하지만 그걸 문학이라고 할 수 있을 것인지. 글쓰기를 생각해본다, 내게 글쓰기란 무엇인가? 하고.[2]

이 글은 사실도 픽션도 아닌 그 중간쯤의 글이 된 것 같다. 하지만 이걸 문학이라고 할 수 있을 것인지. 글쓰기를 생각해본다. 내게 글쓰기란 무엇인가? 하고.(2-281)

이 마지막 부분은 잡지 연재 당시에는 없었던 부분인데 단행본으로 간행하면서 덧붙인 부분에 속한다. 단행본에서 이 부분을 덧붙임으로서 더욱 완성도가 높은 작품이 되었다. 소설 서두에서 이 글이 사실과 픽션의 중간쯤의 글이 될 것 같은 예감이라고 하고 소설 끝에서는 그 중간쯤의 글이 된 것 같다고 하고 있다. 또한 『외딴방』은 처음부터 글쓰기에 대한 고민에서 시작해 끝에서도 글쓰기에 대한 고민으로 마무리하고 있다. 포스트모더니즘 문학에서 작가가 자신의 서술을 되돌아보고 의심하는 자의식적 서술(메타 픽션)이 나타난다. 글을 쓰는 작가의 얼굴을 보여주는 메타픽션은 현실과 허구의 경계와 와해, 인물과 독자에게 선택권을 주는 열린 소설이다.[3] 메타픽션은 소설이 절대적 또는 보편적 진리를 제시하거나 리얼리티를 재현할 수 없다고 말한다. 소설에서 문제시되는 사실과 픽션의 문제 즉 진실과 허구의 문제는 현대사

---

2 신경숙, 『외딴방』1·2, 문학동네, 1995, 9면. 이하 본문 속에 1-, 2-와 같이 권수와 면수만 적는다.

3 네이버 백과사전 두산백과(http://terms.naver.com/entry.nhn?docId=1163925&cid=40942&categoryId=31433). 검색일 : 2016.1.25.

회에 와서 리얼리티와 픽션의 사이가 모호해졌기 때문이다. 메타픽션은 불안과 불확실이 극에 달하고 진실이 베일에 가려 보이지 않게 된 20세기 후반을 대표하는 하나의 문학적 현상이며 신적인 권위를 가지고 인생의 진리를 제시해 주었던 저자들이 인간적인 위치에 서서 독자들과 더불어 고민하고 방황하며 탈출구를 탐색했던 민주적 문학운동이기도 했다.[4]

19세기 사실주의(realism)에 대한 반발이 20세기 전반 모더니즘(modernism)이었고 다시 이에 대한 반발이 포스트모더니즘(postmodernism)이다. 포스트모더니즘은 1960년대에 일어난 문화운동이면서 정치, 경제, 사회의 모든 영역과 관련되는 한 시대의 이념이다. 포스트모던 시대는 니체, 하이데거의 실존주의를 거친 후 데리다, 푸코, 라캉, 리오타르에 이르러 시작된다. 데리다는 어떻게 글쓰기가 말하기를 억압했고, 이성이 감성을, 백인이 흑인을, 남성이 여성을 억압했는지의 이분법을 해체시켜 보여주었다. 푸코는 지식이 권력에 저항해왔다는 계몽주의 이후 발전논리의 허상을 보여주고 지식과 권력은 적이 아니라 동반자라고 말하였다. 둘 다 인간에 내재된 본능으로 권력은 위에서의 억압이 아니라 밑으로부터 생겨나는 생산이어서 이성으로 제거되는 것이 아니라는 것이다. 문학에서는 인물의 독백이 사라지고 다시 저자가 등장하는데 더 이상 19세기 사실주의와 같은 절대재현을 못 한다는 것을 의미한다.

『외딴방』에서는 끊임없이 글을 쓰는 작가의 얼굴이 드러나고 있다.

4　김성곤, 앞의 글, 414면.

글쓰기란, 그런 것인가. 글을 쓰고 있는 이상 어느 시간도 지난 시간이 아닌 것인가. 떠나온 길이 폭포라도 다시 지느러미를 찢기며 그 폭포를 거슬러 올라오는 연어처럼, 가슴 아픈 시간 속을 현재형으로 역류해 흘러들 수밖에 없는 운명이, 쓰는 자에겐 맡겨진 것인가. 연어는 돌아간다. 뱃구레에 찔린 상처를 간직하고서도 어떻게든 다시 목숨을 걸고 폭포를 거슬러 처음으로 돌아간다, 그래 돌아간다. 지나온 길을 따라, 제 발짝을 더듬으며, 오로지 그 길로.(1-38, 39)

여기서는 글을 쓰는 작가의 얼굴을 보이면서 작가 자신의 내면을 고백하고 있다. 글을 쓰는 이상 어떤 것도 과거형이 될 수 없다고 한다. "…… 글을 쓰며 살아가는 자들의 고독은 그 스며듦이 끝났을 때 시작되는 거겠지. 스스로 거슬러 올라 가장 어려웠던 처음으로 돌아가고야 마는 고독."(2-199) 글쓰기 행위는 그녀 스스로가 과거의 상처를 길어 올리고 현재의 고민을 쏟아 붓는 과정 자체다. 무엇보다 이 글쓰기는 여공이자 산업체특별학급의 학생으로서 경험한 과거 상처의 시간들에 대한 고백이자 작가로서 현재 고민하고 있는 내면 심경에 대한 고백이라는 형식을 띠고 있다.[5] 글쓰기에 대한 자의식적인 고민을 그대로 드러낸다.

그녀의 글에서는 처음부터 끝까지 글을 쓰면서 일어나고 있는 과정들이 그대로 재현된다.

---

5   박현이, 「기억과 연대를 생성하는 고백적 글쓰기 ─ 신경숙 『외딴방』론」, 『어문연구』 48, 2002, 382면.

① 열여섯으로부터 십육 년이 흐른 어느 날 이제 작가인 나는 급한 원고를 쓰고 있다. 서울에 온 엄마가 자꾸 말을 시킨다. (…중략…) 엄마는 1930년대에 태어났고 나는 1963년에 태어났는데.(1-48)

② 내가 이 글을 쓰기 시작한 이후로 가을과 겨울 봄이 지나갔고 이제 여름이다. 나는 이 여름에 이 글을 끝낼 것이다. 쓰기 시작했을 때부터 어서 끝냈으면 싶었는데 지금은 이 글의 끝을 단 한 번도 생각해보지 않은 사람처럼 나는 허둥지둥이다.(2-217)

③ 8월이 되었다. 이제 더이상 할 말이 없다. 출판사에 이 글을 넘겨야만 하는데 내 속의 또다른 나는 처음부터 다시, …… 끈질기게 처음부터 다시, 를 속삭인다.(2-233)

④ 내일이 추석이다. 이 글을 시작했던 작년 추석에도 나는 이 섬에 있었다. 어떻게 연속 두 해의 추석을 이곳에서 보내는구나 …… 1995년 9월 8일에.(2-273)

⑤ 어느 날은 이 글을 처음 시작했던 장소인 제주도로 다시 갈까도 생각했었다. 그러나 작정을 하니 떠나지지가 않았다. 이 글을 책으로 내기 전에 다시 탈고할 시간이 주어지면 그땐 어쩌면 제주도에 가 있을지도 모르겠다. 지금으로서는 그러고 싶다.(2-220)

⑥ 몸은 말할 수 없이 피로한데 정신은 점점 또렷해진다 …… 1995년 9월 13일에(2-281)

위의 인용을 보면 소설가인 현재 화자가 언제부터 글을 쓰기 시작했고 언제쯤 완성했는지를 알 수 있다. 작품에서 "일 년 전에 나는 이 장소에서 여기는 섬, 제주도 …… 집을 떠나 글을 써보기란 처음이다, 라고 썼던 기억이 난다. 그래, 벌써 일 년 전의 일이다. (…중략…) 1995년 8월 26일에"라고 한 것을 보면 글쓰기의 과정이 더욱 잘 나타난다. 『외딴방』의 서술 특징은 32살인 현재 화자가 고백적 글쓰기를 통해서 16살의 나를 재현하는 것이다. 1963년생인 화자는 현재 32살이다. 현재 화자가 32살부터 33살까지 제주도에서 원고를 집필하기 시작하여 탈고하기까지의 시간은 1994년 9월부터 1995년 9월까지이다. 텍스트를 보면 1995년 9월 13일에 마지막으로 글을 썼다고 하니까 아마 이때쯤 글을 마감했다고 추측할 수 있다. 『외딴방』 단행본의 초판인쇄가 1995년 10월 10일이고 초판 발행이 1995년 10월 20일이니까 위의 내용들은 어느 정도 사실에 근거해 있다고 할 수 있다. 따라서 픽션 대신에 사실을 근거로 해서 작가자신을 주인공으로 한 실험소설이 사소설이라고 한 호리 이와오의 사소설에 관한 정의와도 정확하게 일치한다.

『외딴방』은 작가가 사실을 근거로 해서 소설을 쓰고 있지만 이 글쓰기가 소설이라는 것을 끊임없이 인지시켜 준다. 사실과 픽션에 대한 고민, 픽션과 리얼리티에 대한 의문제기는 허구와 사실의 경계에 있는 소설에 대한 고민이다. 이러한 메타픽션의 등장은 이 시대를 살아가는 작가들의 고뇌를 그대로 표출하고 있다고 할 수 있다. 염무웅은 "신경숙의 「외딴방」은 그런 면에서 가장 철저하여 거의 실험소설 같은 전위성마저 지닌다. 그는 이 작품에서 자발적으로 자신의 미학적 위장을 폭로하고 소설적 가면을 제거함으로써 소설과 비소설(작가 자신의 말을 그대로 옮기면 '픽션'과 '사실')의 경계를 무너뜨린다"[6]고 한다. 그는 "이 작품은 그지없이 치열한 작가정신의 산물이고 혼신의 글쓰기가 이룩한 감동적인 업적임에도 불구하고 본질적으로 불확실하고도 미완인 그무엇이다. (…중략…) 「외딴방」의 단편성(斷片性)과 불안정성은 신경숙 글쓰기가 이 바닥모를 허무의 시대에 있어 자기정체성의 획득을 위한 악전고투의 행보였음을 작품 자체로써 증명한다. 「외딴방」은 하나의 소설인 동시에 일종의 메타소설이다. 다리를 놓으면서 다리를 건너야 하는 것이 이 시대 예술가의 운명이라면 우리는 정녕 '모든 고정된 것이 연기처럼 날아가버린' 두려운 시대를 살고 있는지 모른다.[7] 염무웅은 「외딴방」의 불확실하고 미완의 글쓰기는 허무의 시대를 살아가는 이 시대에 필연적인 것이라고 말한다. 남진우는 "이처럼 소설을 쓰는 작가가 작품의 전면에 등장하여 이야기를 풀어나가는 방식은 이 작가가 포스트모더니즘의 새로운 기법에 매력을 느껴서가 아니라 그렇게 하지 않으면 안 될 내적 필연성 때문으로 봐야 할 것이다. 작가는 작품과 일정한 거리를 취한 채 객관적으로 이야기를 전달하는 자가 아니라 끊임없이 이야기에 개입해 들어가서 그 의미를 반추하고 그것의 필연성과 정당성에 질문을 던진다. 소설 속의 이야기는 작가의 머릿속에서 완료된 상태로 있다가 지면 위로 이동하는 것이 아니라 작가의 글쓰기에 의해 계속 다른 의미를 형성하기에 이른다"[8]고 한다. 우리는 고정화되고 정형화된 것을 해체하는 시대에 살고 있다. 처음부터 소설의 줄거

---

6   염무웅, 「글쓰기의 정체성을 찾아서」, 『창작과 비평』 제23권 4호, 1995 겨울, 278면.
7   위의 글, 284면.
8   남진우, 「우물의 어둠에서 백로의 숲까지 ─ 신경숙 『외딴방』에 대한 몇 개의 단상」, 신경숙, 앞의 책, 289면.

리가 정해져 있는 것이 아니라 소설을 쓰면서 끊임없이 변화한다. 포스트모더니즘운동과 관련된 이러한 글쓰기는 일본 사소설에서 이미 빈번하게 사용되었다.

소설 속에 소설을 쓰는 작가와 글을 읽는 독자의 관계가 그대로 드러나고 있다.

> 출판사에서 편지 한 통이 배달되었다. (…중략…)
>
> 안녕하세요.
>
> 며칠 전 신선생의 외딴방, 2장을 읽었습니다. 지난번보다 사건도 많고 재미있어서 단숨에 읽어버렸지요. (2-86, 87)

『외딴방』은 총 4장으로 구성되어 있다. 잡지 『문학동네』에 연재된 소설을 읽고 1995년 3월 6일자로 보낸 영등포여고 산업체특별학급 교사 한경신의 편지이다. 이 부분은 3장이다. 2장을 읽고 보낸 한경신의 편지를 3장에서 그대로 인용하고 있다. 1994년 9월부터 1995년 9월까지 소설을 쓰면서 일어나는 일들이 그대로 소설 속에 재현되고 있다. 이렇게 소설을 쓰는 작가의 모습을 그대로 보여주므로 소설이 픽션이라기보다 사실이라는 확신은 더욱 더 강해진다. 동시에 글쓰기가 하나의 가공적인 일임을 보여준다. 이는 모든 것을 있는 그대로 다 재현해낼 수 있다는 아리스토텔레스의 모방이론에 대한 의문제기이기도 하다. 이처럼 "이제 더는 미룰 수 없다. 이 글을 완성시켜야만 한다. 모든 준비는 끝났다. 약속도 만들지 않았고, 이 글 이외의 어떤 글도 쓸 일이 없게 해놓았다"(2-202)고 한다. 글을 쓰면서 느끼는 희로애락이 그대로 글을 통해 드러나고 있다. 글을 마무리하기 위한 작가의 다짐이 보인다. 모든 유혹을 뿌리치고 글쓰기에만 전념하려는 작가의 모습이다. "어디로도 가지 않고 이 방안에서 땀을 흘리며 뜨거운 커피를 끊임없이 마셔댔다."(2-220) 마감일을 맞추려는 작가의 필사적인 노력이다.

신경숙은 『외딴방』에서 소설을 쓰고 있는 현재가 그대로 소설화되어 가는 이상한 작업이었다고 밝힌다. 이는 일본 사소설 작가들이 쓰는 수법과 동일하다. 그녀는 인터뷰에서 이 소설을 처음에 "이 글은 사실도 픽션도 아닌 그 중간쯤의 글이 될 것 같은 예감이다." 그리고 "그걸 문학이라고 할 수 있을 것인지"라는 질문을 던지고 나서 글쓰기가 자유로워졌다고 한다. 그러자 어떤 현상이 일어났냐고 하면 "소설을 쓰고 있는 모든 순간이 굉장히 작용했습니다. 그 당시 내가 읽은 신문기사의 일행, 누군가와 이야기한 전화 한 통까지 전부 현대미술에서 말하는 인터랙티브 아트(interactive art)[9]와 같이, 그대로 소설 속에 들어가는 상황이 되고 그대로 소설이 되었습니다. 그래서 소설이 따로 분리되어있지 않고 같이 섞여서 모든 시간이 모두 소설 속에 들어가는 그런 역할을 했습니다."[10] 현실과 소설을 구분하지 않고 현실이 그대로 소설이 되는 사소설작가의 글쓰기와 동일한 현상이 일어난다. 신경숙이 말한 이 부분은 일본 사소설과 일치하기 때문에 불가사의한 부분이기도 하다. 신경숙은 일본의 사소설을 전혀 의식하지 않았고 사소설이

---

9 관객이 컴퓨터의 자판을 움직여 영상에 참가하는 예술. 곧 관객 자신이 오감을 사용하여 영상, 소리, 움직임 등을 발생시키는 환경 장치에 작용. 반응케 하는 예술. 관객이 작품과 대화하면서 감상하는 참가 예술임.

10 申京淑, 「記憶と疎通」, 勝又浩, 『アジア文化との比較に見る日本の「私小説」』, 硏究成果報告書, 2008, 137면. 번역─필자.

라고 불리는 것조차 싫어하고 있지만 소설이 현실에 동화되어 현실인
지 창작인지조차 구분하기 힘든 점은 사소설이 가진 특성의 하나이다.
지금까지 사소설은 일본에만 존재하는 특이한 소설형태라고 알려져
왔다. 그러나 신경숙의 『외딴방』은 사소설과는 전혀 관계없지만 독자
적으로 사소설과 똑같은 모습을 하고 있다고 할 수 있다.

3. 사소설과 『외딴방』의 서사—사실과 픽션의 경계

1) 이중적 구조의 서사—작가

글쓰기에 대한 물음과 더불어 『외딴방』의 가장 큰 특징 중의 하나는
글을 쓰는 현재의 시점과 과거의 시점이 반복적으로 나타나는 이중적
인 구조이다. 과거의 나는 1978년도에서 1981년까지(16살에서 19살까지)
영등포여고 산업체특별학급에 다니는 시절에 해당한다. 현재의 나는
32세부터 33세까지 제주도에서 원고를 집필하여 탈고하기까지의 1994
년 9월에서 1995년 9월에 이르는 약 1년여의 기간에 관한 것이다.

① 여기는 섬이다.

밤이고, 밤바다에 떠 있는 어선의 불빛이 열어놓은 창으로 쏟아져 들어
온다. 느닷없이, 한 번도 와본 적이 없는 이곳에 와서, 나는 열여섯의 나를
생각한다. 열여섯의 내가 있다. 우리나라 어디서나 볼 수 있는 별 특징 없
는 통통한 얼굴 모양을 가진 소녀. 78년, 유신 말기, 미국의 새로 취임한 카

터 대통령은 주한 미지상군의 단계적 철수계획을 발표하고, 미국무차관 크리스토퍼는(1-9, 10)

② 나의 시골집에서는 고등학교 진학을 못한 열여섯의 소녀가 나, 어떡해를 듣고 있다.(1-10)

③ 여기는 섬, 제주도.
집을 떠나 글을 써보기는 처음이다.(1-11)

④ 이제 열여섯의 나, 노란 장판이 깔린 방바닥에 엎드려 편지를 쓰고 있다. 오빠. 어서 나를 여기에서 데려가줘요. (…중략…) 벌써 유월이다.(1-13)

⑤ 첫 장편소설을 출간하고 얼마 안 된 지난 사월 어느 날, 혼곤한 낮잠 중에 나는 한 통의 전화를 받았다. 약간 볼륨이 있는 여자목소리가 나를 찾았다. (…중략…) "나야, 나 모르겠니? 나, 하계숙이야."(1-17)

⑥ 글쓰기, 내가 이토록 글쓰기에 마음을 매고 있는 것은, 이것으로만이, 나, 라는 존재가 아무것도 아니라는 소외에서 벗어날 수 있다고 생각하기 때문은 아닌지.(1-16)

『외딴방』은 현재의 나와 과거의 나가 반복해서 나타나는 이중적인 구조이다. ①부터 ⑤까지 현재－과거－현재－과거－현재의 순으로 시간이 교차하고 있다. ① "여기는 섬, 제주도"에서 글을 쓰고 있는 장소가 섬임을 알 수 있다. 여기서는 현재 작가인 나가 "한 번도 와본 적이 없는 이곳에 와서, 나는 열여섯의 나를 생각한다"에서 글을 쓰고 있는 '현재의 나'는 제주도에서 글을 쓰면서 '과거의 나'를 생각하고 있다는 것을 알 수 있다. ② 16살의 나가 〈나 어떡해〉를 듣고 있다. ③ 현재의 나가 집을 떠나 글쓰기를 하는 것은 처음이라 한다. ④ 다시 16살의 나가 오빠에게 서울로 데려가 달라는 편지를 쓴다. ⑤ 현재의 나는 첫 장편소설을 출간한 4월에 한 통의 전화를 받는다. 여기서의 첫 장편소설이란 1994년에 출간된 『깊은 슬픔』인 것으로 추정된다. 이렇게 『외딴방』은 과거와 현재를 오가며 이야기를 하고 있다.

과거와 현재의 시제는 다음과 같다.

> 이제야 문체가 정해진다. 단문. 아주 단조롭게. 지나간 시간은 현재형으로, 지금의 시간은 과거형으로. 사진찍듯. 선명하게. 외딴방이 다시 갇히지 않게. 그때 땅바닥을 쳐다보며 훈련원 대문을 향해 걸어가던 큰오빠의 고독을 문체 속에 끌어올 것.(1-47)

"지나간 과거는 현재형으로, 현재의 시간은 과거형으로"라고 작가는 시제를 정하고 있다. 일반적으로 현재의 시간이 현재이고 과거의 시간은 과거형으로 할 텐데 반대로 하는 이유는 무엇인가? 신경숙은 이 부분에 대해 다음과 같이 말하고 있다. "과거를 쓸 때는 현재형으로 지금 일어나고 있는 것처럼 쓴다. 반대로 이 현재는 과거 속에 들어가서 입장을 역전시켰습니다. 나는 이 두 개가 교차하고 있으면 양쪽이 다 과거가 되지 않고 무턱대고 현재로도 되지 않고 서로 완전하게 어울리는 것을 기대하고 있었습니다."[11]실제로 그녀는 과거인가, 미래인가, 또는 이 현재가 각각 구별되는 마음이 들지 않는다고 한다. 언제나 우리들이 현재라고 하는 그 시점에서 '나'라고 하는 존재가 무엇인가를 선택하거나 살아가는 사이에 과거라고 말해지는 시간이 모르는 사이에 영향을 주고 특히 뭔가를 선택할 때는 과거가 영향을 주기 때문이라고 한다. 즉 과거와 현재가 완전하게 분리되는 것이 아니고 과거에 의해 현재가 결정되고 현재의 나는 과거의 나에 의해 존재하는 것이라고 한다. 염무웅은 "과거의 사실들은 마치 지금 눈앞에 벌어지듯 현재형으로 기술함으로써 과거성이 상실하고 현재화한다. '백 투 더 퓨처'와는 반대로 우리는 그 현재형에 의하여 '과거 속으로 밀치고 들어가기'를 한다."[12] 그는 현재형 서술을 통한 과거의 재현을 역사적 현재로 재현의 생동감을 느끼며 과거성을 상실한다고 했다. 한편 백낙청은 '과거성의 상실'이 아니라 "어떤 의미로는 한 번도 제대로 과거가 되지 못하고 현재로 남은 체험을 그 현재성대로 서술함으로써 비로소 과거성을 부여하려는 몸부림이라 할 수 있다"[13]고 한다. 종합해보면 일반적으로 과거형은 지나간 시제이므로 객관성이 강하고 현재형은 아직 객관화되지 않았으므로 객관성이 떨어진다고 할 수 있다. 과거를 현재형으로 한다고 하는 것은 과거가 아직 객관화되지 않았다는 의미이기도 하고 과거가 과거로 남지 않고 현재로 생생하게 재현된다는 의미이기도 하다. 그리고 현재를 과거로 한다는 것은 현재에 객관성을 부여

---

11 위의 책, 136면.
12 염무웅, 앞의 글, 282면.
13 백낙청, 「『외딴방』이 묻는 것과 이룬 것」, 『창작과 비평』 25권 3호, 1997, 243면.

해 글을 쓰는 작가의 모습을 객관화시키는 과정이기도 하다. 결국 현재를 과거화하고 과거를 현재화하는 과정을 통해 과거와 현재를 역전시키는 과정이기도 하다. 현재를 과거화하는 고백적 글쓰기는 현재의 나에 대한 비판적인 거리를 확보해 현재의 나를 반성하고 비판하는 효과를 낳는 것이고 과거를 현재화한다는 것은 과거에 객관적인 거리를 가질 수 없어 과거를 더욱 더 생생하게 보여주는 효과를 가지고 있다. 또한 과거를 과거화하지 못한 것은 지우고 싶었던 과거를 아직까지 객관화해서 보여줄 수 있는 마음의 여유를 가지지 못했다는 것을 의미하기도 한다.

그러나 위의 ①에서 ⑤까지의 시간을 보면 ① 현재의 시간(현재형) − ② 과거의 시간(현재형) − ③ 현재의 시간(현재형) − ④ 과거의 시간(현재형) − ⑤ 과거의 시간(과거형)과 같이 처음에 정한 것과 반드시 일치하지는 않는다. 이 부분에 대해 백낙청은 "내부의 저항이나 충격이 너무 강해지는 순간에는 정해진 시제에 흔들림"이 나타난다고 했다. 이러한 시제의 흔들림은 희재언니 이야기에서 자주 나타난다. 희재언니의 이름이 처음 나오는 것은 "희재언니 …… 기어이 튀어나오고 마는 이름"(1 -53)이다. 그녀의 이름이 나오고 시제의 흔들림이 나타나다가 희재언니와 관련하여 "지나간 시간은 현재형으로"라는 규칙이 대체적으로 지켜지게 되는 것은 옥상에서 희재언니를 만나고 외사촌에게 그녀 이야기를 해주는 장면이 나오고 나서부터이다. 백낙청은 『외딴방』의 시간의 흐름을 다음과 같이 정리하고 있다. 처음에는 글쓰기에 대해 여러 가지로 고민하다가 문체에 대한 나의 일정한 방침이 나중에 정해지고 이후 희재언니가 끼어들며 흔들림을 겪으면서 1∼2장에 걸쳐 그 틀이 정착되며 3장에서는 안정된 서술이 진행되다가 4장의 이야기의 막바지에 다가가면서 즉 희재언니의 결혼 계획을 발설한 뒤부터 다시 호흡이 흐트러져서 마지막에는 다시 6년 전의 「외딴방」의 도움을 빌어서야 겨우 희재언니의 이야기를 끝맺을 수 있는 것이다.[14]

포스트모더니즘은 대체로 줄거리의 깔끔한 마무리나 일관된 서사, 완결감을 주는 끝맺음은 닫힘에 해당한다고 본다. 『외딴방』은 이런 닫힘의 줄거리나 일관된 서사를 끊임없이 부정하고 있다고 봐야 한다. 현재와 과거를 오가는 이중적 구조와 바꿔버린 현재형과 과거형의 구조는 글을 쓰는 작가의 얼굴을 더욱 부각시키는 효과를 주고 있다. 현재와 과거를 넘나들고 현재 글을 쓰는 작가의 얼굴을 끊임없이 비춰준다. 이러한 글쓰기는 과거의 암울했던 시절이 과거가 되지 못하고 있는 작가의 고뇌를 극대화시키는 효과를 가지고 있다. 결국 현재와 과거를 넘나드는 이중적인 서사를 통해 글을 쓰는 현재 작가의 얼굴을 사실대로 보여주는 구조를 취하고 있다. 이를 통해 글을 쓰면서 일어나는 일들이 고스란히 소설 속에 재현된다. 사소설작가는 현실에 일어난 일들을 사실대로 써야 한다. 따라서 사소설작가는 일상적인 생활 속에서는 소설의 제재를 구할 수 없었기에 일부러라도 불륜이나, 금전 문제, 자살소동 등의 비일상적인 행동을 해야만 했다. 그 비일상적인 행동이 그대로 소설이 되었다. 현실과 소설이 역전되는 현상이 나타난 것이다. 이러한 사소설작가의 글쓰기와 『외딴방』은 소설을 쓰면서 일어나는 과정이 그대로 드러난다는 점에서 동일하다. 메타픽션도 사

---

14 위의 글, 244면.

소설도 기존의 소설을 틀을 과감하게 바꾸었다. 글을 쓰는 작가의 얼굴을 보여줌으로써 소설이 절대 진리를 재현할 수 없다는 것을 보여준다. 기존의 소설과는 다른 소설쓰기와 읽기의 가능성을 열어주었다.

2) 사실과 픽션의 경계-독자

만해문학상 심사경위에서 『외딴방』을 "이 작품은 내용과 형식 양면에서 새로운 리얼리즘의 가능성을 연, 최근 우리 문학이 거둔 최고의 수확 가운데 하나다"[15]라고 했다. 신경숙은 『외딴방』이 자신의 자전적인 회고록이라고 만해문학상 수상소감에서 고백했다. 그녀는 "외딴방을 생각하면 마치 희망 없는 태생지를 버려두고 저만 살아보겠다고 도망쳐 나온 배반자 같은 느낌을 지울 수가 없습니다. (…중략…) 오래전에 제가 버려두고 온 것들이 아직 추운 곳에서 헤매고 있는데 나만? 싶어서였습니다. 말하자면 제 속 편하고자 하는 심로에서였지요. (…중략…) 언젠가 외부적으로나 내부적으로나 제 힘이 최고치로 모아졌다고 느껴졌을 때 오로지 글쓰기로 그 시절과 마주쳐보겠다고 말이지요"[16]라고 한다. 결국 신경숙은 『외딴방』에서 자신의 어두웠던 과거를 글쓰기로 재현하였다고 한다. 따라서 이 소설이 완전한 픽션이 아닌 작가가 경험한 사실을 제재로 했다는 것을 알 수 있다.

다음은 죽은 희재 언니와의 실제상황이 아닌 대화이다.

---

15 최원식, 「11회 만회문학상 발표 심사평」, 『창작과 비평』 제24권 제4호, 1996 겨울, 408면.
16 신경숙, 「'11회 만회문학상 발표' 수상소감」, 『창작과 비평』 제24권 제4호, 1996 겨울, 410면.

언니가 뭐하고 해도 나는 언니를 쓰려고 해. 언니가 예전대로 고스란히 재생되어질지 어쩔지는 나도 모르겠어. (…중략…) 언니의 진실을, 언니에 대한 나의 진실을, 제대로 따라가야 할 텐데. 내가 진실해질 수 있는 때는 내 기억을 들여다보고 있는 때도 남은 사진들을 들여다보고 있을 때도 아니었어. 그런 것들은 공허했어. 이렇게 엎드려 뭐라고뭐라고 적어보고 있을 때만 나는 나를 알겠었어. 나는 글쓰기로 언니에게 도달해보려고 해.

……

…… 뭐라구?

조금만 크게 말해봐? 뭐라는 거야?

……

응?

……

문학 바깥에 머무르라구? 날 보고 하는 소리야?

……

문학 바깥이 어딘데?

……

언니는 지금 어디 있는데?(1-248, 249)

작가는 희재언니를 고스란히 재생함으로써 그녀의 진실에 도달하고자 한다. 다시 말해 문학의 진실이란 그녀의 체험을 사실대로 고스란히 재생하는 것이라고 한다. 그리고 희재언니는 문학보다 문학바깥에 머무르라고 한다. 결국 문학바깥이라고 하는 것은 픽션보다 현실을 직시하라는 이야기이고 픽션보다는 사실을 쓰라는 주문으로 보인다.

백낙청은 '사실'과 '픽션'에 관한 저자의 물음이 사실에 대한 경시가 아니라 밝히고 싶은 사실이 너무나 많고 절실한 데서 비롯됨을 보여준다고 한다. '문학'과 '글쓰기'에 대한 물음도 위의 인용문에 나온 또 하나의 낱말, 바로 '진실' 그것에 대한 헌신의 표현이다. 때문에 이 물음은 이따금 '문학'보다 '문학 바깥'을 중시할 것을 촉구한다"고 말하고 있다.[17] 문학이란 작품 내에서의 픽션의 세계를 뜻하고 문학 바깥이란 작품 외에서의 작가의 현실세계를 뜻한다. 즉 픽션보다는 사실을 중시하라는 뜻이다. 이러한 생각은 일본 사소설과 일맥상통하는 생각이기도 하다. 사소설은 소설이 픽션이 아니라 있는 그대로의 사실을 그려야만 한다고 했다. 따라서 작가는 자신이 경험한 세계를 허구가 없는 사실을 그대로 그리는 일이었다. 현실을 있는 그대로 그려야만 하기 때문에 평범한 일상은 소설의 소재가 되기 어려웠다. 사소설작가는 일부러라도 불륜, 금전문제, 자살소동 등의 비일상적인 생활을 해야만 소설의 소재를 구할 수가 있었다. 현실과 소설이 역전되는 특이한 현상이 일어나게 되었다. 이러한 일본 사소설이 소설은 픽션이 아닌 사실이라는 새로운 소설양식을 만들었다. 『외딴방』의 이러한 물음도 사소설과 무관하지 않다.

> 선배가 전화를 걸어왔다. (…중략…)
>
> "방금 내가 외딴방 이장을 읽었는데." (…중략…)
>
> "잘 기억해봐. 너, 그때 본 영화가 정말로 금지된 장난이냐?"

---

17 백낙청, 앞의 글, 233면.

그때 본 영화는 금지된 장난이 아니었다. 아랑드롱이 나오는 부메랑이었다. 부메랑. (…중략…)

"부메랑이었어요."

"그런데 왜 금지된 장난이라고 했어?"

"그건 소설이에요!" (…중략…)

"그래, 그냥 해본 소리다. 나는 금지된 장난이 영화관에선 육십년대 근처에 딱 한 번 상영된 걸로 알고 있었거든 그때라면 네가 태어나기도 전 아니냐. 그런데 네가 본 영화가 금지된 장난이라고 씌어져 있으니까 갑자기 내 개인적으로 읽는 맥이 끊기지 않냐. 다른 소설에 그랬다면 안 그랬지. 뭐라고 설명은 할 수 없다만 지금 네가 쓰는 외딴방에선 말이다. 그러지 않는 게 좋을 것 같아서 그래서 …… 그냥 본 대로 그대로 쓰라고 …… 그렇다고 내가 너한테 리얼리티를 요구하고 있다고는 생각 마라. 무슨 말인지 알지?"

(2-41, 42, 43, 44)

현재의 나가 쓴 소설을 읽은 선배가 영화관에서 본 영화가 진짜 〈금지된 장난〉이냐고 물어보는 장면이다. 작가인 나는 〈금지된 장난〉이 아니고 〈부메랑〉이라고 말한다. 그러자 왜 〈금지된 장난〉이라고 했냐니까 "그건 소설이에요"라고 답한다. 결국 이 소설의 독자인 선배는 소설을 읽을 때 픽션이라기보다는 사실로써 읽었다는 결론이 나온다. 소설을 픽션으로 읽었다면 그 소설이 〈금지된 장난〉이건 〈부메랑〉이건 아무런 상관이 없다. 그리고 이 소설의 작가도 본인의 이야기를 사실대로 썼지만 부분적으로 〈부메랑〉이라는 영화가 싫었기에 〈금지된 장난〉이라고 썼다고 한다. 이렇게 부분적으로 사실이 아닌 부분이 있으나 전반적으로는 사실을 그렸다고 할 수 있다. 따라서 선배는『외딴방』이라는 소설을 읽을 때 사실로 읽다가 갑자기 사실과는 다른 부분이 나오니깐 소설을 읽는 맥이 끊긴다는 말을 한다. 선배의 요구는 "그냥 본 대로 그대로 쓰라"고 한다. 픽션이 들어가지 않는 사실의 재현을 요구하고 있다. 이에 대한 작가의 생각은 "…… 내 아무리 집착해도 소설은 삶의 자취를 따라갈 뿐이라는, 글쓰기로서는 삶을 앞서나갈 수도, 아니 삶과 나란히 걸어갈 수조차 없다는 내 빠른 체념을 그는 지적하고 있었다. 체념의 자리를 메워주던 장식과 연출과 과장들을"(2-43, 44)이라고 한다. 그녀는 "소설은 삶의 자취를 따라가는 것"이라고 한다. 위의 인용에서는 사실과 픽션에 대한 물음과 글쓰기에 대한 물음에 대한 대답이 어느 정도는 나와 있다. 글쓰기의 최종 목표는 삶의 진실에 도달하기 위해서다. 그 진실에 도달하기 위해서 소설에서 사실과 픽션 중에 어느 것을 취하느냐에 대한 끊임없는 물음을 던지고 결국은 사실 쪽에 무게를 두는 것이다.

4. 전기적 요소와 사회성 - 나에서 우리로

90년대에 들어서서 민족문학의 위기가 극복되지 않고 있다. 민족문학 진영에서는 맑시즘이 퇴조하고 포스트모던이 유행하는 상황에 대해 사회주의가 몰락하고 자본주의가 도래했으므로 현재의 시대적 조건이 결코 근대 이후가 될 수 없고 포스트모더니즘 이론이 사실상 현실적 조건을 결여하고 있으며 지금은 계급적 현실이 더욱 뚜렷해지고 있다는 진단을 내린다. 그럼에도 불구하고 포스트모더니즘의 유행은 쉽게 수그러들지 않는다. 포스트모더니즘이 주장하는 것과 같이 거대서사의 시대가 지나가고 소서사에 의한 해체의 시대가 도래한 것 같은 인상을 준다.[18] 이렇게 90년대에 들어와서 사소한 것에 관심을 가지게 된 것은 기존 리얼리즘 문학에서 경시해 온 개인적 실존 문제에 대한 고민을 내면으로부터 그리는 데에는 소홀했다는 비판도 있었다. 이러한 비판을 극복하기 위한 진지한 노력을 한 작가가 신경숙이라 할 수 있다. 그리고 이러한 노력들이 그녀의 소설 『외딴방』에 나타나고 있다. 이 시기 여성작가들의 소설에 보이는 소서사는 일본 사소설의 제재이기도 하다. 따라서 지금까지 사소설을 한국에서 받아들이지 않았다는 것이 일반적인 연구가들의 주장인데 90년대 이후 여성소설에서 일본 사소설과 유사한 소설의 서사양식이 나타난다. 90년대 여성작가의 작품은 대부분 작가의 사적인 일상을 그림으로써 사회와의 관계 속에서의 나가 그려지는 것이 아니고 사회와는 담을 쌓고 오로지 나의 사적인 일들만이 문제가 되었다. 또한 사회적 측면이 배제되었다는 점이 일본 사소설과 일치한다. 그러나 『외딴방』은 일본의 사소설과 여러 가지 면에서 공통점이 많지만 사회적인 측면이 경시되지 않았다는 점에서 구분된다.

일본 사소설은 사회와 차단된 작은 방에서 오로지 개인의 사생활만을 그렸다. 그러나 『외딴방』을 남진우는 "언어의 명주실로 정확하고 치밀하게 짠 이 한 시대의 풍속화"[19]라고 평가했다. 또한 김영찬은 "신

---

18 신승엽, 「성찰의 깊이와 기억의 섬세함」, 『창작과 비평』 제21권 제4호, 1993 겨울, 92~94면.

경숙이 1995년에 발표한 『외딴방』은 특유의 내면 지향적인 서술 태도를 견지하면서도 한편으로는 70년대 후반과 80년대 초에 이르는 노동 현장의 현실을 생생하게 재현함으로써 보기 드문 문학적 성공을 거두었다. (…중략…) 신경숙은 자신의 글쓰기가 소외된 타자의 목소리를 글쓰기의 영역 안에서 되살려내려는 노력임을 줄곧 피력해왔다. 『외딴방』은 지금까지 신경숙 문학에 보이는 사회적 관심의 부재를 지적하는 비판의 시선을 거두는 결정적인 역할을 하였다."[20]

다음은 작가가 의식적으로 지워버리려 했던 소녀시절이 결코 지울 수 없는 현재임을 이야기하고 있다.

…… 내 아무리 다른 길로 돌아간다 하여도 내 글쓰기는 그해 여름을 기억했다. 내가 아무리 밀어넣고 밀어넣어도 그해의 여름은 끊임없이 나의 내부를 뚫고 올라오곤 했다. 내가 그를 만나 웃고 있는 그 순간 속으로조차 그해 여름은 스며들었다. 전혀 예기치 않았을 때조차 밤바람처럼 밀물처럼 안개처럼.(2-199)

그래 그날 아침 이야기를 하자, 해버리자.(2-221)

기억하기 않기 위해 꼭꼭 숨겨두었던 소녀시절의 암울했던 추억. 하지만 지우려고 하면 할수록 더욱 그 기억에서 벗어날 수 없음을 깨

---

19 남진우, 앞의 글, 299면.
20 김영찬, 「글쓰기와 타자―신경숙 『외딴방』론」, 『한국문학이론과 비평』 15, 2002, 167~168면.

닫는다. 이렇게 추억하기 싫은 이유는 희재언니의 죽음과 관련이 있다. "나도 모르게 개입해버린, 그녀의 죽음이 내게 남긴 상처는 나를 한없이 멍하게 했다."(2-251) 그러나 기억하고 싶지 않았던 과거를 글쓰기를 통해서 토해내면서 사실은 과거를 과거로 받아들이게 된다. "사실은, 나, 그곳에 한번 가보고 싶다. 이 글을 마저 마치기 전에. 글을 쓰기 시작할 때는 내가 이런 생각을 하게 될 줄 몰랐다."(2-234) 글쓰기를 통해서 피하기만 했던 그 시절의 외딴방에 다시 한 번 가보고 싶다고 느끼게 된다.

작가가 그토록 글쓰기를 두려워했던 것은 죽은 희재언니에 대한 기억 때문이었다.

> 외딴방으로 들어간 건 열여섯이었고 그곳에서 뛰어나온 건 열아홉이었다. 그 사년의 삶과 나는 좀처럼 화해가 되지 않았다.(1-81)

> 나는 침묵으로 내 소녀시절을 묵살해버렸다. 스스로 사랑하지 못했던 시절이었으므로 나는 열다섯에서 갑자기 스물이 되어야 했다. 나의 발자국은 과거로부터 걸어나가봐도 현재로부터 걸어들어가봐도 늘 같은 장소에서 끊겼다. 열다섯에서 갑자기 스물이 되거나 스물에서 갑자기 열다섯이 되곤 했다. 과거로부터는 열여섯을 열일곱을 열여덟을 열아홉을 묵살하고 곧장 스물로, 현재로부터는 열아홉을 열여덟을 열일곱을 열여섯을 묵살하고 곧장 열다섯으로 건너뛰어야 했으므로 그 시간들은 내게 늘 완전히 드러난 햇빛이나 바닥을 완전히 숨긴 우물 같은 공동으로 남았다.(2-278, 279)

화자는 지우고 싶었던 16살에서 19살까지의 삶을 글을 쓰지 않음으로써 부정했다고 한다. 과거 시간에 대한 글쓰기의 직접적 계기가 된 것은 그 시절 함께 학교를 다녔던 그녀들 중의 한 사람인 하계숙을 통해서이다. 공단과 외딴방을 오가던 여고시절에 대한 기억은 너무 힘들었던 기억이라 의식적으로 삭제해버린 시간들이다. 소녀시절의 지우려했던 기억들이 글쓰기를 통해 다시 고민하고 사유하는 과정을 통해 과거가 되지 못하고 현재에 머물러야만 했던 과거가 글쓰기를 통해 객관화되고 과거로써 인정하게 된다. 부정이 아닌 긍정을 통해 마음이 자유로워진다.

다음은 소녀시절을 글로 쓰게 만든 하계숙과의 전화내용이다.

"넌, 우리와 다른 삶을 사는 것 같더라."

편안한 잠을 자고 깬 후면 어김없이 그녀의 목소리는 얼음물이 되어 천장으로부터 내 이마에 똑똑똑 떨어져내렸다. 너.는.우.리.들.얘.기.는.쓰.지.않.더.구.나.네.게.그.런.시.절.이.있.었.다.는.걸.부.끄.러.워.하.는.건.아.니.니.넌.우.리.들.하.고.다.른.삶.을.살.고.있.는.것.같.더.라(1-49)

하계숙의 전화를 받고 그녀들과 함께한 그 시간들을 자신의 삶으로 끌어들이지 못하는 것은 "내게는 그때가 지나간 시간이 되지 못하고 있음을, 낙타의 혹처럼 나는 내 등에 그 시간들을 짊어지고 있음을, 오래도록, 어쩌면 나, 여기 머무는 동안 내내 그 시간들은 나의 현재일 것임을"(1-85)이라고 인식한다. 그토록 지우고 싶었고 아팠던 과거의 기억은 아직도 과거가 되지 못하고 현재인 채로 있다. 과거 사건은 현재

시제로, 현재의 사건은 과거시제로 구사하는 글쓰기 전략 속에서 의도하는 것은 공단에서의 체험이 현재의 나를 이루는 일부이고 그것은 영원히 현재적 사건으로 남는 운명시제로 드러내는 것이다. "지금은 1994년. 우리가 처음 만났던 건 1979년. 그녀는 낮잠중인 나를 나무라기나 하는 듯 전화를 걸어와서는 나야, 모르겠니? 하면서 16년 전의 교실 문을 쓰윽 열고 있었다."(1-18) 아팠던 과거의 내가 그토록 고통스러워하고 과거의 일이 되지 못하고 현재의 일부가 되어 버린 그 시간을 따라가 보면 고통스러운 소녀의 성장과정을 볼 수 있다. 화자는 공장에 입사할 수 있는 나이가 미달되었기 때문에 이연미라는 열여덟의 다른 사람의 이름으로 불리게 된다. 외사촌이 옆구리를 꾹꾹 찔러야만 제 이름인지 알 정도로 낯선 이름으로 도시생활을 시작하고 자기 이름을 읽고 나의 이름으로 살아가게 된다. 이름을 찾은 이후에도 그녀는 생산라인 A의 1번으로 불린다. 공적 영역에서 이름을 잃고 익명의 1번으로 살아가게 된다.

> 서른일곱 개의 방 중의 하나, 우리들의 외딴방. (…중략…) 구멍가게나 시장으로 들어가는 입구, 육교 위 또한 늘 사람으로 번잡했었건만, 왜 내게는 그때나 지금이나 그 방을 생각하면 한없이 외졌다는 생각, 외로운 곳에, 우리들, 거기서 외따로이 살았다는 생각이 먼저 드는 것인지.(1-52, 53)

『외딴방』에서는 작가의 자전적인 요소가 많이 드러난 작품이다. 『외딴방』은 신경숙이 그토록 드러내놓길 꺼려왔던, 그러나 언젠가는 기필코 말해야만 했던 유년과 성년 사이의 공백 기간, 열여섯에서 스무 살까지의 그 시간의 궁금함 속으로 들어갈 수 있게 되었다. 그리고 『외딴방』을 통해서 그 아프고 잔인했던 시절, 열악한 환경 속에서 문학에의 꿈을 키워나가던 소녀 신경숙을 만날 수 있게 되었다. 초등학교 6학년 때야 처음으로 전기가 들어온 깡촌에 살면서도 게걸스러울 정도로 읽기를 좋아해, 버스 간판이고, 배나무 밭에 배를 싼 신문지며, 「새마을」이나 「새 농민」에 나오는 수필이나 소설까지 빠뜨리지 않고 읽었다. 시인이 되려던 셋째 오빠의 영향으로 오빠가 갖고 있던 시집들을 두루 읽을 수 있었던 것도 그의 행운이었다. 그러다가 열다섯 되던 해인 1978년 그 시절 동년배의 다른 누이들처럼 고향을 등지고 서울로 올라온다. 구로 3공단 전철역 부근 서른일곱 가구가 다닥다닥 붙어사는 닭장집이라 불리던 외딴방에서 큰오빠, 작은오빠, 외사촌이 함께 누워 잤다. "직업훈련원생 중에서 동남전기주식회사를 선택한 훈련생들은 스물 몇 명쯤 된다. (…중략…) 동남전기주식회사는 구로 1공단에 있다."(1-50, 51) 공단 입구의 직업훈련원에서 한 달 간 교육을 받은 후, 공단 안쪽 동남전기주식회사에 취직했을 때 그녀의 이름은 스테레오과 생산부 A라인 1번이다. "풍속화 속, 내 앞의 에어드라이버는 공중에 매달려 있다. 피브이시를 고정시킬 나사를 왼손에 쥔 다음 에어드라이버를 잡아당겨 누르면 칙, 바람 새는 소리와 함께 나사가 박힌다. 2번인 외사촌도 마찬가지로 나사를 열 몇 개 박아야 한다. 다만 내 에어드라이버는 공중에 매달려 있고 외사촌 것은 옆에 달려 있다. 말하자면 나는 가운데에 나사를 박는 것이고 외사촌은 앞에 박는 것이다."(1-74, 75) 공중에 매달려 있는 에어드라이버를 당겨 합성수지판에 나 일곱 개를 박는 것이 1번의 일이었다.[21]

다음은 주인공이 자신도 모르게 개입해 버린 희재언니의 죽음에 개입한 것으로부터 그 시절에서 자유롭지 못한 것을 알 수 있다.

……

왜 나였어.

……

나는 겨우 열아홉이었어.(2-150)

주인공은 방에 자물쇠를 채우는 걸 잊었으니 채워달라고 한 희재 언니의 부탁으로 자물쇠를 채웠다. 그 후 희재 언니가 나타나지 않아 그녀를 찾았으나 그 방안에는 희재 언니가 구더기가 되어 죽어있었다. 공단지대에서 만난 희재 언니의 죽음은 나에게 치유하기 어려운 트라우마를 남긴다. 희재 언니는 스물이 넘은 늦은 나이에 야간 고등학교를 다니고 그것도 형편이 어려워지자 아침부터 새벽까지 일한다. 그리고 임신을 하고 가정을 갖겠다고 한 소박한 희망이 좌절되자 죽음을 택한 것이다. 희재 언니는 70년대 산업역군이라는 표어아래 노동착취를 강요당했던 70년대 여성노동자를 대표한다고 할 수 있다.

희재언니 …… 기어이 튀어나오고 마는 이름. 우리는, 희재언니는 유신 말기 산업역군의 풍속화,(1-53)

---

21 URL : http://www.happycampus.com/report/view.hcam?no=4123043 참조(검색일 : 2016. 1.25).

신경숙의 소설 중 1995년에 출간된 『외딴방』은 그의 작품 중 '70년대의 서울'의 단면을 가장 뚜렷이 보여준다. 『외딴방』에 등장하는 사건들은 작가의 직접 체험과 큰 연관을 가지고 있다. 실제로 작품에 등장하는 나의 행적, 출신 학교, 가족 관계 등이 작가의 그것과 정확하게 일치할뿐더러, 주인공이 시종일관 소설을 통해 드러내는 글쓰기에 대한 고민은 곧 신경숙의 고민과도 같다. 그 중에서도 서울이 배경인 부분은, 16세(1978년)부터 20세(1981년)까지의 신경숙의 과거 행적과 같다. 외사촌 언니와 서울로 올라와 가리봉동의 외딴방에 자리를 잡은 주인공은 구로공단에 위치한 동남전기주식회사에 다니는 와중에도 산업체 특별 학급에서 향학열을 불태운다. 주인공들은 그곳에서 글쓰기에 대한 확신을 심어 준 한 선생님과 만나게 되고, "내게 남산에 서울예술전문대학이 있다고 말해준 분은 최홍이 선생이다. 그곳에 문예창작과가 있다 한다. 내 학력고사 점수는 형편없이 낮다."(2-246) 고된 문학 수업 끝에 소설가의 길을 걷게 된다. 결과적으로 서울이 나의 꿈을 이루게 해 준 발판 역할을 한 것이다. 그러나 동시에 서울은 나에게서 많은 것을 빼앗아가기도 했다. 작가는 그것을 "단번에 하층민이 되었다"는 구절로 표현하고 있다. "제사가 많았던 시골에서의 우리집은 어느 집보다 음식이 풍부했으며, 동네에서 가장 넓은 마당을 가진 가운뎃집이었으며, 장항아리며 닭이며 자전거며 오리가 가장 많은 집이었다. 그런데 도시로 나오니 하층민이다."(1-67) 이 구절이 단순히 도시의 삭막함과 시골의 풍요로움을 대조시키고 있는 것은 아니다. 시골에서는 꽤 부유했지만 도시로 나오니 하층민으로 전락하였다. 다닥다닥 붙어있는 닭장같은 작은 방, 공장에서 주는 나쁜 음식, 야간학교에도 겨우 다닐 수 있었던 나의 처지는 70년대 말 이농현상과 광범위하게 형성되었던 도시빈민층의 생활상을 잘 보여준다.

나는 글쓰기를 통해 그 시간들을 다시 아파하고 고민하는 과정을 통해 변화되어 간다. 결국『외딴방』은 한 소녀의 16살에서 20살까지 경험한 내면 고백이다. 하지만 그 고백은 당시의 70년대 후반부터 80년대 초까지의 시대모습과 연관되어 한 개인의 고백으로 끝나지 않는다. 신경숙은 내가 청소년기에 본 열악한 상황 속에서 인간이 살아가는 모습, 한국에서 70년대 말부터 80년대 초까지의 시대상황, 그 속에서 나와 함께 산 사람들을 데리고 왔다고 한다. 그 시대를 한번 정확하게 재현해 보고 싶었다고 했다.[22] 한 개인의 고백이지만 그 시대의 상처받고 지친 여공들의 모습들을 세밀하게 그림으로써 그 당시 여공들의 자화상으로 비춰지고 있다. 내 짝인 왼손잡이 안향숙은 하루에 캔디를 2만 개나 포장해야 하는 일 때문에 손가락과 손이 다 망가지고 가발공장의 폐업으로 신민당사에서 뛰어내려 추락사한 김경숙, 졸다가 손등을 박아 버린 희재언니 이런 당시의 여공들의 삶의 방식은 다르지만 열악한 환경과 싸워야만 하는 모습은 동일하다. 가쓰마타 히로시는「아시아 속의 사소설」에서 다음과 같이 말하고 있다. "1970년대 말부터 80년대, 90년대의 한국현대사가 그 속에서 살아온 한 여성의 모습을 통해 나타나고 현대사에 지지 않을 정도로 유연하고 확실한 나가 그려진다"[23]고 하고 있다.

---

22 申京淑,「記憶と疎通」, 앞의 글, 137면.
23 勝又浩,「アジアのなかの私小説」,『アジア文化との比較に見る日本の「私小説」』, 硏究成果報告書, 2008, 162면.

가쓰마타 히로시는 사소설에서 중시하는 사생활의 폭로성은 『외딴방』에서는 문제가 되지 않는다고 말한다. 사소설에서 폭로는 역시 성적인 것, 스캔들, 터부, 사회규범에 관계된다. 그러나 『외딴방』에서는 가난한 서민의 필사적이고 건강한 생활이 기본이기 때문에 폭로와는 관계가 없다. 그는 "떨어져 있으나 공생하고 있다. 이것이 이 소설에 보이는 사소설의 훌륭한 부분이라고 말해도 좋을 것이다"라고 한다. 또한 쓰는 것=쓰여 있지 않은 것에 대한 작가의 책임을 소설에서 묻고 있으니까 『외딴방』은 확실하게 사소설이라고 할 수 있다고 한다. 지금까지 일본의 사소설은 오랜 전통을 가지고 여러 가지 모색을 거듭해 발전과 진화를 했다. 극단적으로 말하면 일본의 가장 전위적인 소설은 사소설 속에 있다고 말할 수 있다. 그리고 사소설의 근본적인 성격은 쓰여 있는 것의 진실성과 쓰는 것 자체의 책임관계가 문제시되었다. 그런 의미에서 『외딴방』이 가진 사소설의 훌륭함에 탄복하고 놀라기도 했지만 그런 작품이 지금 한국에서 어떻게 나왔는지 하는 점이다.[24] 결국 그는 사소설을 서양의 근대소설을 늦게 도입한 나라의 일반적인 현상으로 받아들인다. 다야마 가타이가 사소설을 썼던 것은 그가 우둔했기 때문이 아니고 일본인에게 맞는 소설로 변화시킨 것이라는 결론이 나온다. 결국 신경숙의 『외딴방』이 일본의 사소설과 거의 같은 양상으로 나타난 것은 시대적인 현상으로 이해해야 할 것이다. 1990년대에는 메타픽션이라는 문학현상과 이러한 문학현상을 받아들일 수 있는 여건이 마련되었기 때문이다. 1990년대 이후에는 개인들이 비교적 안

---

24 위의 글, 162면.

정적인 삶을 살 수 있었으나 미래에 대한 비전이 없는 불투명한 시대에 살고 있다. 따라서 작가가 자신의 글쓰기에 대해 회의를 하는 글쓰기가 등장하게 되었고 이는 일본 사소설작가의 글쓰기와 일치한다. 그리고 사실과 픽션에 대한 끊임없는 탐구 역시 사소설작가들의 고민이기도 했다.

5. 결론

사소설은 소설이 픽션임을 거부하고 사실이라는 새로운 소설의 패러다임을 만들었다. 사소설은 소설이면서도 픽션이 아닌 있는 그대로의 사실을 그린다. 사소설은 픽션과 논픽션의 경계에 있다고 할 수 있다. 사소설은 작가 자신이 경험한 사실을 있는 그대로 썼다. 설령 픽션이 들어갔다고 하더라도 독자들은 소설 내용을 작가가 경험한 사실로 생각하고 읽었다. 지금까지 한국에는 작가자신이 경험한 사실을 있는 그대로 써야만 한다는 사소설작가도 소설이 픽션임에도 불구하고 사실로 읽는 사소설독자도 거의 없었다. 『외딴방』에서 작가는 약간의 픽션은 있지만 거의 있는 그대로 작가가 경험한 사실을 썼다. 독자들은 『외딴방』을 읽을 때 사실로 생각하고 읽었다. 일본 사소설은 작가가 있는 그대로 쓰고 독자는 소설의 주인공을 작가와 바꿔서 읽는다. 이러한 사소설의 공식이 『외딴방』에서도 그대로 적용된다고 할 수 있다. 다시 말하면 『외딴방』은 일본문학과의 영향관계가 전혀 없음에도 불구하고 사소설과 거의 같은 서사구조와 독자층을 가지고 있다.

그러면 『외딴방』이 사소설과 동일한 점과 차이점에 대해 보자. 첫째, 소설가 소설이라는 점이다. 『외딴방』과 사소설은 글을 쓰는 작가의 얼굴이 소설 속에 그대로 나타난다는 점에서 동일하다. 사소설작가는 자신이 경험한 사실만을 소설 속에 재현할 수 있다. 따라서 사소설작가의 현실 생활은 그대로 소설이 되었고 현실과 소설이 역전하는 현상이 일어났다. 둘째, 『외딴방』은 사소설의 성립요건과 일치한다. 작가는 자신의 사생활을 있는 그대로 썼고 독자는 소설을 픽션으로 생각하지 않고 있는 그대로의 사실이라고 생각하고 읽었다는 점이다. 사소설에서 독자들이 소설내용을 사실로 읽는다는 점은 사소설의 공식이다. 『외딴방』을 읽는 많은 독자들도 소설의 내용을 사실이라고 생각하고 읽었다. 셋째, 소설이 사실이냐 픽션이냐는 질문에 대한 끊임없는 물음이다. 이러한 물음은 사소설에 대한 물음이기도 하다. 작가는 본인이 사실을 썼는가. 그리고 예술가로서의 길을 걸었는가에 대한 끊임없는 질문. 소설과 현실 사이에서 일어나는 예술가로서의 책임문제는 사소설작가가 항상 고민하는 문제였다. 또한 사소설독자는 끊임없이 사소설작가가 사실을 그대로 재현했는가에 더 많은 관심을 가졌다. 차이점을 보면, 사소설은 오로지 작가개인의 신변적인 일에만 관심을 가지고 사회에서 등을 돌린 채 개인에만 관심을 가졌다. 하지만 『외딴방』은 개인을 그렸지만 한 개인에 그치는 것이 아니고 사회 속에서의 나가 그려져 그 당시의 시대상을 잘 나타내었다고 할 수 있다.

사소설은 1907년부터 지금까지 긴 세월동안 발전하고 진화해왔다. 이러한 사소설이 1990년 한국에서도 같은 모습으로 다시 나타나기 시작했다. 물론 한국에서 사소설이 전혀 없었다고는 할 수 없지만 90년대에 사소설과 같은 소설이 많이 나타나고 많은 독자층을 갖게 된 데에는 그만한 이유가 있다. 일본 사소설의 원조인『이불』이 서양근대문학을 오해한 것이 아니고 일본에 적합한 모습으로 변형시킨 것처럼 한국에서도 사소설과 같은 양식이 나오고 많은 독자들이 호응하는 것은 신경숙의『외딴방』이 한국에 적합한 소설로 변형시켰고 이에 독자들은 호응했다고 할 수 있다.

참고문헌

논문

김성곤, 「서평 메타픽션」, 퍼트리샤워, 김상구 역, 『메타픽션』, 열음사, 1989.

김영찬, 「글쓰기와 타자―신경숙 『외딴방』론」, 『한국문학이론과 비평』 15, 2002.

남진우 「우물의 어둠에서 백로의 숲까지―신경숙 『외딴방』에 대한 몇 개의 단상」, 『외딴방』 1·2, 문학동네, 1995.

박현이, 「기억과 연대를 생성하는 고백적 글쓰기―신경숙 『외딴방』론」, 『어문연구』 48, 2002.

백낙청, 「『외딴방』이 묻는 것과 이룬 것」, 『창작과 비평』 25권 3호, 1997.

신경숙, 「『11회 만회문학상 발표』 수상소감」, 『창작과 비평』 제24권 제4호, 1996 겨울.

신승엽, 「성찰의 깊이와 기억의 섬세함」 『창작과 비평』 제21권 제4호, 1993 겨울.

염무웅, 「글쓰기의 정체성을 찾아서」 『창작과 비평』 제23권 4호, 1995 겨울.

최원식, 「11회 만회문학상 발표 심사평」, 『창작과 비평』 제24권 제4호, 1996 겨울.

勝又浩, 「アジアのなかの私小説」, 勝又浩, 『アジア文化との比較に見る日本の「私小説」』, 研究成果報告書, 2008.

申京淑, 「記憶と疎通」, 勝又浩 『アジア文化との比較に見る日本の「私小説」』, 研究成果報告書, 2008.

단행본

신경숙, 『외딴방』 1·2, 문학동네, 1995.

堀巌, 『私小説の方法』, 沖積舎, 2003.

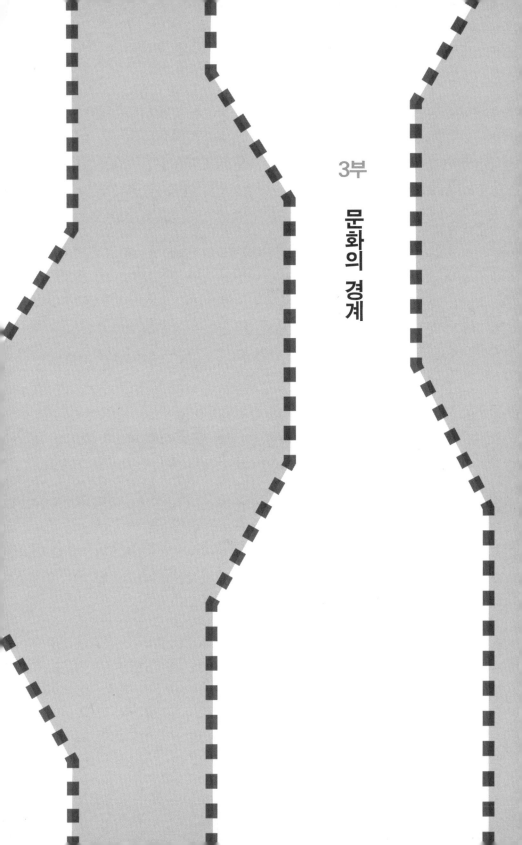

3부

문화의 경계

오카쿠라 덴신[岡倉天心]의 일본미술 발견과 야나기 무네요시[柳宗悅]의 공예를 둘러싼 근대의식

이병진

1. 들어가며 – 오카쿠라 덴신과 일본미술의 탄생

일본미술이라는 용어와 개념이 성립된 것은 언제부터였을까? 회화·조각 아카데미 설립을 수반하는 17세기 중반 이후 서구에서의 고차원적인 창조로서의 미술이라는 이념이 일본에 이식된 것은 19세기 중반 메이지[明治]유신 이후부터이다. 서구문화 수용에 주력했던 메이지 정부는 문화예술 정책 일환으로 서구미술에 주목하게 된다. 이때 일본 근대화의 상징으로 서양화가 출현하게 된다. 일본 정부는 1876년 최초의 미술교육 기관인 고부미술학교[工部美術學校]를 설립[1]하면서 서구미

---

1 이 학교는 당시 토목, 건축, 광산 등의 서양 기술을 받아들여 식산흥업(殖産興業)을 담당했던 관청인 고부쇼[工部省]의 관할인 고부대학교[工部大學校]의 부속기관이기도 했다.

술의 전통을 본받아 회화과(畵學科)와 조각과(彫刻科) 두 개 학과를 창설한다. 당시만 하더라도 일본미술이라는 용어와 개념이 자리하지 않았기에 근세 이전의 일본문화에까지 일본인들의 시선은 미치지 못했다. 그보다는 문명으로서의 서구 회화와 조각이 근대의 상징체계로서 선택되었다. 당시 고부미술학교 교칙을 보면 서양식 생활을 지향한다고 적혀있듯이, 일본 지도자들은 서구 미술을 근대화 과정의 일환으로 인식하고 그 도입에 주력했던 것이다. 메이지 초기는 이같이 서구문명을 받아들이는데 주력했던 시기였다. 그 가운데 서구의 기술을 받아들이는 담당 관청이었던 고부쇼를 중심으로 고부미술학교가 설립된다.

이 같은 사회적 분위기는 메이지유신 후 10년 남짓 계속되었고 이후 맹목적인 서구화에 대한 반발로 국수주의적 성향이 나타난다. 1883년에 폐교된 고부미술학교도 이러한 사회적 변화에 따른 것이었다. 그 직접적인 계기를 마련한 것이 동양미술사학자 어네스트 페놀로사(Ernest Francisco Fenollosa, 1853~1908)[2]의 일본미술 발견과 재평가 작업이었다. 그것은 말할 나위 없이 서양인의 시각으로 발견한 동아시아의 신비한 미술(오리엔탈리즘)로서의 일본미술이었다. 페놀로사는 1878년 일본 도쿄대학에서 정치학과 철학 등을 가르쳤던 인물이다. 그는 미술이 전공은 아니었지만 일본에 오기 전 보스턴 미술관 부속 미술학교에서 유화와

위키피디아 일본판에 의하면 이 학교에 입학한 학생은 60명 정도였으며 서구문화 이식을 위해 이탈리아인 선생 3명을 기용했다. 당시 미술 선진국이었던 프랑스가 아닌 르네상스 미술의 중심지인 이탈리아에서 초빙했던 것은 당시 주일 이탈리아 전권공사 알렉산드로 훼 도스티아니 백작이 고부쇼 장관 이토 히로부미에게 이탈리아 미술의 우수성과 전문가 초빙에 관한 강력한 진언이 작용한 결과라고 한다.

2   미국의 동양사가, 철학자. 하버드대학에서 정치경제 전공. 1878년 25세의 나이로 일본에 와 도쿄대학에서 정치학, 철학, 경제학 등을 강의했다. 페놀로사의 강의를 받은 사람 중에는 오카쿠라 덴신, 이노우에 데쓰지로(井上哲次郎), 쓰보우치 쇼요(坪內逍遙)등이 있다.

뎃상(소묘)을 배웠고 일본에 온 후에는 일본미술에 깊은 관심을 보였다. 통역 겸 조수인 오카쿠라 덴신(1863~1913)[3]과 함께 일본 각지의 오래된 신사와 절의 미술품을 조사할 특별한 기회를 얻었으며, 그 과정에서 동양 미술의 가치를 새롭게 발견하기에 이른다. 1881년 교토[京都]·나라[奈良]의 유서 깊은 신사와 절 방문을 시작으로 1884년에 몬부쇼[文部省]도화[圖畵]조사위원회에 임명되어 오카쿠라 덴신과 함께 긴키[近畿]지방의 오래된 신사와 절에 소장된 보물을 조사할 기회를 얻는다. 그리고 1886년에는 일반에게 공개하지 않았던 호류지[法隆寺]의 구세관음상(救世觀音像)을 조사하기도 했다.

이같이 일본 고미술 조사를 계기로 동양미술의 미술적 가치를 발견한 페놀로사는 이후 일본화와 서양화의 특색을 비교함으로써 일본화의 우수성을 주장하기에 이른다. 그리고 자연스럽게 당시 일본미술과 문화재 보호 행정에 깊이 관여하게 된다. 이렇게 발견된 페놀로사의 일본미술은 당시 메이지 정부가 근대화 과정에서 획득한 국민국가 구축과 동시에 일본주의적 세계관을 형성하는 밑그림으로 활용된다.

그 예가 페놀로사로부터 사사한 오카쿠라 덴신의 일본미술 구축 작업이었다. 오카쿠라는 1886년부터 1887년까지 도쿄미술학교 설립을 위해 구미시찰 여행을 한다. 귀국 후 1887년 도쿄미술학교 간사를 맡아 1889년 학교설립 준비에 관여한다. 1889년 국립 미술교육기관인 도쿄미술학교[東京美術學校]가 설립되지만 당초에는 일본화, 목조, 공예 3개

---

3   일본의 사상가, 문인, 철학자. 도쿄미술학교(현재 도쿄예술대학) 설립에 크게 공헌. 일본미술원을 창설. 근대 일본의 미학연구 개척자로 영문 저술로 미술사, 미술평론가로서 활동, 미술가 양성 등의 다방면에 걸친 계몽활동을 통해 메이지 이후에 일본미술 개념의 성립에 기여.

의 학과만으로 서양미술은 배제한다. 물론 이러한 결정은 오카쿠라가 내린 것이었다. 이에 반발해 고부미술학교 출신 미술 작가들을 중심으로 같은 해 메이지 미술회[明治美術會]⁴가 설치되기도 하지만 이미 국수주의적인 분위기가 대세였다. 같은 해 오카쿠라가 중심이 되어 서구화주의의 반성에서 일본미술의 소개에 중점을 둔 미술잡지『곳카[國華]』⁵를 창간하기도 한다. 그리고 오카쿠라는 1890년 도쿄미술학교 제2대 교장으로 취임한다.

이 같은 과정에서 미국인 페놀로사의 동양미술 발견에서 출발하는 오카쿠라의 반서구적 전통복귀로서의 일본미술이 출현하게 된다. 물론 여기서 간과할 수 없는 것이 페놀로사가 독창적으로 일본의 전통적인 미술을 발견한 것이 아니라 페놀로사에 앞서 일본회화와 민예품이 이미 유럽에서 높은 평가를 받고 있었기에 가능했다는 점이다. 이른바 1850년대 후반 유럽에서의 열광적인 자포니즘 유행과 이미 일본 '우키요에' 판화라는 미술시장의 형성과 무관하지 않다. 결국 페놀로사가 독창적으로 일본미술을 발견했다고 하기보다는 그를 통해 서양에서 일본미술이 상품으로서의 가치를 재차 인정받는 계기가 되었다고 보

---

4   1889년에 발족한 일본 최초의 서양풍 미술단체. 고부[工部]미술학교 출신의 서양미술 작가들을 중심으로(80여 명) 단결하여 발족. 역사적 인물의 초상과 사건을 다룬 작품이 많다. 1893년 파리 유학에서 돌아온 구로다 세이키[黑田淸輝]가 모임에 들어옴으로써 정부 인맥을 획득. 하지만 1896년 구로다 등이 메이지 일본회를 탈퇴하고 하쿠바카이[白馬會]를 결성. 1896년에는 도쿄미술학교에 구로다를 중심으로 하는 서양화과가 설치되고 동교 교수가 되지만 오카쿠라 덴신과의 갈등으로 다시 해외로 유학. 메이지 미술회는 점차 세력을 잃고 1901년에 해산.
5   미술잡지. 1889년 창간. 국운 융성기에 서구화주의 반성에서 일본미술의 규명과 소개를 목표로 미술연구지로서 고도의 목판인쇄의 다색 도판을 채용한 명품감상 잡지로 출발. 재정난으로 1939년에는『아사히신문[朝日新聞]』사 출판국으로 경영이전. 1977년에 1,000호 발간.

는 것이 정확할 것이다.

당시 메이지 일본의 시대문화사적인 상황은 맹목적 서구지향에 대한 피로감이 드러나고 그 영향으로 내셔널리즘에 기초한 전통복귀라는 사명감과 공감대가 형성되었던 시대이기도 했다. 이러한 시기에 페놀로사라는 서양인의 시선을 통해 동아시아(일본)미술이 발견되었고 그것을 토대로 오카쿠라의 국수주의적 일본미술이 태동하게 된 것이다.

물론 이 지점에서 일본미술이란 어디까지나 동양미술로서의 고미술과 공예품에 한정된 것이었다. 그리고 일본미술의 최대 수출처가 자포니즘의 중심지인 프랑스가 아닌 후발 선진국인 미국이었다는 사실에도 주목할 필요가 있다. 미국과 일본이 공통적으로 유럽보다 뒤늦게 자본주의 열강에 합류하고 제국주의로 이행하는 양상을 보였으며 미국미술 시장은 일본예술에 관심이 높았었다. 결과적으로 미국인 페놀로사의 일본미술 발견과 문화전략으로서의 미술정책 수립을 통해 일본미술은 수출상품으로서의 가치를 획득하기에 이른다. 그것은 수출경제 전략으로서의 미술진흥이기도 했다. 도쿄대학 법학부에서 페놀로사에게 배운 오카쿠라 덴신이 졸업 논문을 「국가론」으로 시작해 「미술론」으로 이행시킨 이유도 이와 관련된다.

이처럼 오카쿠라 덴신은 근대국가 체제 확립 수단으로 발견한 미술을 동시에 문화 전략적 상품으로 발전시키는 수완을 발휘한다. 그 과정에서 문화 관료 오카쿠라는 더 이상 페놀로사의 도움을 필요로 하지 않는 독자적인 행보를 걷기 시작한다. 구체적으로 이 두 사람의 일본미술 발견을 둘러싼 공조 관계는 오카쿠라가 도쿄미술학교 교장으로 취임하게 되면서부터 무너지게 되고, 일본인 오카쿠라가 주도하는 미술정책이 메이지 정부의 주요 전략으로 자리를 잡는다.

　그것은 서구의 문명을 수신(受信)하는 입장이 아닌 세계로 발신(發信)하는 일본미술의 전략적 행보이기도 하다. 이와 관련해서 당시 또 한 명의 일본인 미술사학자 야나기 무네요시[柳宗悅]를 생각해볼 수 있다. 야나기는 자본주의 출현으로 생활 속의 아름다움을 상실한 서구의 현대 미술과 공예의 문제점을 지적하고 있다. 대안으로서 개인 작가가 아닌 이름 없는 공인들이 생활에 필요한 물건들을 수작업으로 만든 것에 가치를 부여하고 그것을 사용함으로써 올바른 생활과 사회를 만들자는 운동을 전개했다. 그것은 다시 말해 민중공예운동을 통해 근대화의 부작용으로 생활과 아름다움이 분리된 것을 다시 제 자리를 찾자는 이상적인 사회개혁 운동이기도 했다. 이러한 야나기 무네요시 와의 비교를 통해 일본미술과 공예를 둘러싼 오카쿠라의 일본미술 발견이라는 문제를 밝히려 한다. 구체적으로 필자는 일본미술의 발견을 둘러싼 오카쿠라 덴신과 야나기 무네요시의 동아시아 발견이 시대적 양의성과 깊이 관련된다는 입장을 미리 밝혀둔다. 그것은 메이지 정부의 열광적인 서구화의 반동에서 출발하는 전통복귀와 일본주의로의 이행을 살펴보는 작업이기도 하다.

2. 오카쿠라 덴신의 문화전략으로서의 일본미술

1) 일본미술의 탄생

오카쿠라 덴신의 반 서구적 전통복귀는 '아시아는 하나'라는 표어로 귀결된다. 서구를 향해 일본예술과 사상의 보편적 가치를 주장하면서, 한편으론 동아시아를 향해서는 패권주의적인 일본을 주장하기에 이른다. 앞서 필자는 오카쿠라가 페놀로사라는 서양인의 시선을 빌려 서구미술과 종교철학에 대한 소양을 길렀고 거기서 더 나아가 새롭게 일본미술과 종교사상을 발견했다고 지적했다. 다시 말해 맹목적 서구지향이라는 메이지 초기의 사회적 분위기로부터 내셔널리즘에 기초한 전통발견에 이르는 과정이었다. 특히 오카쿠라가 도쿄미술학교 교장으로 재직하던 1890년에 담당했던 과목 '미술사'와 '미학 및 미술사'는 일본 최초의 미술사 강의이기도 했다. 강의 내용은 고대로부터 근대에 걸친 체계적인 것이었다고 한다. 「일본미술사」는 1922년 간행된 일본미술원판『天心全集』에 처음으로 활자화되었다. 오카쿠라는 다음과 같이 일본미술사의 중요성에 대하여 설명하고 있다.

우리들 일본인들은 과거의 일본과 미래의 일본을 연결시킬 때에, 그 책임이 막중하다고 하지만, 과학이 진보한 오늘날 종래와 같이 어둠 속에서 모색하지 않아도 되기에, 스스로 반성해서 나의 행위의 가불가를 알아야 하는 때가 되었다. 그렇게 함으로써 크게 우리들에게 유익한 일이 되리라. 어떤 학자가 말하기를 사람이 비로소 스스로를 돌아보게 될 때에 성년이

된다고. (…중략…) 또한 종래의 미술가들이 역사를 안다면 쓸데없이 옛사
람의 가치 없는 것에 만족하지 않고 한층 진보를 이룰 것이다.[6]

오카쿠라 덴신은 오랜 역사를 가진 일본미술 사상과 일본(야마토)민
족을 동일선상에서 살펴보고 있다. 현재로부터 과거로 거슬러 올라가
영광스러운 역사가 일본에도 존재했다는 사실을 환기시키는 오카쿠
라의 인식은 다름 아닌 서구를 통해 체화된 것이었다. 그것은 미술의
역사 기술을 통해 그 민족의 사상과 철학체계를 수립한다고 하는 서구
미술사의 전형적인 유형이었다. 오카쿠라는 서문에서 역사의 중요성을
반복해서 강조하고 있다. 인용문에서 "우리들 일본인들은 과거의 일본
과 미래의 일본을 연결"함으로써 과거의 시행착오를 거치지 않고 "진
보를 이룰 것이다"라고 주장하고 있다. 이러한 주장의 배경에는 동양
미술사가 아직 정립되어 있지 않은 것에 안타까움과, 보편적 가치로서
의 서구미술사에 상응하는 동양미술사 부재에 대한 초조감에서 출발
하는 사명감이기도 했다. 이 시점부터 오카쿠라는 미술 영역을 더 이
상 예술의 영역이 아닌 근대적인 사상과 보편성을 지닌 절대적 가치로
인식하기 시작한다. 서구미술로부터 촉발된 근대적 역사관의 수립은
국민국가 메이지 정부의 자리매김과도 깊은 상관성을 지닌다.
　이와 관련하여 미술사 연구자인 기노시타 나가히로[木下長宏]는 "오

6　岡倉天心, 『日本美術史』, 平凡社ライブラリー, 2008, 12~13면, 졸역. 이 책은 3개의 장으
　로 이루어져 있다. 「日本美術史」 「日本美術史論」 「泰東巧藝史」. 「日本美術史」는 스이코
　[推古] 이전 시대부터 도쿠가와[德川] 시대까지 기술되어 있다. 「泰東巧藝史」는 '동양'을
　의미하는 '태동'과, 미술과 공예를 같은 레벨로 보는 '교예'라는 용어를 사용하면서 중국
　과 일본의 고대예술을 기술하고 있다.

카쿠라의 「일본미술사」는 일본어로 강의하고 기록된 최초의 근대적
인 방법과 체계를 겸비한 일본미술사였다"라고 평가하고 있다. 여기
서 근대적 방법이란 일본을 어떻게 인식하는가의 문제인 '내셔널리즘',
미술현상을 시민과 민중의 관점에서 살펴보려는 '민주주의', 작품을 개
인 작가의 성과로 보는 '개인주의', 미술현상을 인과관계 속에서 파악
하려는 '발전사관'이라고 정의하고 있다.[7] 아마도 오카쿠라가 가장 중
점을 둔 근대적 방법은 일본을 어떻게 인식하는가에 있었고 더 나아가
그것을 외국에 어떻게 표상하는가에 있었다고 보인다. 물론 그는 동아
시아를 대표하는 일본인으로서의 강한 자의식을 지니고 있었다. 마찬
가지로 그것은 중국을 시좌에 넣는 동아시아 미술의 재정립으로 연결
된다. 이러한 야심찬 목표를 가지고 그는 중국을 여행한 후『동양의 이
상』(1903년)을 집필한다.

아시아 문화의 역사적 부(富)를 그 비장의 표본에 의해 일관되게 연구할
수 있는 곳은 오직 일본뿐이다. 황실, 소장품, 신사(神社), 발굴된 고분들은
한대(漢代)의 기술이 빚어낸 신비스런 곡선을 보여준다. 나라의 사찰들은
당대(唐代)의 문화를 보여주는 작품들, 그리고 이 고전기의 창작에 지대한
영향을 끼쳤던 융성기 인도미술을 보여주는 작품들로 가득 차 있다― 그것
은 그처럼 주목할 만한 시대의 종교의식이나 철학은 물론 음악 · 발음 · 의
례 · 의상까지도 원상대로 보존해온 국민(nation)에게 지극히 당연한 조상
전래의 귀중한 재산이다.[8]

---

7 위의 책, 396~397면 참조.
8 오카쿠라 덴신, 「동양의 이상」, 최원식 · 백영서 편, 『서남동양학술총서 ― 동아시아인의

『동양의 이상』은 1903년 런던의 존 머레이 출판사에서 영문으로 간행되었다. 이 글은 앞서 인용한 기노시타 나가히로의 조사에 의하면 오카쿠라가 제국박물관에서 간행 계획이었던『日本美術史』의 미술사 편찬사업을 위한 자료조사 목적의 중국 여행 후에 발표한 것이다. 중국과의 관련을 구체화시켜야만 미술사가 성립되고 그것이 서구에 어필할 수 있다고 오카쿠라는 생각하고 있었기 때문이다. 인용문에서 "아시아 문화의 역사적 부(富)를 그 비장의 표본에 의해 일관되게 연구할 수 있는 곳은 오직 일본뿐이다"라고 자신 있게 주장하는 오카쿠라의 심리에는 중화권의 문명 속에서 일본문화의 독자적인 정체성을 확보하기 위한 치열한 몸짓이 자리하고 있었는지도 모른다. 그것은 역사 발전 속에서의 일본미술에 대한 자리매김이기도 했다. 이 시점에서 일본미술은 제국미술사로 정의되면서 중국, 조선, 인도, 서역과의 관련성은 일소된다고 기노시타 나가히로가 지적하고 있다.[9] 서구를 향해서 영어로만 발표된『동양의 이상(The Ideals of the East with Special Reference to the Art of Japan)』은 '일본은 아시아 문명의 박물관이다'라는 과감한 주장을 하기에 이른다. 이러한 오카쿠라의 주장은 '아시아는 하나다'라는 정치 이데올로기로 탈바꿈하면서 이후의 제국주의적 '아시아주의'로 발전해 간다.[10] 물론 그는 미술이 국민문화 중 가장 고귀한 표현 양식이라고 이해하고 있었고, 서방 세계의 일본미술에 대한 무지를 개선하고자 노력했던 측면도 있다. 그 과정에서 점차 서구에 대응하는 국민국

'동양 인식', 창비, 2010, 32면.

9 기노시타 나가히로, 「해설─아시아에 내포된 '일본' 미술사」, 岡倉天心, 앞의 책, 402면 참조.
10 오카쿠라의 근대의식에 대해서는 보다 면밀한 연구가 필요. 미국 보스턴과 인도에서의 활동을 포함한 연구는 차후 글에서 논의할 계획이다.

가로서의 일본을 확립해 가려는 자의식이 싹트게 되었고 이러한 자의식은 제국주의적 이데올로기로 발전해갔다고 추측해볼 수 있다.

『동양의 이상』의 출간을 계기로 오카쿠라는 국민예술로서의 미술을 발견하고 일본을 고유의 국가로 간주한다. 그리고 역사 발전 속에서 일본미술을 관망하고 기술하려 했다. 미술의 역사적 기술 방법은 다름 아닌 서구 제국주의의 미술사를 따르는 것이기도 했다. 이렇게 서구적 방법과 시각을 차용한 역사 기술에는 어느새 아시아 문명을 대표하는 찬란한 문명으로서의 일본이 자리매김하게 된다. 더 나아가 서양이 발견한 '동양'이라는 개념을 대신해서 '태동(泰東)'이라는 용어를 사용함으로써 일본을 중심으로 새롭게 아시아 미술사를 재구축하려는 야심을 드러내고 있었다.[11] 이 지점에서 국가 정책 기축으로서의 '미술'이 등장하게 되는 것이다. 이와 관련하여 사토 도신[佐藤道信]은 1989년에 출판된 기타자와 노리아키[北澤憲昭]의 『눈의 신전[眼の神殿]』에서 이야기하는 근대 일본미술이 "발신(發信)을 위한 수신(受信)"으로서 인식되었다는 점을 확인하면서 문화전략으로서의 일본미술을 다음과 같이 설명하고 있다.

> 왜 일본은 서양으로부터 '미술'이라는 제도를 들여왔던 것일까? (…중략…) 국가의 미술정책이라는 측면에서 보면, 그 목적은 실상 '수신(受信)'을 넘어서 서양을 향한 '발신(發信)'을 기도했던 것이다. '발신을 위한 수신'과 '제도의 정비', 이것이 이 글의 기본적 관점이라 할 수 있다. 이러한 전제

---

11 기노시타 나가히로, 앞의 글, 407면 참조.

는 서양의 식민지가 되는 것을 피하기 위해 국제 시스템에 이의를 달지 않고 적극적으로 참여했던 근대 일본의 경우에 '대외전략'이 국가정책의 기축이었다는 사실, 그리고 제도에 관한 최근의 연구 결과들에 따르면 미술도 그러한 대외전략과 밀접한 관계를 맺고 있었다는 사실에 근거한다. 부국론(富國論)의 일환으로 미술공예품을 수출하여 외화획득을 꾀하는 일에 그리고 만국박람회 등에서 일본을 내보일 수 있는 문화전략으로서 미술은 매우 중심적인 역할을 담당했다.[12]

메이지 정부의 근대화(서구화) 과정이 "서양의 식민지가 되는 것을 피하기 위해 국제 시스템에 이의를 달지 않고 적극적으로 참여"하는 것이었다는 사토 도신의 지적대로, 근대 일본의 전반적인 사회와 문화가 서구화에 전념하고 있었다는 사실은 주지하는 바와 같다. 그런데 이러한 근대 일본의 국민국가 건설과 대외전략에 '미술'이 포함되어 있었다는 것은 잘 알려지지 않았던 사실이다. 지금까지는 서구의 문화와 예술을 열광적으로 받아들이기에 급급했다고 생각되어온 일본의 근대가 오히려 전략적 목표를 가지고 '발신(發信)을 위한 수신(受信)'으로서 미술정책을 펼쳤다는 지적은 새롭다. 이러한 관점에서 보면 근대 일본미술은 국가정책의 일환으로 정비되고 진흥되었다고 볼 수 있다. 그리고 미술은 전략적 수출 상품으로서 선택되었던 것이다. 단순히 근대화라는 추상적인 개념이 아닌 상품으로서의 일본미술과 공예품이 유럽

---

12 사토 도신, 「'일본미술'이라는 제도」, 나리타 류이치 외, 연구공간+너머 '일본근대와 젠더 세미나팀' 역, 『근대 지(知)의 성립─근대 일본의 문화사 3 : 1870∼1910년대 1』, 소명출판, 2011, 80면.

의 시장에서 인정받았다는 대단히 현실적이고 실리적인 가치판단에 의한 것이기도 했다. 그리고 사토 도신은 일본미술이 국내보다 대외를 의식한 개념이었고 원래 '일본'이라는 말은 대내적 호칭인 '야마토'에 대응하는 대외적인 호칭으로 꾸준히 사용되었던 사실을 환기시키면서, 다른 분야의 경우는 국어(國語)·국사(國史)·국문학(國文學)이라는 용어가 있었지만 '국미술(國美術)'이라는 용어는 없었고 '서양화'에 대비되는 '일본화'라는 말이 사용되었다고 지적하고 있다.[13]

2) 일본미술 발견의 전환점으로서의 만국박람회

근대 일본미술이 대외전략으로서 기능하게 되는 중요한 계기는 서구의 만국박람회(국제박람회)[14]에 일본이 참여함으로써 시작된다. 일본이 최초로 참가하게 되는 것은 막부 말기 1867년 막부 및 사쓰마 번이 참가한 파리 만국박람회(제2회)였고 메이지유신이후 1873년 빈 만국박람회부터 공식참가를 하였다. 메이지 정부가 처음 정식으로 참가한 빈 만국박람회는 일본이 추구하던 서구 근대 국가들의 문명(산업화) 각축

---

13 위의 책, 82면 참조.
14 만국박람회는 19세기 건축에 내재된 경쟁 구도의 장이었고, 새로운 공산품을 전시하는 행사로 국가 간의 산업화 경쟁의 장이었다. 만국박람회 조약에 의하면 문명이 필요로 하는 것에 부응하기 위해 인류가 이용할 수 있는 수단 또는 인류 활동의 부문에 있어서 달성된 진보 또는 이들 부문에 있어서 장래의 전망을 나타내는 것을 의미한다, 라고 적혀 있다. 다양한 물품을 모아서 전시하는 박람회(국내박람회)는 1798년, 프랑스 혁명 시기의 파리에서 최초로 개최되었다. 1849년까지 파리에서 11회 개최되어, 서서히 규모가 커져갔다. 같은 박람회가 벨기에, 네덜란드 등 각국에서도 개최되면서 1849년 프랑스 수상이 만국박람회를 제창해 1851년에 제1회 만국박람회가 런던에서 개최되었다.

장이기도 했다. 후발 근대국가 메이지 정부는 일본을 전 세계에 어필함으로써 선진국 대열에 동참하려는 국가적 사명감을 지니고 있었다. 당시 일본관에는 1,300평 정도의 부지에 신사(神社)와 일본정원을 만들고, 산업관에는 우키요에와 공예품을 전시하고 가마쿠라 대불상 등의 대표적인 문화재 모형을 설치했다고 한다. 막부 말기 무역 개시 이후 서양에서 일기 시작한 자포니즘[15]이 빈 만국박람회를 계기로 선풍적인 인기를 얻게 되었다. 하지만 이러한 선정이 일본의 독자적인 것은 아니었다. 당시 오스트리아 공사관 직원이었던 시볼트(H. Siebold)가 추천한 독일인 고용 외국인 와그네르(G. Wagener)를 일본 정부가 고문으로 영입해 그의 선정 작업을 통해 박람회에 참가한 것이었다. 와그네르는 자포니즘을 기반으로 하는 일본미술 발견의 전환점을 제공해준 중요한 인물이다. 일본은 근대공업이 발달하지 못한 상태였기에 서양의 모방 수준에 머무는 기계제품 보다는 일본적이고 정교한 미술 공예품을 중심으로 출전하는 것이 효과적이라고 판단한 와그네르의 지도를 받아 성공적인 결과를 얻었던 것이었다. 동아시아의 에그조티즘(exoticism)을 어필하는 것이 사람들의 주목을 받을 것이라고 와그네르의 예상은 훌륭하게 적중했다.

빈 만국박람회는 자포니즘이 서양에서 확고한 위치를 획득한 계기가 되었고 일본인들은 서양에서 일본의 전통적인 미술과 공예가 문화

---

15 19세기 중엽 만국박람회(국제박람회)에 출품을 계기로 일본미술(우키요에, 린파, 공예품)이 주목받아 서양의 작가들에게 큰 영향을 끼친다. 1870년에는 프랑스 미술계에 있어서 자포니즘의 영향은 이미 현저했고, 1876년에는 자포니즘이란 단어가 프랑스 사전에 등장했다. 자포니즘의 영향력은 유럽의 인상파와 아르누보와 큐비즘에까지 이르렀다. 원근법을 무시하고 사물을 평면적으로 표현하는 경향과 자유로운 화면구성법과 강렬한 색상이 자포니즘의 특징.

전략 상품으로서 가치가 있다는 사실을 인식하게 된 것이다. 사토 도신에 따르면 "자포니즘은 크게 두 가지 전략을 구사했는데 하나는 1880년대까지 중점적으로 수행된 '경제 전략으로서의 공예품 수출'이었다"라고 평가하고 있다.[16] 그것은 자포니즘의 수요와 기호를 고려한 공예였고 서양을 향해서 모름지기 '일본'미술로 보여야 했다고 부연하고 있다. 이러한 의식은 '일본'이라는 국가의식의 고양을 통한 근대국가 체제 확립에 공헌하게 된다. 그에 따른 국가 차원의 '일본'미술 이미지 체현을 위해 도쿄미술학교(1889년)가 설립된 것이다. 그 결과 1893년 시카고 만국박람회에 산업관이 아닌 미술관에 일본미술이 처음으로 진열된다. 이것은 일본미술이 공식적으로 서양미술이라는 제도권에 합류했다는 중요한 결과이기도 했다. 오카쿠라 덴신이 기획했던 문화전략으로서의 일본미술이 이처럼 성공적으로 만국박람회에서 공인받게 된다. 그것은 근대국가로서의 일본이 서구열강과 어깨를 나란히 할 수 있다는 가능성의 발견이기도 했다.

3. 야나기 무네요시의 근대비평으로서의 민중공예(민예)론

서구에서의 자포니즘 현상을 전제로 오카쿠라 덴신이 기획했던 문화전략으로서의 일본미술 발견과 부국강병이라는 대외전략은 점차 서

---

16 나리타 류이치 외, 앞의 책, 81면.

양에서 동아시아로 이동하게 된다. 서양과의 접촉을 통해 얻게 된 동아시아인으로서의 자의식은 점차 일본인으로서 동아시아를 대표한다는 정체성 형성으로 발전한다. 물론 서구의 일본에 대한 시선이 권력지향적 문제(오리엔탈리즘)를 내포하고 있었던 점은 간과할 수 없는 문제였다. 동시에 근대로서의 서양과 전근대로서의 일본의 관계성은 일본이 같은 문화권인 동아시아의 타자를 발견함으로써 근대로서의 일본 표상으로 전도된다.

이러한 총체적인 문제들을 내포하고 있는 것이 메이지유신이라는 일본의 근대화 과정이기도 했다. 앞의 장에서 언급한 오카쿠라 덴신은 서구화에 매진하던 메이지 초기와는 달리 반 서구적 성향의 국수주의적 일본회귀라는 사회적 분위기 속에서 일본문화의 우수성을 강조하기에 이른다. 더 나아가 일본 문화에는 동아시아의 핵심적인 모든 것들이 응집되어 있다는 주장에까지 이른다. 이른바 일본주의자로서의 오카쿠라 덴신의 모습이다.

이 같은 오카쿠라 덴신의 일본미술 발견과 관련해 비교할 수 있는 것이 야나기 무네요시[17]의 공예론이다. 본 장에서는 야나기가 주장하는 공예론이 당시 서구에서 미술에 의해 마이너적인 존재로 밀려나있던 공예에 어떠한 비평을 도입했는지 살펴보도록 하겠다. 동시에 오카

---

17 1889~1961, 종교철학자, 민예(民藝)연구가, 문예잡지『시라카배白樺』동인. 야나기 무네요시의 사상적 진폭은 서양의 신비주의에서 시작해 동양의 불교에 이르렀고, 방대한 독서를 통해 동서양의 종교, 철학, 사상, 미술을 넘나드는 사상적 편력을 보인다. 1912년 가을 버나드 리치와 도쿄 우에노에서 열린 척식박람회에서 조선의 미를 보고 경탄. 이후 1924년 4월 경성의 경복궁 집경당에 조선민족미술관을 개설하여 조선의 민예(민중공예)품을 전시. 1929년 10월부터 미국 하버드대학에서 민예의 미와 관련하여 1년간 강의. 1936년 10월 도쿄 고마바에 일본민예관 개관, 관장 취임. 야나기가 주장하는 민예품은 지방성과 향토성을 기반으로 민중들이 일상생활에서 친숙하게 사용하는 수공예품을 의미한다.

쿠라가 발견한 일본공예(미술)와 관련해서 야나기가 주장하는 민중 공예론이 서구의 근대 미술과 공예가 내포하는 문제점을 어떻게 바라보고 비평했는지를 검토하고자 한다. 이를 통해 야나기가 상정했던 근대라는 개념과 인식체계는 어떠한 것이었는지에 대해서도 살펴보려 한다. 서구의 시선에 의해 발견된 일본과 스스로를 동아시아의 일원이자 대표라고 상정하는 인식에서 발견된 자의식, 그리고 새롭게 동서양을 초월하는 보편적인 미적기준을 제시하는 야나기 무네요시의 비평적인 행동이 반근대적이면서 지극히 근대적인 것이라는 사실에도 주목하고자 한다.

1) 야나기 무네요시의 민중공예론(민예)

야나기 무네요시는 공예의 아름다움이 민중, 실용, 보통, 염가, 대량 등의 평범한 세계와 밀접한 관련이 있다고 주장한다. 그것은 심미적 이상과 사회적 이념이 유리된 근대에 대한 의문과 비평 정신에서부터 출발한다. 동시에 저렴하고 보잘것없는 물건으로 인식되어 온 생활 용품이 용도와 전통에 충실하면서 평범함이라는 미적 가치를 유지한 것에 대한 새로운 발견이기도 했다. 평범한 생활용품에서 미적 가치를 발견한 야나기는 '물건이 아름다워지는 이치'와 '종교적인 이치'는 상통하며 더 나아가 이러한 이치는 올바른 사회적 개념을 담아낸다고 보았다. 그것은 단순히 물건이라는 영역에 한정되는 것이 아니라 미에 결합되고 생활에 참여하며 경제와 사상에 관련된 것이기도 했다. 원래

미술이라는 개념 자체가 서구의 인본주의적 문예부흥 운동을 통해 출현한 인간 개성 중시를 통해 발견된 것이었다. 그 이전까지 융성했던 공예는 몰락하고 미술이 그 자리를 대신하게 되었다. 야나기는 이러한 과정에 대해 의문을 갖고 '용도'와 유리된 미술의 존재이유와 사회적 의의, 그리고 대중과는 인연이 없는 고가의 작품에 대한 미술의 경제적 가치에 대하여 비평하고 있다.[18] 그것은 모든 미술이 지향하는 '개성'의 표현이 절대적 가치로 인정받는 현재의 문화 풍토에 대한 의문이기도 했다. 동시에 '천재'를 필요로 하는 근대의 대표적 부산물인 미술이 미의 문제를 통괄하는 현실에 대한 비판과 대다수의 민중이 그러한 미의 문제에서 제외되는 것에 대한 이의제기였다. 관련하여 야나기는 미술과 공예의 차이점에 대하여 다음과 같이 정의하고 있다.

> 오늘날 미술이라고 부르는 것은 모두 '인간중심(Homo-centric)'의 소산이다. 그러나 공예는 그렇지가 않다. 그렇지 않기 때문에 천대받았다. 그러나 그렇지 않기 때문에 찬미될 날도 오지 않을 것인가. 이에 대해 공예는 '자연중심(Natura-centric)'의 소산이다. 마치 종교가 '신(神)중심(Theo-centric)'의 세계에 나타나는 것과 같다.[19]

미술은 인간중심의 소산이며 그리고 개성을 발휘하는 천재의 출현으로 그 가치는 근대 미학에서 높이 평가받고 있다. 야나기에 따르면 미술에서의 천재는 개인적 능력을 발휘함으로써 미의 세계에 도달하

---

18 야나기 무네요시, 이길진 역, 「미술과 공예」, 『공예의 길』, 신구, 2001, 273면 참조.
19 「서론」, 위의 책, 20면.

고 공예에서의 민중(도공)은 전통적인 소재와 기법을 준수함으로써 미의 세계에 입성한다는 것이다. 특히 공예에서의 도공은 개성을 생각할 필요 없이 오랜 세월 반복적 작업을 통해 숙달된 기술은 불교에서 이야기하는 타력(他力)적인 것으로 야나기는 설명하고 있다. 이른바 타력미(他力美)의 출현이다. 공예의 아름다움은 여기에 있다고 보는 것이다. 야나기는 이러한 아름다움이 불교적 직관을 통해 발견된다고 주장한다. 그에 따르면 직관이란 입장 없는 입장, 또는 나 없는 직관인 절대적 직관이라는 다소 난해한 불교적 관점을 설명하고 있다. 야나기의 이러한 미술 비평은 오카쿠라 덴신의 미술개념과는 상당한 거리를 두고 있다. 오카쿠라의 경우 수출산업으로서의 일본공예를 미술로서 서구 미술시장에 진출시키고 있다. 하지만 야나기의 경우는 서구에서의 미술이라는 개념 전반에 걸친 비평과 함께 동서양을 초월한 보편적인 개념으로서의 공예(민예)라는 개념을 이용하고 있다. 이 점은 메이지 시대에 두 지식인이 펼치는 미술과 공예를 둘러싼 근대적 자아와 일본주의와 관련된 문제이기도 하다.

　야나기의 이러한 근대적 자아는 독자적으로 생성된 것이라기보다는 존 러스킨과 윌리엄 모리스[20]로부터 촉발된 것이었다. 예술과 사회의 정신적 상호관계에서 시작하는 러스킨에서 출발해 창조적 노동역할을 밝힌 모리스의 사회주의 철학에 깊이 공감했던 것이다. 야나기의

20　존 러스킨(Ruskin John, 1819~1900)은 영국의 미술평론가, 사회사상가. "미란 정의로운 사회적 질서를 기다림으로써 비로소 가능하다"고 주장. 미와 도덕은 같은 의미라고 정의. 윌리엄 모리스(Morris William, 1834~1896)는 영국의 시인, 공예미술가로 사회주의자. 러스킨의 영향으로 중세를 동경. 산업혁명이 가져온 예술의 기계화, 양산화의 경향에 반발하여 순정한 소재, 성실한 수작업의 중요성 강조. 모리스는 민중에 관여하고 제도에 의존해서 노동과 결합되는 공예를 높게 평가.

이러한 사회주의 철학에 대한 관심은 일찍이 러일전쟁 전후로 야나기를 포함한 『시라카바』 그룹의 이상주의자 톨스토이의 사상과 무정부주의자 크로포트킨의 『상호부조론(Mutual Aid)』에 대한 독서와 관심으로부터 출발한다. 이러한 상호부조 정신은 야나기가 제시하는 올바른 공예에 있어서 중요한 개념이 된다. 그것은 상부상조와 상애정신을 통해 생활이 안정되고 더 나아가 협단 생활을 조직하여 상호부조의 생활이 가능한 사회를 의미한다. 그것은 올바른 공예가 사회의 산물이라는 철학에 근거한다. 즉 공예의 미는 사회의 미와 같은 의미인 것이다. 이러한 크로포트킨의 상호부조 정신과 사회성에 대한 고찰은 모리스와 러스킨 그리고 야나기에 공통되는 점이기도 했다. 그것은 산업혁명 이후 기계에 의해 상실된 인간성과 생활 속의 아름다움을 되찾자는 반근대적인 비평적 몸짓이었다.[21]

  야나기는 러스킨이 당시 조소를 받으면서도 미의 문제에서 사회 문제로 전향한 점과 시인 모리스가 생애를 걸고 사회 문제로 뛰어든 점은 높이 평가해야한다고 했다. 하지만 야나기의 이 두 사람에 대한 평가는 긍정적 평가에만 머무르지 않았다. 러스킨과 모리스가 지난 1세기 동안 공예의 의의와 심미적 가치를 발견했지만 근대 공예가 모리스의 경우 너무나 라파엘 전파[22]의 회화적인 속박에서 벗어나지 못했고

---

21 이병진, 「3・11 동일본대지진과 柳宗悅의 民藝論」, 『日本學報』 제93집, 2012.11, 172면 참조.
22 1848년 영국의 화가 로제티 등이 당시의 아카데믹한 예술에 반항하여 일으킨 예술운동. 당시 영국의 고전이나 미켈란젤로를 모방하는 예술에 반발하여 라파엘로 이전처럼 자연에서 겸허하게 배우는 예술을 표방. 존 러스킨은 이 유파를 옹호하였으나, 불명확한 주장과 주제의 통속적인 해석 및 번거로운 묘사법 때문에 당초의 목표와는 동떨어진 방향으로 나아갔다.

그 결과 순수 미술에 접근함에 따라 점차 공예에서 멀어졌다고 비판하고,[23] 러스킨의 경우는 그가 추구한 이상화된 유토피아가 실패한 원인이 도달할 수 없는 피안의 세계에서 미를 추구했고, 결국 진실로 아름다운 세계는 이 현실의 세계와 어우러짐으로써만 가능하다는 진리를 제시하지 못했다고 비판하고 있다.[24] 이를 통해서 야나기가 러스킨과 모리스를 공예미론의 선구자로 높게 평가하면서도 이 두 선구자의 연약한 센티멘털리즘이 공예의 구체적인 방향성을 민중에게 제시하지 못했다고 그 한계를 지적하고 있다. 이러한 야나기의 비판은 아마도 자신의 공예론의 독창성을 확보한다는 문맥에서 볼 수 있을 것이다. 그것은 공예의 범주를 명확하게 구분하는 작업으로부터 시작된다.

야나기 설명에 따르면 조형예술은 미술과 공예로 나누고 공예는 크게 수공예와 기계공예로 구분한다. 수공예는 다시 귀족적 공예와 개인적 공예와 민중적 공예로 나누고 기계 공예는 자본적 공예라고 정의한다. 여기서 귀족적 공예와 개인적 공예는 감상 공예이며, 민중적 공예와 자본적 공예는 실용공예에 해당한다고 설명한다. 야나기는 미술이 등장한 것은 근세 이후로 중세에는 신성·전통·신앙을 중시하는 타력의 세계였고, 근세와 근대는 개성·자유·비판이 중시됨으로써 위대한 미술가(천재)가 탄생했고 자력의 구도적인 세계가 형성되었다고 보고 있다. 그리고 모두가 위대한 미술가를 영웅으로 숭배함으로써 평범한 민중들의 존재는 역사에서 사라졌다고 지적하고 있다.

다시 말해 야나기의 비평적인 시선은 평범한 것에 미적가치는 없는

---

23 야나기 무네요시, 앞의 책, 139면 참조.
24 위의 책, 179면 참조.

가? 라는 의문이었다. 동시에 근세 이후 개인의 자유가 주창되고 중세의 종교시대를 구습이라고 부정함으로써 근대인들이 상실한 가치는 없는가? 라는 질문이기도 했다. 오히려 야나기는 중세기의 작품(공예품)에는 신앙을 기초로 한 질서정연한 사상과 반복된 전통적 기법을 따르기에 오류가 없지만, 근대에 의식적으로 만들어진 윌리엄 모리스의 '붉은 집'의 경우처럼 개성이 중시된 미적 유희에 그치는 오류가 많이 있다고 지적한다. 이러한 오류는 근대에서의 '나'에 대한 자각 이후 미술과 공예를 준별함으로써 초래되었다고 야나기는 보는 것이다. 마찬가지로 공예와 미술을 분리함으로써 우리들이 얻은 것이 무엇인가? 라는 문제의식도 가지고 있었다. 여기서 야나기는 중세 공예문화로의 복고를 의미하는 것이 아니라 본질적인 것으로의 회귀라고 주장하기도 한다. 종교 철학자인 야나기는 시대를 초월한 본질적인 법칙을 공예라는 구체적인 기물을 통해서 보다 알기 쉽게 논하고 있다. 야나기가 정의하는 민중적 공예(민예)의 특색은 다음과 같다.

첫째 일반 민중의 생활을 위해서 만들어진 물품이라는 점, 둘째 어디까지나 실용을 직접 목적으로 해서 만들어진다는 점, 셋째 광범한 수요에 응하기 위해 다량으로 만들어진다는 점, 넷째 가능한 한 저렴한 가격에 팔도록 만들어진다는 점, 다섯째 만드는 사람이 직공들이라는 점, 이상과 같은 성질이야말로 민중적 공예의 불가결한 기초이다.[25]

---

25 야나기 무네요시, 민병산 역, 『공예문화』, 신구, 1999, 81면. 책의 추천사에서 서도식은, "그의 수공(手工)에 대한 관심과 애정 그리고 조형민주화에 대한 의지는 100여 년의 시차가 있기는 하지만 영국의 러스킨(John Ruskin)이나 모리스(William Morris)에 필적한다고 할 수 있다. 기계에 의하여 대량 생산되어지는 제품보다는 인간의 감수성이 배어

건강한 미의식은 평범한 직공들에게 반복과 숙련이라는 전통을 통해 자유로운 기적을 보이고 있다고 야나기는 주장한다. 훌륭한 기물(공예)에서 도덕적 질서의 미를 발견하고 신앙적 복음을 읽어내는 야나기의 종교 철학적 성향이 강하게 드러난다. 위의 인용문에서 근세 이후 기계의 과잉 사용으로 상실된 생활에서의 노동의 행복과 공예의 미를 회복시키고, 민중적 공예에서 점차 사라져가는 직공의 존재를 다시 환기시키려는 비평적 행동을 엿볼 수 있다. 다시 말해 인간을 주체의 위치로 복귀시키면서 기계에 의해 실업자가 양산됨으로써 민중은 더욱 빈곤해지지고 일부 개인에게 부가 집중된다는 사회문제에 대한 비판적 성격도 지니고 있다. 그는 민중공예 운동을 통해 자본적(기계) 공예로 상실된 민중생활의 아름다움을 회복하려고 했던 것이다. 인용문에서 "일반 민중의 생활을 위해서 만들어진 물품"이 더 이상 숭고한 가치를 지니지 못한 채 방치된 현실에 대한 비평적 입장을 알 수 있다.

야나기는 아름다움을 구성하는 요소가 근대 미술에서 중시하는 천재적 작가의 감성이 아닌 오랜 시간 민중들의 삶과 직공의 손으로 전해져 내려온 '전통적 기법'에 있다고 보는 것이다. 그것은 지금의 사람들이 잃어버린 사회인 중세의 길드 사회주의를 의미하기도 한다. 미를 관장하는 왕국으로서의 이념적인 협단을 꿈꾸었던 것이다. 러스킨과 모리스는 센티멘털리즘으로 인해 그들이 꿈꾸던 협단을 만들지 못했다고 판단한 야나기는 자신이야말로 그 꿈을 실현시킬 수 있다는 자신감

있는 수공예품을 더 소중히 여기고 대중에게 건강한 미의식을 회복시켜 주어야 한다는 생각은 그들의 공통된 인식이었다. (…중략…) 그러나 야나기의 공예관에 대해서 비판의 여지가 없는 것은 아니다. 즉, 궁극적 미의 구현을 위한 신비주의적 태도로는 공예의 본질을 현실 속에 구체화시키기 어렵다는 점이다"라고 평가하고 있다(같은 책, 1~2면).

을 드러낸다. 바로 민중공예 운동이야말로 근대적 미술이 야기한 사회적 문제와 미의 무질서를 바로잡는 길이라고 굳게 믿고 있었던 것이다.

2) 야나기 무네요시의 민중공예론(민예)과 근대

야나기 무네요시의 근대 체험이란 다른 일본인 지식인들과 마찬가지로 서구의 지적체계를 따르면서 형성된 것이었다. 학생 시절부터 영국의 시인이자 화가인 윌리엄 블레이크(William Blake, 1757~1827)를 통해 야나기는 민예이론의 기축과 철학을 형성했다. 블레이크의 확고한 심미안과 보편성과 영원성에 대한 추구에 커다란 영향을 받는다.[26] 야나기의 블레이크에 대한 몰두는 1909년부터 일본에 와있던 홍콩 출생의 영국 도예가 버나드 리치(Bernard Hwell leach, 1887~1979)의 안내로 더욱 심화된다. 야나기의 민예운동 또한 버나드 리치를 통해 촉발된 동아시아 미술에 대한 관심에서 부터 출발한다.

마찬가지로 민예운동의 중요한 부분을 지탱했던 인물은 일본 도예계 최초의 개인작가로 평가받는 도미모토 겐키치(富本憲吉, 1886~1963)이다. 도미모토는 도쿄미술학교 도안과에 입학(1904년)해 건축과 실내장식을 전공했지만 후에 도예가의 길을 걷는다. 그리고 1908년에는 영

---

[26] 三村京子, 「天国と地獄の結婚 ウィリアム·ブレイク」, 『別冊太陽 柳宗悦の世界』, 平凡社, 2006, 91면 참조. 미무라 교코는, "윌리엄 블레이크는 초기의 「천국과 지옥의 결혼」에서는 모든 대립이 의미를 지닌다고 생각해, 천국과 함께 지옥, 정신과 함께 육체, 이성과 함께 정서(情緒), 선(善)과 함께 악(惡)의 행위가 표리일체이며, 분리해서 생각할 수 없다는 것을 적었다. 블레이크는 이원(二元)적 일원(一元)론의 입장을 취했다. 독특한 기독교 신자였다"라고 설명하고 있다.

국에 유학하면서 윌리엄 모리스의 사상에 영향을 받는다. 도미모토는
일본에 모리스를 소개한 최초의 예술가이기도 하다. 귀국 후 1910년
버나드 리치를 알게 되었고 리치를 통해 야나기를 소개받기에 이른다.
이들 세 명은 생활과 예술의 결합을 주장하는 민예운동의 사상적, 예
술적 세계관을 형성한 중심적인 존재가 된다.

　여기서 주목할 사항은 이들이 활동했던 1910년대의 다이쇼[大正]시
대가 앞선 메이지 시대의 맹목적인 서구화에 대한 반발이 본격적으로
시작되어 서양의 예술을 둘러싼 근대라는 개념에 대한 인식혼란이 초
래된 시대였다는 사실이다. 이와 관련하여 쓰치다 마키[土田眞紀]는 당
시 일본에서의 근대인식으로서의 공예의 영역과 혼란에 대하여 다음
과 같이 설명하고 있다.

　　대단히 거칠게 말하면 메이지 초기 이후 공예의 영역은 미술과 공업 및
　산업 사이에서 끝없이 흔들렸고, 순수미술을 응용미술의 상위에 두는 서양
　근세・근대의 예술관과, 중공업 발달 이전의 메이지기에 있어서의 식산흥
　업의 담당자로서의 역할의 틈새사이에서, 결과적으로는 대단히 어중간한
　위치를 부여받았다. 주지하는 바와 같이 메이지 초기의 공예가 그 출발점
　으로 한 것은 대표적인 수출산업으로서의 역할이었다. 이렇게 공예품이 외
　화획득 수단으로 각지의 만국박람회에 대량으로 송출된 것과 병행해서 회
　화와 조각은 점차 정신적 활동의 영역을 형성하기 시작한 미술에 속하고,
　이윽고 예술로 수렴하는 장르가 되자 다양한 제도적인 측면에서의 정비가
　착실하게 진행되었다.[27]

쓰치다에 의하면 일본의 근대화 과정에서 등장하는 미술과 공예는 서양 근대 예술관의 침투로 일본의 근대 이전의 자율적 전개가 해체되었다고 보고 있다. 그리고 전근대적인 공예의 근대라는 측면에서의 균열과 단층이 공예를 미술보다 훨씬 복잡한 양상을 가지게 만들었다고 본다. 인용문에서 "공예의 영역이 미술과 공업 및 산업 사이에서 끝없이 흔들렸다"는 지적은 일본의 근대화 과정의 혼란스러운 한 단면을 여실히 드러내는 점이기도 하다. 그것은 앞에서도 언급했듯이 수출산업으로서의 일본 공예품이 자포니즘으로 서구 시장에서 인정받음으로써 가능했던 것이었다. 일본적인 공예품은 더 이상 고상한 차원의 미술이 아닌 산업으로 인식되었던 것이다. 이 과정에서 서구의 근대를 비평적으로 바라보던 야나기 무네요시가 등장하게 된다. 앞에서도 설명했듯이 그는 윌리엄 블레이크의 이원론적 일원론의 종교 철학적 세계관을 지니고 있었고, 그것을 증명하기 위해서 구체적인 기물인 공예를 통해서 미술에 대한 비판과 함께 동서양을 초월하는 보편적인 가치에 매달리게 되었다.

야나기의 민중공예에 대한 관심은 버나드 리치와 도미모토 겐키치가 함께 1912년 도쿄 우에노에서 개최된 척식박람회에 참관하면서 시작되었다. 출품작인 홋카이도, 대만, 사할린, 조선, 만주의 생활 용품 중 특히 조선 도자기의 아름다움에 강한 인상을 받는다. 최근 박람회와 식민지주의와의 관련성은 정치적 담론이라는 측면에서 많이 다루고 있다. 예를 들면 1910년대 보통의 일본인들에게는 이러한 이민족

---

27 土田眞紀, 『さまよえる工藝一柳宗悦と近代』, 草風館, 2007, 10면.

에 대한 지식은 자신들의 일상세계와는 관계없는 영역이었지만, 당시 일본 정부와 지식인들은 식민지 확대에 따른 제국으로서의 식민지 존재를 과도하게 의식하게 되었다는 지적이 그것이다.[28] 척식박람회는 제국주의적 심상지리 확대와 제국중심의 세계구조 재배치에 활용되었다고 보는 것이다. 동아시아의 대표성을 둘러싼 일본적인 미의식의 출현도 이러한 시대적 상황과 관련이 있다고 보는 것이다. 야나기에 대한 평가가 항시 이러한 제국주의적 시선에 대한 비평에서 자유롭지 못한 이유도 여기에 있다.

물론 야나기는 이러한 제국주의적 시선에 매몰되지 않고 비평적으로 독자적인 세계관[直觀]을 확립한다. 야나기 무네요시가 척식박람회의 조선 도자기에서 자연을 보는 단서와 형상미(shape)를 발견하는 것은 블레이크에 의해 형성된 형태와 선(線)이 정감(情感)의 표현이라는 직관적 심미안에 의한 것이었고 이후엔 이것이 원동력이 되어 민예사상으로 발전된다. 민예사상에는 일본의 근대가 내포하고 있는 시대적 양의성과 동아시아의 공예품을 바라보는 낭만주의적 심미주의자로서의 야나기의 관념적인 시선이 내포되어 있다고 볼 수 있다. 그리고 서양의 근대가 안고 있었던 미술과 공예의 논쟁과는 별도로 전 근대적인 요소로부터 완전히 자유롭지 못했던 근대국가 일본이 지니는 공예 문제를 둘러싼 논의와도 관련된다.

이러한 인식의 갈등 구조는 만국박람회라는 세계무대에 오카쿠라 덴신을 중심으로 식산흥업의 유효한 수단으로서의 일본적인 공예품

---

28 山路勝彦,「拓殖博覧会と帝国版図内の諸人種」,『社会学部紀要第97号』, 2004, 26면 참조.

(우키요에)을 출현시킨 시점부터 비롯된 문제이다. 다시 말해 서구에서의 반근대적인 의미로서의 공예운동이 일본에서는 지극히 근대적인 산업상품으로 인식되었던 것이다. 이러한 과정에서 서구적인 감각과 지식을 겸비한 야나기 무네요시와 도미모토 겐키치, 그리고 버나드 리치 등과 같은 반근대주의적 세계관을 지닌 지식인들에 의해 재차 비틀어져 민중 공예품에 서구 근대가 상실한 보편적인 가치가 발견된 것이었다.

예를 들면 종래 문화의 가치체계 가운데 주변부에 위치한 문화에 대한 관심 및 토착문화에 대한 재발견으로 이어진다는 쓰치다 마키의 지적이 그것이다.[29] 모든 역사적 양식을 부정하고 자연형태에서 모티프를 빌려 새로운 표현을 추구했던 아르누보는 도미모토에게 온전히 전수되어 이후 야나기 무네요시와 모양을 둘러싼 이견을 초래하는 원인이 되기도 한다. 물론 자연에서 그 모티프를 찾는 성향은 이 두 사람에게 공통된 공예 철학이었다. 하지만 오랜 시간 그 민족에게 전해져 내려온 전통이라는 이름의 문양을 야나기는 높게 평가하고 있었다. 야나기는 근세, 근대 이후 공예가 미술에 비해 평가 절하된 원인이 이러한 전통을 무시하고 오로지 천재적인 화가의 개인적 능력을 높게 평가한데 있다고 보았다. 그리고 억압된 민중의 미적 생활을 회복시키는데

---

29 위의 책, 99면. 쓰치다는 1910년대의 일본 공예는 자포니즘의 결과 나타난 아르누보와 밀접한 관련이 있다고 지적한다. 아르누보(art nouveau)는 1895년부터 약 10년간 유럽 및 미국에서 유행한 장식 양식. 아르누보는 유럽의 전통적 예술(그리스, 로마 또는 고딕)에 반발하여 자연형태에서 모티브를 빌려 예술을 수립하려는 당시 미술계의 풍조를 배경으로 하고 있으며 특히 모리스의 미술공예운동, 클림트나 블레이크 등의 회화의 영향도 빠트릴 수 없다. 형식주의적이고 탐미적인 장식으로 빠질 위험이 커서 아르누보는 비교적 단명했다.

주력했다.

야나기 무네요시의 공예에 대한 관심은 영국인 버나드 리치가 발견한 동양 공예의 미적가치와 도미모토 겐키치가 영국에서 윌리엄 모리스로부터 촉발된 아마추어리즘[30]의 실천을 통해 시작되었다고 볼 수 있다. 그것은 서구적인 가치만이 절대적이고 보편적인 가치라고 여겨졌던 메이지 시대의 일본에서 동아시아 공예품에서 새로운 미를 발견하는 행위로 이어진다. 그것은 미술에서 천재적인 개인작가가 만든 작품이 아닌 농민과 민중이 만든 이른바 포크아트였던 것이다. 식민지 문화, 포크아트는 근대화에 의해 중심부에서 주변부로 인식되기 시작한 가치들이었다.

이렇게 주변부에 위치한 문화에 대한 관심과 토착(지방)문화에 대한 재발견이 야나기 무네요시의 민중공예운동의 사상적 출발점이었다. 그리고 자연을 매개로 자기의 생명을 표출하는 방식으로서의 모양(模樣)의 의의에 전념한 도미모토와 야나기가 속해있던 『시라카바』 그룹이 중시했던 개성의 신장이라는 문제와도 상통한다. 하지만 야나기의 사상적 특징은 초기에 서구의 기독교 사상과 미술을 통해 형성되었지만 이후 서구적 근대만이 보편성을 가지는 것에 대한 의문에서 미술에서 공예로, 마찬가지로 서구에서 동아시아로 회귀하고 그곳에서 새롭게 보편적인 아름다움과 가치를 발견하는데 있다. 야나기가 새롭게 동

---

30 고급문화와 저급문화에 대한 논쟁에서 공예에 대한 노동의 질, 문화적 전통, 예술적 기술과 관련된 예술적 가치를 인정. 기술이나 경제 개념에 따른 상대적 평가가 아닌 애정과 열정을 가진 모든 예술적 노동이 아마추어리즘이라 할 수 있다. 1905년과 1920년 사이에 러시아의 민속 미술로부터 강력한 자극을 받아, 주로 러시아의 하층 계급의 생활 장면을 많이 그린 프리미티비즘(Primitivism, 러시아의 표현주의 경향의 화가)과도 관련이 있다.

아시아를 이해하기 시작한 무렵인 1919년 잡지 『시라카바』의 「이번 삽화에 대하여」에서 다음과 같이 적고 있다.

> 오히려 자연스레 동양의 학문이나 기술 전수를 잊고 해외에서 진리를 찾은 것은 우리들에게 의미 있는 필연적인 경로이자 태도였다. 하지만 오늘날 충분히 배움을 얻은 우리들은 다시 여유를 가지고 동양을 뒤돌아 볼 기회를 얻었다. 우리들은 지금까지 한학자나 승려나 화가가 제시한 종교와 예술과 도덕과는 거의 관련이 없는 보다 위대한 진리가 우리들 고향에 있다는 사실을 발견했다. 우리들은 지금 외래 사상을 통해 성장했고, 다시 자기의 고향에서 살아갈 필연적인 운명의 환희를 얻었다. 아니, 우리들은 동서양이 나누어 가질 수 없는 영원한 진리의 발견자라는 자각을 조용히 느끼기 시작했다. 지금까지 극히 소수의 사람만이 본 동서양의 미와 진리를 새로운 눈으로 함께 보는 기쁨을 맛보기 시작했다. 잠자고 있다고 여겨졌던 과거가 다시 현재의 성장으로 소생하는 시기가 도래했다. (…중략…) 그것은 보편적인 의미에서의 동양의 이해, 바꿔 말하면 동양이면서 동시에 보편적인 가치에서의 동서의 차별을 초월하는 진리의 이해인 것이다.[31]

『시라카바』 잡지는 서양의 미술을 일본에 소개한 것으로 유명하다. 문학잡지이면서 미술잡지의 성격을 가지고 있다. 잡지의 기획과 편집을 담당했던 야나기는 동시대의 서구에서 주목받았던 종교·예술·사상을 중심으로 잡지에 소개하는데 치중했다. 일본의 근대화가 서구

31　柳宗悦, 「今度の挿絵に就いて」, 『柳宗悦全集著作編第一卷』, 筑摩書房, 1981, 588면, 졸역.

화였다는 당시의 시대적 상황을 설명하듯이 서구에서 보편적 진리를
구했던 태도로부터 동아시아를 발견하는 야나기의 경우에도 마찬가
지였다. 하지만 야나기 스스로가 밝히고 있듯이 맹목적으로 서구의 일
체를 존경한 것이 아니라 야나기를 포함한 『시라카바』 그룹의 마음을
감동시킨 서구의 예술과 사상을 선별한 것이라고 언급한다. 그리고
인용문에서 "오늘날 충분히 배움을 얻은 우리들은 여유를 가지고 동양
을 뒤돌아 볼 기회를 얻었다"라고 야나기는 적고 있다. 그리고 그렇게
발견된 동양은 "동서의 차별을 초월하는 진리의 이해"였던 것이다. 이
같이 야나기는 오카쿠라 덴신과 마찬가지로 서양적 가치에서 일본적
가치로 전환하지만, 야나기는 일본문화의 우수성에서 더 나아가 동서
양을 초월하는 보편적인 미를 추구한다.

　물론 이러한 보편적인 미의 가치를 발견하는 주체로서의 야나기가
일본인이라는 자의식으로부터 자유로웠던 적은 없었다. 일본인으로
서의 이러한 자의식은 오카쿠라의 경우에서도 알 수 있듯이 내셔널리
즘적인 색채를 가지기 쉽지만 야나기의 경우는 미의 문제가 윤리의 문
제와 함께 기능함으로써 1940년대 이전까지는 제국주의 등의 정치적
상황과는 거리를 유지할 수 있었다. 그리고 야나기의 관심이 일본이라
는 한정된 지역을 초월한 보다 인류적인 문제와 가치에 한정되었다는
점도 지적하고 싶다. 야나기가 지향했던 것은 국가권력의 문제보다는
동서양을 초월하는 보편적 진리를 민중공예에서 발견하고, 그 운동을
통해 생활과 아름다움이 결부한 이상적이고 올바른 사회를 건설하는
데 있었던 것이다.[32]

　하지만 여기서 잠시 위의 인용문에서 "동양을 뒤돌아 볼 기회를 얻

었다"라고 말하고 있는 야나기의 동양인식은 어떻게 형성된 것이었으며, 또한 야나기의 일본미술에 대한 인식태도는 어떠한 것이었는지에 대해서도 잠시 살펴보겠다. 1910년에 창간된『시라카바』[33] 잡지는 야나기가 이야기하듯이 자신들이 지금까지 경험하지도 못했던 수많은 풍요로운 진리의 창고를 서구에서 발견했고 정신없이 그것들에 탐닉했지만 그렇다고 맹목적으로 서구의 모든 것을 존경하지는 않았다고 한다. 그것은 야나기를 포함한 자신들의 미적 안목을 통해 걸러진 보편적인 진리와 아름다움을 가진 서구 예술이었다고 주장된다. 그렇다고 야나기가 주장하듯 그들의 미적 기준과 안목이 체계적인 것이었다는 것에는 동의하기 어렵다. 오히려 대단히 주관적인 것에 가까웠다고 할 수 있다. 예를 들면 미술평론가 다카시나 슈지[高階秀爾]는 다음과 같이『시라카바』에 대하여 평가하고 있다.

생각해보면 외국의 문화를 수용함에 있어서, 이처럼 역사적 의식이 결여된 것은 특별히『시라카바』의 경우에만 해당되는 것은 아닌 듯하다. 그렇

---

32 쓰치다 마키는 1910년대에서 1920년대에 걸쳐 공예와 관련한 문제가 장식이나 도안의 문제에서 공예 그 자체의 존재가치와 의의로 심화되었으며, 1920년대에는 공예의 사회성, 윤리성이 문제시 되었으며, 야나기 무네요시의 「도자기의 미」 이후의 공예를 중심으로 하는 사상이 그 예이다, 라고 설명한다. 그리고 협의의 정치성이 없는 야나기가『시라카바』의 인도주의에 더해 무언가가 미와 윤리, 미와 정치적 행동, 미와 사회적 운동을 연결시킬 수밖에 없는 곳으로 야나기를 향하게 했다고 평가한다(위의 책, 160면 참조). 쓰치다의 이 같은 평가를 토대로 정리하면 1910년대에 일기 시작한 생활과 예술에 대한 관심이 인도주의, 미와 결부된 윤리적 정치적 행동, 미와 결부된 사회적 운동으로서의 야나기의 민중공예로 확산되었다고 할 수 있다.
33 문예잡지『시라카바』잡지는 1910년부터 1923년까지 발행하였고, 동시대의 서구미술(세잔느, 고호 등의 후기 인상파)을 일본에 소개하였다. 야나기 무네요시를 중심으로 하는 서구 미술의 소개는『시라카바』의 성격을 문학잡지 보다는 미술잡지에 가까운 것으로 만들었으며 서구파의 대표주자로 불리기도 하였다.

다고 한다면 '서구파'의 대표처럼 일컬어지는『시라카바』의 사람들의 서구에 대한 태도는 실로 일본적이었다고 할 수 밖에 없다.[34]

『시라카바』파는 서구의 후기 인상파 그림을 일본에 소개하는데 집중한다. 후기 인상파를 비롯해서 광범위하게 서구의 미술과 조각에 대한 그들의 태도는 자못 엄숙하기까지 했다. 마치 서구 미술과의 만남을 통해 보편적인 진리를 발견한 것처럼 행동하기도 했다. 과장해서 말하면 이들의 서구 미술 수용태도는 일종의 종교적 차원의 경건한 것이기도 했다. 물론 야나기의 주장처럼 맹목적으로 서양의 일체를 존경한 것은 아니라고 할 수 있다. 하지만 인용문에서 "역사적 의식이 결여"되었다는 지적과 같이 당시 일본 지식인들은 서구의 전반적인 문화예술에 대해 조망할 수 있는 정확한 시야를 지니고 있지는 못했다. 따라서『시라카바』파의 후기 인상파 수용은 현재의 관점에서 보면 이해하기 어려운 주관적인 것이라고 할 수 있다. 그 예가 그들이 처음에는 독일의 이상파, 로댕, 밀레, 영국의 라파엘로 전파에서 세잔느, 반 고호로의 이행이 미술 감상의 상식으로는 지나친 비약이었다는 비평이 그것이다. 위의 인용문에서 다카시나가 지적하듯이 이러한 서구수용 태도가『시라카바』에 국한된 것이라기보다는 근대 일본의 서구문화 수용태도에 공통되는 문제라는 지적이 보다 타당할 것이다.

이와 관련하여 앞에서 언급한「이번 삽화에 대하여」와 관련하여『시라카바』잡지(1919년 제10권 7호)에 실린 삽화는 쇼소인[正倉院][35]의 유물

---

34 高階秀爾,「『白樺』と近代美術」,『日本近代の美意識』, 青土社, 1986, 329면.
35 일본 나라 현 도다이지[東大寺]에 있는 왕실의 유물 창고.

중 세 점, 그리고 호류지[法隆寺]³⁶ 금당서벽의 벽화아미타의 부분화(손)
등을 포함한 다섯 점이다. 『시라카바』가 처음으로 선정한 동양(일본)삽
화에 대하여 쓰치다 마키는 다음과 같이 삽화 선정의 배후에 대하여 자
세히 설명하고 있다.

　　이들 삽화는 『東洋美術大觀』에서 복사된 것으로 5점 모두 1900년 파리
　　만국박람회에 프랑스어 판의 『日本美術史』로서 정식 출품된 후, 일본어판
　　으로 간행된 『稿本日本帝國美術略史』의 게재작품에 포함되어 있다. 『帝國
　　美術略史』에 대한 자세한 연구는 최근 시작되었지만, 여기서 전개되고 있
　　는 일본미술사관은 페놀로사와 오카쿠라 덴신의 보물조사에 의해 만들어
　　지고, 도쿄미술학교에서 오카쿠라가 강연한 「일본미술사」가 그 기초를 이
　　루고 있다. 하지만 이미 지적한 바와 같이 오카쿠라의 「일본미술사」가 중
　　국을 시작으로 「동양미술사」때로는 세계미술사를 시야에 넣으면서 그 안
　　에 일본미술의 위치부여를 하고 있는 것에 반해, 『帝國美術略史』는 어디까
　　지나 「일본미술사」이고, 야나기의 「동양의 예술」이라는 방법론은 오히려
　　오카쿠라에 가깝다.

　『시라카바』의 삽화는 메이지 정부가 문화전략으로서 미술정책에 성
공한 빈 만국박람회(1873년) 이후 일본미술이 대외적으로 인정받았던 파
리 만국박람회 출품 일본미술에서 선정된 것이었다. 일본미술이라는

---

36 일본 나라 현에 있는 절. 미술품에는 불상으로 금당의 약사여래상 석가삼존불상. 아미
　　타삼존불상 등이 있고, 벽화에는 금당 4벽의 4불정토도(四佛淨土圖) 등 수백 점의 고미
　　술품을 소장.

개념의 출현이 서구적 미술로부터 가능했다는 사실은 앞에서 살펴본 바와 같다. 그리고 자포니즘을 기반으로 하는 만국박람회에 일본미술이라는 공적 지위를 얻기까지 일본 공예와 미술을 둘러싼 갈등은 오카쿠라 덴신과 야나기 무네요시의 동양미술이라는 인식에서도 잘 나타나고 있다. 그리고 공통적으로 오카쿠라와 야나기를 일본주의자라고 할 수 있는 점도 바로 동양미술사를 세계미술사로 자리매김하려는 의식과 함께 동양미술을 대표하는 일본미술을 함께 환기시키는 일본인으로서의 강한 자의식과 사명감이었다. 서양으로부터 촉발된 동양의 발견과 스스로가 일본인이라고 하는 자아의식이 그것이다.

하지만 오카쿠라와 달리 야나기는 서양에 대항하기 위한 문화전략으로서의 일본 발견이 아닌, 동서양을 초월하는 보편적인 가치를 지니는 민중공예 운동을 통해 생활과 미의 문제를 회복함으로써 건강하고 올바른 사회를 구축하려고 했다. 물론 야나기가 『시라카바』잡지에 게재한 동양미술 삽화 선정의 배경에 "페놀로사와 오카쿠라 덴신의 보물조사에 의해 만들어지고, 도쿄미술학교에서 오카쿠라가 강연한 「일본미술사」가 그 기초를 이루고 있는" 일본미술사관에 근거하고 있다는 점에도 주목할 필요가 있다. 즉 페놀로사와 오카쿠라에 의해 정립된 동양미술 혹은 일본미술을 야나기가 무의식적으로 받아들였을 가능성도 있는 것이다. 그리고 서양에만 보편적인 미와 진리가 있다는 오리엔탈리즘적인 인식체계에 대항하기 위해 발견된 동양과 그곳에서 보편성을 추구한다는 도식은 메이지 일본에서의 공통된 인식체계의 전형이라고 할 수 있다.

야나기는 서양미술이 일종의 보편적인 기호로서 인식되는 근대적

인식의 오류를 지적하기 위해 공예라는 영역을 선택했다. 미의 건전성과 제작의 분업화를 통한 기술의 숙달과 그것이 전통으로 오랜 기간 전수되고 용도에 충실한 기물에 아름다움이 깃들고 생활이 건강해진다는 야나기의 민중 공예 운동이 서구의 러스킨과 모리스로부터 촉발된 것이었지만, 야나기는 그들의 센티멘털리즘적인 세계관이 초래한 공예운동의 쇠퇴와 한계를 지적하면서, 실생활에서의 구체적인 공예운동의 방향성을 제시하는데 성공한다. 흥미로운 것은 이러한 민중공예 운동이 서구를 직접 경험한 적이 없었던 야나기가 버나드 리치등의 친절한 안내자를 통해 획득한 것이라는 사실이다. 물론 독서광이기도 했던 야나기의 엄청난 외국 서적을 통한 지식 습득이 큰 힘이 되었다고 한다. 그리고 야나기는 1929년 미국 하버드대학교에 초빙되어 1년간 동양의 사상과 미술에 대하여 강의를 한다. 아마도 미국에서 일본의 미술과 불교에 대한 강의를 하면서 야나기는 일본인으로서의 사명감과 함께 강한 자부심을 가지게 되었다고 보인다. 당시의 심경을 야나기는 다음과 같이 피력하고 있다.

종교에 있어서도 예술에 있어서도 일본이 세계에 공헌해야만 한다. 나는 일본이 현재 및 장래에 지니는 특권을 절실하게 느낀다. 그것은 어떠한 국민도 어떠한 시대에서도 갖지 못하는 특권이다. 종교사도 예술사도 일본인에 의해서 새롭게 쓰지 않으면 안 되는 것이다. 나는 이것을 강하게 자각하게끔 되었다.[37]

---

37 柳宗悦, 「欧米通信」, 『柳宗悦全集著作編第五巻』, 筑摩書房, 1981, 379면, 졸역.

야나기는 1929년 4월 29일 도쿄를 출발해 시베리아를 거쳐 처음으로 유럽과 미국을 여행한다. 그리고 8월 27일 유럽을 경유해 미국에 도착, 10월부터 하버드대学에서 1년간 강의를 한다. 야나기는 당시의 여행기를 「歐美通信」으로 남기고 있다.[38] 그 내용은 대략 공예 운동의 본고장인 영국을 견학하면서 러스킨과 모리스 이후에 공예운동의 성과가 충분하지 않다고 느꼈으며, 독일 베를린은 동양의 물건들이 풍부하게 잘 정리되었고, 스웨덴의 스톡홀름의 농민작품 수집에는 감동했다고 적고 있다. 하지만 서구 국가들은 모두 야나기가 주장하는 민중공예 운동에는 공감하지 못한다고 아쉬움을 토로하기도 한다. 다시 말해 민중공예품에 가장 건전한 미의 적극적 표현이 있다는 점을 이해하지 못하고 있다는 아쉬움이었다. 야나기는 민중공예운동의 공감을 얻지 못한 채 미국으로 향한다. 이후 하버드대学에서 야나기는 「일본에서의 美의 표준」, 「民藝의 美」에 대해서 강의를 하고 하버드 대학생들의 예상치 못한 열렬한 반응과 공감에 고무되어 "종교사도 예술사도 일본인에 의해서 새롭게 쓰지 않으면 안 되는 것이다"라는 자각과 함께 민예운동의 사명감을 가지게 된다. 자신의 민예론이 미국 대학생들의 마음을 움직인 것에 크게 고무된 모습을 보인다. 그리고 이러한 일본인으로서의 사명감이 단순한 애국심이 아닌 휘트먼이 미국을 찬미한 것과 마찬가지로 보편성을 지닌 것이라고 설명한다. 이러한 미국에서의 경험을 포함해 유럽의 공예운동의 현실을 직접 눈으로 보고 경험

---

[38] 1925년부터 1926년까지 하버드대학교 출강을 위해 하마다 쇼지[濱田庄司] 등과 함께 시베리아 경유로 우선 유럽을 방문한다. 이후 북유럽을 거쳐 미국으로 향한다. 미국 하버드대학교에서 강의와 휘트먼 관련 문헌 수집을 한다. 그동안의 소식을 『오사카 매일신문[大阪每日新聞]』에 5회에 걸쳐 통신을 기고한다.

한 이후의 야나기는 자신감을 가지고 자신이 주장하는 민중공예 운동을 펼쳐간다.

오카쿠라 덴신이 만국박람회라는 세계무대에서 상품으로서의 가치를 지닌 일본 공예품을 발견하고 서양에 대적할 일본이 중심이 되는 동양을 구축했듯이, 야나기도 유럽과 미국을 여행하면서 공예운동의 침체현상이 앞으로 서구사회에서 건전한 미와 사회를 저해하는 중대한 문제로 대두할 것이라는 예측을 하게 되었고, 동시에 그러한 건전한 미와 올바른 사회를 구축하기 위해서는 일본이 중심이 되어 동서양을 초월하는 보편적인 가치로서의 민중공예의 기준을 설정해야 한다는 강한 사명감을 가지게 되었다.

4. 나오며 - 근대의 초극으로서의 민중공예

이상과 같이 오카쿠라 덴신의 일본미술 발견과 야나기 무네요시의 민중공예를 둘러싼 근대의식의 문제에 대하여 살펴보았다. 오카쿠라는 서구적 방법과 시각을 차용한 미술사 기술을 통해 동아시아를 대표하는 찬란한 문명의 보고로서의 일본을 표상하려고 했다. 그리고 자포니즘이라는 미술시장을 거점으로 오카쿠라는 일본의 전통 공예품을 수출산업으로 인식하고, 만국박람회를 통해 일본미술을 공인받음으로써 근대국가 반열에 합류한다는 전략을 지니고 있었다. 즉 일본미술의 출현을 통해 일본이라는 근대국가 의식을 고양시키고 식산흥업에 매진하게 되는 기반을 마련했던 것이다.

이에 반해 평범한 생활용품인 공예품에서 미적 가치를 발견한 야나기는 물건이 아름다워지는 이치와 종교적인 이치는 상통하며, 더 나아가 이러한 이치는 올바른 사회적 개념을 담아낸다고 보았다. 그것은 단순히 물건이라는 영역에 한정되는 것이 아니라, 미와 생활과 사회를 삼위일체로 보는 사회주의적 사상과 관련된 문제이기도 했다. 야나기는 미술이라는 개념 자체가 서구 근대의 출현과 함께 등장한 것으로 이전까지 융성했던 공예가 몰락하고 미술이 그 자리를 대신한 것에 대해 의문을 지녔다. 이러한 근대성에 대한 문제의식을 지닌 야나기의 공예운동은 단순히 미의 문제에 국한된 것이 아닌 근대 자본주의의 출현으로 인해 상실된 인간성과 자연을 회복하려는 운동이기도 했다.

이처럼 야나기는 근대 산업사회가 초래한 기계 만능주의에 대한 비판과 산업 자본주의에 의한 불평등한 사회를 개혁하려는 사회주의적 사상을 지니고 있었다. 서구의 블레이크와 러스킨과 모리스로부터 촉발된 야나기의 민예운동이 동서양을 초월하는 종교적 보편성을 강화함으로써 현재까지 일본에서 하나의 사상으로 자리매김하고 있는 것에는 주목할 필요가 있다. 그것은 근대 산업화 이후 익명성에 감추어진 자아의 발견·인간성 회복·전통적 삶의 양식(樣式) 회복을 추구하는 의미로서의 운동이며, 동시에 미와 결부된 윤리적·사회적 운동으로 올바른 사회를 건설한다는 실천적 의미를 내포하고 있다. 그 근저에는 공예라는 미적 영역에 도덕적 가치 판단을 요구함으로써 '올바른 민예'와 '올바른 사회'를 연계시킨다는 야나기의 사회주의적 사상이 흐르고 있었던 것이다.

야나기의 이러한 비평정신은 오카쿠라 덴신의 미술개념과는 차이를 보인다. 오카쿠라의 경우 수출산업으로서의 일본공예를 미술로서 서구 미술시장에 진출시킴으로써 서구적 근대국가에 동참한다. 하지만 야나기의 경우는 서구에서의 미술이라는 개념 전반에 걸친 비평과 함께 동서양을 초월한 보편적인 개념으로서의 공예(민예)라는 개념을 사용하고 있다. 이 점은 메이지 시대에 두 지식인이 펼치는 미술과 공예를 둘러싼 형성된 근대적 자아와 관련된 중요한 문제가 된다. 야나기는 올바른 공예는 사회의 산물이라는 철학을 가지고 있었다. 즉 공예의 미는 사회의 미와 같은 의미를 지닌다. 그것은 크로포트킨의 상호부조 정신과 사회성에 대한 고찰은 모리스와 러스킨, 야나기에게 공통되는 점이기도 했다. 즉 산업혁명 이후 기계에 의해 상실된 인간성과 생활 속의 아름다움을 되찾자는 반근대적 비평적 몸짓이기도 했다.

야나기는 오카쿠라 덴신과 마찬가지로 서양적인 세계관에서 출발해 동아시아와 일본적인 가치발견에 주력한다. 야나기와 오카쿠라의 근대의식은 미묘하게 다른 양상을 보이면서도 일본주의라는 기본적인 성향에서는 일치한다. 즉 미술과 공예를 둘러싼 근대의식은 서로 다른 양상을 보이고는 있지만, 커다란 그림에서 보면 서구에서 촉발된 근대적인 가치를 수용하고 극복하려는 몸짓이었던 것이다. 야나기와 오카쿠라는 또한 공통적으로 불교에 대한 관심을 보였으며 야나기의 경우에는 민예론의 중심적인 사상의 기축으로서, 오카쿠라의 경우 동양의 이상적인 세계관으로서의 불교를 이용하고 있다. 그것은 어디까지나 서구의 기독교를 보편적 가치로 받아들이는 근대적 인식구조에서 출발해서 그에 상응하는 동양적 보편성으로서의 불교 발견이었다. 이는 서구의 미술을 자연(自然)에 반하는 자아(自我)의 표현으로 인식하고, 동서양의 모든 종교에서 합일점을 모색했던 윌리엄 블레이크의 세계관으로부터 촉발된 것이기도 했다. 근세, 근대 이후에 공예를 미술과 비교해 하위 개념으로 정의함으로써 우리들이 상실한 것은 공예라는 기물의 아름다움뿐만 아니라 우리들 생활과 사회가 불평등한 사회로 변질되었다는 비평의식으로 발전한다.

이 문제는 동서양 전반에 걸친 사회현상이라고 보고 지역에 국한하지 않는 사회적 문제라는 인식이기도 하다. 하지만 야나기의 민예사상에는 근대 일본이 내포하고 있는 천황제의 강화와 민주주의라는 시대적 양의성과 동아시아의 공예품을 바라보는 낭만주의적 심미주의자로서의 야나기의 관념적인 시선이 내포되어 있다는 비평으로부터 자유롭지 못하다. 그리고 야나기는 일본이라는 한정된 지역을 초월한 보다 인류적인 문제와 가치로 확장시켜 국가권력의 문제를 무화(無化)시켰으며, 동시에 민예운동을 통해 생활과 아름다움이 결부한 이상적이고 올바른 사회를 건설한다는 대단히 낭만주의적 세계관을 피력하는 것에 집중하고 있다. 결론적으로 오카쿠라 덴신의 일본미술 발견과 야나기 무네요시의 공예를 둘러싼 근대의식이라는 포물선이 큰 범위에서 살펴보면 일본주의라는 범주 안에서의 궤적이었다고 볼 수 있는 것이다.

참고문헌

논문

이병진, 「3・11 동일본대지진과 柳宗悦의 民藝論」, 『日本學報』 제93집, 한국일본학회, 2012.

사토 도신, 「'일본미술'이라는 제도」, 나리타 류이치 외, 연구공간+너머 '일본근대와 젠더 세미나팀' 역, 『근대 지(知)의 성립─근대 일본의 문화사 3 : 1870~1910년대 1』, 소명출판, 2011.

야나기 무네요시, 이길진 역, 「미술과 공예」, 『공예의 길』, 신구, 2001.

오카쿠라 덴신, 「동양의 이상」, 최원식・백영서 편, 『서남동양학술총서─동아시아인의 '동양인식'』, 창비, 2010.

高階秀爾, 「『白樺』と近代美術」, 『日本近代の美意識』, 青土社, 1986.

柳宗悦, 「欧米通信」, 『柳宗悦全集著作編』 第五巻, 筑摩書房, 1981.

_____, 「今度の挿絵に就いて」, 『柳宗悦全集著作編』 第一巻, 筑摩書房, 1981.

山路勝彦, 「拓殖博覧会と帝国版図内の諸人種」, 『社会学部紀要』 第97号, 2004.

三村京子, 「天国と地獄の結婚 ウィリアム・ブレイク」, 『別冊太陽 柳宗悦の世界』, 平凡社, 2006.

단행본

야나기 무네요시, 민병산 역, 『공예문화』, 신구, 1999.

岡倉天心, 『日本美術史』, 平凡社ライブラリー, 2008.

土田真紀, 『さまよえる工藝─柳宗悦と近代』, 草風館, 2007.

잡지『조선공론』영화란의 탄생과 재조일본인의 영화문화

임다함

1. 들어가며

일제강점기 조선에 거주했던 재조일본인에 관한 연구는 다양한 분야에서 활발하게 전개되고 있지만, 재조일본인과 '영화'에 대해 구체적으로 규명한 연구는 아직까지 찾아보기 쉽지 않다.[1] 현재까지 주목할 만한 연구로는 한상언(2010)과 정종화(2012)가 있는데, 한상언이 조선에 영화가 유입된 1897년경부터 조선 최초의 연쇄극 〈의리적구토(義理的仇討)〉가 제작된 1919년까지의 시기를 중심으로 재조일본인의 영화 활

---

1 일제강점기 조선영화계와 관련을 맺었던 재조일본인에 관해 다룬 최초의 연구는 이중거(「日帝下韓国映画에 있어서의 日本人・日本資本의 役割에 関한 研究」,『중앙대학교 인문과학 논문집』제27집, 중앙대, 1983)라 할 수 있다.

동을 '흥행'의 측면에서 밝혔다면, 정종화는 무성영화 시대의 조선에서 재조일본인이 설립한 영화제작회사들에 주목함으로써 재조일본인의 영화 활동을 '제작'의 측면에서 살폈다고 할 수 있다.

이처럼 지금까지 한국영화사 연구 분야에서 재조일본인의 존재는 오랫동안 등한시되어왔으며, 그들의 존재에 주목한 최근의 연구도 조선영화의 제작과 흥행 측면에 집중된 경향이 있다.[2] 때문에 식민지 조선의 영화관에서 일상적으로 영화를 관람하고 신문이나 잡지 등을 통해 영화 정보를 공유하던 재조일본인 관객들의 '영화문화'는 어떠했으며, 나아가 이들의 영화문화가 조선영화계에 어떠한 영향을 미쳤는지에 대한 구체적인 연구는 한일 양국을 막론하고 아직까지는 찾아보기 어려운 형편이다.

이러한 상황에서 2013년 고려대학교 글로벌일본연구원에서 잡지 『조선공론(朝鮮公論)』과 『조선급만주(朝鮮及滿洲)』의 영화 관련기사를 편역한 자료집 『일본어 잡지로 보는 식민지 영화(이후 '자료집')』(전3권)를 간행했다. 이 자료집은 일제강점기 재조일본인 독자를 대상으로 발행되었던 일본어 잡지 『조선공론』과 『조선급만주』에 실린 영화 관련기사 중에서 영화 시나리오와 줄거리 등의 창작물을 제외한 기사, 즉 영화 관련 논평 및 영화 촌평, 그리고 영화팬 전용 독자투고란을 번역해 싣고 있다.[3]

---

2 한상언 · 정종화의 연구 외에 양인실(「제국일본을 부유하는 영화(인)들」, 『국제고려학회 서울지회 논문집』 제14호, 2011) 역시 조선영화계의 제작과 흥행에 관여한 재조일본인 영화인에 주목한 연구이다.
3 각 권에 수록된 기사의 게재 시기는 다음과 같다.
  제1권 1908~1923년, 제2권 1924~1933년, 제3권 1934~1944년.

그런데 이 자료집에 실린 기사의 수만 단순 비교해보아도 『조선급만주』에 게재된 영화 관련기사가 1914년~1941년까지 40편인 데 비해, 『조선공론』은 1913년~1942년까지 191편에 이르는 영화 관련기사를 싣고 있었음을 알 수 있다.[4] 이는 『조선공론』의 편집진이 영화 관련기사에 상당한 비중을 두고 있었다는 점과 함께 『조선공론』이 재조일본인의 영화문화를 탐색함에 있어 매우 중요한 자료임을 알려준다. 하지만 『조선공론 총목차·인명색인』에는 독자투고란이나 영화 비평 코너 등의 영화 관련기사가 대부분 생략되어 있으며, 한국영화사 연구 분야에서도 기사가 부분적으로 인용되는 일은 있어도 『조선공론』이라는 매체 자체와 영화의 관계에 대한 연구는 전무하다.[5]

따라서 본 논고에서는 1913년 4월 창간 당시부터 다양한 영화 관련기사가 왕성하게 게재되었던 잡지 『조선공론』에 '영화란(映画欄)'이 탄생하기까지의 배경과 그 편집 방침을 분석함으로써, 당시 재조일본인들이 영화문화를 형성해가는 과정에서 『조선공론』의 영화란이 담당한 역할은 무엇이었는지에 대해 고찰해보고자 한다.

---

4 본 글 필자의 조사 결과, 자료집에 실리지 않은 창작물(영화 시나리오 및 줄거리 소개)과 누락된 영화 관련기사까지 포함하면 『조선급만주』에 게재된 영화 관련 게재물이 1914년~1941년까지 51편, 『조선공론』은 1913년~1942년까지 232편이다.

5 잡지 『조선공론』에 대한 연구는 김청균(「일본어잡지 『조선공론』(1913~1920)의 에세이와 한국 인식」, 『한림일본학』 제18집, 한림대 일본학연구소, 2011, 101~119면); 송미정(「『조선공론』 소재 문학적 텍스트에 관한 연구―재조 일본인 및 조선인 작가의 일본어 소설을 중심으로」, 국민대 박사논문, 2008); 윤소영(「해제」, 한일비교문화연구센터 편, 『조선공론 총목차·인명색인』, 어문학사, 2007)을 참조.

2. 『조선공론』 영화란의 탄생과 편집 방침

1) 「독자의 소리〔讀者の聲〕」와 「경성 연예 풍문록(京城演藝風聞錄)」

잡지 『조선공론』에 처음으로 영화(이 시점에는 '활동사진') 관련기사가
실린 것은 잡지가 창간된 지 약 8개월 후인 1913년 12월호이다.[6] 1914
년 5월에 영화 관련기사를 처음 게재한 『조선급만주』보다[7] 『조선공론』
이 한 발 앞서 영화 관련기사를 싣기 시작했던 것이다. 두 잡지 모두 이
무렵에는 주로 활동사진의 '변사(弁士)'에 대한 가십성 기사(변사의 수입
과 개인 정보, 그들을 둘러싼 염문 등)를 다루고 있는데, 이는 당시 경성에서
가장 인기 있는 흥행물이었던 활동사진의 흥행에서 중요한 역할을 차
지했던 변사에 대한 대중적 관심을 보여준다.

그러나 한편으로는 활동사진을 "저급한 오락"이라고 비판하는 목소
리도 『조선공론』지면에 속속 등장하고 있었다. 활동사진의 저속함에
대한 비판은 먼저 변사에 대한 비난이라는 형태로 나타났다. 당시 변
사의 인기는 활동사진 자체의 인기를 능가할 정도였으나 그 인기에 편
승해 횡포를 일삼는 변사들도 늘어나 사회적 문제가 되고 있었기 때문
이었다. 예를 들어 『조선공론』 1915년 4월호에 실린 「경성을 어지럽힌
색마 활동변사-유모토 교하」[8]라는 기사는 당시 경성의 활동사진관(영

---

6 一記者, 「奇しき運命の七村郁子-数奇を極むる彼女の半生」, 『조선공론』, 1913.12, 97~
   101면; 胡蝶, 「京城活弁の裏表」, 『조선공론』, 1913.12, 102~103면. 모두 자료집 미수록
   자료. 이후 자료집 수록 페이지가 병기되지 않은 자료는 자료집 미수록 자료이며, 미수
   록 자료의 번역은 졸역에 의한다.
7 田原禎次郎, 「活動写真の利用(上)」, 『조선급만주』, 1914.5, 22~24면.
8 「京城を散々荒らした色魔活弁-湯本狂波」, 『조선공론』, 1915.4, 106면.

화관)인 황금관(黃金館)의 주임변사였던 유모토 교하가 음행을 일삼다 결국 경성 흥행가에서 추방당했다는 소식을 전하고 있다.

그런데 이 기사에서 주목할 것은 변사의 음행에 대한 비난이 "가정 오락기관으로서는 활동사진이 가장 좋다"[9]라는 인식 하에 이루어지고 있다는 점이다. 이 기사의 필자는 활동변사의 도덕성에는 강한 불만을 품고 있지만 결코 활동사진 자체를 부정한 것은 아니었다. 이는 변사에만 집중되어왔던 대중의 관심이 활동사진(=영화)이라는 오락 자체로 점차 옮겨지고 있었음을 알려주며, 당시 대중들[10]이 '가정오락기관'으로서의 활동사진의 효용을 인정하고 있었다는 사실을 보여주는 것이다.

실제로『조선공론』1915년 3월호에 실린「조선의 나니와부시와 활동사진[朝鮮の浪花節と活動写真]」[11]은 이와 같은 대중의 인식 변화를 명확하게 드러내 보여주는 기사이다. 비슷한 시기『조선공론』과『조선급만주』에는 활동사진을 교육에 '이용'하자는 의견도 등장하고 있는데,[12] 이 기사의 필자 역시 활동사진을 "훌륭한 문명의 결과물"이자 "근세과학의 결정"으로서 그 효용을 인정하고 있다. 단지 이 기사의 필자가 문제 삼고 있는 것은 활동사진을 이용할 때 "그 방법이 나쁘면 좋지 않은 결과가 된다"는 점이다. 이러한 활동사진의 '악용'에 대한 필자의 비판은

---

9 위의 글, 106면.

10 식민지 조선에서 영화문화를 향유하고 있던 '(당시) 대중' 및 '(영화) 관객'에는 당연히 재조일본인뿐만 아니라 조선인 관객도 포함되지만, 재조일본인의 영화문화를 중점적으로 다루는 본 글에서 지칭하는 '(당시) 대중' 및 '(영화) 관객'은 특히 재조일본인에 초점을 두고 있음을 밝혀둔다.

11 花村晨二郎,「朝鮮の浪花節と活動写真」,『조선공론』, 1915.3, 95면; 정병호 외편,『일본어잡지로 보는 식민지영화』(전3권), 문, 2013, 29~33면. 이하 이 책을 인용할 경우 책명, 권호, 면수로만 표기.

12 田原禎次郎, 앞의 글, 22~24면; 国井泉,「教育活動写真館の急設を要とす」,『조선공론』, 1920.10, 73~75면.

먼저 변사에 대한 비판으로 시작하여 저속한 상영 영화 프로그램에 대한 비난으로 이어지고 있는데, 필자는 '취미의 향상을 꾀하라'는 소제목을 붙인 다음과 같은 문장을 통해 영화 상설관의 경영자에게 상영 영화의 질적 향상을 요구하고 있다.

그렇다면, 여기에서 한번 생각해보고자 한다. 이러한 속악한 영화만이 왜 상영되는지 그 원인에 대해 생각해보고자 한다. 활동사진 경영자에게 물으면, "저런 '영화'가 아니면 관객의 반응이 나쁘다"고 말한다. 경영자도 역시 영리 본위로 생각하면 손해를 보는 일이다. (…중략…) 이러한 식으로는 시간이 지나도 민중을 개혁할 수 없다. 그렇다면, 당연히 활동사진 그 자체의 전도도 막막해지는 것이다. 이러한 상황을 보는 사람도 보여주는 사람도 가장 많이 생각하지 않으면 안 되는 지점이다. 그러니까 할 수 있다면, '경성 인사 취미 향상령(京城人士趣味向上令)'을 공포해주길 바란다. 이 정도까지 생각은 했지만 생각했던 대로는 안 될 것이다. 그러니, 먼저 경영자 여러분에게 상담을 하지 않으면 안 된다. 물론 현재 나니와부시와 활동사진은 고객 본위의 경영을 하는 것이 최우선일 것이다. 그렇지만, 경성에는 더 고상한 취미가 있고 연예가 있는 '영화'를 요구하는 사람들이 많이 있다는 것도 잊어서는 안 될 것이다. 그러한 사람들에게 새로운 오락의 길을 열어주면서 상설관 경영의 지반을 개척할 만큼의 용기와 자본력은 현재의 경영자에게도 또는 새롭게 경영에 착수하는 사람에게도 없지는 않을 것이라고 생각한다. 만약 취미가 있는 연예나 문예적이거나 학술적인 '영화'를 사들여 경영을 한다고 하더라도 고객은 없을 것이라고 여러분이 경솔한 예측을 한다면, 그것은 경성 인사를 심하게 모욕하는 것이다. 나는 이 기회를 통해서 경성 인사의 취미는 모두 '총가레'[13]적이 아니라는 것을 천명하고, 동시에 연예 및 활동사진의 경영에서 새로운 생명을 불어넣는 일을 희망하는 바이다.[14]

이 기사의 첫 머리에서 "경성의 오락기관이 얼마나 빈약하고 또 취미가 얼마만큼 저급한 것인지"[15] 개탄했던 필자가 그 해결책으로서 상영 영화 프로그램의 질적 향상을 요구하고 있는 점은 주목할 만하다. 저속한 영화가 상영됨으로써 경성의 취미마저 저급해졌다는 필자의 사고방식 저변에는 경성의 취미 오락 기관으로서 가장 큰 영향력을 지닌 것이 다름 아닌 활동사진, 즉 영화라는 인식이 존재하고 있기 때문이다. 경성 대중의 관심이 변사로부터 영화라는 미디어 자체로 옮겨졌음을 재확인할 수 있는 대목이다.

또한 이 기사는 당시 "경성에는 더 고상한 취미가 있고 연예가 있는 '영화'를 요구하는 사람들", 이른바 '영화팬'이라 부를 만한 사람들이 등장하고 있었다는 사실을 알려준다. 기사의 필자는 그러한 영화팬을 대표하여 경성의 영화 상설관 경영자들에게 보다 수준 높은 영화의 상영을 『조선공론』 지면을 통해서 요구하고 있다고 볼 수 있다. 즉, 당시 경성의 대중이 활동사진이라는 흥행물의 단순한 '구경꾼'이 아니라 이를 '감상'하고 '비평'하며 나아가 적극적으로 의견을 제시하는 관객으로

---

13 '총가레(チョンガレ)'는 시사를 풍자하는 내용의 비속한 말에 가락을 붙여 빠르고 익살스레 부르는 일종의 속요(俗謠)이다(『일본어잡지로 보는 식민지 영화』 1, 29면, 각주 1번 참조).
14 花村晨二郎, 앞의 글, 97면; 위의 책, 34~35면.
15 위의 글, 95면; 위의 책, 29~33면.

변모하고 있었음을 이 기사를 통해서 알 수 있는 것이다.

이러한 사실은『조선공론』독자투고란「독자의 소리」에도 호수를 거듭할수록 영화 관련 투고가 늘어나고 있었다는 점으로부터도 확인할 수 있다. 이와 같은 영화팬들의 적극적인 관심에 부응해「독자의 소리」편집진은 독자와 소통하려는 노력도 보였다. 일례로『조선공론』1920년 4월호「독자의 소리」에는 일본(내지)에서 보내온 다음과 같은 투고와 함께 편집국의 답변도 게재하고 있다.

경성에 대극장이 세워진다는 소식을 전해 들었는데 그 후 어떻게 되었습니까. 만약 자금이 부족해서 진행이 늦어지고 있는 것이라면 제가 주식을 인수해서 개인적으로 경영해보려고 하는데, 귀지에서 진상을 알려주셨으면 좋겠습니다.(내지 극장 경영자)

경영상의 문제에 관해서는 아직 결정된 사항이 없는 걸로 알고 있습니다. 하지만 경성에도 극장 한 두 곳은 반드시 설립되어야 하므로 내지인에게 매각하는 방침은 세우지 않을 것으로 보입니다.(담당자)[16]

위에 인용된 투고와 그에 대한 답변이 보여주듯이「독자의 소리」는 식민지 조선뿐만 아니라 일본에도 경성을 중심으로 한 조선 흥행가에 대한 정보 제공 창구로서의 역할을 담당하고 있었음을 알 수 있다.

『조선공론』은「독자의 소리」에 점차 영화 관련 투고가 늘어나자, 1919년 3월호부터 경성에 있는 극장·영화 상설관의 연극과 활동사진

---

16 「読者の声」,『조선공론』, 1920.4, 102면.

프로그램을 소개하는 「경성 연예 풍문록(京城演藝風聞錄)」이라는 코너를 신설했다. 코너 신설 초기에는 연극 등 다른 흥행물에 비해 간단한 소개에 그쳤으나, 반 년 뒤인 1919년 9월호 「경성 연예 풍문록」부터는 각 영화관별로 보다 상세한 영화 관련 소식과 비평이 실리게 되었다. 이는 점차 영화 관련 소식란의 비중이 커져가고 있었다는 사실을 보여주는 것이다.

1919년 9월호의 「경성 연예 풍문록」에서는 "대정관과 희락관(喜樂館)은 여전히 마쓰노스케의 대경쟁"이며 "황금관은 서양물 변사를 고루 갖추고 서양 영화팬의 발길을 끌고 있다"[17]고 소개하고 있는데, 이를 통해 1919년 시점의 경성 영화 흥행계의 현황을 엿볼 수 있다. 즉, 재조 일본인 관객을 타겟으로 하던 경성의 영화관 중에서 대정관과 희락관(1919년에 '유락관'에서 명칭을 변경하고 재개관)은 배우 오노에 마쓰노스케가 활약했던 닛카쓰(日活)의 영화를 주로 상영하여 경성의 일본 영화팬들을 끌어들이고 있었고, 이전까지는 일본의 덴카쓰(天活)와 배급 계약을 맺고 일본 영화와 서양 영화를 혼합 상영하고 있던 황금관은 1919년에 덴카쓰가 곳카쓰(國際活映株式會社)에 합병된 이후로는 곳카쓰가 배급하는 유니버설 영화를 주로 상영하고 있었던 것이다.[18] 또한 이 기사에서는 당시 경성의 서양 영화팬들이 "내용이 정적이고 소설적인 것보다 동적이고 모험적인 것을 환영"하고 있다고 전하면서, "경영자가 시대

---

17 兎耳子, 「京城演芸風聞録」, 『조선공론』, 1919.9, 98면.
18 1910년대 경성의 일본인 경영 영화 상설관의 현황과 흥행에 관해서는 한상언(「활동사진 시기의 조선 영화산업 연구」, 한양대 박사논문, 2010) 및 笹川慶子(「京城における帝国キネマ演芸の興亡-朝鮮映画産業と帝国日本の映画興行」, 『大阪都市遺産研究』第3号, 関西大学大阪都市遺産研究センター, 2013)를 참조.

에 순응하는 경영 방침을 세울 필요가 있다는 것은 인정"하지만 "내용이 아무리 충실하고 예술적인 것이라도 영화 관객들이 예술의 진실미를 추구하지 않는다"고 당시 영화 관객의 취향에 대한 비판적인 의견을 제시하고 있다.

지금까지 살펴본 대로 『조선공론』은 『조선급만주』 등 재조일본인 대상의 다른 언론매체보다 한발 앞서 영화 관련기사를 게재하고 있었다. 또한 독자투고란 「독자의 소리」를 통해 경성 영화 흥행가의 소식을 좀 더 자세히 알고자 하는 조선 안팎 영화팬의 욕구를 민첩하게 파악한 편집진은 발 빠르게 「경성 연예 풍문록」이라는 연예 영화 소식란도 마련했음을 알 수 있다.

이처럼 『조선공론』이 일찍부터 연예·영화분야의 기사와 기획에 힘을 실었던 것은 다른 재조일본인 미디어와의 차별화를 꾀하기 위한 『조선공론』의 전략이었다고 할 수 있다. 『조선급만주』의 사주 겸 편집장이었던 샤쿠오 교쿠회[釈尾旭邦]는 이 시기 『조선공론』지면 구성의 특징에 대해 다음과 같이 회고하고 있다.

언론 압박이 심했던 시대였기 때문에 마키야마 군(『조선공론』의 초대 사장 마키야마 고조−인용자)은 정치 문제는 대충 넘기고 경제면이나 일반 사회 문제 방면에 신랄한 펜을 휘둘렀으며, 또한 인물평론이라든가 스캔들, 화류계 기사 등의 연파(軟派) 방면에 중점을 두어 당국의 압박을 피하는 한편, 사회에서는 재미있는 읽을거리로 환영받아 조선공론은 발간되자마자 큰 인기를 얻었다. 이 연파 기사 방면에서 크게 활약한 것은 이시모리 군이었다.[19]

샤쿠오의 회고대로 『조선공론』의 "연파 기사 방면"에 중점을 둔 지면 구성에 핵심적인 역할을 담당했던 사람은 당시 『조선공론』의 편집장을 맡고 있던 이시모리 히사야(石森久彌, 이후 '이시모리')였다. 사회연예면 담당자로서 『조선공론』의 첫 영화 관련기사를 쓰기도 했던[20] 그가 『조선공론』 2대 사장에 취임한 1921년 8월 이후 『조선공론』은 명확하게 영화 관련 콘텐츠를 특화하게 된다.[21]

2) 『조선공론』지면의 혁신과 영화란 신설

『조선공론』의 초대 사장 마키야마 고조(牧山耕蔵)가 일본 정계 진출을 위해 퇴임하게 되자, 1921년 8월부터 『조선공론』의 편집장이었던 이시모리가 2대 사장(1921년 8월～1933년 5월)으로 취임했다. 사회부 기자 출신이었던 이시모리가 사장이 된 후로 『조선공론』의 지면 구성은 명백하게 사회・문예면 중심으로 탈바꿈하게 된다. 마키야마 사장 체제 최종호인 1921년 7월호와 이시모리가 취임한 후 처음 발행된 1921년 9월호의 목차를 비교해보면 그 차이는 일목요연하다. 1921년 7월호의 목차를 보면 그 구성은 「사설(社説)」 「설림(説林)」 「설원(説苑)」 「반도문예란(半島文芸欄)」 「창작(創作)」 「공론문단(公論文壇)」 「예기 순위(芸妓の番付)」로 비교적 단순하다. 그런데 1921년 9월호의 목차는 「언론(言論)」

---

19 釈尾東邦, 「革新号に寄す」, 『조선공론』, 1933.6, 38면.

20 胡蝶, 앞의 글, 102～103면.

21 1920년대 『조선급만주』가 13편의 영화 관련 기사를 실은 데 비해 『조선공론』은 159편에 달하는 영화 관련 기사를 게재하고 있음을 확인할 수 있다.

「설림(說林)」「잡록(雜錄)」「위생(衛生)」「설원(說苑)」「상화(想華)」「동화(童話)」「인물평론(人物評論)」「운동(運動)」「창작(創作)」「공론문단(公論文壇)」「예기 순위[芸妓の番付]」로 구성되어 있어, 기존의 사회·문예면 기사가 더욱 세분화되었음을 알 수 있다.

이처럼 잡지 지면 구성에서 대혁신을 보인 『조선공론』 1921년 9월호에서 주목할 점은 영화 소식만을 단독으로 다루는 '영화란'이 개설되었다는 것이다. 바로 '마쓰모토 데루카(松本輝華, 이후 '마쓰모토')라는 인물이 쓴 「경성 키네마계[京城キネマ界]」[22]라는 기사이다. 「경성 키네마계」는 각 영화 상설관의 변사와 상영 영화에 관한 정보를 전하는 영화 소식란이었다. 그러나 변사의 스캔들에 비중을 두어왔던 기존 『조선공론』의 변사 관련 기사와는 달리, 그 내용은 각 변사의 설명 방식과 실력에 대한 평가에만 집중되어 있다. 게다가 그 평가조차 극히 간단한 소개로 그치고, 그 뒤로는 다음과 같이 각 상설관에 대한 평가와 상영 영화 정보를 상세하게 신고 있다.

그럼, 변사에 대해서는 그만 말하고, 다음 달 개봉영화를 살펴보자. 경성에서 가장 고급스런 서양극을 상영하는 상설관은 2개가 있다. 2개관은 아직도 세상 사람들에게 잘 알려지지 않았다. 하나는 우미관이다. 또 하나는 단성사이다. 이 두 상설관은 조선에서 최고로 손꼽히는 고급 서양극 전문관이다. 그렇지만, 아쉬운 것은 1층과 2층이 너무 불결하다는 것이다. 그리고 객석은 물론이고 상설관 전체가 이상한 냄새로 가득 차있다. 또 성질 나

---

22 松本輝華,「京城キネマ界」,『조선공론』, 1921.9, 135면;『일본어잡지로 보는 식민지 영화』 1, 100~101면.

쁜 사람들과 인간에게 해로운 벌레가 있는 것은 심히 유감스럽다. (⋯중략⋯) 먼저 고급영화 상영관으로 앞의 2개의 상설관을 들었지만 이 계보를 잇는 고급 상설관은 있는가? 이것은 굉장히 흥미 있는 문제이다. 이전 유락관이 희락관으로 바뀌기 전에는 유락관은 서양극 전문 고급영화관으로 항상 조선반도 또는 경성 키네마계를 견인하는 제일 선봉에 있었다. 그러나 근래는 특히 최근 2개월 이전부터 서양극을 전문으로 대정관의 활약이 돋보인다. 그 이전은 황금관이 왕성하게 로버트 하론 씨, 릴리안 기쉬 양, 도로시 기쉬 양의 세계적인 대작 『세계의 마음』과 『인톨러런스』 등을 상영하고, 한층 더 색채의 교묘함, 요염함을 철저히 추구했던 이탈리아 영화를 보여주었지만, 근래는 특히 명작이라고 할 만한 것이 없다.[23]

이 기사를 통해 필자 마쓰모토가 생각하는 "명작"의 기준이 서양 영화이며, 그 기준에 의해 최신 서양 영화를 상영하고 있는 조선인 전용 영화 상설관을 "조선에서 최고로 손꼽히는 고급 서양극 전문관"이라고 평가하고 있음을 알 수 있다. 조선인 전용 영화 상설관의 불결함에는 강한 불만을 표출하고 있으나, 자신이 보고 싶은 "고급 서양극"을 감상하기 위해서는 조선인 전용 상설관에 가는 것도 상관없다고 생각하는 필자 마쓰모토의 태도는 주목할 만하다. 이 시기 경성의 일본인 거주 지역인 남촌(南村)에는 일본인 전용 영화 상설관이, 조선인 거주 지역인 북촌(北村)에는 조선인 전용 영화 상설관이 모여 있어, 경성의 영화 상설관은 민족적으로 분리되어 있었기 때문이다.[24]

---

23 위의 글, 135면; 위의 책, 103~104면.
24 1920년대~30년대 식민지 조선의 수도 경성에 존재했던 영화관의 현황 및 영화 흥행 시

그러나『조선공론』1921년 9월호에는「경성 키네마계」와 별도로「8월의 연예계[八月の演芸界から]」라는 흥행가 소식란도 게재되어 있는데, 이 기사의 필자 역시 일본인 전용관뿐만 아니라 조선인 전용관 근황도 함께 전하고 있는 것으로 보아[25] 이 시기 재조일본인 영화 관객 중에는 영화 프로그램에 따라 조선인측 영화 상설관에도 거리낌 없이 드나드는 적극적인 영화팬들이 분명히 존재하고 있었던 것이다.

『조선공론』1921년 9월호에「경성 키네마계」를 기고한 마쓰모토 데루카는 이처럼 적극적인 경성 영화팬의 한 사람으로서, 이시모리 사장 체제의『조선공론』을 "키네마계에서 반도 유일의 기관지(キネマ界に半島唯一の機関紙)"[26]로 만드는 것을 목표로 삼았던 인물이다. 마쓰모토는 1921년부터 1928년까지『조선공론』영화란의 편집과 기획을 담당하는 한편『조선공론』의 영화 관련 이벤트 기획에도 관여하고 있었다. 따라서 1920년대에『조선공론』이 다른 재조일본인 미디어에 비해 영화 관련 기사를 왕성하게 싣게 된 데에는 담당자인 그의 영향이 컸다고 할 수 있을 것이다.

앞서 인용한『조선공론』1921년 9월호에 실린「경성 키네마계」는 마쓰모토가 1921년 10월 정식으로『조선공론』에 기자로 입사하기 직

장으로서 경성의 특수성에 대해서는 笹川慶子(앞의 글) 및 김순주(「'영화 시장'으로서 식민지 조선─1920년대 경성(京城)의 조선인 극장가와 일본인 극장가를 중심으로」,『한국문화인류학』47권 1호, 한국문화인류학회, 2014); 김승구(「타자의 시선에 비친 식민지 조선영화계」,『한국학연구』48호, 고려대 한국학연구소, 2014); 정충실(「1920~30년대 도쿄와 경성의 영화관과 영화문화─도쿄에서 모던영화관의 등장과 경성에서 그것의 수용양상을 중심으로」,『동아연구』제65집, 서강대 동아연구소, 2013); 홍선영(「경성의 일본인 극장 변천사─식민지 도시의 문화와 '극장'」,『日本文化學報』제43집, 한국일본문화학회, 2009)을 참조.

25 曉太郎,「八月の演芸界から」,『조선공론』, 1921.9, 121면.
26 「編輯局より」,『조선공론』, 1924.4, 151면.

전에 쓴 기사이다. 그는 기사의 마지막 부분에서 영화라는 미디어에
대한 자신의 견해를 다음과 같이 밝히고 있다.

> 어찌되었든 모든 무대예술을 압도하는 전도양양한 종합예술인 키네마가
> 이토록 민중에게 각광을 받는 것은 분명하다. 하지만 한편으로는 일선융화
> (日鮮融和)정책도 이 방면에서 광명이 오는 날이 빨리 왔으면 좋겠다. 키네
> 마가 그렇듯이 일선융화도 단순한 가공담(加工談)이 아닌 듯이 생각된다.[27]

서양 영화에 경도되었고 영화를 "무대 예술을 압도하는 전도양양한
종합 예술"이라 칭송하고 있다는 점에 있어서는 마쓰모토 역시 동시대
경성의 영화팬들과 다르지 않았다. 그러나 식민지 조선에서 발행되던
재조일본인을 위한 잡지『조선공론』기자로서의 마쓰모토는 "원래 영
화예술이 민중오락이나 사회적 교화에 크나큰 영향을 끼친다"[28]고 믿
어 왔고, "일반민중이나 상설관에 출입하지 않는 지식계급에게 영화를
보급"[29]하여 영화를 통한 "일선융화"를 실현하는 것이야말로 저널리스
트로서의 사명이라 생각하던 인물이기도 했다. 이러한 소명 의식을 지
녔던 재조일본인 마쓰모토 기자가 타 미디어와의 차별점을 사회 · 문
예면의 확대에 두고 영화 관련 콘텐츠에 힘을 기울였던 이시모리 사장
체제의『조선공론』에서 주도해나간 영화 담론은 과연 어떠한 것이었
을까.

---

27 松本輝華, 앞의 글, 135~136면;『일본어잡지로 보는 식민지 영화』1, 108~109면.
28 松本與一郎(松本輝華),「朝鮮公論社主催特選活劇映画大会の記-意義ある映画芸術の普
   及」,『조선공론』, 1922.3, 86면; 위의 책, 179면.
29 위의 글, 86면.

3. 영화란 담당자 마쓰모토 데루카의 영화 인식

1) 영화 동호회 '목동시사(牧童詩社)'와의 관련성

우선 마쓰모토 기자에 대해 간략하게 소개해보면, 생몰년에 대해서는 알려진 바가 없지만 본명은 '마쓰모토 요이치로[松本與一郎]'이다.[30] 『조선공론』입사 이전의 마쓰모토의 행적을 엿볼 수 있는 단서는 1921년 10월호의 「조선 문단 소식」란이다. 여기에 "마쓰모토 데루카씨 조선 중앙경제회를 사직하고 조선공론사에 입사"라는 단신이 실려 있다. 당시 '조선 중앙경제회'는 '문화의 민중화'를 목표로 일본인과 조선인이 모여 조직한 단체로, 일본의 경제학자를 초빙해서 조선의 대학생 및 청년층을 대상으로 한 강연회를 활발하게 주최하고 있었다.[31] 이 단체에서 마쓰모토가 어떤 일을 맡고 있었는지는 알려지지 않았으나, 이 단체에서의 경험이 "영화예술이 민중오락이나 사회적 교화에 크나큰 영향을 끼친다"고 믿고 "일반민중이나 상설관에 출입하지 않는 지식계급에게 영화를 보급"하여, 영화를 통한 "일선융화"를 실현하는 것을 목표로 삼았던 그의 영화 인식에 영향을 미쳤을 것으로 보인다.

또 한편으로 마쓰모토는 입사 이전부터 『조선공론』의 「공론문단」과 「반도문예」란에 자주 투고하던 문학청년으로,[32] 입사 직전까지 문

---

30 『조선공론』에서 썼던 필명은 통칭 '데루카[輝華]였으나, 때로는 본명과 함께 '輝萃' 'YM生'라는 필명도 함께 사용했다.

31 「경제 연구단체의 필요」, 『동아일보』, 1921.7.7, 1면.

32 「春の京城」, 『조선공론』, 1920.7, 84~85면; 「月夜と理作と」, 『조선공론』, 1920.7, 95면; 「足跡を辿る」, 『조선공론』, 1921.4, 168~175면; 「半島文芸感想－花園橋畔より」, 『조선공론』, 1921.5, 90~101면.

예 동호회에서도 활동하고 있었다. 마쓰모토가 「경성 키네마계」를 기고한 『조선공론』 1921년 9월호 「조선 문단 소식」란에는, 마쓰모토가 소속되어있던 '목동시사(牧童詩社)'라는 문예·영화동호회와 동호회지가 소개되어있다. 아래에 인용된 소개문을 보면, 그가 이 동호회의 문예부 담당이었음을 알 수 있다.

가토리 나미히코씨[香取浪彦氏] 마쓰모토 데루카씨[松本輝華氏] 하쿠이 도시씨[博井杜詩氏] 기시하라 사루스베리씨[岸原百日紅氏] 하마노 야스오씨[濱野八洲男氏] 이시다 교쿠카씨[石田旭花氏] 요시타케 덴코씨[吉武天行氏] 난고 기미토시씨[南鄕公利氏] 등으로 구성된 영화 및 문예지이다. (영화부 용산 한강통 16 하쿠이 도시, 문예부 경성 화원정 69 마쓰모토 데루카)[33]

1921년 10월 시점으로 3호까지 발행되었던[34] 동호회지 『목동시사(牧童詩社)』의 실물을 현재 확인할 방법이 없기 때문에 그 내용을 파악할 수는 없다. 중요한 것은 소속 회원들이 1920년대 재조일본인 미디어나 경성의 영화계와 관련을 가진 인물들이었다는 점이다. 목동시사 회원의 면면은 '카우보이[牧童子]'라는 필자가 『조선공론』 1921년 11월호에 기고한 「영화팬들[フヰルム・フワンの人々]」을 통해서도 알 수 있다. 목동시사에서 활동했던 회원의 영화 취향과 좋아하는 영화배우에 대해 나열했을 뿐인 기사지만, 회원의 면면이나 그들이 지향했던 영화에

---

33 「朝鮮文壇消息」, 『조선공론』, 1921.9, 156면. 덧붙여 이 소식란에는 이시모리의 사장 취임 소식도 실려 있다. 「이시모리 고쵸씨=조선공론 사장 및 조선신문사 이사에 취임하다 (石森胡蝶氏=朝鮮公論社長及び朝鮮新聞社理事に就任されたり).」
34 「朝鮮文壇消息」, 『조선공론』, 1921.10, 138면.

대해 엿볼 수 있는 자료이기에 그 일부를 인용해보도록 하겠다.

순수한 감정이 풍부한 그들, 끊임없는 애정을 가진 그들, 현실과 동떨어진 세계를 고상한 것으로 여기는 그들, 그들은 영화 찬미자이며 영화 팬이다. 이러한 종류의 사람들이 모여 있는 그룹은 목동시사이다. 이 회사는 문예 방면에도 힘을 쏟고 있는데 영화에 대한 생각은 모든 사람들이 희생적이며 자발적이다. 목동시사에는 다루이 샤시[樽井社詩], 기시하라 유리베니[岸原百日紅], 하마노 야슈오[濱野八洲男], 가토리 나미히코[香取浪彦], 마쓰모토 데루카[松本輝華], 요시부 덴쿄[吉武天行] 이상 6명이 있다.[35]

이 기사를 쓴 '카우보이'는 동인회지 『목동시사』의 영화부 담당이기도 했던 하쿠이 도시[博井杜詩]로 추정된다.[36] '카우보이'는 이 글에서 목동시사 회원끼리는 당시 인기 있던 서양 영화배우의 이름을 흉내 낸 닉네임으로 서로를 호칭했다고 적고 있는데, 이는 목동시사 회원들이 동경하던 영화가 대부분 서양 영화였음을 대변한다. 그렇다면 『조선공론』 1921년 9월호에 기고한 「경성 키네마계」를 통해 "고급" 영화와 "고급" 상영관의 기준을 서양 영화에 두고 있던 마쓰모토의 영화 인식

---

35 牧童子, 「フヰルム・フワンの人々」, 『조선공론』, 1921.11, 160면;『일본어잡지로 보는 식민지 영화』1, 133면. 졸역에 의한 본 글의 인용문(주 33번 참조)에 등장하는 인명과 자료집 인명 표기의 차이는 원문에 준하여 다음과 같이 바로잡는다. 즉 본 글에서는 자료집에서 언급한 "다루이 샤시[樽井社詩]"는 '하쿠이 도시[博井杜詩]'로, "기시하라 유리베니[岸原百日紅]"는 "유리베니[百合紅]"가 아닌 '사루스베리[百日紅]'로, "하마노 야슈오[濱野八洲男]"는 '하마노 야스오'로, "요시부 덴쿄[吉武天行]"는 '요시타케 덴코'로 정정하여 표기한다.

36 「朝鮮文壇消息」, (『조선공론』, 1921.10, 138면)에 「용산 한강 16 하쿠이, 목동시사(龍山漢江一六博井方, 牧童詩社)」라 게재된 점으로 추측 가능하다.

에는 목동시사에서의 영화 경험이 크게 작용하고 있었다고 할 수 있을 것이다.

앞서 밝힌 대로 문예·영화 동호회 목동시사 회원들은 잡지『조선공론』및 재조일본인 대상의 미디어, 그리고 조선의 영화계와도 깊게 관련되어 있었다.『조선공론』의 기자가 된 마쓰모토를 비롯해, 가토리 나미히코는『조선공론』의「공론문단」에 기고하는 한편[37] 영화평도 썼다.[38] 하쿠이 도시의 경우는『조선공론』에 '카우보이[カウボ―井 / 牧童子]' 명의로「경성 키네마계 사람들[京城キネマ界の人々]」(1921년 11월호),「영화 야화―K관 복도에서[映画夜話―映画K館の廊下から―『狂へる悪魔』に就て]」(1921년 12월호),「영화 줄거리―목장의 공포[映画筋書―牧場の恐怖]」(1922년 4월호 ~5월호) 등의 영화 관련기사를 계속 투고하고 있었다.

한편 '카우보이'가 기고한「영화팬들」에는『조선공론』1921년 9월호의「조선 문단 소식」란에 소개됐던 목동시사 회원 중에서 '이시다 교쿠카[石田旭花]'와 '난고 기미토시[南郷公利]'가 빠져있는데, 이 두 사람이 당시 일본인 측 영화 상설관의 현역 변사였다는 점은 주목해야 한다. 이시다 교쿠카는 희락관의 인기 변사였고, 난고 기미토시는 당시 황금관의 전무이사이자 변사로서도 명성을 얻고 있었다.[39] 애초 목동시사 의 동인이었던 이 두 변사를「영화팬들」에서 일부러 제외하고 회원 수를 "6명"이라고 단정 지은 이유는 명시되어 있지 않다. 두 현역 변사를

---

37 「とりとめもない事」,『조선공론』, 1920.4, 103면;「眠れる街路」,『조선공론』, 1920.7, 79~83면.

38 「映画夜話―桃色の夜の高き雑談」,『조선공론』, 1923.5, 115~117면.

39 '카우보이'는「영화팬들[フヰルム·フワンの人々]」바로 앞 페이지에 실린「경성 키네마계 사람들[京城キネマ界の人々]」(『조선공론』, 1921.11, 158~160면)이라는 기사를 통해 이 두 변사에 대해 소개하고 있다.

영화 동호회 목동시사의 동인으로서 소개했을 경우, 이후 목동시사의 동인이기도 한 마쓰모토가 담당할『조선공론』영화란의 각 영화 상설관 정보의 소개에 있어 '불공정' 논란이 생길 우려가 있다고 판단했기 때문이 아닐까 추정될 뿐이다.

그런데 목동시사에 관련되어 있던 경성 영화계의 인물은 이들 뿐만이 아니었다.『조선공론』1925년 6월호「경성 키네마계 풍문록」[40]에 실린 마쓰모토의 회고를 통해 목동시사가 영화 상설관 희락관의 후원을 받고 있었다는 것과, 이시다 교쿠카와 난고 기미토시 외에도 전(前) 대정관 변사장이었던 노무라 마사노부도 동인으로서 참가하고 있었다는 것을 알 수 있다. 노무라 마사노부는『조선공론』1922년 5월호에「변사란 무엇인가(弁士とは何ぞや)」라는 평론도 기고하고 있는데, 1925년에는 일본으로 돌아가 "닛카쓰의 각본부에 자리를 두고, 동시에 교토 제국관 해설도 담당해 관서지방의 이 업계의 거물이 되었다."[41]

이처럼 열혈 영화팬인 일반 영화 관객과 현직 영화계 종사자들이 모여 함께 최신 영화(주로 서구의 영화)에 대해 연구했던 목동시사는 매우 이색적인 영화 동호회였다고 할 수 있는데, 이 동호회에서의 영화적 경험 및 동호회원들의 영화 인식이 후에『조선공론』영화란 담당자로서의 마쓰모토의 편집 방침에 지속적으로 크게 영향을 주었음을 짐작할 수 있다.

『조선공론』에 입사한 마쓰모토는『조선공론』사회 · 문예면 전반의

---

40 松本輝華,「京城キネマ界風聞録」,『조선공론』, 1925.6, 97면;『일본어잡지로 보는 식민지 영화』2, 188~189면.
41 松本輝華,「京城キネマ界風聞録」,『조선공론』, 1925.4, 108면; 위의 책, 175쪽.

편집에 관여했으나, 역시 그가 가장 활약한 영역은 영화 관련기사였다. 마쓰모토가 입사 후 처음으로 편집에 참여한 『조선공론』 1921년 10월 호에는 특별한 기획이 마련됐다. 「14통신」이라는 제목 하에 14개의 소 식란이 새로이 개설되었는데, 이 중 마쓰모토는 「키네마계 통신」과 「조 선 문단 통신」을 담당했다. 당시 「키네마계 통신」의 내용 구성은 마쓰 모토가 입사하기 전에 기고한 「경성 키네마계」와 마찬가지로, 각 영화 상설관의 상영 영화 비평과, 변사의 설명에 대한 평가가 주를 이루었 다. 「키네마계 통신」은 1922년 5월호까지는 때때로 「연예계 통신」에 영화 관련 소식이 포함되는 형태로 연재되었는데, 1922년 5월호 「연예 계 통신」에서는 다음과 같이 「영화계 통신」의 독립을 알리고 있다.

다음호부터는 본 통신을 영화계 통신과 전혀 별개의 것으로 소개한다. 경성 연예계도 예전보다 어느 정도는 무언가를 보여줄 수 있게 된 것 같으 므로 완전히 독립시키는 것이다. 또한 영화계 통신은 향후 더욱 더 무게를 두고 비평 및 소개를 해나가겠다며 지금부터 담당자가 열심히 준비하고 있 다.[42]

이 예고대로 「영화계 통신」은 이후 명칭이 몇 번 변경되기는 하지만 영화계 뉴스만을 전하는 『조선공론』 영화란으로서 정기적으로 연재 되기에 이른다.[43] 『조선공론』 1921년 10월호부터 신설된 「키네마계

---

42 「演芸界通信」, 『조선공론』, 1922.5, 94면.
43 마쓰모토 데루카가 『조선공론』 영화란에서 손을 떼게 되는 1928년 2월까지 연재된 영화 소식란 「키네마계통신」의 명칭 변경은 다음과 같다.
「키네마계 통신[キネマ界通信]」(1921.10~1922.2)

통신」은『조선공론』의 독자는 물론, 재조일본인을 대상으로 한 다른 언론매체 사이에서도 화제를 모았다. 이는 1922년 2월호「키네마계 통신」에 실린 다음과 같은 문장으로부터 확인할 수 있다.

　　본 잡지는 시대의 요구에 부응하고자 평민예술을 대표하는 키네마를 기사화하여 매 호마다 게재하였다. 그러자 각 지역의 신문 잡지는 모두 이 방면에 주목하기 시작했다. 특히『조선신문(朝鮮新聞)』,『경성일일신문(京城日日新聞)』,『경성일보(京城日報)』,『조선및만주(朝鮮及満州)』등도 시대적인 추세를 반영하여 키네마 비평이나 소개를 하기 시작했지만, 역시 본지의 키네마 기사만큼 강한 힘을 가진 잡지는 없을 것이라 자부한다. 이것은 그 누구도 이론의 여지가 없는 분명한 사실일 것이다. 뿐만 아니라, 본지의 활약은 선만(鮮満) 키네마계를 위해서도 바람직한 현상이다. 금후 본지는 더욱 선만 키네마계에 힘이 될 수 있도록 최선을 다할 것이며 독자의 기대에도 부응할 것이다.[44]

위의 문장이 전해주듯『조선공론』의 영화란인「키네마계 통신」이 독자로부터 호평을 얻자, 재조일본인을 대상으로 발행되던 타 언론매체에서도 차례로 영화 비평 소식란을 신설하게 됐다. 예를 들어 이 시기『경성일보』지면에는「영화인상기(映畫印象記)」등의 영화란이 눈에

「영화계 통신(映画界通信)」(1922.6~1922.10)
「키네마계 왕래[キネマ界往來]」(1923.12~1924.12)
「경성 키네마계 풍문록[京城キネマ界風聞録]」(1925.4~1925.8)
「영화춘추(映画春秋)」(1926.4~1928.2)
44「キネマ界通信−新春演芸界の驚異 観後感」,『조선공론』, 1922.2, 96면;『일본어잡지로 보는 식민지 영화』1, 163면.

띄게 되었고, 1923년 4월부터는 「영화의 나라(映画の国)」라는 영화 비평란도 개설되었다. 『조선공론』의 경쟁지라 할 수 있는 『조선급만주』도 1924년 9월에는 영화 평론 모집 기사를 내고 있다.[45]

물론 이러한 현상은 이 시기 영화라는 '오락'이 그만큼 높은 대중적 인기를 구가하고 있었기 때문이기도 했다. 그러나 주목해야 할 것은 이 시기 각 언론매체를 통해 유통된 일련의 영화 관련기사는 종전처럼 단순히 변사의 스캔들이나 영화관에서 벌어진 불량소년들의 비행 등을 다룬 사회면 기사와는 완전히 달랐다는 점이다. 이 시기의 영화 관련 기사가 영화 미디어 자체에 대한 진지한 비평과 논의 중심으로 변화한 것은 기자들 사이에서도 영화에 대한 인식에 변화가 찾아왔음을 보여준다. 그리고 그 변화의 움직임에 앞장섰던 것은 열성적인 영화팬 출신인 마쓰모토가 편집에 관여한 『조선공론』 영화란이었다고 할 수 있다.

경성의 영화팬들 또한 『조선공론』과 각 언론 매체의 영화란 신설을 환영하고 있었다. 『조선공론』 1923년 3월호의 독자투고란 「영화팬의 영역(フヰルム・フアンの領分)」에 "『조선신문』과 『경성일보』에 영화란이 설치되어 매우 참고가 되고 있습니다. 귀 잡지를 중심으로 더욱더 두 신문이 이 업계를 위해 진력해줄 것으로 생각합니다(MS소생)"[46]라는 투고를 보낸 독자, 이른바 '영화팬'의 호평은 재조일본인 언론매체에 거는 그들의 기대감을 대변하고 있는 것이었다.

스스로 열성적인 영화팬이기도 했던 마쓰모토는 경성의 영화팬들

---

45 一記者, 「活動写真館巡り—黄金館の事と喜劇三つの話」, 『조선급만주』, 1924.9, 81면.

46 「フィルム・フアンの領分」, 『조선공론』, 1923.3, 116면; 『일본어잡지로 보는 식민지 영화』 1, 288면.

이 최신 영화 정보의 습득과 공유를 위한 장(場)을 간절히 바라고 있다는 것을 누구보다도 잘 알고 있었을 것이다. 때문에 마쓰모토가 『조선공론』의 영화 관련 기획 중 가장 심혈을 기울인 부분은 『조선공론』지면을 통한 경성 영화팬들의 교류ㅡ 다시 말해 '관객문화(영화문화)'의 형성이었다. 마쓰모토가 『조선공론』 기자가 된 후로 신설된 영화란은 「키네마계 통신」뿐만 아니라, 「영화팬의 영역」과 「영화야화(映画夜話)」(1921. 12~1924.4), 「영화와 (그) 인상[映画と(其の)印象]」(1922.9~1923.3) 등이 있는데, 모두 독자 투고로 이루어지는 코너였기 때문이다.

그 중에서도 특히 독자투고란 「영화팬의 영역」은 그야말로 영화팬의 적극적인 참여 없이는 존속하기 어려운 코너였다. 마쓰모토 입사 이전에도 『조선공론』의 독자투고란 「독자의 소리」에 영화 관련 투고가 점차 늘어나고 있었음은 앞서 지적한 바 있지만, 1922년 7월호 「영화계 통신」에는 영화팬의 적극적인 투고를 요청하는 광고가 실렸고,[47] 그 후 『조선공론』 1922년 10월호에는 「영화팬의 영역」이라는 영화 관련 투고 전용란이 개설되었다. 이 투고란도 「키네마계 통신」처럼 몇 번에 걸쳐 명칭은 바뀌었으나 1924년 10월까지 거의 매월 『조선공론』에 실렸다.[48]

---

47 「募集」, 『조선공론』, 1922.7, 102면; 위의 책, 201면.
48 「영화팬의 영역」의 명칭 변경은 다음과 같다.
  「영화팬의 영역[フ井ルム・フアンの領分]」(1922.10~1923.3)
  「영화팬의 속삭임[ヒルムフアンの呟き]」(1923.4~1924.2)
  「영화팬의 외침[ヒルムフアンの叫び]」(1924.3~1924.10)

2) 『조선공론』 영화란의 편집 방침

그렇다면 동시대 다른 재조일본인 미디어에서는 찾아볼 수 없는, 영화팬을 위한 독자투고란 「영화팬의 영역」을 영화전문잡지도 아닌 『조선공론』이 개설한 배경에는 어떤 의도가 있었던 것일까. 그 의도를 파헤치기 위해 여기서는 본명 '마쓰모토 요이치로' 명의로 마쓰모토가 『조선공론』 1922년 3월호에 기고한 「조선공론사 주최 특선 활극영화대회의 기록—의의 있는 영화예술의 보급」[49]이라는 기사에 주목할 필요가 있다.

이 기사에 의하면 '특선 활극영화대회'란 『조선공론』 창간 10주년 기념사업의 일환으로 기획된 이벤트였다. 조선공론사는 삿포로 맥주와 사쿠라 맥주의 후원으로 삼영조(三榮組) 영화부와 제휴하여 1922년 2월 11일부터 나흘 동안 경성극장에서 이 영화대회를 개최했다. 대회 나흘 중 2월 11일에서 12일까지는 '군인우대의 날', 2월 13일에서 14일까지는 『조선공론』 및 자매지 『조선신문(朝鮮新聞)』[50] 독자에게 할인권을 발행하여 '애독자 우대의 날'로 운영되었다. 상영된 영화는 전부 4편으로 기사에서는 "연속대활극 〈문어의 눈〉 전 15편 30권을 4일간에 모두 상영하였다. 또, 카우보이 서부활극 〈목장의 공포〉는 전 14권을 두 번에 나누어 상영하였다. 사회극 〈정의의 승리〉 전 6권과 예술사상 영화 〈어

---

49 松本與一郎(松本輝華), 앞의 글, 86면; 『일본어잡지로 보는 식민지 영화』 1, 179면.
50 마쓰모토 기자는 『조선공론』 영화란을 담당하던 시기(1921.10~1928.2)에 자매지 『조선신문』의 영화란도 담당했다고 언급하고 있으나, 2015년 현재 열람 가능한 『조선신문』은 제1호(1908.12.1)~제7056호(1921.3.31)까지이기 때문에 영화란의 존재 및 『조선공론』과의 관련성을 확인하는 것은 현재로서는 불가능하다.

머니의 사랑〉 전 7권을 각각 상영하였다. 특히 본사는 매일 영화를 번갈아가며 상영했는데 너무나 자부심을 느낀다"[51]고 전하고 있다. 변사는 목동시사의 회원이었던 이시다 교쿠카와 난고 기미토시를 비롯해서 경성의 영화상설관 세 곳(희락관, 황금관, 중앙관)의 인기 변사가 총출연했다. 대회는 연일 만원을 이루며 성황리에 끝나, 마쓰모토는 "이왕직(李王職) 군악대의 연주와 조선을 대표하는 각 상설관 변사들의 열띤 설명과 해설, 이런 귀한 영화를 만난 것은 경성 키네마계 사상 유례가 없는 초유의 사건이다. 우리들은 이것을 기록으로나마 여기에 남겨야 한다고 나는 생각한다"[52]고 기록하고 있다. 이어 마쓰모토는 다음과 같이 영화대회 개최의 취지를 설명하고 있다.

이번에 영화대회를 개최하게 된 것은 원래 영화예술이 민중오락이나 사회적 교화에 크나큰 영향을 끼친다고 믿었기 때문이다. 그래서 이를 일반 민중이나 상설관에 출입하지 않는 지식계급에게 영화를 보급하기 위함이었다. 이 행사로 영화의 보편적 특징을 파악하여 관심을 둘 새로운 영역이라고 처음으로 깨달은 사람들이 많았다. 이것을 본사는 매우 기쁘게 생각하는 바이다. 아무튼 현재 고집이 세고 완고하며 사리에 어두운 교육가 및 위정자가 영화라는 것을 곡해하여 나쁜 부분만을 비판하고 있다. 이는 내가 항상 유감으로 생각하는 부분이다. 사람을 죽이는 모르핀이 사람의 목숨을 구하는 유일한 명약임을 알아야 할 것이다. 매우 관심을 끄는 요소가 있기 때문에 때로는 부수적으로 안 좋은 부분도 생기기 마련이지만, 이를

---

51 松本與一郎(松本輝華), 앞의 글, 86면;『일본어잡지로 보는 식민지 영화』1, 175~176면.
52 위의 글, 86~87면; 위의 책, 178~179면.

좋은 쪽으로 올바르게 사용한다면 훌륭한 효과를 낼 수 있다는 것을 알아야 한다.[53]

일찍부터 열성적인 영화팬이었던 마쓰모토 기자가 쓴 기사인 만큼 이 기사가 전하는 영화대회의 취지는 그대로 마쓰모토 기자의 영화에 대한 관점을 잘 드러내주는 것이기도 했다. 즉 영화가 "민중 오락이나 사회적 교화에 크나큰 영향을 끼친다"고 생각해온 마쓰모토는 이 이벤트를 통해 영화를 더욱 널리 보급하는 것을 궁극적인 목적으로 삼고 있었다. 아울러 영화의 긍정적 영향에도 불구하고 그동안 일반 대중, 특히 지식 계급이 영화를 멀리해온 가장 큰 이유가 "교육가 및 위정자가 영화라는 것을 곡해하여 나쁜 부분만을 비판"하고 있기 때문이라고 본 마쓰모토는, 영화를 "좋은 쪽으로 올바르게 사용한다면 훌륭한 효과를 낼 수 있다"며 이어 "모름지기 이를 잘 이용할 수 있도록 노력하지 않으면 안 된다"[54]고 재차 강조하고 있다.

그런데 영화의 '선용(善用)'을 강조하는 이러한 영화 인식은 결코 마쓰모토 기자 개인의 의견만은 아니었다. 본고에서 앞서 인용했던『조선공론』1915년 3월호의 기사「조선의 나니와부시와 활동사진」에서 "훌륭한 문명의 결과물"[55]인 활동사진의 악용을 경계한 필자의 의견은 마쓰모토가 위의 기사를 통해 주장하고 있는 영화의 '선용'과 일맥상통한다고 할 수 있다. 본고에서 이미 수차례 지적한대로『조선공론』은

---

53 위의 글, 88면; 위의 책, 179~180면.
54 위의 글, 88면; 위의 책, 179~180면.
55 花村晨二郞, 앞의 글, 95면; 위의 책, 29~33면.

1913년 4월 창간 당시부터 재조일본인 대상의 다른 언론 매체에 비해 상대적으로 영화 관련기사를 자주 게재해온 잡지였는데, 「조선의 나니와부시와 활동사진」에서 필자가 주장한 '영화의 선용'은 그 후 『조선공론』영화 관련기사를 관통하는 영화 인식이기도 했던 것이다.

이처럼 일찍부터 지면을 통해 영화를 "좋은 쪽으로 올바르게 사용할 것"을 주장해온 잡지 『조선공론』이 이시모리 사장을 새로이 맞이하고 영화란을 개설하던 시기와 맞물린 창간 10주년 기념 이벤트로서 다름 아닌 '영화대회' 개최를 기획한 것은 주목할 만하다. 마쓰모토 기자가 언급했듯이 이 이벤트의 취지는 "일반 민중이나 상설관에 출입하지 않는 지식계급에게 영화를 보급하기 위함"이었다. 영화대회의 상영 프로그램 네 편 중 두 편은 당시 '일반 민중'이 즐기던 서부 활극영화(〈목장의 공포〉)로, 나머지 두 편은 '지식계급'을 노린 '사회극'(〈정의의 승리〉)과 '예술사상영화'(〈어머니의 사랑〉)로 구성된 것은, 그 취지를 가장 명확하게 반영한 것이라 할 수 있다.

마쓰모토가 영화의 보급을 통해 목적하는 바가 영화를 통한 "일선융화(日鮮融和)"의 실현임은 앞서 지적한 바 있다. 재조 일본인을 위한 잡지 『조선공론』의 편집진도 이와 같은 영화 인식을 공유하고 있었으며, 그러기 위해서는 영화의 '선용'이 선결과제였다고 할 수 있다. 따라서 영화를 잘 이용하기 위한 선결 조건으로서 마쓰모토는 앞서 인용한 기사의 마지막 부분에서 "제일 먼저 영화 제작자가 각성해야 한다. 두 번째로 흥행자의 자각, 세 번째로 설명자의 개선이며, 아울러 관객의 이해를 구할 필요가 있다"고 전제한 후에, "본지는 영화전문잡지가 아니므로 첫 번째 지적한 영화 제작자의 각성에 대하여서는 그들에게 일임하고자 한다. 단지, 두 번째 및 세 번째, 그리고 관객의 이해에 대해서는 말하고 싶다"[56]고 선언하고 있다. 이 부분은 이후『조선공론』의 영화 담론이 목적하는 방향을 명확하게 제시하는 것이었다. 즉, 영화 예술의 '보급'과 '선용'을 위해 '흥행자의 자각' '설명자의 개선', 그리고 '관객의 이해'를 구하는 것 ─ 이것이 마쓰모토 기자를 중심으로 한『조선공론』편집진이 영화란을 개설함에 있어 최대의 목표로 삼았던 것이라고 할 수 있는 것이다.

4. 마치며

지금까지 본 글에서는 일제강점기의 재조일본인을 위한 일본어 종합잡지『조선공론』에 '영화란'이 생겨나기까지의 배경과 그 편집 방침을 짚어보았다. 1913년 4월 창간 당시부터 영화 관련 기사에 주력했던『조선공론』은 특히 그 스스로 열성적인 영화팬이었던 마쓰모토 데루카 기자가 영화란의 편집을 담당하면서부터 재조일본인을 위한 영화 전문잡지가 부재했던 식민지 조선에서 "키네마계의 반도 유일한 기관지"를 목표로 전문 영화잡지와도 같은 역할을 수행했던 것으로 보인다.

잡지『조선공론』이 영화 예술의 보급과 선용을 주창하며 내걸었던 세 가지 목표(영화 흥행자의 자각, (설명자=)변사의 개선, 그리고 관객의 이해를 구하는 것)는 바로 이후『조선공론』영화란의 편집 방침이기도 했다. 그

---

56 松本與一郎(松本輝華), 앞의 글, 86면; 앞의 책, 175～176면.

중에서 마쓰모토를 비롯한 『조선공론』 편집진이 가장 주력했던 것은 '관객의 이해를 구하는 것'이었다. 왜냐하면 이들은 "현재 고집이 세고 완고하며 사리에 어두운 교육가 및 위정자가 영화라는 것을 곡해하여 나쁜 부분만을 비판"하는 이유가, 다름 아닌 "저급한 영화광(活動寫眞狂)"[57]의 비행(非行)이 영화에 대한 대중의 인식에 악영향을 끼치고 있던 것이 그 원인이라고 생각했기 때문이다. 『조선공론』 편집진의 이러한 생각은 경성의 문예·영화동호회 '목동시사'의 동인이었던 '카우보이'도 "무엇인가에 열중하여 광적이 되는 것은 두말할 필요 없이 좋은 일이다. 하지만, 그 대상이 활동사진이라면 이야기는 달라진다. 이 활동사진광들은 대부분 불량하여 다루기 어렵고 때로는 성가시고 귀찮은 존재이다. 때문에 정부나 관할 경찰 등의 관헌에서도 이들을 특히 주목하고 있다"[58]고 언급했던 것으로도 알 수 있다.

다시 말해 『조선공론』의 편집진이 목표로 삼았던 '관객의 이해를 구한다'는 것은, '영화광(映畵狂)'과 구별되는 '관객'을 양성함으로써 대중이 지닌 영화에 대한 부정적인 인식을 불식하는 것이었다. 그를 위해서는 영화팬들을 단순한 구경꾼이 아닌 영화라는 예술을 감상하는 감상안을 지닌 관객으로 성장시켜나갈 필요가 있었다. 이를 위해 『조선공론』 편집진은 독자투고란 「영화팬의 영역」에서 영화팬끼리 자유로운 토론을 통해 스스로 그러한 감상안을 지닌 관객문화(영화문화)를 쌓아가도록 독려하는 것을 목표로 삼았다. 약 2년간에 걸쳐 『조선공론』의 영화팬 전용 투고란으로서 존속했던 「영화팬의 영역」 및 영화 비평

57　牧童子, 앞의 글, 160면;『일본어잡지로 보는 식민지 영화』1, 133면.
58　위의 글, 160면.

란은 이런 목적 의식 아래 개설되었던 것이다.

본고는 이상과 같은 고찰을 통해『조선공론』영화란의 탄생 배경과 그 편집 방침을 밝혀냄으로써, 일제강점기 재조 일본인의 영화문화를 총체적으로 파악하기 위한 연구의 출발점으로 삼았다. 이후 재조일본인들이 구체적으로 어떻게 영화문화를 발전시켜갔으며 그 문화가 일본 내지의 그것과는 얼마나 달랐는지, 나아가 조선영화계에 어떤 영향을 미쳤는지에 대해서는 향후『조선공론』영화란을 시기별로 면밀히 분석함으로써 밝혀내고자 한다.

참고문헌

자료

『朝鮮及満州』, 『朝鮮公論』, 『朝鮮新聞』, 『京城日報』

정병호 외편, 『일본어잡지로 보는 식민지영화』(전3권), 문, 2013.

논문

김순주, 「'영화 시장'으로서 식민지 조선-1920년대 경성(京城)의 조선인 극장가와 일
　　　본인 극장가를 중심으로」, 『한국문화인류학』 47권 1호, 한국문화인류학회, 2014.

김승구, 「타자의 시선에 비친 식민지 조선영화계」, 『한국학연구』 48호, 고려대 한국
　　　학연구소, 2014.

김청균, 「일본어잡지 『조선공론』(1913~1920)의 에세이와 한국 인식」, 『한림일본학』
　　　제18집, 한림대 일본학연구소, 2011.

송미정, 「『조선공론』 소재 문학적 텍스트에 관한 연구-재조 일본인 및 조선인 작가
　　　의 일본어 소설을 중심으로」, 국민대 박사논문, 2008.

양인실, 「제국일본을 부유하는 영화(인)들」, 『국제고려학회 서울지회 논문집』 제14호,
　　　2011.

이중거, 「日帝下韓国映画에 있어서의 日本人·日本資本의 役割에 関한 研究」, 『중
　　　앙대 인문과학 논문집』 제27집, 중앙대, 1983.

정충실, 「1920~30년대 도쿄와 경성의 영화관과 영화문화-도쿄에서 모던영화관의
　　　등장과 경성에서 그것의 수용 양상을 중심으로」, 『동아연구』 제65집, 서강대
　　　동아연구소, 2013.

한상언, 「활동사진시기의 조선영화산업연구」, 한양대 박사논문, 2010.

홍선영, 「경성의 일본인 극장 변천사-식민지 도시의 문화와 '극장'」, 『日本文化學報』
　　　제43집, 한국일본문화학회, 2009.

笹川慶子, 「京城における帝国キネマ演芸の興亡-朝鮮映画産業と帝国日本の映画興行」,
　　　『大阪都市遺産研究』 第3号, 関西大学大阪都市遺産研究センター, 2013.

단행본

임성모 편,『조선과만주 총목차・인명색인』, 어문학사, 2007.

정종화,『조선 무성영화 스타일의 역사적 연구』, 중앙대 박사논문, 2012.

한일비교문화연구센터 편,『조선공론 총목차・인명색인』, 어문학사, 2007.

검열과 글쓰기

사카구치 안고의 점령기 텍스트들의 비교를 통해서

남상욱

1. 들어가며 – '점령'과 사카구치 안고

이 글은 사카구치 안고(坂口安吾, 1906~1955)의 점령기 텍스트를 통해서 당시의 검열 시스템이 어떻게 작동했는지를 살펴봄으로써, 전후 일본의 '점령' 표상 연구의 흐름을 재고하는 데 그 목적이 있다.

얼마 전까지 전후 일본 문학에 표현된 '점령'의 의미는 점령기에 발표된 작품보다는 점령이 끝난 후에 점령을 다루고 있는 작품을 통해서 물어지는 것이 일반적이었다.[1] 점령기 작품의 경우 GHQ / SCAP에 의

---

[1] 점령기에 발표된 작품들은 일반적으로 1945년 8월 이후의 일본문학을 통칭하는 '전후문학'이란 카테고리 속에서 파악되어 왔다. 이러한 관행에 대해서 1952년 나카무라 미쓰오는 이 시기의 문학을 '점령기 문학'으로 봐야한다고 제안했지만 받아들여지지 않았다. 하지만 '전후문학'이라는 개념이 시간이 경과함에 따라서 점점 더 불투명해지고, 한편으로

한 검열로 인해 글쓰기의 자유가 상당 부분 제한되어 있었기 때문으로, 검열로부터 자유로워진 이후에 발표된 작품들을 통해서 '점령'의 의미를 묻는 것은 어떤 의미에서는 당연한 행위라고 볼 수 있다. 하지만 점령을 사후적으로 의미화하고자 하는 문학 작품 또한 순수한 기억의 기록이라고 볼 수만은 없으므로 이들 작품이 점령기에 발표된 문학을 대체해 일본인들의 점령의 '기억'을 독점하게 되는 데에는 문제가 있다. 예를 들면 에토 준江藤淳처럼 주로 제3의 신인들의 작품 속에 나타난 '점령' 이미지만을 통해서 전후 일본인들의 아이덴티티를 이른바 '피해자의식'으로 재구성하거나,[2] 검열이라는 제도가 존재했다는 이유만으로 점령기 문학을 닫힌 언설공간의 산물로서 상대화하는 것은,[3] 사후적으로 '점령'을 재구성하는 문학 작품의 정치적 위험성을 잘 보여준다.

점령기 문학 작품을 이해하는 데 있어 텍스트를 둘러싼 가장 기본적인 환경인 검열을 환기시킨 에토의 공적은 인정해야 한다. 사실 전후 일본에서는 너무나 오랫동안 검열이란 문제를 회피한 채로 점령기 문학이 논해져 왔는데, 이렇게 된 데에는 검열이 개별 작품 속에서 구체적으로 어떻게 행해졌는지 알 수 없었던 것이 큰 이유로 작용했기 때문이다. 하지만 이러한 상황은 2002년 프란게 문고(The Gordon W. Prange Collection)의 공개로 인해 변화를 맞이하게 되었다.

프란게 문고는 점령기간 중 검열을 담당했던 CCD(민간검열국, Civil Cen-

는 걸프전과 9·11 이후 미국에 의한 이라크, 아프카니스탄 점령이 행해짐에 따라, 그동안 '전후'의 일부였던 '점령'을 따로 떼어서 보려는 시도들이 본격적으로 이루어지게 된다. '점령'을 서사의 중심에 위치시킨 소설들을 조정민은 '점령서사'라고 부른다. 조정민, 『만들어진 점령서사』, 산지니, 2009.

2   江藤淳, 『成熟と喪失―"母"の崩壊』, 河出書房新社, 1967.

3   江藤淳, 『閉された言語空間―占領軍の検閲と戦後日本』, 文藝春秋, 1986.

sorship Detachment)가 해체될 때, 그 상급기관인 CIS 역사과의 책임자였던 고든 프란게가 CCD에 집적된 검열 미디어 텍스트에서 역사적 가치를 발견해 GHQ의 허가를 얻어서 모교 메릴랜드 대학에 송부한 검열의 흔적들인데, 2002년 메릴랜드 대학과 일본국회도서관은 공동으로 이것들을 신문자료 마이크로필름으로 만들어 일반대중에게 공개했다. 이를 토대로 2000년부터 2004년까지 20세기 미디어 연구소에 의한 점령기 신문·잡지 데이터베이스가 구축되었고, 2010년에는 『占領期雜誌資料大系』(岩波書店)라는 책이 출간되어서, 검열의 실제로 어떻게 작동하였는지를 살필 수 있는 길이 열리게 되었다.

이러한 자료들은 에토 준이 언급한 바와 같이 점령기에 발표된 대부분의 언설들이 검열이라는 제도에 의해 가공되어 탄생된 산물임을 다시 한 번 입증했다. 하지만 프란게 문고가 에토가 주장하듯 점령기가 '닫힌 언설공간'만은 아님을 시사했다는 점에 주의를 기울일 필요가 있다. 예를 들면 야마모토 타케토시[山本武利]는 다양한 계층의 필자들이 참여해 만들어서 CCD에 제출한 가제본 잡지들에 주목하며 '점령기는 이제까지 펜을 쥐어본 적이 없는 사람들이, 공동으로 새로운 시대를 살아내고, 표현하는 것으로 보람을 발견한 자유민권기를 잇는 민중 미디어의 융성기였다'고 말하고 있다.[4] 요컨대 프란게 문고로 대표되는 검열기 자료들은 검열에 의해서 잘려나간 텍스트의 여백을 보여줌으로써 점령기 일본인들이 글쓰기를 통해 무엇을 어디까지 욕망했고, 또 어떻게 좌절했는지를 드러낸다. 그것이 본 글에서 『占領期雜誌資料大系 : 文

---

4 山本武利, 「占領下のメディア検閲とプランゲ文庫」, 『文学』, 2003.9・10, 9면.

學編』Ⅱ에 수록된 「전쟁과 한 여자[戰爭と一人の女]」[5]의 검열로부터, 사카구치 안고의 작품들에 새롭게 주목하게 된 이유이다.

1931년 「혹한의 양조장에서[木枯の酒倉から]」라는 작품으로 등단하나 그다지 주목받지 못하다가 1946년 발표한 「타락론(墮落論)」, 「백치(白痴)」로[6] 일본 전체의 주목을 받게 된 안고는, 오늘날 동시대의 누구보다도 점령의 수혜를 입은 작가로서 기억되고 있다. 예를 들면 오늘날 가장 많이 거론되고 있는 점령기 역사서인 『패배를 껴안고』에서 존 다우어가 이 시기의 문화를 다루는 부분에서 안고의 「타락론」에 대해서 다음과 같이 말하고 있는 부분이 그 대표적인 예이다.

이 평론이 충격적이었던 것은 언뜻 보기에 너무나도 단순하고, 정상이었기 때문이다. '건강'이나 '건전'이라는 말은 전시의 이론가나 검열관이 좋아했던 것이지만, 그런 말이 일컬어지던 실제 세계는 불건전하고 병적이었다. 반대로 퇴폐하고 부도덕한 것이야말로 진실이며, 현실이며, 최고로 인간적인 것이다. (…중략…) 사카구치의 주장은 도덕철학자만이 아니라 그 외의 지식인들도 격투하고 있었던 문제를 독자적인 방법으로 확인한 것이었다. 즉 개인의 레벨에서의 진정한 '주체성'(진정한 '주관성' 혹은 '자율성')에 입각한 사회가 아니고서는 국가권력에 의한 민중교화의 힘에는 결코 대항할 수

---

5 『新生』, 1946.10. 이 작품은 같은 해 11월 『サロン』에 발표된 「속전쟁과 한 여자[續戰爭と一人の女]」와 혼동될 여지가 있으므로 주의할 필요가 있다. 1947년 안고의 작품집이 나왔을 때 「속 전쟁과 한 여자」가 「전쟁과 한 여자」라는 제목으로 바뀌어 실리는 대신, 원래의 「전쟁과 한 여자」는 수록되지 않았는데, 이를 근거로 新潮文庫 『白痴』에서는 「속 전쟁과 한 여자」를 「전쟁과 한 여자」라는 제목으로 수록하고 있기 때문이다. 이에 반해 青空文庫에서는 원래 발표 제목에 근거해서 「전쟁과 한 여자」, 「속 전쟁과 한 여자」를 나란히 수록하고 있다.
6 「墮落論」, 『新潮』, 1946.4; 「白痴」, 『新潮』, 1946.6.

없는 것은 아닌가 하는 문제이다.[7](번역과 강조−인용자)

위 책에서 다우어는 인간의 성적 욕망의 한계를 추구함으로써 전시에 상당한 불이익을 받게 되지만 바로 그 때문에 전후 수혜를 입은 다니자키 준이치로[谷崎潤一郎]와 가와바타 야스나리[川端康成]와 동급에서 안고를 논한다. 실제로 안고의 「타락론」이 전시의 이론가나 검열관의 '검열'로 인해 표출되지 못했던 '퇴폐'와 '부도덕'을 표현했다는 해석은 부인할 여지가 없다.

하지만 이러한 기술 방식은 마치 점령 하에는 검열 없이 자유로운 문학적 활동이 가능했던 것 같은 착시를 불러일으킨다는 점에서 문제가 있다. 물론 「타락론」과 「백치」와 같은 안고의 주요 작품들은 별다른 문제없이 GHQ / SCAP의 검열을 통과했다. 그러나 이러한 사실이 오히려 안고 문학이 '개인의 레벨에서의 "진정한 주체성"'을 추구했다는 다우어의 해석을 받아들일 수 없게 하는 중요한 이유가 된다. 왜냐하면 검열을 의식할 때 이러한 '주체성'은 GHQ에 의한 제한 혹은 승인 하에 이루어졌으므로, '개인의 레벨'이 아니라 '패자의 레벨'의 주체성에 지나지 않는다는 해석도 가능하기 때문이다.

앞서 언급했던 「전쟁과 한 여자」가 중요한 이유는 여기에 있다. 1946년 10월 『新生』에 발표된 이 텍스트는, 오랫동안 「백치」와 「속 전쟁과 한 여자[続戦争と一人の女]」[8]라는 텍스트에 가려져 있다가, 요코테 가즈

---

7 ジョン・ダワー, 三浦陽一・高杉忠明 訳, 『増補版・敗北を抱きしめて上』, 岩波書店, 2004, 181~182면.
8 『サロン』, 1946.11.

히코[横手一彦]의 「전시기문학과 패전기문학ㅡ사카구치 안고 「전쟁과 한 여자」」라는 논문에 의해 1999년에 검열로 인해 삭제된 흔적들이 알려짐으로써 새롭게 주목받게 된다.[9] 이 논문에서 요코테는 삭제본과 복원본을 엄밀히 검토한 끝에 GHQ / SCAP검열에 의해서 기존의 '언어 질서와 개념의 구속으로부터 자신을 끝까지 지킬 수 없는 '남자의 이야기'로서의 작품의 완결성이 크게 훼손되었다고 말하는데, 이러한 주장은 누구보다도 점령의 수혜를 받은 것처럼 일컬어지고 있는 안고 또한 점령하의 검열로부터 결코 자유로울 수 없었음을 밝혔다는 점에서 역사적으로 큰 의미가 있다.

하지만 이 텍스트의 의미를, 하나의 완결성을 지니는 순수한 문학작품의 작품성을 훼손하고 만 GHQ / SCAP 검열의 '공격성'을 드러내는 증거로만 한정시켜서는 곤란하다. 고노 켄스케[紅野謙介]가 지적하고 있듯이 일본에서 검열은 출판법이 만들어진 이래로 늘 존재하고 있었고, 특히 전시의 검열은 GHQ / SCAP의 방식보다 훨씬 공격적인 측면도 있었다.[10] 또한 「전쟁과 한 여자」와는 달리 검열에 의한 삭제판정 없이 발표된 「백치」와 「속 전쟁과 한 여자」에서는 GHQ / SCAP에 삭제되어도 이상하지 않을 부분이 상당 수 존재하고 있다. 이러한 사실은 점령기 검열이 작동하는 방식이 무구한 문학작품에 가한 '공격성'이라는 한 단어로 묶일 만큼 그렇게 단순하지 않았음을 보여준다. 그리고

9 橫手一彦, 「戰時期文学と敗戦期文学とㅡ坂口安吾「戦争と一人の女」」, 『昭和文学研究』 39, 1999.9, 89~100면. 이 글에 근거해서 2000년 치쿠마문고판 『사카구치안고전집』 제16권에는 무삭제판 본문이 실렸고, 그리고 2010년 『占領期雜誌資料大系ㅡ文学編』 II에 삭제 흔적을 명시한 채로 실리게 된다.

10 紅野謙介, 『検閲と文学ㅡ1920年代の攻防』, 河出書房新社, 2009, 13면.

이는 안고 문학이 추구했다고 상정되는 '주체성'의 문제에 있어서도 마찬가지로 적용된다.

따라서 이 글에서는 검열의 희생이 된 「전쟁과 한 여자」뿐이 아니라, 검열을 무사히 통과한 안고의 텍스트인 「백치」와 「속 전쟁과 여자」를 검열이라는 관점에서 다시 읽는다. 왜냐하면 점령기 검열의 의미는 삭제판정을 받은 텍스트와 그렇지 않은 텍스트를 같이 봐야만 비로소 알 수 있기 때문이다.

2. 「백치」와 검열 – 드러나는 전시 검열 속에 감춰진 점령 검열

앞서 언급했듯이 검열과 관련해서 문제가 되는 「전쟁과 한 여자」는 공습이 심해지는 도쿄에서 한 여자와 동거하기 시작해 패전을 맞이할 때까지의 노무라野村라는 남자의 내면의 변화를 그린 이야기인데, 거의 비슷한 시기를 배경으로 백치라고 불리는 여자에 끌리는 이자와伊沢라는 남성 작가의 내면세계를 다룬 「백치」와 여러모로 유사한 서사구조를 갖추고 있다. 똑같이 점령기에 발표된 문학작품임에도 작품의 주요 무대가 전시의 도쿄라는 점 때문에, 전쟁 서사로는 곧잘 언급되지만 점령 서사로는 좀처럼 다뤄지지 않았던 것도 유사하다. 이 두 텍스트에 대한 그러한 분류는 전생의 참상을 리얼리스틱하게 그려내고 있는 「백치」에 비해, 전쟁이 추상적으로 그려지는 「전쟁과 한 여자」가 소홀히 다루어지는 이유의 하나로 작용해왔다.

하지만 두 텍스트가 나란히 점령기에 발표되었다는 사실을 의식한다면「전쟁과 한 여자」가「백치」와 다른 점이 무엇인가가 분명해진다. 「백치」가 검열을 무사히 통과한 것에 비해「전쟁과 한 여자」는 많은 부분들이 검열로 인해서 삭제되었던 것이다. 그렇다면 양자의 차이는 무엇일까. 이 문제를 풀기 위해서 검열이라는 관점에서「백치」를 다시 한 번 읽어볼 필요가 생긴다. 이는「전쟁과 한 여자」의 검열적 특성을 제대로 이해하기 위한 사전작업으로서 필수불가결한 작업이다.

「삭제와 발행금지 대상 카테고리」[11]를 이미 알고 있는 오늘날의 관점에서 보자면「백치」가 검열을 무사히 통과했다는 사실이 오히려 신기하게 느껴질 지경이다. 왜냐하면 이 텍스트 속에는 미국에 의한 공습이 얼마나 위력적이며, 비인간적인지가 적나라하게 드러나고 있기 때문이다. 예를 들면 1945년 3월 10일 도쿄 고투구 일대에 행해진 공습의 피해에 대해서 안고는 '인간이 개처럼 죽은 것이 아니라, 개와 그리고 그것과 동류의 무언가가 마치 한 접시에 담긴 새 구이처럼 나란히 놓여 있을 뿐'[12]이라고 묘사하고 있는데, 이 부분은 미군에 의한 민간인 학살이 얼마나 철저하고 잔혹했는지를 암시하는 부분으로 읽힐 수 있으므로「삭제와 발행금지 대상 카테고리」중 다섯 번째 조항인 '미국 비판'에 걸려 삭제되더라도 전혀 이상하지 않다. 그렇다면「백치」는 어떻게 검열로부터 자유로울 수 있었을까.

가장 일반적인 설명으로서는 GHQ / SCAP의 검열을 수행했던 사람

---

11 1945년 9월 22일 GHQ가 일본의 각 출판사, 신문사, 라디오 방송국에 발송한 프레스 코드(Press Code for Japan)와는 별도로 검열의 구체적인 대상을 30개 항목으로 범례화해서 명시한 'A Brief Explanation of the Categories of Deletions and Suppressions'라는 공문서가 존재하고 있었다는 것이 에토 준에 의해서 밝혀졌다. 江藤淳, 『閉された言語空間─占領軍の検閲と戦後日本』, 文藝文庫, 1994. 237~241면.

12 사카구치 안고, 최정아 역, 『백치·타락론 외』, 책세상, 2007, 117~118면.

들의 문학에 대한 몰이해와 그로 인해 생기는 비일관성을 들 수도 있겠다. 즉 프레스코드를 공포하고 그에 의해서 실질적인 검열이 수행되었다고는 하지만, 그 적용에 있어서는 검열관의 작품에 대한 주관적 해석과 판단이 강하게 작용했으므로 검열이 반드시 일관적이지만은 않았다는 설명이 그러하다. 또한 당시에는 도쿄 공습에 의한 민간인 학살이 일종의 전쟁범죄로서 인지되지 않았다는 식의 설명도 충분히 가능하다. 하지만 검열관으로 하여금 그러한 판단을 이끌어내도록 만든 것을 「백치」라는 텍스트의 서사 구조에서 찾을 수도 있다.

그러니까 검열관의 관점에서 봤을 때, 「백치」는 점령이 가진 억압 체제 그 자체에 대해서 말하기보다는 전시 일본제국 속의 담론질서의 문제를 적나라하게 고발함으로써, 엉망진창인 폐허로써의 현실을 필연적인 것으로 받아들이도록 만드는 기능을 수행할 수 있는 텍스트로 비춰졌을 가능성이 높다. 주인공 이자와의 눈에 비친 전시 일본에서는 '신문기자니 문화영화 연출가니 하는 것은 모두 천업 중의 천업'으로, '자아추구라든가 개성이나 독창과 같은 것은 이 세계에는 존재하지 않았'으며, '군부의 검열 때문에 도대체 뭘 쓸 수가 없어'라고 변명하거나, '군부의 지시'에 따라 '바닥모를 지루함을 제공하는 기묘한 영화'를 계속해서 만들어낼 뿐이다. '그렇게 창백한 종이와 같은 무한히 지루한 영화가 만들어지는 동안 내일의 도쿄는 폐허가 되어갔다'[13]는 대목에서 볼 수 있듯이, 도쿄 공습의 실상이 아무리 비참하더라도, 그것의 원인이 외부가 아니라 일본 내부에 있었다는 식의 해석을 충분히 가능하

---

13 위의 책, 101면.

도록 만드는 서사적 장치가 텍스트 안에 이미 마련되어 있었던 것이다.

다른 관점에서 보자면 전전의 '군부의 검열'을 증언하는 이 부분들은 여전히 검열이 작동되고 있는 동시대적 상황을 미묘하게 환기시킨다는 점에 있어서 공습에 대한 세밀한 묘사 부분보다 더욱 위험하게 보일 가능성도 배제할 수 없다. 하지만 현재 작동되는 검열로부터 눈을 돌리게 만드는 또 다른 장치가 텍스트에 존재하고 있다는 것을 놓쳐서는 곤란하다. 그것은 바로 여자의 섹슈얼리티에 관련된 부분이다. 그러니까 '아파트의 매춘부와 첩과 임신한 정신대, 그리고 오리 소리 같은 콧소리로 고래고래 소리 지르는 여편네들의 부녀회' 같은 여성의 섹슈얼리티와 관련된 풍속은 전시의 문학적 풍경 속에서는 도통 찾아볼 수 없었던 것이다. 주지하다시피 전전의 대일본제국헌법 하의 출판법에서는 '풍속을 괴란(壞亂)하는' 문서 및 그림에 대해서는 법률로 제제할 수 있었는데, 이는 전사자의 숫자가 증가하는 만큼 미망인이 발생하는 전시에 특히 강화되었기 때문이다. 결국 「백치」는, GHQ / SCAP의 검열이 일본제국의 검열 코드의 두 중요한 요소인 치안와 풍속 중에서, 특히 후자에 대해서는 상당히 관대한 태도를 취함으로써 마치 검열이 완화된 것 같은 효과를 불러일으킬 수 있었음을 보여주는 것이다.

물론 GHQ / SCAP의 검열이 모든 풍속에 대해서 관대한 것만은 아니었다는 점에 대해서는 유의할 필요가 있다. 주지하다시피 GHQ / SCAP는 '점령군병사와 일본인여성과의 교섭(Fraternization)'이라는 카테고리를 정해놓고 점령군 군인과 일본 여성의 성적 교섭에 관련된 표현은 엄격하게 금지했다. 하지만 전시 상황만을 시간적 배경으로 제한하고 있는 「백치」는 이러한 프레스 코드가 적용될 여지가 없었다. 「백치」는 글이 쓰이는 '지금-여기'인 점령기를 텍스트 밖으로 밀어내어 버림으로써 점령기에 대한 직접적인 의미부여를 회피하고 있지만 그 대신 전시 대일본제국의 검열에 대해서는 구체적으로 언급함으로써, 많은 사람들이 이 텍스트를 통해서 점령기가 과거에 관해서라면 무엇이라도 말해도 괜찮은 시대로 인식하는 데 일정 부분 기여한 것이다.

물론 「백치」를 검열이나 패전국의 특수한 상황과는 거리를 둔 채 읽는 것도 가능하지 않은 것은 아니다. 예를 들면 김항은 '임박한 죽음 앞에서 인간이 '벌거벗은 생명'이 되는 한에서 비로소 '인간'이 가능하다'고 하는 「백치」의 메시지는, '근대적 '인간-개인'은 그 성립을 위해서 '국가'와의 상관관계를 통해 '벌거벗은 생명'이 되어야만 하는 모든 근대적 국민국가의 원리의 한 양상을 드러낸다고 주장한다.[14] 하지만 이러한 주장은 검열과 관련해서 다음과 같이 바꿔 쓸 수도 있겠다. GHQ / SCAP의 검열은 일본인이 스스로를 '돼지-인간'과 같은 '벌거벗은 생명'이라고 자각하는 것을 허락함으로써 처음으로 정치성을 갖는 근대적 '인간'으로 출발할 기회를 제공했다고, 말이다. 요컨대 「백치」는 전시 일본의 검열 상황 하에서의 인간을 돼지와 백치로 비유함으로써 검열을 통과했고, 이러한 점에서 점령하의 일본인이 가능한 글쓰기 원리의 한 양상을 보여주고 있다.

---

14 김항, 『말하는 입과 먹는 입―'종언의 시대'의 종언과 새로운 사유의 모색』, 새물결, 2009, 208면.

3. 「전쟁과 한 여자」의 검열
─ 점령 검열 속에 드러나는 점령 정책의 모순

하지만 안고가 반드시 검열과 친화적인 것만은 아니었다는 것을 「전쟁과 한 여자」는 보여 준다. 그렇다면 도대체 「전쟁과 한 여자」의 어떤 부분이 검열관을 불편하게 만든 것일까. 구체적으로 텍스트를 살펴보자.

「전쟁과 한 여자」는 술집 주인이며 어떤 남자와도 쉽게 관계를 맺는 여자가 전쟁이 격화됨에 따라서 술을 구하기가 어려워지자 노무라와 동거하자는 얘기를 꺼내는 것을 회상하는 장면으로부터 시작된다. '어차피 전쟁이 지게 됨으로써 끝내 모든 것이 엉망진창이 될' 거라고 생각했던 노무라는 '어차피 여자는 동거를 하게 된 후에도 때때로 다른 누군가와 관계할 것'이라고 생각하면서 가벼운 마음으로 동거에 들어간다. 하지만 막상 동거를 시작하니 노무라의 생각과는 달리 이 여자는 그리 단순하지 않다. 여자는 첩이 될 만큼의 미모의 소유자이지만 성애시 육체적 쾌감을 느끼지 못하고, 그럼에도 온갖 남자와 관계를 맺고 싶어 하며, 자신은 쾌락을 느끼지 못하지만 그녀의 육체를 가지고 노는 노무라에게 '즐거움'을 안겨주기도 하는, 복잡한 성격의 소유자다.

하나의 관념으로 쉽게 정리할 수 없는 이러한 여자의 복잡한 성격은 이야기 전개에 있어서 주인공 노무라가 자신의 언어를 반성하게 하는 만드는 거울 같은 기능을 수행하는데, 이는 전시 검열 시스템에 대한 비판적 기능을 담당한다. 즉 '정조관념이 없'고, '성격이 본래 눈에 띄게 음분(淫奔)해서 육욕도 식욕도 똑같은 상태로, 목의 갈증을 달래려는 듯 다른 남자의 살을 원하'며, '일반적인 주부들'이나 '배급물의 행렬'을 싫어하고, 암시장의 물건들을 아무런 거리낌 없이 사들이는 이 여자의 성격은, 앞에서 언급했듯이 대일본제국의 검열 코드인 '풍속의 괴란'을 표상하기 때문이다. 「백치」에 이어서 이 텍스트에서도 안고는 일단 대일본제국의 전시 이데올로기에 대한 노골적인 반감을 표출하고 있다.

하지만 동시에 이러한 여자의 성격은, 이 작품이 「백치」와 근본적으로 다른 방향성을 갖는 작품임을 시사한다. 주지하다시피 「백치」 속의 여자는 「전쟁과 한 여자」의 여자처럼 배급 행렬로 표상되는 몰락해 가는 제국일본을 싫어한다는 의사표현이 불가능할 뿐만 아니라, 겨우 거기에 '끼어 서 있'으면서 '타인의 의지를 수용하고 또 통과시'킬 뿐인 수동적인 '슬픈 인형'에 지나지 않는 존재에 불과하다. 이에 반해 「전쟁과 한 여자」의 노무라 눈에는 여자는 분명히 자신의 의사를 가지고 있을 뿐만 아니라, 상황에 따라 자신이 변화되는 존재로서 비춰진다. 흥미롭게도 검열이 개시되는 것은 바로 이 여자의 변화가 시작되는 지점에서부터이다.

【여자는 전쟁을 좋아했다. 식량 부족이나 놀 곳의 결핍으로 여자는 전쟁을 몹시 저주했지만, 폭격이라는 사람들이 더욱 저주하는 부분에 있어 여자는 몹시 전쟁을 사랑하고 있었던 것이다. 그럴 것이다. 그러한 기질이다. 평범한 것에는 만족할 수 없는 것이다. 폭격이 시작되면 허겁지겁 방공호로 뛰어들지만, 떨면서도 공포에 만족했고 그 충족감에 기질적인 고갈(枯渴)

을 채웠다. 분명 여자는 태어난 이래 그만큼 고갈을 채우는 기쁨을 몰랐을 것임에 틀림없다. 육체에 결하고 있는 쾌감을 이쪽에서 충족시키고 있는 것으로, 그 탓인지 여자는 바람을 피우지 않게 되었다. 바람의 매력보다도 폭격되는 매력이 큰 것은 노무라의 눈에도 역력하게 비쳤고, 며칠 공습경보가 울리지 않으면 여자는 묘하게 초조해 했다. 몹시 지루해 했다. 시도 때도 없이 놀고 싶어 하며 바람기가 일어날 듯 하다가도 공습경보가 울리면 아무래도 진정되는 상태가 된다는 것을 노무라는 알게 되었다.】(번역-필자. 【 】는 검열에 의해 삭제된 부분을 표시함, 이하 동일한 원칙을 적용한다)[15]

위 장면은 미국의 공습이라는 미증유의 사건으로 인해 좀처럼 바뀌지 않을 것 같았던 여자의 내면이 바뀌는 것을 목격한 노무라의 놀라움이 어느 정도였는지를 제시하고 있는 부분인데, 인용 전체가 「삭제와 발행금지 대상 카테고리」 중 16번째 항인 '전쟁 프로파간다의 옹호(Defense of War Propaganda)'에 저촉되어 원 텍스트로부터 잘려나갔다. 이 단락 중에서도 특히 【전쟁을 좋아했다】는 이 한 구절이 검열관을 불편하게 만들었음을 짐작하기는 그리 어렵지 않다. 실제로 「전쟁과 한 여자」 속에서 '점령군병사와 일본인여성과의 교섭(Fraternization)'이라는 이유로 삭제판정을 받은 부분을 제외한 모든 삭제판정은 이러한 표현과 관련된다. 그러니까 공습 때문에 여자의 바람기를 걱정할 필요가 없어진 노무라가 【전쟁이 언제까지나 계속되면 좋겠다】고 생각하는 부분, 종전이 다가오자 불안해진 노무라가 【너는 전쟁을 좋아했잖아】라고

---

15 山本武利 編, 『占領期雜誌資料大系-文學編』 II, 岩波書店, 2010, 123~124면.

비꼬는 부분, 그러던 그가 종전 후에 【훨씬 기진맥진 해질 때까지 전쟁에 뒤얽혀 있었다면 좋았을 것】이라고 생각하는 부분들이 '전쟁 프로파간다에 대한 사랑(Love of war propaganda)', '군국주의적(militaristic)'이란 이유로 모조리 삭제판정을 받고 잘려나갔다. 하지만 관점을 달리해서 본다면 위의 인용 부분은 전시 하의 일본제국의 검열을 비꼬는 부분으로도 충분히 해석가능하다. 왜냐하면 적의 폭격에 매력을 느끼며 공습을 기다린다는 것은 전시 일본제국의 검열 시스템 속에서도 도저히 표현할 수 없었기 때문이다. 그렇다면 「삭제와 발행금지 대상 카테고리」에 해당하는 부분이 없었던 것도 아닌 「백치」에서도 없었던 삭제판정이 갑자기 「전쟁과 한 여자」에 다수 나타나게 되었다는 것은 이 시기 검열에 관해서 무엇을 말해주는 것일까.

그것은 무엇보다도 점령기 검열의 문제를 「삭제와 발행금지 대상 카테고리」에 해당하는 내용의 유무만으로 설명하는 것이 그리 효과적이지 않다는 것을 방증한다. 그러니까 이 두 텍스트에 대한 검열의 차이는 검열이 「삭제와 발행금지 대상 카테고리」의 일방적인 적용에 의해서만 이루어진 것이 아니라, 작품의 서사 방향이 GHQ의 점령 정책에 있어서 얼마나 위험한가 하는 판단 하에 수행되었다는 것을 의미하는 것은 아닐까. 그런 관점에서 본다면 「전쟁과 한 여자」의 서사 그 자체의 특성을 살펴볼 필요가 있다.

서사적 관점에서 검열의 작동방식을 살펴볼 때 먼저 주목해야할 점은, 이 텍스트에 대한 검열이 미군에 의한 공습으로 초래된 환경의 물질적 환경의 변화에 대한 표현보다는, 등장인물들의 내면을 말하는 언어에 가해지고 있다는 사실이다. 물론 【여자는 전쟁을 좋아했다】라는 표현은 여자 스스로의 입에서 나온 것이 아니라 여자의 행동을 관찰한 노무라의 추론에 의한 것으로, 여자의 내면의 직접적인 현전이라고 볼 수는 없다. 하지만 검열관이 '내면'을 표현하는 언어에 특별한 주의를 기울였다는 사실에는 변함이 없다.

「전쟁과 한 여자」 속의 여자의 내면 표현에 대한 민감한 반응은 앞서 살펴본 「백치」가 검열을 피할 수 있었던 이유를 보다 명쾌하게 설명해 준다. 그러니까 「백치」 속에서 미군의 압도적인 군사적 폭력 앞에서 스스로가 '개도 아니고, 처음부터 사람이지도 않았던 무엇인가'로 '추락'하는 것을 경험한 이자와는, 이 도저히 유비할 수 없는 경험을 통해서 복수의 정념을 일깨우기는커녕, 스스로를 '말도 없고 소리를 지르지도 않았으며 신음도 내지 않고 표정도 없는' 무성격(無性格)을 표상하는 '백치'나, 육체적 쾌락 이외에는 아무것도 탐하지 않는 '돼지'의 동반자로서 스스로를 규정한다. 이는 작가론적 관점에서 봤을 때 안고가 「타락론」에서 설파한 문학적 이념으로서의 '타락'을 실천적으로 보여 준다는 점에서 의미가 있겠지만, 최근까지 '옥쇄'나 '결사항전'을 외쳤던 적을 통치해야 할 검열관의 입장에서도 마찬가지 아니었을까. 그러니까 전전에 이미 일종의 지식인으로 프로파간다 예술작품 생산에 기여했던 남자가 스스로의 판단에 의해서 모든 이데올로기적 관념을 버리고 자신의 생의 의미를 돼지와 거의 흡사한 무방비의 여성의 형상에서 찾아간다는 이야기는, 그들이 기다리고 있었던 '점령기 문학'의 형상이라고 해도 무방하지 않을까.

이러한 「백치」와는 반대로 「전쟁과 한 여자」에 등장하는 여자의 성격은 관념으로 대상을 파악하는 성향을 갖고 있는 노무라에 의해 【전쟁을 좋아했다】고 언어화되고, 마침내 점령한 미군이 가장 우려하는 상황인 전쟁이 계속되었으면 하는 갈망으로 이어지게 된다. 그러니까 미군의 압도적인 군사적 폭력 속에서 오히려 생기 있어지고 자신의 변화를 실감하며 즐기는 여자의 모습을 경험한 이자와는, 이런 여자와 함께 있을 수 있다면【전쟁이 언제까지나 계속되어 달라】고 생각하기에 이르게 되는 것이다. 물론 이러한 표현은 GHQ / SCAP가 가장 두려워한 죽은 일본인이나 파괴된 주변 환경에 대한 복수의 정념이 아니라, 전시 검열 하에 억압되었던 자유로운 글쓰기의 욕망이 매우 원색적이고 도착적인 형태로 나타난 것으로 보는 편이 바람직하다. 하지만 이러한 글쓰기의 욕망은 자신만의 쾌락 유지를 위해서라면 공동체 전체의 파괴를 감수하겠다는 식의 정념이라는 점에서, 공동체의 질서를 유지하는 임무를 맡은 점령군에는 어떤 의미에서는 복수보다도 위협적으로 느껴질 수도 있지 않았을까.

「백치」와는 다른 「전쟁과 한 여자」 서사의 또 하나의 특징으로서【전쟁을 좋아했다】라는 표현이 말해지고 있는 시점이 언제인가를 빼놓을 수 없다. 왜냐하면 그 과거는 단순히 흘러간 과거의 사실을 객관적으로 적은 것만이 아니라, '지금-여기'에 의해서 의미화 된 '과거'이기 때문이다. 실제로 공습으로 인해 파괴된 폐허 땅에서 여전히 종전의 기색이 없는 추운 아침을 맞이하는 것으로 끝나는 「백치」와는 달리, 이 텍스트는 천황의 옥음방송을 라디오를 통해서 들어 확실히 전쟁이 끝났다는 것을 알았지만 아직은 미군이 상륙하기 전에 끝난다. 그 공간 속에서 '전쟁'은 다음과 같이 표현된다.

【훨씬 전쟁을 빨아댔으면 좋았을 텐데. 훨씬 기진맥진 해질 때까지 전쟁에 뒤얽혀 있었다면 좋았을 텐데. 핏덩이를 토하고 뒈졌어도 좋았을 것이다. 훨씬 빨고 얽히고―그러자 이미 전쟁은 귀여운 작은 몸뚱이(肢體)가 되어 있었다.】

전쟁은 끝났는가, 라고 노무라는 여자의 몸뚱이를 탐욕스럽게 바라보면서, 점점 명석해지는 듯이 생각을 계속 했다.[16]

여기서 【훨씬 전쟁을 빨아댔으면 좋았을 텐데】가 예를 들면 영문법의 가정법 과거 같은 형식을 취하고 있다는 점에 주의할 필요가 있다. 왜냐하면 통상 가정법 과거는 기본적으로 현실에 대한 강한 부정의 의미를 포함하기 때문이다. 그렇게 본다면 위의 부분이 검열의 대상이 된 이유가 단순히 전쟁에 대한 솔직한 감정을 품고 있기 때문이 아니라, 점령군이 통치하는 '지금-여기'에 대한 부정의 의미부여로서 읽힐 수 있기 때문임을 알 수 있게 된다. 즉 위 텍스트에서 【전쟁을 좋아했다】, 【전쟁이 언제까지나 계속되면 좋겠다】와 같이 전쟁에 대한 감정을 드러내는 말들이 모두 삭제 대상이 되어서 잘려나간 것은, 그것이 '지금-여기'에 대한 부정적인 의미부여를 통해 점령군 통제에 대한 반감으로 이어질 가능성이 있었기 때문이라고 추론할 수 있는 것이다.

이러한 검열 행위는 요코테가 지적했듯이 작품에 대한 엄밀한 이해가 이루어지지 못했음을 입증하는 증거로 쓰일 수 있을지도 모른다. 왜냐하면 위의 노무라의 발화가 나온 시점은 엄밀히 말해 점령 그 자

---

16 위의 책, 133~134면.

체라기보다는, 옥음방송 후부터 실제로 종전조약이 맺어져 미군이 상륙하기 전까지의 시기를 배경으로 하고 있고, 그 공백기의 일본인들의 불안과 공포를 대리=표상하고 있기 때문이다. 즉 「전쟁과 한 여자」에 대한 검열자는 문학 작품이 대상화하는 과거로서의 '지금-여기'를, 점령이 이미 시행되고 있는 현재로서 착각하고 있었다고 볼 수도 있다. 하지만 중요한 것은 안고의 텍스트는 그러한 검열자의 '실수'의 발생을 차단하기는커녕 조장하고 있다는 점에 있다. 텍스트가 문제화하는 '지금-여기'는, 그것이 설사 과거라고 하더라도, 언제나 늘 텍스트가 발표되는 시점과 그것이 읽혀지는 '지금-여기'와의 상관관계 속에서 의미화될 수밖에 없으므로, 검열자의 '올바른' 텍스트 이해는 사실상 있을 수 없다. 「전쟁과 한 여자」의 중층적인 시간의 설정은 그런 '올바른' 텍스트 이해를 교란시켜, 스스로에게 검열이 가해지도록 유도하고 있다는 점에서 문제적이다. 그럼으로써 「전쟁과 한 여자」는 이 텍스트가 발표되는 '지금-여기'의 풍경으로서 검열행위를, 마침내 그 여백에 기재할 수 있었다.

요컨대 「전쟁과 한 여자」의 검열행위가 문제적인 것은 문학성이 '훼손'되었기 때문이라기보다는, 그 훼손을 감수함으로써 검열이 점령군의 점령이념을 스스로 훼손하고 있다는 사실을 사후적으로나마 드러내고 있기 때문이다. 모든 인간을 주체적인 존재로서 보고, 개인의 자유를 존중하고 하는 이른바 '민주주의' 이념을 도입하려고 했던 GHQ의 입장에서 본다면, 개인의 독특한 성격 및 자유로운 의사 표현에 메스를 가한 검열은 자신의 이념을 스스로 훼손하는 것이기 때문이다. 또한 미국이 태평양 전쟁을 성공적인 것으로 보며, 모든 전쟁에 대한 반대 입장을 결코 취하지 않는다는 점에서 봤을 때도 전쟁에 대해도 긍정적인 의미를 부여하려고 하는 안고 텍스트에 대한 검열행위는 일종의 자기당착이다. 다시 말해 「전쟁과 한 여자」의 검열 행위가 보여주는 것은 검열이 가진 공격성이 아니라, 점령군의 이념과 실천 사이의 모순과 균열 그 자체라고 봐야 하는 것은 아닐까.

4. 「속 전쟁과 한 여자」와 검열 ─ '점령'을 드러내는 방법의 제시

그렇다면 점령 시기 점령 이념과 그 이념의 실천으로서 GHQ / SCAP 검열 사이의 균열은 어떻게 봉합될 수 있을까. 「전쟁과 한 여자」에 이어 발표된 「속 전쟁과 한 여자」는 그러한 문제를 고찰하기에 적절한 텍스트이다.

제목에서 볼 수 있듯이 「전쟁과 한 여자」의 속편으로 쓰인 이 텍스트는, 전작의 여주인공 여자를 연상시키는 여자가 '나'라는 화자로 등장해, 전시에서 패전 직후까지의 노무라와의 동거를 풀어나가고 있는 얘기인데, 기존에는 없던 두 노인을 등장시켜서 그들과의 대비를 통해서 노무라와의 관계를 조명한다는 점에서 전작보다 보다 소설적 완성도가 높은 텍스트라고 볼 수 있다. 하지만 전작에서 삭제된 부분과 유사한 표현들이 검열에 의해 삭제되지 않고 통과되었다는 점에서 이 텍스트는 점령기 검열의 실상을 고찰하기에 매우 유용하다.

예를 들면 전작에서 문제가 된 【전쟁을 좋아했다】, 혹은 【공습국가의 여자였다】 같은 표현들은 다음과 같이 형식으로 변주되고 있다.

나는 B29의 야간 편대공습을 좋아했다. 낮의 공습은 고도가 높아서 잘 보이지 않았고, 빛도 색도 없어서 싫었다. 하네다 비행장이 당했을 때, 검은 56기의 소형기가 한 대씩 쫙 날개를 뒤집고 정반대로 직선을 그리며 내려왔다. **전쟁은 정말로 아름답다.** 우리들은 그 아름다움을 예상할 수가 없었고, 전율 속에서 살짝 들여다볼 수밖에 없었기 때문에, 깨달았을 때에는 지나간다. 생각해주는 척도 하지 않고, 연연해하지도 않으며, 그리고 전쟁은 사치였다.**[17]**(번역과 밑줄－필자. 이하 동일)

밤의 공습은 멋지다. 나는 전쟁이 나에게 여러 가지 즐거운 것을 빼앗았기 때문에 전쟁을 미워했지만 밤 공습이 시작된 후부터 **전쟁을 미워할 수 없게 되었다.** 전쟁의 밤의 어둠을 미워했으므로 밤 공습이 시작된 후는 그 어둠이 몸에 스며들어 아련하게 자신의 신체와 하나가 된 것 같은 깊은 조화를 느끼고 있었다.

그러나 야간 폭격이 뭐가 가장 멋졌냐고 한다면, 정직하게 피해가 컸다는 것이 무엇보다도 내 마음에 들었다고 하는 것이 진정한 기분이다. 반짝반짝 빛나는 곡사포, 그리고 곡사포 소리 속을 헤엄쳐오는 B29의 폭음. 불꽃처럼 하늘에 퍼져 떨어지는 소이탄, 그러나 내게는 지상의 황망한 겁화(劫火)만이 온 마음의 만족을 가져다 준 것이었다.**[18]**

보는 바와 같이 전작의 【전쟁을 좋아했다】라는 표현은, 위 인용을 통해 보는 것과 같이 속편에서 '야간편대를 좋아했다', '전쟁은 정말로 아

---

17 坂口安吾, 『白痴』, 新潮文庫, 1948. 156~157면.
18 위의 책, 158면.

름답다', '밤의 공습은 멋지다', '전쟁을 미워할 수 없게 되었다'라는 식으로 바뀌어 있다. 이런 변화에도 불구하고 위의 표현들은 여전히 「삭제와 발행금지 대상 카테고리」의 16번째 항인 '전쟁 프로파간다의 옹호(Defense of War Propaganda)'에 저촉된다고 볼 수 있는데, 이 텍스트는 어떠한 삭제 판정도 받지 않고 검열을 무사히 통과한 것이다. 그렇다면 양 텍스트에 나타난 이러한 검열의 차이를 도대체 어떻게 설명할 수 있을까.

두 텍스트의 서사 구조의 차이를 생각할 때 요코테가 「전쟁과 한 여자」에서 여자가 '사적영역의 궁지에 침잠하는 것으로 공연하게 생명을 말살하는 국가의식의 틀 밖에 있었'던 반면, 노무라는 '국가의 아날로지로서 자신밖에 발견하지 못하'는 존재로 파악하고 있다고 말한 것이 참조가 된다.[19] 왜냐하면 이러한 관점에 따르자면 「전쟁과 한 여자」에서 삭제당한 표현은 그것이 설사 여자의 내면과 관계한다고 하더라도 결국 국가의식을 끝내 버리지 못하는 남성 화자인 노무라에 의해서 말해지고 있다는 점에서, 그가 말하는 모든 언어들이 프로파간다의 일부로 해석될 여지를 충분히 남기고 있는 것이다. 그에 비해 「속 전쟁과 한 여자」 속에서 검열과 관련 있는 표현들은 처음부터 국가공동체의 도덕적 이념의 외부에서 살아왔고 살아갈 '나=여자'라는 여성 화자에 의해 직접적으로 말해지고 있다. 따라서 비슷한 감정의 표현이더라도 점령군에 가할 수 있는 위협은 전자에 비해 그리 크지 않았을 거라는 판단이 충분이 가능하다.

---

19 橫手一彦, 앞의 글, 96~97면.

실제로 전쟁이 '즐거운 것을 빼앗았기 때문에 전쟁을 미워했'지만, B29에 의한 공습으로 표상되는 미국의 등장에 의해서 전쟁을 '미워할 수 없게' 되었다는 표현으로부터 알 수 있듯이, 화자의 눈에서는 미국이 위협적으로 비춰지지 않는다. 뿐만 아니라 여기서 화자는 전쟁을 '자신으로부터 모든 것을 빼앗은' 전쟁과, 자신에게 심미적 '아름다움'이라는 즐거움을 제공하는 전쟁으로 구별하고 있는데, 이는 대일본제국과 미국에 대한 구별이기도 하다. 즉 화자의 눈에 비친 대일본제국이 근검을 강조하는 스토익한 분위기 속에서 개인의 심적 고양을 억눌렀다면, B29에 의한 공습을 통해 보는 미국은 사치스럽고 미적이기까지 해서 개인에게 심적 고양을 느끼게 해주는 존재로 표상되고 있다.

물론 이러한 표현은 단순히 전쟁을 종식시킨 미국에 대한 고마움을 표명하고자 하는 것이 아니라, 오히려 그 반대의 의미도 담고 있다고 볼 수도 있다. 왜냐하면 이 텍스트는 「전쟁과 한 여자」의 삭제판정 이후에 발표되었다는 점에서, 검열에 대한 안고 특유의 비판이라고 해석할 수도 있는 여지가 충분히 있기 때문이다. 실제로 보통 검열로 인해 부분 삭제 판정을 받는 경우, 절필이라는 형식으로 그에 대한 비판을 대신하거나, 삭제 받은 부분과 관련된 내용을 아예 건드리지 않는 게 일반적인 반응일 텐데, 안고는 오히려 그 부분을 상당히 늘리며 자세히 표현하고 있다. 즉 전작에서【여자가 전쟁을 좋아했다】는 이유가 여자의 육체적 쾌락과의 관계에서 추상적으로 논해지고 있다면, 여기서는 아예 사람들이 이성적 판단을 제대로 할 수 없는 '야간'에 침투함으로써 그 피해를 엄청나게 확대시키는 미군의 살상력 때문이라고 보다 구체적으로 적고 있는 것이다. 이는 이 부분이 자신의 작품에 가한 검열에 대한 안고의 노골적인 반격이자 조롱이라는 해석을 충분히 가능하게 만든다.

하지만 설사 안고의 '의도'가 그러했다 하더라도 그것이 반드시 성공적이지 않았다는 것을 텍스트의 결말 부분을 통해 확인할 수 있다.

미국 비행기가 일본 저공을 날기 시작했다. B29 편대가 머리 바로 위를 날아갔다가 돌아왔고 나는 금방 질려 버렸다. 그것은 단지 익숙하지 않은 4발(發)의 아름다운 유선형의 비행일 뿐으로, 저 전쟁의 어둠 속에 광망(光芒)의 화살 사이에 껴서 떡 하나니 떠 있던 둔탁한 은색 비행기는 아니었다. 그 은색 비행기에는 지옥 불의 색깔이 비추고 있었다. 그것은 내 애인이었지만, 그 애인의 모습은 이미 사라져 버렸다는 것을 나는 통렬하게 깨닫지 않을 수 없었다. 전쟁은 끝났다!

(…중략…)

"네 애인이 죽었군."

노무라는 내 마음을 꿰뚫어 보고 있었다. 이제부터는 또 평범한, 낮과 밤이 헤어져, 자는 시간과 먹는 시간이 각각 정해진 지루하고 평화로운 날들이 올 거라고 생각하니, **나는 오히려 전쟁이 한창일 때 왜 죽지 못했는지 스스로를 저주하지 않을 수 없었다.**[20]

강조된 부분은 앞서 본 「전쟁과 한 여자」 결말에서 노무라가【훨씬 전쟁을 빨아댔으면 좋았을 텐데】라고 생각하는 부분과 정확하게 조응

---

20 坂口安吾, 앞의 책, 171~172면.

하는 부분인데도 검열을 무사히 통과했다. 그렇다면 이런 차이를 어떻게 설명할 수 있을까.

무엇보다도 두 텍스트 속의 시간적 공간 설정의 미세한 차이에 주목할 필요가 있다. 앞서 살펴봤듯이 「전쟁과 한 여자」 속에서 전쟁을 회고하는 노무라의 발화가 종전이 되어 공습은 멈췄지만 본격적인 점령이 아직 시작되기 전을 배경으로 발화되고 있는데 반해, 속편에서 위의 발화는 '미국 비행기가 일본을 저공으로 날기 시작했다'라는 표현을 통해 알 수 있듯이 이미 점령에 들어간 상황에서 발화되고 있다. 이러한 시간적 차이는 점령에 대한 의미화의 차이를 낳는다. 왜냐하면 아직 도래하지 않은 미래로서 '점령'이 대일본제국의 언어시스템을 매개로 해서 상상된 묵시록적인 전망으로 그려질 수밖에 없다면, 이미 도래한 현실로서 '점령'은 '평범한, 낮과 밤이 헤어져, 자는 시간과 먹는 시간이 각각 정해진 지루하고 평화로운 날'이라는 표현에서 알 수 있듯이, 그것이 그리 특별한 것 없는 일상성을 가져온다는 것을 경험적 차원에서 말하고 있기 때문이다. 그러한 시간적 설정은, 이 텍스트가 전쟁에 대해서 어떠한 말을 하더라도, 점령군 및 미군에 대해 위협적이지 않을 구조를 이미 가지고 있다는 것을 의미한다.

「속 전쟁과 여자」 서사 구조는 안고가 GHQ / SCAP 검열에 대해 정말로 비판적이었는지 친화적이었는지에 대한 논란을 제공하겠지만, 그보다 더욱 중요한 것은 이 텍스트가 GHQ / SCAP 검열에 근본적으로 내재한 자기 모순성을 해소할 기회를 제공했다는 점 아닐까. 그러니까 GHQ / SCAP는 자기 자신에 대한 비판과 전쟁에 대한 긍정적인 발언을 엄격하게 금지했지만, '민주주의'와 '자유'를 추구하는 점령의 이념상 언제까지 미국과 전쟁에 대해서 쓰고자 하는 글쓰기의 자유로운 욕망을 억제할 수만은 없었다. 따라서 검열은 「삭제와 발행금지 대상 카테고리」만에 입각해서 엄격하게 수행할 것이 아니라, 때로는 이렇게 하면 된다는 식의 케이스를 보여주는 것을 통해서 점령기 언설의 숨통을 뚫을 필요도 있었던 것이다. 안고가 점령기를 대표하는 작가가 된 데에는 이러한 배경도 자리하고 있었던 것 아닐까.

5. 나가며 – 검열과 '타락'으로서 글쓰기라는 자유

이제까지 점령기 발표된 안고의 세 작품의 검열 방식을 살펴봤다. 이를 통해 GHQ / SCAP의 검열이 반드시 프레스 코드의 「삭제와 발행금지 대상 카테고리」에 의거해 엄밀하게 수행되지 않았고, 경우에 따라서는 삭제될 만한 내용을 적절하게 허용함으로써 민주주의의 도입이라는 점령 정책과 그 실천으로서의 검열 사이의 모순 속에서 발생되는 긴장을 해소하려고 했음을 알 수 있었다. 이러한 사실은 점령기에는 검열로 인해서 자유가 없었고, 전후에 들어와 언론의 자유가 비로소 정착되었다고 주장하는, 이른바 '전후언설'이 얼마나 기만적인가를 보여준다.

안고의 텍스트가 이러한 앎을 가능토록 한 데에는 안고가 GHQ / SCAP의 검열 정책에 친화적이었기 때문이라기보다는, 전후 작가들 중에서도 가장 빠른 시점에 검열을 인간성의 본질로서 사유하며 태도를 정했다는 점을 놓쳐서는 곤란하다.

전쟁이 끝난 후 우리들은 온갖 자유를 허용 받았으나, 사람들은 자유를 허용 받았을 때 자신이 영문 모를 제한 속에 있으며 여전히 부자유하다는 사실을 깨닫게 될 것이다. 인간은 영원히 자유로울 수 없다. 왜냐하면 인간은 살아 있고, 또 죽지 않으면 안 되며, 그리고 인간은 생각하기 때문이다. 정치상의 개혁은 단 하루에 단행될 수 있지만 인간의 변화는 그렇게는 되지 않는다.[21]

점령공간의 언설의 대표작이자 전후담론의 출발점을 알리는 「타락론」은, 전전의 천황제적 질서, 혹은 모든 제도 그 자체에 대한 거부의 메시지로서 읽혀져 왔다. 이러한 경향에 대해 서동주가 '그것(「타락론」)은 제도에 관한 일체의 논의를 부정하는 것이 아니라, 오히려 인간은 제도와의 관계와의 관계 속에서 이해해야 한다는 것을 의미한다'며 반박하고, 그 근거로서 위의 대목을 제시하면서 이를 '현실의 정치적 개혁의 한계를 지적하는 것을 넘어 인간에게 '자유의지'란 것이 존재하는가에 관한 원리적 사유의 표명'으로 읽어낸 것은 타당하다.[22] 단 하나 아쉬운 점은 서동주의 '제도' 속에는 전전의 천황제와 전후의 상징천황제만 있을 뿐 GHQ에 의한 점령이라는 제도가 간과되어 있다는 점이다. 그리고 이러한 정치적 제도들이 모두 글쓰기라는 자유 의지에 대해 직·간접적으로 검열이라는 제도를 수반한다는 점을 놓친 부분도 아쉽다. 만약 검열이라는 제도를 강하게 의식한다면, 위의 부분은 글쓰기의 자유와 정치체제가 당연히 수반하는 검열이라는 제도와의

---

21 사카구치 안고, 앞의 책, 146면.
22 서동주, 「'타락', 전후를 넘는 상상력」, 『아시아문화연구』 제18집, 2010, 149면.

관계성에 대한 자신의 입장표명으로 읽을 수 있기 때문이다.

그러니까 여기서 안고는 전쟁이 끝난 후 일본인들은 모든 것을 말할 수 있는 자유를 허락받았지만, 동시에 '영문 모를 제한'과 '부자유' 속에 있는 것은 아닌가 하고 반문하고 있다. 단, 그 '제한'이 곧바로 GHQ / SCAP의 검열을 의미하는 것은 아니라는 점에 각별히 유의할 필요가 있다. 왜냐하면 그가 인간이 자유로울 수 없는 이유를 '인간은 살아 있고, 또 죽지 않으면 안 되며, 그리고 인간은 생각한다'는 데에서 찾고 있기 때문이다. 즉, 정치에 동반하는 검열이 개시되기도 전에 이미, 삶과 죽음과 생각이라는 인간의 삶의 조건 속에서 검열이 작동되고 있다는 것을 안고는 깨닫고 있는 것이다. 이는 프로이트가 인간의 정신 속에 검열이 이미 늘 존재하고 있다고 설명한 것과 같은 맥락에서 이해할 수 있다.

그런 의미에서 본다면 안고에게 있어 점령은 검열을 인간에게 보편적으로 존재하는 조건으로 파악할 수 있게 만들어 준 공간이라고 말할 수 있고, 이러한 사고는 GHQ / SCAP에 의한 검열을 핑계로 자신의 문학적 행위를 포기하기는커녕, 오히려 인간이 무의식적으로 표현을 금하는 검열을 향해 돌진하는 것을 안고 자신의 글쓰기 동력으로 삼게 되는 데 이바지하게 된다. 그렇게 본다면 앞서 살펴본 안고의 세 텍스트는 「타락론」에서 제시한 자신의 이념인 '타락'의 실천으로 볼 수도 있을 것이다. 즉 안고의 글쓰기는 대일본제국의 검열 코드와 GHQ / SCAP의 검열만이 아니라, 인간의 조건으로서 보편적인 검열에 도전함으로써, 때로는 삭제되고 때로는 표현을 바꾸는 '타락'을 경험했고, 그를 통해서 자신의 자유의 폭을 넓히는 법을, 여전히 '영문모를 제한' 속에서 부자유를 느끼는 오늘날의 우리들에게도 보여주고 있는 것이다.

참고문헌

논문

서동주, 「'타락', 전후를 넘는 상상력」, 『아시아문화연구』 제18집, 2010.

山本武利, 「占領下のメディア検閲とプランゲ文庫」, 『文学』, 2003.9 · 10.
横手一彦, 「戦時期文学と敗戦期文学と一坂口安吾「戦争と一人の女」」, 『昭和文学研究』
　　39, 1999.9.

단행본

김항, 『말하는 입과 먹는 입-'종언의 시대'의 종언과 새로운 사 유의 모색』, 새물결,
　　2009.
사카구치 안고, 최정아 역, 『백치 · 타락론 외』, 책세상, 2007.
조정민, 『만들어진 점령서사』, 산지니, 2009.

ジョン・ダワ, 三浦陽一 · 高杉忠明 訳, 『増補版 · 敗北を抱きしめて上』, 岩波書店, 2004.
江藤淳, 『成熟と喪失-"母"の崩壊』, 河出書房新社, 1967.
江藤淳, 『閉された言語空間-占領軍の検閲と戦後日本』, 文藝春秋, 1986.
山本武利 編, 『占領期雑誌資料大系-文學編 Ⅱ』, 岩波書店, 2010.
坂口安吾, 『白痴』, 新潮文庫, 1948.
紅野謙介, 『検閲と文学-1920年代の攻防』, 河出書房新社, 2009.

오오에 켄자부로[大江健三郎] 문학 속의 '조선인'상

『만엔 원년의 풋볼[万延元年のフットボール]』을 중심으로

최재철

1. 머리말

오오에 켄자부로(大江健三郎; 1935~) 문학 속의 '조선인'[1]상에 대하여 먼저, 초기 작품[2] 속에 자주 등장하는 '조선인'의 여러 모습을 살펴보고, 『만엔 원년의 풋볼[万延元年のフットボール]』(『群像』, 1967.1~7)을 중심으로 고찰하고자 한다.

스스로를 전후 민주주의자로 지칭하는 오오에[大江]는 사회적 약자와 장애자 등 소수자들에 대한 차별과 소외 문제 등 사회문제를 형상화

1 　여기서 '조선인' '조선'은 작가의 작품 인용과 이와 밀접한 경우에 사용하며, '한국(인)'은 일반적 통칭일 경우에 사용한다.
2 　데뷔부터 약 10년간(1960년대 말까지)을 초기로 보고자 한다.

하는 데에 적극적으로 소신을 표현해왔다.[3] 초기작 『싹 훑기 아이 사냥
[芽むしり仔撃ち]』『외침소리[叫び声]』(1962) 등에 이미 일본의 아웃사이더
인 소수자 재일조선인이 주요 등장인물로 설정되어 있다.[4]

오오에 문학의 조선인상에 대한 선행연구는 일본보다 한국 쪽에 3, 4
편의 논문이 있는데, 『싹 훑기 아이 사냥』의 한국인상에 관한 것과 『외침
소리』의 문제의식을 다룬 것, 그리고 『만엔 원년의 풋볼』의 타자 표상론
과 민속학적 이인(異人)론 등이 있다. 오오에 문학 속의 '조선인'상에 대
한 선행연구에 대해서는 3절에서 기술하기로 한다. 텍스트는 『大江健三
郎全作品』(第Ⅱ期) 제1권 『万延元年のフットボール』(新潮社, 1994)로 한다.

2. 오오에[大江] 작품 속 '조선인'의 양상

오오에[大江]의 초기 작품에는 '조선', '조선인'이 자주 등장하는데, 대
개 일본 공동체 사회의 소수자로 묘사되어 있다. 먼저, 첫 장편소설 『싹
훑기 아이사냥』(『群像』, 1958.6)에서는 산골짜기 외딴 마을에 전염병이
번졌다고 비행 청소년들을 방치한 채 떠나 버린 마을공동체의 촌장으

---

3 일본 근대문학에서 일찍이 사회적 소수자에 대한 차별과 소외를 다룬 것은 시마자키 토
   오숀[島崎藤村]의 『파계(破戒)』(1906)이다. 이 작품은 신분차별의 모순을 파헤친 근대
   일본 자연주의 소설의 대표작으로서, 소위 '부락(部落)' 출신 주인공 청년교사 '우시마츠
   [丑松]'가 백정의 아들이라는 출신 성분의 고백을 통하여 근대적 자아를 찾아가는 도정을
   그리고 있다.
   '부락민'을 소재로 하는 작품에는 대부분 '조선인'이 등장하는데, 일찍이 이 작품에서도
   '천민'이라고 차별 받는 '부락민' 못지않게 소수자로서 소외 받는 계층으로 '조선인'이 묘
   사되어 있다. 최재철 외, 『소수집단과 소수문학』, 월인, 2005; 최재철, 「일본의 '부락문제
   문학' 연구」, 『일본학보』 제58집, 한국일본학회, 2004.3, 343~358면 참조.
4 최재철, 『일본문학의 이해』, 민음사, 1995, 362~363면 참조.

로 대표되는 어른들의 폭력과 이기심 덩어리인 횡포, 그 마을에 갇혀
버린 일본인 청소년들과 조선인부락 출신 소년 이(李)의 대립과 화해
가 그려져 있다.[5] 그리고 『늦게 온 청년[遅れてきた青年]』(『新潮』, 1960.9~
1962.2)에서는 주인공의 친구 '고[康さん]'를 비롯한 조선인부락의 집단
데모가, 그리고 『외침소리』(『群像』, 1962.11)에서는 여고생을 살해하며 정
체성을 주장하는 '쿠레 타카오[呉鷹男]'[6]와 마늘만을 먹으며 전국을 돌아
다니는 그의 조선인 부친이 등장한다. 『일상생활의 모험[日常生活の冒険]』
(『文学界』, 1963.2~1964.2)에서는 '킨타이[金泰]'라는 조선인 복서가 등장하
여 일본에 귀화할 것을 종용하는 권투관계자들의 권유를 거절하고 자
신의 동포를 위해 시합에 나서며, 「핵시대 숲의 은둔자[核時代の森の隠遁
者]」(『中央公論』, 1968.8)에서는 일제강점기 시절 조선인 강제노동에 대한
표현[7]이 이야기의 주요한 흐름을 이룬다. 이 중에서 먼저 『외침소리』를
간략히 살펴보기로 한다.

『외침소리』의 쿠레 타카오[呉鷹男]는 조선인 아버지와 일본인 어머니
사이에서 태어난 혼혈아로, 어린 시절부터 그 사실을 숨기라는 교육을
받고 자란다. 스스로의 정체성을 표출하고자 하는 욕구의 오도된 돌파

---

5 최재철, 「오에 켄자부로[大江健三郎]『싹 훑기 아이 사냥[芽むしり仔撃ち]』의 '조선인'
   상」, 『일본연구』 제66호, 한국외대 일본연구소, 2015.12, 125~147면.
6 '쿠레 타카오'의 이야기는 실제 있었던 「코마츠가와 여고생 살인사건[小松川の女高校生
   殺人事件]」(1958년 8월 17일)을 다루고 있다. 이 사건은 이진우(李珍宇)라는 재일조선인
   고교생이 같은 학교의 여학생을 교살한 것으로, 그는 스스로 전화를 걸어 죄를 자백했고
   경찰에 출두하여 재판과정에서 계속 사형을 주장하였다. 결국 1962년 사형에 처해졌으
   며, 이 이야기는 오오에 켄자부로를 비롯해 후카자와 시치로[深沢七郎], 키노시타 준지
   [木下順二] 등의 작품에 소재가 되었다.
7 "朝鮮から強制労働につれてこられた連中の部落であり, 次いでは養鶏場となって数千羽の
   鶏が利益率ゼロの卵をむやみに生みおとす場所"(『われらの狂気を生き延びる道を教えよ』,
   新潮文庫, 1970, 93면); "戦時に強制連行されてひどい状態で働かせたあの朝鮮人の一連の
   報復のひとつだったのじゃないかという者もいるそうだ."(같은 책, 110면)

구로서, '순일본인' 여고생을 강간하고 살해함으로써 정통(authentique)을 욕보이고 파괴하여 새로운 정통성을 찾으려 한다.[8] 자신을 '괴물'이라고 칭하며 새로운 정통을 얻었다고 생각하지만 체포되어 사형이 선고된다. 그런데, 어머니가 불러준 자신의 조선 이름 '오찬(吳燦)'이라는 한마디 외침에서 스스로가 찾고 있던 것이 무엇이었는지 깨닫게 된다. 차별 받고 소외되었던 '쿠레[吳]'는 이제 조선 이름 '오(吳)'를 도로 찾는 순간 정체성을 갖게 되었다는 안도감으로 사형집행일을 담담히 기다릴 수 있게 된 것이다. '가공의 쿠레 타카오로서 가짜 인생을 사는 것(架空の吳鷹男として贋の生涯を生きること)'의 강박 관념으로부터 해방되어 이제 '정규 멤버'라는 감각을 갖게 된다.

> 오찬으로서 사는 그는 적출자로서의 감각, 이 세계에 딱 들어맞는 정규 멤버라고 하는 감각
>
> (吳燦として生きる, かれは摘出者の感覚, この世界にぴったりした正規のメンバーであるという感覚)[9]

'오찬'이라는 '적출자로서의 감각'을 찾아 남겨진 짧은 인생을 '정통'을 회복한 자존감을 갖고 살 수 있게 된 것이다. 이와 같이 『외침소리』는 실제 사건을 소재로 정체성의 혼란을 겪는 소수자 재일조선인 청년의 '절규[叫び]'를 그린 소설이라고 하겠다.

---

8 서은혜, 「오에 켄자부로의 초기작에 나타난 문제의식 ─ 『울부짖는 소리[叫び聲]』를 중심으로」, 『일본어문학』 제13집, 일본어문학회, 2002.6, 127~147면.

9 大江健三郎, 「叫び声」, 『大江健三郎全作品』 第I期 第5卷, 新潮社, 1994, 103면.

그 외에도 비중은 작지만 「투쟁의 오늘」(『中央公論』, 1958.9), 「방[部屋]」(『新潮』, 1959.6), 「후퇴청년연구소(後退青年研究所)」(『群像』, 1960.3), 『세븐틴(セヴンティーン)』(『文学界』, 1961.1) 등에서는 조선인과 학생운동의 퇴조, 조선김치, '조선전쟁 발발로 인해 징용될까봐 두려움에 떠는 일본청년과 미군병사'(「투쟁의 오늘」, 「불만족(不満足)」『文学界』, 1962.5) 등에 관한 언급이 눈에 띈다. 이렇게 오오에의 여러 작품에서 조선인을 등장시키고 있는데, 그 '조선인'상은 대개 소수자로서 차별과 소외의 대상이거나 정체성의 혼란을 겪는 모습, 또는 '조선전쟁'과 관련하여 그려지는 경우가 일반적이다.

오오에의 작품 중에서 『만엔 원년의 풋볼』 속의 조선인은 보다 선명하고 강렬한 인상을 주고 있다. 이 작품은 시코쿠[四国]의 '골짜기 마을[谷間の村]'을 배경으로 '만엔[万延] 원년'(1860)부터 1960년대에 이르는 100년간의 네도코로[根所] 집안의 이야기를 중첩시키며 역사적 시점으로 그리고 있고, 소수자 재일조선인은 스토리 전개상 일본인들의 관계 설정 면에서 매우 중요한 역할을 하고 있다.

3. 『만엔 원년의 풋볼』의 '조선인'상

『만엔 원년의 풋볼』에 대한 종래 일본의 선행연구는 대체로 다음과 같이 몇 가지로 나누어 볼 수 있다. 주제 고찰 방향이 '실존과 아이덴티티의 문제'이거나[10] '역사인식의 문제',[11] '공동체의 문제' 즉 '모든 테마들을 근원에서 떠받치는 사상'으로서 '공동체의 문제',[12] '장애를 가진 아이와의 공생' 즉 작가에게 있어 장애아의 문제가 현대 지식인의 문제로 승화되고 있다는 것,[13] '광기와 신화의 문제' 즉 작품의 방법적 수단으로서의 '광기' 제시[14] 등등의 연구에 집중되어 있으며, 작품 속 조선인의 문제를 다룬 연구는 미미한 편이고, 국내의 재일조선인과 관련지은 선행의 글에 대해서는 본론을 전개하면서 기술하기로 한다.

이 작품의 등장인물은 한쪽 눈이 보이지 않는 27세의 주인공 네도코로 미츠사부로(根所蜜三郎; '미츠/蜜'로 약칭)와 알코올중독자 아내 나츠코[菜採子], 정신지체 장애아들, 좌절한 좌익운동가 동생 타카시(鷹四; '타카/鷹'로 약칭) 등으로 이들은 고향 산골에서 절망의 나날을 보낸다. 도망치듯 일가가 숨어든 고향은 만엔 원년 막부(幕府)시대 민중투쟁이 있었던 곳이다. 동생 타카[鷹]는 1960년 '안보반대투쟁'에서 좌절한 후 '우리들의 치욕'이라는 참회극을 연기하는 연극단의 일원이 되어 미국을 전전하다가 소식이 끊긴 후 돌연 귀국한다. 귀국 이유는 시코쿠[四国] 골짜기 마을의 창고를 재일조선인 소위 '슈퍼마켓의 천황'이 매각하게 하는 일과 1860년 농민봉기의 주모자인 증조부의 동생에 관해 알기 위해서였다. 결국 형과 동생은 각각 다른 방식으로 상실한 정체성을 찾아

---

10 柴田勝二, 「希求される秩序-『万延元年のフットボール』の想像界と象徴界」, 『作者'をめ ぐる冒険』, 新曜社, 2004, 171~198면; 渡辺広士, 「万延元年のフットボール」, 『大江健三 郎』, 審美社, 1995, 98~109면; 安藤始, 『大江健三郎の文学』, おうふう, 2006 등.

11 片岡啓治, 『大江健三郎論-精神の地獄をゆく者』, 立風書房, 1973; 小森陽一, 『歴史認識 と小説-大江健三郎論』, 講談社, 2002.

12 笠井潔, 『球体と亀裂』, 情況出版, 1995; 黒古一夫, 『作家はこのようにして生まれ, 大きく なった-大江健三郎伝説』, 河出書房新社, 2003, 194면.

13 伊豆利彦, 「『万延元年のフットボール』論」, 『国文学 解釈と教材の研究』, 学灯社, 1971.11, 138~143면.

14 野口武彦, 『吠え声・叫び声・沈黙-大江健三郎の世界』, 新潮社, 1971, 19면; 張文穎, 「神話と歴史の恢復-『万延元年のフットボール』」, 『トポスの呪力』, 專修大学出版局, 2002, 94~113면.

나선 귀향이었는데, 농민봉기의 기억에 사로잡혀 있는 마을에서 형제를 기다리고 있는 것은 절망적인 질곡의 현실이었다. 동생 타카는 투쟁자의 혼령을 부활시킨다는 야릇한 감정에 사로잡혀 마을 청년들을 모아 풋볼팀을 만든다. 풋볼팀으로 전열을 가다듬어 마을에서 가장 부유한 '슈퍼마켓의 천황'을 무너뜨리기 위해서인데, 음모가 진행되는 과정에서 동생 타카는 형수와 관계를 맺게 된다. 또한 강간에 실패하면서 이성을 잃게 된 그는 극도의 흥분상태에서 재일조선인 여성을 살해하는 실수를 저지른다. 절박한 입장에 처한 타카는 자살한 여동생과의 근친상간을 형 미츠에게 고백하고 나서 본인도 자살을 선택한다. 사건이 막을 내린 후, 100년 전 농민봉기의 진실을 알게 된 미츠는 결국 현실을 받아들일 결심을 하며, 요양시설에 맡긴 정신지체 장애아들을 데려오기로 하고 아내와 곧 태어날 타카의 아이를 위해 마을을 떠난다.

오오에의 『만엔 원년의 풋볼』이 여타의 작품과 다른 것은 '치유'가 '개인'에 머물지 않고 '공동체'의 것으로 전개되고 있다는 점이다. 등장인물들의 상처는 이 세계의 보이지 않는 '구조' 속의 일이라는 것이 스케일 크게 그려지고 있다.[15] 이를 통해 무기력과 공포, 분노 등 패전 직후 일본인이 느꼈던 정신적 공황 상태가 등장인물들을 통해 감지되고 있는 것이다.

이러한 이 작품의 내용 전개상에서 '슈퍼마켓의 천황'이라는 말이 함축하는 바와 같이 재일조선인은 주요 모티브로 등장하고 있다.

---

15 渡辺広士, 서은혜 역, 『오오에 켄자부로오』, 전주대 출판부, 1997, 113면 참조.

1) '혹 같은 존재'로서의 조선인

『만엔 원년의 풋볼』에는 '조선인'이라는 표현이 빈번히 등장하는데, 그 첫 번째는 바로 '혹 같은 존재'로서의 이미지이다. 작품 서두에서부터 '조선인부락이 혹처럼 붙어 있다'고 선명하게 각인시키고 있다.

> 1945년 가을 어느 해질녘, 그건 전장으로 향했던 두 형 중에 혼자만 살아 귀환한 둘째형이 우리 마을의 골짜기를 나선 곳에 혹처럼 붙어 있는 조선인부락에서 구타당해 죽은 날의 해질녘이었는데,
>
> (一九四五年秋のある夕暮, それは戰場にむかった二人の兄のうち, ひとりだけ生きて帰還した次兄が, われわれの村の谷間を出た所に瘤のようについている朝鮮人部落で撲り殺された日の夕暮であったが,)[16]

조선인부락이 지형적으로 마을 입구에 마치 '혹' 같이 붙어 있다고 설명하고 있다. 하지만 이는 다음과 같이 미츠사부로의 장애 아들 출생시 머리에 붙어 있던 기형적인 혹을 연상하게 하며, 이 혹의 제거 수술을 하는 장면과 연관되어 작품 전체를 통해 '혹 같은 존재'로서의 조선인에 대한 상징적 의미로 전이된다.

> 갓난아이의, 죄인처럼 바짝 밀어올린 머리가 보인다. (…중략…) 쇠약과 불안으로 긴장한 인상과는 전혀 반대로 피의 척수액이 가득 찬 적갈색 혹

---

16 大江健三郎, 『万延元年のフットボール』(『大江健三郎全作品』第II期 第1卷), 新潮社, 1994, 25면. 이후, 이 텍스트 인용은 쪽수만 기입하기로 한다.

이 정력적으로 동시에 둔감하게 갓난아이 머리와 이어져 존재하고 있다. '혹'은 위압적이다. 그것은 자신 안에 내장되어 있음에도 불구하고 스스로 통제할 수 없는 기괴한 힘의 소재를 실감시킨다.

　(赤んぼうの, 罪人のように剃りたてられた頭が見える. (中略) 衰弱と不安な緊張の印象とはまったく逆の, 血の脊髄液のたっぷりつまった代赭色の瘤が, 精力的にかつ鈍感に, 赤んぼうの頭とつながって存在している. 瘤は威圧的だ. それは自分のうちに内蔵されているにもかかわらず, 自分には統御できない奇怪な力の所在を実感させる.)(49면)

　보통 '혹'이라는 것은 정상조직이 아닌 불필요한 부가조직으로서 커지기 전에 제거해야만 하는 부정적인 이미지를 갖고 있다. 미츠의 기형 아이가 갖고 있는 '혹'과 일본인들의 '골짜기 마을[谷間の村] 입구'에 붙어 있는 조선인부락이라는 '혹'은 불필요한 존재임과 동시에 '위압적'이고 '통제할 수 없는 기괴한 힘'을 갖고 있다는 공통점을 갖고 있다. 그리고 미츠와 나츠코 부부의 불안이 증폭되고 타카와 조선인 부락과의 갈등이 심화되면서 이 '혹'의 이미지는 미묘하게 교차하게 된다.

　실제 1945년은 일본이 패전하고 한국이 광복을 맞이한 해로서, 일본의 이 골짜기 마을에서 조선인부락은 더 이상 쓸모가 없는 것이라는 뜻을 은연중에 드러내고 있다. 더구나 그 조선인부락에서 계곡 마을의 일본인 S형(S次兄; 타카의 둘째형)이 살해되기도 한 터였다. 삼림채벌 노동자로 강제 징용당해 와 있던 조선인들은 전쟁이 끝난 이상 '혹'과 같은 존재로 치부되어 버린 것이다. 따라서 작품 중반부터 등장하는 조선인 출신 기업가 '슈퍼마켓의 천황'과 같은 인물이 자신들의 경제적

이익을 빼앗아 가기 전에 제거해 버려야 하는 혹 같은 존재인 것이다.

조선인강제노동에 관해서 다음과 같은 언급이 보인다.

> 해변으로 향하는 보도의 다리부터 100미터 아래쪽 계곡 마을 부락에서
> 동떨어져서 몇 채의 가옥군이 부속하고 있다. 과거 거기에 조선인들이 있
> 었는데 강제적으로 삼림 벌채노동에 종사하고 있었다.
> (海辺に向う舗道の, 橋から百メートル下方に谷間の村の集落から切りは
> なされて, 数軒の家屋群が付属している. かつてそこに朝鮮人たちがいて強
> 制的な森の伐採労働に従事していた.)(65면)

오오에가 조선인 강제노동에 대해 에세이 등을 통해서 직접 언급한
바가 없기 때문에 실상을 소상히 알 수는 없으나, 작가의 『핵시대 숲의
은둔자』(1968) 등의 작품에서도 비슷한 인용이 이루어지고 있는 것으
로 미루어 볼 때,[17] 오오에가 어린 시절 시코쿠 오오세[大瀬]의 산촌마을
에서 조선인을 목격하고 조선인과 교류했을 가능성을 부정할 수는 없
다. 실제로 전후의 불황 속에서 삼림채벌은 일본인들의 생업이 되었고,
일자리에서 밀려난 조선인들은 생계에 곤란을 겪게 된다.[18] 이야기 속
에서 조선인 부락 습격이 일어나게 된 표면적인 이유도 생계가 막막한
'조선인 암거래 집단이 마을 농가들이 숨겨두었던 쌀을 적발하여 지방
도시에 팔러 가는 것을 반복'(80면)한 것이 발단이었다. S형과 그 동료
들은 이에 대한 보복으로 조선인부락에서 밀조주를 강탈한다.

---

17 각주 7 참조.
18 原尻英樹, 「敗戦後の「在日」」, 『在日としてのコリアン』, 講談社, 1998, 39~74면.

그리고, 조선 민담 속의 '눈이 자두처럼 빨개진 여자를 사람 잡아먹은 여자라고 한다'라는 기술에서도 조선인에 대한 마이너스 이미지를 접하게 된다.

취하면 양쪽 눈이 이상하게 충혈 되어버리는 아내는 그걸 신경 쓰며 분명히 우리 불운한 갓난아이 출산 때의 사고가 연상되는 것을 괴로워하면서 ―조선 민담에서는 눈이 자두처럼 빨개진 여자를, 저건 사람 잡아먹은 여자라고 한데요, 라고 말한 적이 있다.

(酔うと両眼が異様に充血してしまう妻は，それを気にかけてあきらかにわれわれの不運な赤んぼうの出産時の事故への類推に悩みながら，―朝鮮の民話では，眼がすももものように赤くなった女のことを，あれは人間を喰った女だというのよ，といったことがある。)(32면)

미츠의 아내는 아이를 장애시설에 버렸다는 죄책감에 시달리며 스스로를 조선민담 속 '눈이 자두처럼 빨개진 여자' 즉 '사람 잡아먹은 여자'에 비유한 것은 관심을 끈다. '자두처럼 빨개진 아내의 눈'은 본문 제13장 '재심(再審)'(262면)에 다시 등장하는데 이는 곧 수치스러운 고통과 심판을 받는 감정으로 연결된다. 이러한 점에서 미츠의 아내는 자기 안의 '괴물'을 끌어안고 살아가고 있다고 할 수 있다. 이 경우 역시 미츠 아내의 죄책감을 설명하기 위한 효과적인 장치라고 하더라도 독자 입장에서 보면 조선인이 부정적 이미지로 부각되기 십상인 것이다.

2) 패전 후 조선인에 대한 시각 변화

마을청년들이 키우던 닭들이 폐사되자 타카는 폐사된 닭의 처분을 두고 그 양계사업에 출자하는 재일조선인 '슈퍼마켓의 천황'에게 상담하면서 마을청년들과의 친분을 유지한다. 20년 전 숲의 벌채노동에 징용됐던 조선인이 패전 후에 '슈퍼마켓의 천황'이 상징하듯 이제 마을의 경제에 영향력을 행사하게 된 것이다.

패전 직후 네도코로 집안의 S형이 살해됐을 당시에 조선인부락에 있었던 것을 알게 되면서 S형의 죽음에 대해 미츠와 타카의 의견대립으로 이어지고, 마을청년들과 타카의 조선인에 대한 적대감은 점점 깊어 간다.[19] 이런 측면과 관련하여 '타자' 표상의 문제를 고찰한 한 선행연구는, '이 텍스트는 골짜기 사람들의 자기의식 재구축과정을 하나의 전형으로써 1960년대의 일본사회가 어떻게 조선인에 대한 차별구조를 형성했던가를 그려낸 것'[20]으로 보고 있다는 점에서 납득할만하다고 하겠다.

조선인과 관련된 첫 사건은 S형이 제대하고 마을에 돌아와 조선인

---

19 타카는 자신보다 약자인 재일조선인 젊은 여성을 성폭행하고 살해하거나 여론을 이용하여 100년 전의 농민봉기를 모방하며 조선인 슈퍼마켓을 습격하는 소위 '상상력의 폭동'을 일으켜 자신의 존재를 확인하고 힘을 과시하려 한다. 타카에게 있어서 '네도코로[根所] 가문' 즉 '뿌리(根所)'는, 만엔[万延] 원년에 마을의 농민봉기를 지휘하고, 그 후 상경하여 메이지[明治] 정부의 관료가 됐다는 소문이 있는 증조부의 동생에 잇닿아 있다. 그 외에 또 한명, S형(S次兄)도 타카에게는 또 하나의 뿌리라고 할 수 있다. 타카는 마을의 약자(농민)들을 모아 폭동을 일으킨 증조부의 동생이나 조선인부락을 습격한 S형에게 자신을 투영한다. 大岡信 編, 『大江健三郎』(群像 日本の作家 23), 小学館, 88면 참조.

20 조미경, 「오에 켄자부로[大江健三郎]의 '타자' 표상－『만엔원년의 풋볼[萬延元年のフットボール]』에서의 재일조선인 표상을 중심으로」, 『일본문화연구』 제7집, 동아시아일본학회, 2002, 446~451면.

부락에 대한 첫 번째 습격 중에 살해당하는 '배역'을 맡게 된 일이다.[21] 이는 조선인부락에서 한 사람이 죽게 되자 그 보상적 성격을 띤 습격에 불과했다. 그러나 타카의 기억 속 S형은 골짜기 마을의 청년집단을 지휘해서 조선인부락에 도전장을 내밀던 당찬 지도자였다. 증조부의 동생이 마을 청년들을 훈련시켜서 봉기를 일으켰듯이 타카는 마을의 경제권을 잡고 있는 조선인 '슈퍼마켓의 천황' 백승기[白スンギ]에 대항하기 위해 마을청년들을 모아 풋볼팀을 결성하여 훈련시킨다. 미츠와 타카 두 형제는 상충된 기억으로 타협 없이 각자 자신의 길을 모색한다. 결국, S형에게서 자기동일성을 찾은 타카는 골짜기 마을의 청년들을 선동하여 슈퍼마켓을 약탈하는 소위 '상상력의 폭동'[22]을 실행한다.

여기서 '슈퍼마켓의 천황'이라는 호칭에 대하여 살펴보기로 한다.

"만약 그가 이미 일본에 귀화했다고 하더라도 조선계 남자에게 천황이라는 이름을 부여한 건 이 골짜기 사람들이 하는 일답게 뿌리 깊은 악의에 찬 거야. 그런데 왜 아무도 그 일을 나에게 말하지 않았던 걸까?"

"단순한 거야, 미츠. 골짜기 사람들은 20년 전 강제로 끌려와서 숲에 벌채 노동하러 나갔던 조선인들에게 이제 경제적으로 지배를 당하고 있다는 사실을 새삼스레 확인하고 싶지 않은 거야. 게다가 그러한 감정이 암암리에

---

21 S형을 비롯한 마을사람들과 조선인부락 사이에는 암암리에 사전 모의가 있었던 것으로 보인다. 이러한 설정으로 S형은 그 사건에서 희생자의 역할을 담당한 것이므로 진정한 희생이라고 보기는 어렵다

22 '상상력의 폭동[想像力の暴動]'은 텍스트 제10장(179~196면)의 제목이기도 한데, 그들 (일본인 민중들)은 축제의 한 의식을 치르듯 슈퍼마켓을 습격한다. 폭동은 3일 만에 진압되어 한순간의 꿈처럼 사라진 약탈이었지만 그들은 이 습격을 100년 전의 민중봉기와 동일시하면서 그 정당성을 내세우고 일시적이나마 일본인으로서의 자긍심을 얻는다.

쌓여서 일부러 그 사내를 천황이라고 부르는 원인도 된 거지."

("もしかれがすでに日本に帰化しているとしても, 朝鮮系の男に, 天皇という呼び名をあたえるのは, この谷間の人間のやることらしく底深い悪意にみちいているよ. しかし, なぜ誰もそのことを僕にいわなかったのかなあ?" "単純なことさ, 蜜ちゃん. 谷間の人間は, 二十年前強制されて森に伐採労働に出ていた朝鮮人に, 今や経済的な支配をこうむっていることを, あらためて確かめたくないんだ. しかも, そうした感情が陰にこもって, わざわざ, その男を天皇と呼ばせる原因にもなっているんだなあ.") (93~94면)

이 마을의 역사를 알고 있는 스님과 미츠의 이야기에서도 알 수 있듯이, 마을 사람들은 패전 후 계속되고 있는 비참한 현실을 인정하려고 하지 않는다. 조선인이 경제적인 지배권을 갖고 있다는 사실을 인정하지 않는 것은 마지막 자존심을 지키기 위한 것이다. 사람들은 슈퍼마켓 주인인 백승기에 대해 '지배하는 조선인'이라는 것을 은폐하려는 심리가 작용하여 '천황'이라는 호칭으로 부르는데 이는 아이러니가 아닐 수 없다. 경제적 지배를 조선인보다는 '천황'에게 받는다는 설정이 보다 위안이 될지도 모른다. 이 호칭 사용에는 다분히 작가 오오에의 의식을 반영하는 패러디가 담겨져 있다고 본다.[23]

---

23 오오에에 의하면, "쿠데타를 일으키는 입장에서는 살아남은 후의 구체적인 계획은 세워두지 않는다. 그리고 권력을 가진 쪽에서는 '천황'이라는 명제를 빨리 내세울수록 승리하는 시스템이 되어있다"라고 말한다(大江健三郎, すばる編集部 編, 『大江健三郎 再発見』, 集英社, 2001, 121면).
『만엔 원년의 풋볼』에서 쿠데타를 일으키는 사람은 타카인데, 폭동 다음의 일은 생각하지 않았으므로 그의 자살은 이미 예견된 일이었는지도 모른다. 오오에는 전후민주주의자로서 본래 '천황제'를 반대하는 입장이며, 초기 소설부터 '조선(인)' 관련 이야기를 자주 언급하는 작가로, '천황가'가 백제계라는 사실을 염두에 두고 마을 경제권을 장악한

"넌 슈퍼마켓 천황이 조선인부락 출신인 거 알고 있었냐?"

"오늘 그 녀석 스스로 나에게 말했어. S형이 살해당한 날에도 부락에 있었다고 하더라. 나한테도 골짜기 청년들 그룹과 함께 그 자에게 맞설 개인적인 이유가 있는 셈이지."

("きみはスーパー・マーケットの天皇が，朝鮮人部落の出身だということを知っていたか?" "今日，あいつ自身がおれに話したよ. S兄さんが殺された日にも，部落に居たといっていた. おれにも，谷間の青年グループと一緒にあいつに対立する，個人的な理由があるわけだ.")(102면)

타카는 지금까지 골짜기 마을 경제구조와 세상에 대한 불만만으로 그 힘에 대항할 뚜렷한 이유를 찾지 못했고, 이렇게 불분명한 동기로는 마을 젊은이들을 선동하기 어려웠으므로, 그저 100년 전 농민봉기 지도자의 후손이라는 점과 본인 스스로의 개인적 이유를 가지고 '슈퍼마켓의 천황'에게 대항하기 시작하는 것이다.

조선인에 대한 일본인의 이율배반적인 태도는 조선인의 음식문화를 수용하면서도 조선인들의 노동시장 진입에는 반대하는 양면성에서 여실히 드러난다.

그런데 전쟁이 시작되면서 벌목 작업을 하러 온 조선인 노동자들이 부락을 만들자 거기 사는 조선인들은 마늘이라는 냄새 나는 뿌리를 먹는 경멸해 마땅한 놈들이라는 식으로 마늘이 마을사람들의 의식에 들어왔다. 그건 미츠도 실제로 경험한 일이지? 마을사람들은 조선인들을 숲의 벌채 노동

재일조선인에게 비유적인 의미로서 '천황' 호칭을 쓴 것일 수도 있다.

에 강제적으로 데려갈 때, 자신들의 우위를 과시하려고 치마키[24]를 도시락으로 가져오지 않으면 숲에 들어가지 못한다느니 하며 심술을 부렸지. 그래서 조선인들도 치마키를 만들게 됐는데 그들 자신의 미각에 충실하게 마늘을 넣는 발명을 더한 것이야. 그게 거꾸로 골짜기의 치마키 제조법에 영향을 끼쳐 마늘을 넣는 조리법이 마을에 들어온 거란 말이지. 마을사람들의 허세와 소신 없는 행동 때문에 그런 식으로 골짜기의 풍습이 바뀌어간 거야. 마늘 같은 건 마을의 조리전통에 포함되어 있지 않았는데 지금은 슈퍼마켓의 유행상품으로 천황을 이중 삼중으로 절로 미소 짓게 하고 있어.

（ところが戦争が始まって, 木を伐りに来た朝鮮人労働者が部落を作ると, あすこの朝鮮人どもは大蒜という臭い根っ子を食べる軽蔑すべきやつらだという型式で, 大蒜が村の人間の意識に入ってきた. それは, 蜜ちゃんも実際に経験したことだろう?村の人間は, 朝鮮人たちを森の伐採労働に強制的に連れて行く時, 自分たちの優位を誇示しようとして, チマキを弁当に持ってくるのでなければ森に入ってはならない, とかなんとか意地悪したんだねえ. そこで朝鮮人たちもチマキを作ることになったのだけれども, かれら自身の味覚に忠実に, 大蒜を入れる発明を加えたんだろう. それが逆に, 谷間のチマキの製法に影響して, 大蒜による味つけが村に入りこんだというわけですよ. 村の人間の空威ばりと無定見とで, そういうふうに谷間の風習が変ってゆくんだなあ. 大蒜など村の味つけの伝統に含まれていなかったのに, 今ではスーパー・マーケットの流行商品で, 天皇を二重, 三重にホクソ笑ませているんだ.）(113면)

---

24 치마키(チマキ) : 찹쌀 등을 찐 후 삼각형의 떡 모양으로 만들어 띠나 조릿대 잎사귀에 싸 골풀로 묶은 먹거리. 중국과 동남아시아, 오키나와 등에 전해오는 음식문화의 한 종류이다.

조선인부락은 전시(戰時) 중에는 경멸의 대상이었지만 전후에는 경쟁의 대상이 된다. 골짜기 마을의 순수 전통음식인 '치마키(チマキ)'에 조선인들의 영향을 받아, 과거에는 냄새난다고 멸시하던 마을로 이제 맛을 내기 시작한다. 마을사람들은 오히려 그것이 예상 외로 맛있다며 즐긴다. 여기서 오오에가 절묘하게 예로 등장시킨 '마늘 넣은 치마키'의 유행 상품화는 이문화의 영향과 수용, 재창조라는 문화접변의 다문화 현장을 여실히 보여주고 있는 것이다. 전통과 외래문화가 어떻게 서로 충돌하고 융합되어 가는지를 잘 보여주는 적절한 실제 예라고 할 수 있다.

그런데, 나와 다른 타자를 인정하기 힘들고 다른 문화를 받아들이는 것은 쉬운 일이 아니다. 더구나 그것이 자신들이 경멸하는 소외 계급인 '외부' 타자들의 것이라면 더욱 거부감을 갖게 되는 것이다. 그래도 전통적인 음식 풍습에 외래 음식문화는 결국 수용하게 되는데 반해서, 생계가 달린 노동력의 수급 문제는 달랐던 것이다. 조선인을 처음 일본에 징용한 것은 노동력부족을 메우기 위해서이기도 했지만, 패전 후 일자리가 부족해진 일본에서는 더 이상 조선인 노동자는 불필요한 존재가 되게 된다. 자본주의에서 노동력과 이윤추구의 생존권이 충돌하면 쉽사리 수용할 여지가 없어진다는 것을 보여주고 있다.

> "슈퍼마켓의 천황을 동정하는 사람은 없었던 거야? 진."[25] (…중략…)
>
> "그 조선인을 동정하는 사람?" (…중략…)

---

25 진(ジン) : 골짜기 마을에 사는 거대한 몸집의 여성으로 본인이 네도코로 집안에 대해서 제대로 알고 있다고 생각한다. 그녀는 6년 전쯤부터 의문의 질환으로 대식가가 되어 비 만녀가 됐는데 사람들은 이것이 마을의 저주(재앙)때문이라고 말한다.

어제까지 진은 슈퍼마켓이 골짜기에 초래한 비참함에 대해서 얘기하는 대다수의 사람들과 마찬가지로 권위에 찬 슈퍼마켓 소유자가 조선인이라는 사실을 내비치는 일조차 없었다. 하지만 이제 진은 직접 조선인이라는 단어를 강조하면서 말하고 있다. 슈퍼마켓 약탈이 마치 골짜기 사람 전체와 슈퍼마켓의 천황과의 세력관계를 단번에 역전시키고 있기라도 한 것처럼, 지금 진은 골짜기를 경제권으로 정복하고 있는 사내가 조선인이라는 사실을 망설이지 않고 광고하고 있는 것이다.

("スーパー・マーケットの天皇に, 同情する者はいないのかい, ジン?"(中略) "あの朝鮮人に同情する者?"(中略) 昨日までジンはスーパー・マーケットが谷間にもたらした悲惨について話す谷間のおおよその人間同様, 権威にみちたスーパー・マーケットの所有者が朝鮮人であることをほのめかすことすらなかったのだ. しかしいま, ジンは, 直接朝鮮人という言葉に強調を置いて話している. スーパー・マーケットの略奪が, あたかも谷間の人間すべてにスーパー・マーケットの天皇との勢力関係を一挙に逆転しつつあるとでもいうように, いまジンは谷間を経済的に征服している男が, 朝鮮人であることをためらわず広告しているのである.)(182~183면)

소수자 조선인이 경제권과 권위, 힘을 소유한 '천황'적 존재로 부상하여 마을을 정복한 것을 용인하지 않을 수 없게 된 비참한 현실에 대해 마을사람들은 분노하기 시작한다. 그래서 이 용납할 수 없는 세력관계를 단번에 역전시키는 일이 당연히 '슈퍼마켓' 약탈이기라도 한 것처럼 광고하듯 떠벌려 마을청년들을 선동하는 것이다.

"둘째 S씨는 조선인에게 살해됐는데요!"라고, 진은 나에 대한 경계심을 급속하게 회복하면서 의아한 듯이 말했다.

"그것도 그 직전에 S형 동료가 조선인을 죽인 것에 대한 복수였어, 진. 그건 잘 알고 있는 거잖아."

"조선인이 분지에 들어오고 나서부터 제대로 되는 일이 없다고 다들 얘기하고 있다고요! 조선인 따위 몰살당했으면 좋겠어!"

("S次さんは朝鮮人に殺されましたが!"とジンは僕に対する警戒心を急速に回復しながら訝かしげにいった。"あれもその直前に、S兄さんの仲間が朝鮮人を殺したことの報復だよ、ジン。それはよく知っているじゃないか。""朝鮮人が窪地に入って来てからろくなことがないと誰でもいっておりますが!朝鮮人などみな殺しになればよい!")(183면)

패전 후 악화된 골짜기 마을의 현실에 대해 분개하고 세상과 동떨어져 고립된 현실에 힘겨워하는 그들의 눈에 보이는 것은 얼마 전까지만 해도 소수자로서 소외된 노동자계급이었던 조선인이 마을의 경제권을 쥐고 좌지우지하는 모습이다. 그래서 비참한 생활의 모든 원인이 조선인 때문이라고 억지를 부리게 되는 것이다. '조선인 탓에 제대로 되는 일이 없다'라든지, 더 나아가 극단적으로 '조선인 따위 몰살당했으면 좋겠다'라는 둥, 이렇게 다수자의 소수자 조선인에 대한 증오심이 증폭되어 복수와 저주의 막다른 골목으로 치닫는 데에서 뭔가 꺼림칙한 우려를 목도하게 된다. 이러한 소수자 재일조선인에 대한 횡포와 왜곡, 혐오, 저주는 현대 일본의 소위 '염한파'에 잇닿아 있다고도 할 수 있는데, 진보적 작가 오오에는 이미 이러한 심리를 간파했다고 볼 수 있을 것이다. 이와 같은 패전 후의 일본인들의 심리가 작품 전반에 여기저기 묘사되어 있다.

이 분지에 조선인이 오고 나서부터 골짜기 사람들은 계속 피해만 입었어요! 전쟁이 끝나자 조선인들은 토지도 돈도 골짜기에서 싹쓸이해 좋은 신분이 되었잖아요! 그걸 조금 되찾으려는 것뿐인데 왜 조선인을 동정해야 하는 거지요?

(この窪地に朝鮮人が来てからというもの, 谷間の人間は迷惑をこうむりつづけでしたが!戦争が終ると, 朝鮮人は, 土地も金も谷間から挽ぎとって, 良い身分になりましたが!それを少しだけとりかえすのに, なにが, 同情してかからねばなりませんかの?)(183면)

모든 원망의 화살은 마을의 소수 그룹인 조선인들에게 향해 있다. 이러한 일본인의 피해자 의식과 자조 섞인 푸념은 패전 이후 현재까지도 그대로 통용되고 있다는 것이 문제다. 가해자인 다수자가 거꾸로 피해자 의식을 강조하는 것에 대하여, 다음과 같은 '왜 자기의 기억을 왜곡하는가'라고 반문하는 등장인물의 말은 시사하는 바가 크다고 하겠다.

"원래 조선인들은 본인이 원해서 골짜기에 들어온 것이 아니야. 그들은 모국에서 강제 연행되어 온 노예 노동자라고. 그리고 내가 아는 한 골짜기 사람들이 그들에게 적극적으로 피해를 입은 사실은 없어! 전쟁이 끝난 후 조선인부락의 토지문제만 해도, 그것 때문에 골짜기의 개인이 직접 손해 본 일은 없잖아? 왜 자신의 기억을 왜곡하는 거야?" (…중략…)

나는 전후태생 소년의 이유 없는 조선인적대시에 혐오감을 느꼈다. 하지만 내가 슈퍼마켓 지배인을 변호라도 한다면 소년은 곧바로 작은 폭도들을 규합하여 나를 또 비틀거리듯 불확실한 도주에 내몰기 십상이다.

("もともと朝鮮人は望んで谷間に入って来たのじゃないよ. かれらは母国から強制連行されて来た奴隷労働者だ. しかも僕の知っている限り, 谷間の人間がかれらから積極的に迷惑をかけられたという事実はない. 戦争が終った後の朝鮮人部落の土地の問題にしても, それが谷間の個人か直接損害をこうむったということはなかっただろう? なぜ自分の記憶を歪めるんだ?" (中略)

僕は戦後生まれの少年の理由のない朝鮮人敵視に嫌悪感を誘われた. しかし僕がスーパー・マーケットの支配人を弁護でもすれば, 少年はたちまち小暴徒を糾合して, 僕をまたあのよろめくように不確かな逃走にかりたてかねない.)(183~187면)

이와 같이 '조선인들은 스스로 원해서 이 마을(일본)에 들어온 것이 아니라 강제연행당한 노예노동자이며', '마을 사람들이 적극적으로 피해를 입은 사실도 없고' '직접 손해 본 일도 없는데', '왜 자신의 기억을 왜곡하는 거야?'라고 반문하며, '전후태생 소년의 이유 없는 조선인 적대시에 혐오감을 느꼈다'라고 토로하는 데에서, 작가 오오에가 등장인물 미츠에게 자신의 생각을 투영[26]시킨 것으로 볼 수 있다. 이 일본 지식인의 '반성적'인 '기억의 왜곡에 대한 반문'은 한일국교정상화 50년 현재 진행형인 '역사의 왜곡에 대한 반문'으로도 여전히 유효한 것이다.

---

26 文藝研究プロジェ 編, 『よくわかる大江健三郎』, ジャパン・ミックス, 1994, 104면.

'슈퍼마켓의 천황'이라는 말은 오오에의 한 특징적 패러디로서 조선, 일본, 미국 등 세 나라와 관계가 있는 것처럼 보인다. 즉, 피식민지 출신자 조선인이 당시 미국으로 대표되는 대중소비문화의 최첨단인 슈퍼마켓을 소유하여 일본의 절대 권력의 상징인 천황과 같은 존재로 부각되어 있다는 점이다. 이는 오오에가 소설 쓰기의 방법으로 즐겨 쓰는 '낯설게 하기(異化)' 기법으로 볼 수 있으며, 그 의도는 '그로테스크 리얼리즘의 이미지 시스템을 문학 표현 언어의 유효한 구성요소가 될 수 있다'고 말하는 연장선에서 그 유사성을 찾을 수도 있을 것이다.[27] 이는 분명히 전후 천황제에 반대하는 작가 오오에의 패러다임에 틀림없다고 하겠다.

자살 직전 타카는 형인 미츠에게 '진실[本当の事]'을 말한다. 그는 진실을 말하고 고백함으로써 형 미츠에게 용서받고 '구제(救済)'받을 것을 기대했지만[28] 단번에 거절당한다.[29] 또한, 그가 고백한 진실이라는 것도 지금까지 저지른 자신의 근친상간 등의 악행에 관한 일일뿐 거기에 차별한 조선인에 대한 반성은 보이지 않는다.

---

27 大江健三郎, 「グロテスク・リアリズムのイメージ・システム」, 『小説の方法』, 岩波書店, 1978, 194~217면.

28 오오에 작품은 '광기(狂気)'와 '구제(救済)'를 그 핵으로 하고 있다(クラウプロトック ウォ ララック, 『大江健三郎論－「狂気」と「救済」を軸にして』, 專修大学出版局, 2007, 80~105면). 『만엔 원년의 풋볼』의 타카는 '진실[本当の事]'을 말하면 살해되거나 자살하거나 실성을 한다고 생각하는데, 이는 요시모토[吉本隆明]의 시 「폐인의 노래[廃人の歌]」의 한 구절로 전해지고 있는 말로, 그는 지금까지 이 이야기를 믿고 아무에게도 진실을 말하지 않은 것이다. 그러던 그가 자살을 결심하면서 형인 미츠에게 만큼은 진실을 말하고 구원받으려 하고 있다(文藝研究プロジェ 編, 앞의 책, 112면).

29 용서받기를 간절히 원했던 타카는 자살 직전 형 미츠에게 눈을 기증하기로 결심하고 받아달라고 청하지만 거절당한다.

이제는 특히 슈퍼마켓의 천황이 조선인이란 것이 가장 큰 팩터(factor; 요인-인용자)지. 사람들은 악화되는 자신들의 쪼그라드는 생활의 비참함을 계속 보아왔어. (…중략…) 그런데 전쟁 전과 전쟁 시의 조선인에 대한 우월감의 달콤한 기억을 떠올린 거야. 그들은 자기들보다 더 비참한 조선인이라고 하는 천민이 있었다는 재발견에 도취되어 자신들을 강자인 것처럼 느끼기 시작한 거지.

(いまや特にスーパー・マーケットの天皇が朝鮮人だということが, もっとも大きなファクターだ. 連中は自分たちの先細りの生活の悲惨さを見通してきた. (中略) ところが戦前, 戦中の朝鮮人への優越感の甘い記憶を思い出したんだ. かれらは自分たちよりもなお惨めな朝鮮人という賤民がいたという再発見に酔って, 自分たちを強者のように感じはじめたのさ.)(215면)

타카가 선동한 '상상력의 폭동'은 민중에 의해서 자발적으로 일어난 '만엔 원년의 농민봉기'와는 그 성격이 다르다. 타카가 지향하는 유토피아의 오도된 진실과 그에 따른 폭동이 큰 문제인 것이다. 그는 단지 자신의 필요에 의해 젊은이들의 감성을 자극했을 뿐이다. 비참한 현실에서 자신의 뿌리와 정체성을 찾으려 한 타카는 진실을 진정으로 받아들일 준비가 되어있지 않았다. 그는 진실을 왜곡하고 본인의 잘못된 신념을 젊은이들도 믿게 만들었다. 마을 젊은이들은 슈퍼마켓 습격으로 100년 전의 추체험을 하게 되고 흥분과 정열을 맛보면서 일시적으로나마 자신감을 회복하고자 했던 것이다.

또한, 타카(鷹; 매)로 표상되는 다수자(連中)들이 '과거 조선인에 대한 우월감의 달콤한 기억'에 취해있다는 언설에서, 현재 일본의 보수 극우 '매(鷹; 타카)파'가 중첩되어 보인다고 할 수 있다. 여기서, 과거에 업신여기던 '비참한 조선인의 재발견에 취하여 자신을 강자로 느끼기 시작했다'는 표현에 유의할 필요가 있다. 이는, 우월감의 기억에 도취되어 소수자를 멸시하던 강자의 위치에 다시 서겠다고 '역사 왜곡'을 일삼는 일본 극우파의 책동과 상통한다고 하겠다.

그러므로 '슈퍼마켓의 천황'이라는 패러디는 다양한 의미를 내포하는 효과적인 장치이며, 오오에는 조선인에 대한 일본인의 언설과 태도를 현재에도 통용될 만큼 심도 있게 다각도로 보여줌으로써 한껏 조선인의 이미지를 구현하고 있으며, 일본인의 심리를 확연히 꿰뚫어보고 있다고 할 수 있다.

3) '조선인' 상에 대한 관점

오오에 문학 속의 조선, 조선인 표상은 대개 소수자로서 마이너스 이미지로 묘사되어 있는 것과 더불어, 조선인의 입장을 두둔하고 대변하는 언설을 확인할 수 있었다. 이런 점과 관련하여 오오에 작품 속 '타자의 설정'을 소설 기법적인 측면에서 이해하고자 한 견해가 있다. 먼저, 고영자는 『싹 훑기 아이 사냥』에서 감화원의 15명 아이들의 '감금된 세계'의 실체를 보여주기 위해 벽촌마을의 어른들이 추구하는 '감금하는 세계'의 본질을 대비시킴으로써 그 실상을 적나라하게 파헤쳤다고 보고, 감금된 상태에 있는 소년들이 이(李)소년을 결국 리더처럼 대했고 조선인부락 또한 차별하지 않고 서로 협동하는 연대감 속에 있었다는 점에서, 벽촌의 어른들이나 촌장의 '李'소년에 대한 차별은 "작가의 '반한 감정'에서 비롯된 것이 아니라, '감금당하는 세계'의 실체를 보여 주기 위해 대두되고 있었다"고 보고 있다.[30] 또한, 유승창은 오오에의 초기문학에는 자기정체성의 분열상태를 내보이는 주인공들과 함께 일본인 공동체의식의 외부의 존재들이 설정되어 있다고 보고, 오오에가 초기문학에서 그려내던 자기정체성을 상실한 일본인과 흑인 혼혈아나 재일조선인과 같은 마이너리티들은 근대일본의 차별구조를 체현하는 실체적인 대상을 개념화한 타자설정이라고 파악하였다. 그리고 "오오에가 민속학적 이인(異人)의 모티브를 통해 보여주는 공동체의식의 배타성은 공동체집단을 단일화・규범화하는 장치"[31]라고 본다. "민속학적 모티브로서의 '산인(山人)'은 이러한 전후일본의 실체적인 타자에 덧씌워온 배타적인 경계의식의 근원을 실체화하는 장치임과 동시에 일본인의 문명적인 자의식의 허구성을 해체하기 위한 새로운 문학적 방법모색"이라고 주장한다.[32]

그런데, '타자의 설정'이라는 기법적인 측면에서 고찰한 이러한 견해와는 달리, 한국펜클럽 회장이던 문덕수는 오오에가 노벨문학상 수

---

30 고영자, 「오에 켄자부로 문학에 나타나는 한국인상(像)―『아이 싹 훑기』를 중심으로」, 『龍鳳論叢』 제27집, 전남대 인문과학연구소, 1998.

31 이와 관련하여 유승창은, 1962년에 발표한 『외침소리(叫び声)』는 일본인 공동체의식에서 소외되어 타자로 살아가는 주인공들의 전형적인 구도가 보이는 작품으로, 전후일본 사회의 재일조선인에 대한 차별적 언설을 사건의 이면으로 내세움으로써 일본인 공동체의식의 폐쇄성을 고발하는 작품으로, 오오에가 연상하는 「일본인으로 교육을 받은 조선인」이라는 이미지는 제국식민지지배와 전후에도 지속되고 있는 차별정책에 의해 민족적 정체성이 파괴된 재일조선인의 전후의 삶의 모습이라고 할 수 있다고 보았다(유승창, 「오에 켄자부로 문학과 민속학의 異人」, 『일본어문학』 제33집, 한국일본어문학회, 2007, 296~299면).

32 위의 글.

상작가로 발표된 직후, 「노벨상 수상 오오에 켄자부로 '반한 편견주의 자'」라는 제목의 논평을 통해 『늦게 온 청년』을 예로 들며, '강도·강 간·살인(총격)·주정 등의 악행은 조선인에게 배역되어 있음을 발견 할 수 있는데, 재일 교포들이 일본에 이주하여 고생하고 있는 과거의 역사적 배경을 고려한다면 비록 허구일지라도 인물 설정의 편견을 의 아하게 생각지 않을 수 없다'[33]라며 비판하고 있다. 오오에는 이 기사 와 같은 한국의 논조를 염두에 두고 다음과 같은 발언을 한 바 있다.

한국인 친구와 문학에의 답례

저의 초기 작품에 반한 감정이 보인다는 비판이 서울의 신문에 실렸습니 다. 저는 그 비판을 괴로운 마음으로 받아 들였습니다. 그러나 의식적으로 제가 그런 감정을 가진 것이 아니고, 더욱이 그것을 표현하려 한 것은 아닙 니다. (…중략…) 작품 자체에서 제가 진정으로 느끼고 생각해 온 것을 나 타낼 수 있지 않을까요?[34]

굳이 오오에의 발언을 참고하지 않더라도, 표면적으로 재일조선인 이 부정적 이미지로 묘사되어 있는 경우가 많은 편이지만, 앞에서도 언급한 작가의 '반성적' 언설이 『만엔 원년의 풋볼』의 '미츠'에게 투영 된 바와 같이, 오오에의 초기 작품에 나타나는 조선인 표상에 비하 목

---

33 『서울신문』, 1994.10.27.
34 오에 켄자부로, 오상현 역, 「한국인 친구와 문학에의 답례」, 『만연원년의 풋볼』, 고려원, 2006.

적의 의식적 의도는 없었을 것이다. 장애자와 방사능피폭자, 조선인 등 소수자에 대한 '휴머니티'를 자주 표현해온 오오에는,[35] 전후의 일본인 자신들의 무기력과 비참함을 부각시키고 조선인에 대해 다시 생각하게 하는 비유 장치로서 '슈퍼마켓의 천황'과 같은 조선인 등장인물이 보다 효과적이라고 판단하였을 것이다. 그리고 미츠 등 등장인물이 조선인의 입장을 이해하고 옹호하며 대변하는 발언이 작품 속에 여기저기 삽입되어 있다는 것은 이미 앞에서 인용, 논술한 바와 같다. 작가 오오에는 실제 '작품 자체에서 진정으로 느끼고 생각해온 것을 나타내었다'고 인정할만하다. '기억의 왜곡에 대한 반문'과 '과거 조선인에 대한 우월감의 달콤한 기억에의 도취'를 지적하는 문맥에서 오오에는 왜곡과 편견에 대해 거리를 두고 있다는 점을 확인할 수 있다.

4. 맺음말

오오에 켄자부뢰[大江健三郎]의 문학 속의 조선인 표상은 특히 초기 작품에 자주 등장하여 소수자의 문제를 고찰하는 자료로서 유효하다고 본다. 조선인을 다룬 소설 중에서 대표적인 『만엔 원년의 풋볼』에서 차별하고 소외시킨 소수자 재일조선인의 문제, 조선인과 일본인의 관계는 작품 전개상 매우 중요한 역할을 하고 있다. 재일조선인은 일본

---

35 오오에는 프랑스 르네상스문화, 특히 프랑소와 라블레 전문가인 동경대학(東京大學) 불문학과 은사 와타나베 카즈외[渡辺一夫]의 휴머니즘에 영향 받은 바가 지대하다. 오오에는 와타나베가 1975년 타계한 후에 『일본 현대의 휴머니스트 와타나베 카즈오를 읽다(日本現代のユマニスト 渡辺一夫を読む)』(岩波書店, 1984)라는 제목의 저술을 출판했다.

안의 일부로서 스스로의 문제를 반추하는 주요 소재로서 그려지고 있다. 전후의 일본인 자신들의 힘든 상황을 더욱 부각시키기 위한 수단으로서 소수자였던 조선인을 '슈퍼마켓의 천황'으로 등장시키는 설정이 필요했을 것이다. 외부인 타자의 권력에 대항하는 민중 공동체의 주체적 결집으로 포장되었던 슈퍼마켓 습격 폭동이 실은 진실에 대한 왜곡된 몸부림이었던 것이다. 오오에는 이 작품을 통해서 전후 일본의 소수자인 조선인을 사건의 배경에 깔면서 일본사회의 공동체의식의 폐쇄성을 지적하고 있다고 볼 수 있다.

오오에[大江]의 작품에 나타나는 조선인상은 불편하고 불필요한 혹 같은 존재로서의 소수자 등, 대개 부정적 이미지가 일반적이다. 그러한 조선인상은 의식적으로 그렇게 표현하려 한 적극적 의도는 없었을 것이다. 징용하여 강제 노동을 시킬 만큼 차별하고 소외시켰던 주변적 존재가 '슈퍼마켓의 천황'과 같은 거대한 타자가 되어 출현했을 때의 무력감을 표현함으로써 패전 후 일본의 비참한 상황을 극대화하고 있다고 볼 수 있는 것이다. 하지만, 조선인에 대한 부정적 이미지는 독자의 뇌리 속에 오래 동안 간직되어 마이너스 기능을 작동시켰다는 점 또한 부정할 수 없을 것이다.

그리고 이러한 소수자 조선인에 대한 인식에는 오오에의 휴머니즘 의식이 저변에 깔려 있을 것이다. 오오에가 대학 졸업 무렵 사르트르의 실존주의에 경도되었던 것 또한 이와 맥락을 같이 한다고 본다. 패전 후 모든 것을 잃어버리게 한 전쟁에 대한 증오와 반전의식이 민주주의에 대한 열망으로 이어졌고, 스승인 와타나베 카즈오[渡辺一夫]의 영향을 받아 휴머니즘으로 발전되었다고 할 수 있다.

가해자인 다수자 일본인이 거꾸로 피해자 의식을 강조하는 것에 대하여, '왜 자기의 기억을 왜곡하는가'라고 반문하는 등장인물 '미츠[蜜]'에게서 작가 오오에와 같은 양식 있는 전후민주주의자의 면모를 읽을 수 있어서 시사하는 바가 크며, 이 '반성적'인 '기억의 왜곡에 대한 반문'의 의미 또한 크다고 하겠다. 한편으로, 작품 속에서 타카('鷹; 매')로 대변되는 마을의 강경 보수파 그룹이 '과거 조선인에 대한 우월감의 달콤한 기억'에 취해있다는 언설에서는, 현재 일본의 보수 극우 '매(鷹; 타카)파'를 중첩시켜 보도록 하고 있다.

그리고, 『만엔 원년의 풋볼[万延元年のフットボール]』에서 '재일조선인' '슈퍼마켓의 천황'이라는 패러디는 전후의 일본인과 '조선인'의 입장에 대해 다시 생각하게 하고 다양한 의미를 내포하는 효과적인 장치이다. 작가 오오에는 '조선인'에 대한 일본인의 언설과 태도를 다각도로 조명함으로써 당시 일본인의 눈에 비친 소수자 '조선인'의 이미지를 한껏 구현하고 있다. 그런 한편, 전후 일본인들의 '기억의 왜곡'과 '우월감'이라는 이중적 심리를 적확하게 표현하고 있다고 하겠다.

참고문헌

자료

大江健三郎, 『万延元年のフットボール』(『大江健三郎全作品』 第Ⅱ期 第1卷), 新潮社, 1994.

논문

고영자, 「오에 켄자부로 문학에 나타나는 한국인상(像)-『아이 싹 훑기』를 중심으로」, 『龍鳳論叢』 제27집, 전남대 인문과학연구소, 1998.

서은혜, 「오에 켄자부로의 초기작에 나타난 문제의식-『울부짖는 소리[叫び声]』를 중심으로」, 『일본어문학』 제13집, 일본어문학회, 2002.6.

유승창, 「오에 켄자부로 문학과 민속학의 異人」, 『일본어문학』 제33집, 한국일본어문학회, 2007.

조미경, 「오에 켄자부로[大江健三郎]의 '타자' 표상-『만엔원년의 풋볼[万延元年のフットボール]』에서의 재일조선인 표상을 중심으로」, 『일본문화연구』 제7집, 동아시아일본학회, 2002.

최재철, 「일본문학의 특수성과 국제성-카와바타[川端]와 오오에[大江] 문학을 중심으로」, 『일어일문학연구』 제36집, 한국일어일문학회, 1999.12.

_____, 「일본의 '부락문제 문학' 연구」, 『일본학보』 제58집, 한국일본학회, 2004.3.

大江健三郎, 「グロテスク・リアリズムのイメージ・システム」, 『小説の方法』, 岩波書店, 1978.

渡辺広士, 「万延元年のフットボール」, 『大江健三郎』, 審美社, 1995.

狩谷直志, 「大江健三郎『万延元年のフットボール』論-蜜三郎の出発の内室」, 『日本文芸研究』 54(4), 関西学院大学, 2003.3.

柴田勝二, 「希求される秩序-『万延元年のフットボール』の想像界と象徴界」, 『'作者'をめぐる冒険』, 新曜社, 2004.

原尻英樹, 「敗戦後の「在日」」, 『在日としてのコリアン』, 講談社, 1998.

伊豆利彦, 「『万延元年のフットボール』論」, 『国文学 解釈と教材の研究』, 学灯社, 1971.11.

張文穎,「神話と歴史の恢復―『万延元年のフットボール』」,『トポスの呪力』, 專修大
　　学出版局, 2002.

단행본
최재철,『일본문학의 이해』, 민음사, 1995.
　　　　　외,『소수집단과 소수문학』, 월인, 2005.
홍진희,『大江健三郎研究』, 제이앤씨, 2005.
渡辺広士, 서은혜 역,『오오에 켄자부로오』, 전주대 출판부, 1997.
오에 켄자부로, 오상현 역,『만연원년의 풋볼』, 고려원, 2006.

クラウプロトック ウォララック,『大江健三郎論―「狂気」と「救済」を軸にして』, 專修
　　大学出版局, 2007.
大江健三郎,『日本現代のユマニスト渡辺一夫を読む』, 岩波書店, 1984.
　　　　　　　, すばる編集部 編,『大江健三郎 再発見』, 集英社, 2001.
大岡信 編,『大江健三郎』(群像 日本の作家 23), 小学館, 1992.
笠井潔,『球体と亀裂』, 情況出版, 1995.
文藝研究プロジェ 編,『よくわかる大江健三郎』, ジャパン・ミックス, 1994.
小森陽一,『歴史認識と小説―大江健三郎論』, 講談社, 2002.
安藤始,『大江健三郎の文学』, おうふう, 2006.
野口武彦,『吠え声・叫び声・沈黙―大江健三郎の世界』, 新潮社, 1971.
片岡啓治,『大江健三郎論―精神の地獄をゆく者』, 立風書房, 1973.
黒古一夫,『大江健三郎論―森の思想と生き方の原理』, 彩流社, 1994.
　　　　　　,『作家はこのようにして生まれ, 大きくなった―大江健三郎伝説』, 河出書房
　　新社, 2003.

기타
『서울신문』(1994.10.27)

한국과 일본의 영웅 만들기 문화현상 비교

구스노키 마사시게와 충무공 이순신 현창사업을 중심으로

이충호

1. 들어가며

동아시아 한중일 삼국은 지리적인 근접성에 의해 긴 세월에 걸쳐 다방면으로 서로 영향을 주어왔고, 그 문화에는 많은 공통점을 가지고 있다. 오래 전부터 중국 유래의 선진문화가 한국과 일본에 유입된 결과, 동일한 한자문화권을 형성하게 되고, 그 영향은 전근대까지 이어져 왔다. 그러나 한중일 간에는 중국으로부터의 영향과 문화교류에 의한 공통의 문화적 요소가 많은 반면, 이러한 영향은 각각의 고유한 가치관과 역사적 전통과 같은 고유문화와 융합하는 것에 의해 서로 다른 상이성도 만들어내고 있다.

이제까지의 동아시아의 문화교류에 관한 연구는, 주로 중국문화가 한국과 일본에 유입된 경위 또는 각국의 고유문화에 미친 영향관계를 중심으로 행해져 왔다. 하지만 중국으로부터의 공통의 문화를 수입한 결과로서의 한국과 일본의 문화적 특징의 공통점과 차이점을 서로 비교·고찰하는 작업은 그다지 활발하지는 않은 실정이다. 한국과 일본의 영웅전설에 있어서도 같은 문화권 속에 위치하는 것에 의해 기인하는 공통의 요소를 포함하고 있음과 동시에, 양국의 고유의 문화적 배경에 의해 변용되어 온 영웅상의 차별적 모습 또한 존재할 것이다.

따라서 이 글에서는 서양과는 구분되는 동아시아에서의 영웅현창 과정의 특색을 도출해 내는 작업의 일환으로, 한일 양국의 전근대에서 근현대에 이르는 역사, 문학, 정치, 사상 등을 포괄하는 영웅만들기 현상의 공통점과 차이점을 파악하여, 양국의 고유한 문화적 배경에 의해 변용되어 가는 영웅의 모습을 비교·고찰하고자 한다. 그리고 이러한 고찰을 통하여 영웅 만들기 문화현상을 통해 표출되는 한일 양국의 국민정서를 살펴보도록 하겠다.

일본의 정치, 경제, 사회, 문화의 중심은 수도 도쿄라고 할 수 있다. 이 도쿄의 한복판 치요다구[千代田区] 1번지에 위치하고 있는 것이 현재 일본 천황의 거처인 황거(皇居)이다. 일본 내의 공간적 심상(心象)의 중심으로서의 황거의 존재는, 현재의 상징천황제 하에서도 일본인들의 삶의 중심에 천황이라는 존재가 무의식 속에 자리 잡고 있다는 사실을 단적으로 나타내고 있다. 이 천황이 생활하고 있는 황거 앞 광장의 중심에 기개 높게 서 있는 것이 바로 일본 남북조(南北朝)시대의 무장 구스노키 마사시게[楠正成]의 동상(사진 1)이다.

이처럼 구스노키 마사시게의 동상이 일본의 수도 도쿄의 한복판에

〈사진 1〉 황거 앞 구스노키 마사시게 동상

(출처 : http://www.guruguru360.com/blog/archives/284.html)

자리하게 된 것은 마사시게가 천황제 군국주의가 일본을 지배하고 있던 시기에 천황가과 천황중심 제국주의를 수호하는 상징과도 같은 존재였기 때문이다.

한편 한국의 정치, 경제, 사회, 문화의 중심인 수도 서울의 한복판에 위치하고 있는 것이 조선왕조의 정궁(正宮)이었던 경복궁이다. 경복궁 앞에는 대한민국의 행정을 총괄하는 정부중앙청사가 자리하고 있으며 바로 앞에는 수도 서울의 대표광장인 광화문광장이 펼쳐져 있다. 이 광화문광장의 중심에 서 있는 것이 바로 충무공 이순신장군의 동상(사진 2)

이다. 이순신은 도요토미 히데요시[豊臣秀吉]의 조선침략으로부터 나라를 지켜낸 인물이다. 이순신의 동상이 한국의 수도 서울의 중심부에 서 있는 이유는 무엇보다도 이순신이 한국이라는 국가, 그리고 그 영토를 지키는 수호신과 같은 존재로 한국 국민들에게 인식되고 있기 때문이다.

구스노키 마사시게의 동상은 동경의 중심부인 황거 앞에 서 있으면서 천황가의 만세일계를 지키는 수호신과 같은 존재로 인식되고 있고, 한국의 수도 서울의 중심부에 서 있는 이순신장군의 동상은 한국의 영토를 지키는 수호신이자 민족의 영웅으로서 국민들에게 받아들여지고 있는 것이다.

이 사실만으로 보아도 일본인에게 천황이라는 존재가 그 문화의 중심에 뿌리내려 있고, 한국인들에게는 외부로부터의 침략에 나라를 지켜내야만 한다는 의식이 마음속에 강하고 자리 잡고 있다는 것을 알 수 있다.

본고에서 한일 양국의 역사 속에 존재하는 많은 영웅들 중에서 특히 이순신과 구스노키 마사시게를 들어 비교

〈사진 2〉 광화문 이순신 동상

하고자 하는 이유는, 두 영웅의 동상이 나라의 수도 가장 중심에 위치하고 있다는 사실뿐만 아니라, 이 둘 사이에는 출신과 활약상, 성품, 그리고 현창과정에 이르기까지 많은 공통점이 있기 때문이다.

그 중 하나가 전근대부터 두 영웅 모두 뛰어난 전략가로서 인식되고 있다는 점이다. 구스노키 마사시게의 경우 에도[江戶]시대부터 중국의 충신들과 자주 비교되곤 하는데, 특히 삼국지(三國志)의 책사 제갈량(諸葛亮)과 마사시게를 연결시켜 비교하고 있는 서적이 많이 보인다. 에도 초기의 유학자인 가이바라 에키켄[貝原益軒]은 그의 병법서 『무훈(武訓)』(1716년序)에서 제갈량과 마사시게를 충의를 지키지만 공을 세우지는 못했기 때문에 무장의 본의(本意)는 지키지 못한 인물로 정의하며 동일시하고 있다.[1] 그리고 문학 작품 속에서도 제갈량과 마사시게의 지략

을 비교하는 작품이 다수 존재하고 있다.[2] 한편 이순신도 조선시대부
터 중국의 충신과 지략가와 자주 비교되어지곤 했는데, 충신으로는 남
송(南宋)의 충신으로 유명한 악비(岳飛)에 비견되기도 하고, 무장으로서
는 중국의 무(武)를 대표하는 존재로서 조선에 무묘(武廟)라는 사당까
지 지어 받들었던 관우(關羽)와 비견되기도 하지만, 지략가로서는 제갈
량(諸葛亮)과 비유되는 경우가 많았다.[3]

이처럼 이순신과 마사시게는 근대기에 들어 영웅의 기념화사업 과
정에 있어서의 공통된 요소를 갖게 되기 이전부터, 오랫동안 한일 양
국에 있어서 충신과 지략가의 대표적인 존재로서 인식되어 왔으며, 이
로 인해 일반 대중들이 본받아야 할 영웅으로서 숭배되어 왔다는 점에
서 두 영웅의 기념화사업의 과정을 비교·고찰하는 작업은 한일 양국

1　에키켄과는 달리 에도중기의 유학자 무로 큐쇼[室鳩巢]는 『순다이자쓰와[駿台雑話]』
　(1732년 성립, 1750년 간행)에서 마사시게가 주자학을 배우지 않고 병학을 배운 것을 비
　난하면서, 마사시게를 제갈량과 비교하는 것은 이치에 맞지 않다고 주장하고 있기도 하다.
2　문학 작품 속에서도 제갈량과 마사시게의 지략을 비교하는 작품이 다수 존재하는데, 에
　도중기의 구사조시[草双紙] 작품인 『구스노키바쓰요군담[楠末葉軍談]』(작자미상, 1763
　년刊)에는 마사시게를 시조(始祖)로 하는 구스노키류[楠流]의 병법학자가 제갈량의 팔진
　법(八陳法)을 비전(秘傳)으로 간직하고 있는 기사가 보이고, 이하라 사이카쿠[井原西鶴]의
　우키요조시[浮世草子] 작품인 『신카쇼키[新可笑記]』卷二第五「兵法の奥は宮城野」(1688
　년 간행)에서는 이전의 뛰어난 인물의 대표적인 예로 명군사(名軍師)로서의 구스노키
　마사시게가 승려 구카이[空海]와 가인 후지와라 데이카[藤原定家]와 함께 등장하는데, 이
　문맥에서 마사시게에 비견되는 중국의 인물로는 제갈량이 등장한다.
3　조선 후기의 유학자 홍석주(洪奭周, 1774~1842)는 제갈량과 이순신을 직접 비교하고
　있는데, 제갈량은 병으로 죽었는데 이순신은 전쟁에서 죽었고, 또 제갈량이 죽자 촉한
　(蜀漢)의 왕실은 위태로워졌는데 이순신은 그의 죽음으로 나라의 명맥을 영원히 살려
　놓았다고 하여 이순신을 보다 높이 평가하고 있는 것으로 보인다. 그리고 영의정 김육
　(金堉, 1580~1658)은 이순신도 제갈량과 같이 나라를 위해 죽었다고 했으며, 판중추부
　사(判中樞府事) 김시양(金時讓, 1581~1643)은 노량에서 이순신은 임종 앞에서 기(旗)를
　휘두르며 북을 치라고 분부했고, 이순신의 아들이 그의 명령대로 실행하였으므로, 이는
　산 중달을 패주케 한 제갈량의 주책(籌策)을 쓴 것이라고 하며, 이순신의 지략을 제갈량
　의 지략과 비교하고 있다.

의 영웅에 대한 시각과 국민들의 인식을 살펴보는데 가장 적절한 수단이 될 것이다.

2. 일본의 구스노키 마사시게 현창사업의 전개과정

근대 이후의 한일 양국에서 영웅현창사업은 무엇보다도 국민통합을 위한 수단으로 여겨져 왔다.

일본의 경우 메이지유신[明治維新]으로 도쿠가와막부[德川幕府]가 무너지고 메이지천황[明治天皇]을 중심으로 한 신정부(新政府)가 들어서자 메이지정부는 무엇보다 권력의 상징으로 재등장한 천황의 존재를 일반 국민들에게 알리고 선전할 필요가 있었다. 한편 한국의 경우는 5·16군사쿠데타를 통해 집권한 박정희 정권은 최우선으로 정권의 정통성을 확립할 필요가 있었다. 따라서 박정희 체제는 정권의 정통성을 확립하기 위해 문화정책을 다방면으로 전개하게 된다.[4]

메이지유신으로 무신정권에서 왕정으로 전환한 일본과 5·16군사쿠데타로 민정에서 군사정권으로 탈바꿈한 한국은 쿠데타로 집권한 정권의 한계를 극복하기 위해 가족주의를 강조하게 되고, 가족주의에 담긴 혈연의식과 충효사상, 가부장 중심의 수직적 위계의식을 국가주의 담론에 이용하고자 하는 의도로 충효사상을 대표하는 영웅 만들기

---

4 박정희는 "경제적 번영의 밑바닥에는 강인한 의지와 근면한 노력에 사는 국민이 있는 법이며, 민족중흥의 저력은 정신의 개혁 운동에서 우러나는 것입니다"라고 말하고 있다(박정희, 「국민교육헌장 선포에 즈음하여 담화문」, 『박정희대통령 연설문집 4 : 6대편·상』, 1973, 382면).

작업을 전개하게 되는 것이다.

이에 따라 일본의 경우는 일본 정부의 주도하에 천황중심주의 국가로 변모해 가는 과정에서 천황을 수호하는 충신으로서의 상징적인 의미와 함께 국민들에게 충효사상을 전파하는 가장 적합한 교재로써 마사시게의 기념사업을 전개하게 되고, 한국의 경우는 군사정권 하에 국토를 수호하는 충신으로서의 상징적인 의미와 더불어 정권의 정당화를 강조하고 국민을 통합하기 위한 본보기로써 정권의 주도하에 이순신의 기념사업이 전개된다.

이와 같은 국민통합의 상징으로서의 영웅 만들기의 전통은 국민을 대상으로 한 정권의 선전수단으로서 기존의 전통을 파괴하고 새로운 전통을 창조하기 위해 과거와의 연속성을 인위적으로 세우기 위한 것이다. 따라서 영웅현창사업은 정권의 체제유지와 긴밀한 연관을 갖고, 국민들의 의식과 정서에 의식적, 무의식적으로 상당한 영향을 끼치게된다.

우선 이 절에서는 일본 남북조시대의 무장 구스노키 마사시게가 역사의 무대에 등장하여 눈부신 활약을 펼치고, 천황에 대한 충성을 맹세함으로써 일본인들에 의해 열렬히 숭배되는 과정, 그리고 역사의 무대에서 모습을 감추게 된 경위에 대해서 일본 중세의 군기물 작품인 『다이헤이키[太平記]』를 통해서 간략히 살펴보도록 하겠다.

남북조시대의 무장 구스노키 마사시게가 역사의 무대에 처음으로 등장하게 된 것은 막부(幕府)에 쫓겨 절체절명의 위기에 처해 있던 고다이고천황(後醍醐天皇)의 꿈에서의 계시에 의한 것이다. 천황의 꿈에 두 명의 동자승이 등장하여 마사시게의 존재를 암시하자, 천황은 신하를

시켜 마사시게를 찾아 불러들이게 된다.[5]

후대의 일본인들은 마사시게를 지략가로서뿐만 아니라 최고의 충신으로서 평가하게 되는데, 이는 마사시게가 전사한 미나토가와[湊川]의 전투에서의 최후의 장면에 기인한다. 마사시게는 미나토가와에서 적은 병사들로 최후까지 분전함에도 불구하고, 아시카가[足利]의 대군(大軍)에 포위당해 동생 마사스에[正季]와 함께 어쩔 수 없이 자결을 하게 된다. 이때 마사시게가 마사스에를 향해 죽기 전에 마지막 남기고 싶은 말을 묻자, 마사스에는 일곱 번 다시 태어나서도 천황을 위해 역적을 무찌르겠다고 답한다. 이에 마사시게도 동의하며 서로를 찔러 자결하는데, 이 「미나토가와의 전투[湊川の戦い]」에서의 마지막 모습은 「칠생멸적(七生滅賊)」이라는 에피소드로서 후세의 일본인들에게 커다란 영향을 미치게 된다.[6]

'미나토가와의 전투'의 에피소드와 함께 마사시게를 충효(忠孝)의 모범으로 만든 또 하나의 에피소드가 '사쿠라이에키의 이별[桜井駅の訣別]'이다. 마사시게는 미나토가와전투에 향하는 도중, 사쿠라이에키[桜井駅]에서 장남인 마사쓰라[正行]를 불러 마지막 유훈을 남기는데, 그 내용은 아비가 죽은 뒤에도 강하게 성장해서 천황에 대한 충의(忠義)를 다

---

5 마사시게는 지방의 하급무사에 불과하여 천황의 꿈의 계시가 아니라면 천황에게는 접근조차 할 수 없는 신분이었지만, 꿈에서의 계시라는 비현실적인 설정에 의해 지방 토호에 불과한 자가 군신상하(君臣上下)의 틀을 뛰어 넘어 천황에게 직접 연결된다. 이러한 신분을 뛰어넘는 천황과의 관계설정은, 이후의 일본사회 속에서 마사시게가 계급질서의 하부를 차지하고 있던 사람들의 에너지를 대변하는 존재가 되는 데 영향을 미치게 된다.
6 '대를 이어 천황을 위해 목숨을 바치는 것'을 의미하는 '칠생멸적'의 다짐이 이후 막말과 메이지유신[明治維新]의 격변기를 거치면서 '나라를 위해서 목숨을 바쳐 희생한다'는 '칠생보국'의 정신으로 변형되어 간다(졸론, 「구스노키 마사시게[楠正成]의 「칠생멸적(七生滅賊)」과 천황중심 사생관의 탄생과 전개」, 『일어일문학』 64, 대한일어일문학회, 2014, 420면).

하는 것이야 말로 부모에 대한 최대의 효행이라고 훈계한다.[7] 이것은 결국 천황에 대한 대를 이은 절대적인 충의를 의미한 것인데, 이후 존왕론자(尊王論者)들에게 부모에 대한 효도와 천황에 대한 충이 서로 연결되는 충효일체(忠孝一體)의 논리를 제공하게 된다. 결국 이 충효일체의 논리에 의해 천황에 대한 충과 부모에 대한 효가 충돌함에 있어서 어느 쪽을 선택해야 하는가를 주저할 필요가 없어지게 되는 것이다.

이와 같이 『다이헤이키』에서 구스노키 마사시게는 「칠생멸적」이라는 슬로건 하에 고다이고천황에게 목숨을 바친 충신으로, 그의 아들 마사쓰라는 충효일체의 상징으로 그려지고 있는데, 에도시대에 들어서 마사시게의 충신으로서의 모습이 당시의 학자와 문인들에게 널리 전파된다.

유학자들 사이에서 충신으로서의 마사시게의 모습이 널리 퍼지게 된 것에는, 겐로쿠[元禄] 5년(1692)에 미토 미츠쿠니[水戸光圀]에 의해 셋츠 미나토가와[摂津国湊川]에 건립된 마사시게의 기념비인 '아아, 충신난시의 묘[嗚呼忠臣楠子之墓]'의 영향이 크다. 특히 미토학[水戸学]에서는 남조정통론(南朝正統論)과 결부하여 마사시게를 찬양하고 숭배했기 때문에, 막말(幕末)에 존황토막(尊皇討幕)의 기운이 높아짐에 따라, 마사시게의 충의는 존왕론을 지지하는 지사(志士)들의 행동이념으로서 크게 작용하게 된다.[8]

---

7 「사쿠라이에키의 이별[桜井駅の訣別]」의 이별의 장면은,『다이헤이키[太平記]』에서 마사시게가 마지막 전투장소인 미나토가와로 향하기 전에 사쿠라이에키[桜井駅]에서 아들 마사쓰라[正行]에게 유훈을 남긴 유명한 에피소드로, 마사시게는 마사쓰라에게 사자가 자신의 새끼를 절벽에서 던지는 예를 들며, 자신이 죽은 후에도 강하게 성장하여 천황을 위해 충의를 지키는 것이야말로 부모에 대한 최고의 효행이라고 훈계한다(위의 글, 428면).

8 막말의 젊은이들 중 많은 이들이 천황을 위해 충성을 바치고 '칠생멸적'을 주창하며 미나

〈사진 3〉 미나토가와신사(출처 : http://www.minatogawajinja.or.jp/history/)

이처럼 마사시게는 막말에 막부타도를 외친 존왕론자들에게 숭배의 대상이 되어 가는데, 막부가 무너지고 메이지천황을 중심으로 한 신정부가 들어서자, 메이지정부는 마사시게의 기념사업으로써 마사시게를 모시는 신사의 건립에 가장 먼저 착수한다.[9] 이것이 마사시게가 마지막전투를 벌이고 자결한 미나토카와에 세워진 미나토가와신사(湊川神社)(사진 3)이다.

이 미나토카와신사는 국철(国鉄) 고베역[神戸駅] 바로 앞에 위치하고 있는데, 이는 메이지천황이 직접 미나토가와신사에 참배하기 위해 국

토가와에서 전사한 구스노키 마사시게를 동경하고 있었다. 자신들도 구스노키 마사시게와 같이 되고 싶다고 바라는 순수한 마음과 열정이 시대를 변화시키는 커다란 에너지로 발전했던 것이다. 그 결과 실제로 많은 젊은이들이 개국(開國)과 양이(攘夷), 좌막(佐幕)과 도막(倒幕) 사이에 격변하고 있던 혼란 속에서 마사시게와 같이 목숨을 내던진다(위의 글, 430면).

9 그 과정을 간략히 소개하면 다음과 같다. 1867년(게이오[慶応]3)에는 오와리번주[尾張藩主] 도쿠가와 요시카쓰[德川慶勝]에 의해 구스노키사[楠社] 창립의 건백(建白)이 행해지고, 1868년(메이지[明治]원년)이 되면 4월 21일에 메이지신정부에는 구스노키 마사시게 봉사(奉祀)의 건의가 있어, 메이지천황은 신사를 창건하도록 명하고, 1872년 5월 24일 미나토가와 신사가 창건된다. 그리고 1880년 7월에는 마사시게에게 정일품이 주어지는 등 마사시게는 정부에 의해 현창된다.

철 고베역을 미나토가와신사 바로 앞에 건설했기 때문이다. 이처럼 일본이 천황중심주의 국가로 변모해 가는 과정에 있어서 구스노키 마사시게는 천황을 수호하는 충신으로 상징적인 의미를 가지게 되어, 일본 정부의 주도하에 마사시게 기념사업이 전개된다.

3. 한국의 충무공 이순신 현창사업의 전개과정

이어서 한국의 최고 영웅이라고 할 수 있는 충무공 이순신의 등장과 활약, 그리고 그에 대한 기념사업의 흐름에 대해서 살펴보겠다.

충무공 이순신은 임진왜란 당시 나라가 위험에 처했을 때 수군을 지휘하여 일본의 대군과 맞서 싸워 연전 전승함으로써 나라를 구한 문무 겸비의 탁월한 무인(武人)이었다. 이순신이 임진왜란 당시에 지휘한 모든 해상전투에서 승리하였다는 것은 한국, 일본, 중국의 모든 역사서에 기록된 사실인데, 철저한 분석과 정보 수집을 통해 치밀한 전략과 철저한 준비를 통해 반드시 승리했다고 한다.

이로 인해 현대의 한국인들에게 이순신은 나라와 민족을 구한 구국의 영웅이며, 뛰어난 전략을 구사하는 지략가이자 강한 리더십을 발휘한 이상적인 지도자라는 인식이 자리 잡고 있다. 이처럼 이순신이 뛰어난 전략가였다는 사실에는 변함이 없지만, 그의 절의(節義)와 충의에 관련된 인식은 시대의 흐름과 사조(思潮)의 변화에 따라 조금씩 바뀌고 있다.

이순신은 임진왜란 직후에는 임진왜란에서 전공을 세운 장수로 인식되고 있었으나, 병자호란 이후에는 조선중화주의(朝鮮中華主義)를 상징하는 인물로, 20세기 초 일본의 식민지배하에서는 일본축출의 영웅으로, 해방 이후 박정희 정권하에서는 국가적 차원에서 국난을 극복한 영웅으로 현창되었다. 이와 같이 이순신은 조선시대부터 그 행적이 꾸준히 평가되고 국가적 차원에서 현창되고 있었는데, 이순신이 민족 영웅으로서 부각된 것은 근대 이후 다른 민족과의 투쟁에서 승리했던 민족영웅의 발굴과 평가가 이루어지면서 일본의 침략에 대항하여 민족을 지킨 민족영웅으로 가장 높게 평가 받게 된 것이다.[10]

그러나 이순신에 대한 평가가 그의 생전부터 높았던 것은 아니고, 이순신의 현창에는 많은 우여곡절이 있었다. 이순신의 경우, 32살 때 비로소 무과에 급제하여 15년 동안 하급 무관직을 거친 뒤 임진왜란이 일어나기 바로 전 해에 전라좌도 수군절도사로 임명됨으로써 장수로서의 능력을 발휘하기 시작하였다.[11] 전쟁이 진행되는 도중 이미 조선의 백성들 사이에서는 대단한 영웅으로 인정받고 있었으나, 이에 비해 학자 관료로서 문신이 주도하는 사회에서 변방의 하급 장수에 불과한 그를 지배층은 좀처럼 인정하려 들지 않았다.[12] 그러나 사후에는 전란

---

10 노영구는 「역사 속의 이순신 인식」에서 조선 후기부터 최근까지 시기별로 이순신에 대해 후대 사람들이 어떻게 인식했는가를 검토하였다. 논자의 논의를 간략하게 요약해서 제시하면 다음과 같다. 이순신은 조선시대에는 임진왜란에서 큰 전공을 세운 장수에서 최고의 전쟁영웅으로, 그리고 국왕에 대한 충직한 신하와 조선중화주의의 대표적인 인물로 평가되었다. 그러나 20세기 초 일본 제국주의의 침략에 대응하는 과정에서 민족영웅으로 부각되었으며 온전한 인간형으로 평가가 바뀌었다. 해방 이후에는 박정희에 의해 다시 국가적 차원에서 국난을 극복한 영웅으로 현창되었다(노영구, 「역사 속의 이순신 인식」, 『역사비평』 통권 69, 한국역사연구회, 2004).

11 오종록, 「보통 장수에서 구국의 영웅으로-조선 후기 이순신에 대한 평가」, 『내일을 여는 역사』 18, 2004, 152면.

12 마사시게도 지방의 하급무사에 불과하여 천황의 꿈의 계시가 아니라면 천황에게는 접근조차 할 수 없는 신분이었다. 에도시대 중기의 유학자인 무로 규소(室鳩巢, 1658~1734)

에서 말미암은 동요를 수습하기 위해 나라에서 사당을 세워 그를 제사 지내도록 하는 등 이순신을 추모하였고, 숙종 때에는 신하로서의 최고 의 영예인 선정(先正)으로 호칭되며, 정조 때는 『이충무공전서(李忠武公 全書)』의 편찬, 의정부 영의정의 추증(追贈)과 함께 비문을 세워 이순신 을 기리는 등 이순신에 대한 현창에 가장 적극적이었다.

특히 조선 후기에는 조선중화주의의 영향으로 이순신의 전공(戰功) 보다는 절의나 충절(忠節)이 강조되었는데, 병자호란의 참패로 겪은 치 욕을 씻기 위해 이전의 충신과 열사에 대한 새로운 해석과 현창이 이 루어지면서, 이순신의 존재는 임진왜란 기간 동안 명나라 군과 함께 중화문화를 수호했던 조선중화주의의 상징적 인물이면서 동시에 조 선 국왕에 대한 충성스러운 신하라는 측면에서 중요한 현창의 대상이 되었다고 한다.[13]

이처럼 이순신의 현창에는 조선시대부터 국가적 차원에서 관리된 측면이 있는데, 민족주의 사학자 신채호[14]나 박은식은 식민지기에 국 민들에게 민족적 자긍심을 심어주기 위한 방책으로 이순신을 일제를 물리친 영웅으로 형상화해 간다. 이 시기의 이순신은 민족 정체성의 상징이자 민족수호의 영웅이었지만, 당시 식민지 제국주의자들에 의

나 기몬[崎門] 학파의 사토 나오가타[佐藤直方]는 성현의 학문을 배우지 않은 마사시게는 의리를 탐구하는 판단력을 갖추지 않고 있으므로 충신이라고 할 수 없다는 결론을 내리 고 있다(졸론, 「『다이헤이키』의 상상력과 '천황중심 사생관'의 발생과 전개」, 『일본 고전 문학에 나타난 삶과 죽음』, 한국일본학회, 2015, 313~316면).

13 노영구, 앞의 글, 344~346면.

14 신채호는 1908년 『대한매일신보』에 금협산인(錦頰山人)이라는 필명으로 「수군의뎨일 거룩훈인물이슌신젼(水軍第一偉人李舜臣)」이라는 소설을 연재하였다(이상록, 「이순신 '민족의 수호신' 만들기와 박정희 체제의 대중 규율화」, 『대중독재의 영웅 만들기』, 휴머 니스트, 2005, 313면).

해 이순신의 영웅화가 이용되기
도 하여, 춘원 이광수의 역사소
설 『이순신』이 1931년 6월 25일
부터 1932년 4월 3일까지 『동아
일보』에 연재되나, 그 내용은 조
정대신들의 나약함과 무장들의
비겁함, 명나라 군인의 악한 이

〈사진 4〉 아산 현충사(출처 : 현충사 홈페이지)

미지, 일본 왜장의 긍정적인 면을 그리고 있어, 임진왜란의 원인을 민
족의 내적 결함에서 찾는 일본식민지사관에 동조하는 한계점을 지니
게 되었다.[15]

그리고 광복 이후의 이순신 현창사업은 당대의 정권과 결합되면서
국민통합의 상징으로 이용된다. 이승만 정권하에서는 충무공기념사업
회가 결성되고, 반공과 반일의 상징으로서 이순신의 동상이 진해와 부
산에 건립되는데, 충무공동상은 일본으로부터의 해방과 동족간의 이
데올로기 전쟁이라는 현실 속에서 이승만 정권의 존재기반이었던 반
공이데올로기를 표상하는 데 이용된다.[16]

이어서 박정희가 정권을 잡은 1960~70년대에는 민족중흥과 조국
근대화의 상징으로, 이순신을 모신 현충사(사진 4)의 성역화 사업이 진
행되어, 문교부 문화재관리국의 주도하에 현충사를 국가적인 기념시

---

15 송백헌, 「春園의 『李舜臣』 연구」, 『語文硏究』, 語文硏究會, 1983, 229면 및 공임순, 「순결
    지상주의와 민족의 영웅―'이순신'을 중심으로」, 『역사와 문화』 6호, 문화사학회, 2003,
    207~216면.
16 박계리, 「충무공동상과 국가이데올로기」, 『한국근현대미술사학』 12, 한국근현대미술사
    학회, 2004, 145~159면.

설로 전환시킨다.[17]

현재에 있어서는 이상에서 본 것과 같은 이승만 정권과 박정희 정권 하에 행해진 국민통합의 도구로서의 이순신 현창사업에 대한 재고의 일환으로, 이순신에 대한 평가를 이전과는 다른 관점에서 보고자 하는 시도가 일어나고 있는데, 예를 들면 이순신에 대해 일본의 침입에 대비하여 사전에 대책을 강구한 선견지명의 경세가(輕世家)라든지, 거북선을 발명한 과학자 혹은 높은 인격의 완성자로 평가하는 등 다방면으로 그 의미를 부여하고 있다.[18]

4. 한일 양국의 영웅 현창사업 비교 및 관련성

한일 양국에 있어서 영웅으로서의 구스노키 마사시게와 이순신의 현창에는 많은 공통적 요소가 존재하고 있다. 특히 일본에서는 1930~40년대 천황주의 근대국가가 전쟁으로 치닫고 있었던 시기에 구스노키 마사시게는 전시하 국민동원의 수단으로 이용되고 있었고, 한국에서는 해방 후 이승만 정권과 박정희 정권하에서 정권의 정통성을 유지하기 위한 수단의 하나로써 이순신을 영웅화하고, 여러 기념사업들을 통하여 국가가 자신을 정당화하고 국민들을 설득하는 방식으로 영웅을 기념하고 있다는 점에서, 한일 양국의 영웅에 대한 기념사업이 국

---

17 은정태, 「박정희시대 성역화사업의 추이와 성격」, 『역사문제연구』 15, 역사문제연구소, 2005, 241~277면.

18 노영구, 앞의 글, 355~356면.

가주도의 국민통합을 위한 수단이었다는 공통점을 도출해 낼 수 있다.

이처럼 국가는 영웅의 삶을 국민들에게 각인시키는 작업을 통해 국민들로 하여금 영웅의 삶과 정신을 내면화시키고, 그를 통해 국민들을 국가와 연결시키고 동원하는 매개체로 삼으려고 시도하는데, 이러한 과정을 통해 영웅에 대한 기념문화가 국가에 의해 제도화되어 가는 것이다.

그렇다면 국가는 구체적으로 어떤 방식으로 역사적 영웅들을 재현하여 자신들의 권력을 합리화시키고, 국민들을 국가로 통합해 가는지, 영웅의 대한 기념을 제도화시키는 과정에서 드러난 공통된 방법적 요소들을 살펴보면 다음과 같은 예를 들 수 있다. 우선 영웅을 기념하기 위한 기념회가 발족하고, 사당이 건립되거나 동상이 제작되며, 교과서에까지 영웅의 전설과 에피소드가 수록될 뿐만 아니라, 화폐의 모델로서 이용, 초상화의 제작, 기념관의 건설, 기념비의 제작, 우표의 발행, 기념노래의 제작, 연극과 영화의 제작 등 실로 다양한 방법으로 영웅의 기념사업이 다방면에 걸쳐 전개되는데, 이러한 기념사업의 시작부터 끝까지 민간주도라고 하기보다는 정부기관이 깊숙이 관여하고 있다는 것을 알 수 있다.

위에서 살펴본 것처럼 다방면에 걸쳐서 역사 속의 영웅들이 근대국가의 각종 매체와 교육 등을 통하여 지속적으로 국민들에게 제시되는 이유는, 국가가 국민통합의 방법으로 사용할 수 있는 보편적인 상징 중의 하나가 역사 속의 인물과 영웅이고, 국가에 대한 충성이라는 추상적인 관념을 시각적인 직접적인 이미지로 보여주는 데에 영웅은 가장 적절한 자료가 될 수 있기 때문이다.

구스노키 마사시게와 이순신의 경우에서도, 위에서 살펴본 바와 같이 일반적으로 영웅의 기념사업에서 보이는 공통된 요소들이 존재하고 있는 반면, 동시에 상이점도 존재하고 있다. 두 영웅이 기념되고 있던 당대의 한국과 일본의 시대상과 영웅에 대한 구성원들의 인식은 다를 수밖에 없는데, 이러한 인식의 차이는 두 영웅의 탄생과 성장, 죽음에 이르는 과정에서 발생하는 근본적인 차이를 반영한 결과라고 할 수 있다. 그렇다면, 구체적으로 두 영웅 사이에는 어떠한 차이점들이 있는지를 살펴보기로 하겠다.

우선 구스노키 마사시게의 경우, 그를 둘러싼 역사적 사실이 모호한 점들이 많다. 앞서 언급했듯이 마사시게는 처음 등장이 고다이고천황의 꿈에 의한 것이었고, 지방의 하급무사 출신이었기 때문에 『다이헤이키』 이외에 이렇다 할 역사적 기록이 전혀 남아있지 않아, 그가 실존한 인물인가조차도 명확하지는 않다. 하지만 오히려 이러한 모호성이 마사시게라는 영웅이 일반 대중들에게 향수되어지는 과정에 많은 영향을 미쳐, 에도시대 이후부터 마사시게를 둘러싼 많은 전설들이 창작되어 당시의 문예장르들을 매개로 하여 대중들에게까지 널리 전파됨으로 인해, 마사시게를 소재로 한 많은 문학작품들이 창작된다.[19] 이처럼 대중들에게 이미 그 존재가 널리 알려져 있었기 때문에 지배층이 마사시게의 전설을 대중 지배의 수단으로 이용하는 것이 더 용이했을 것이라 추측해 볼 수 있다.

---

19 문예작품 속의 마사시게전설의 발생과 전개에 대해서는 졸론, 「江戸の楠正成像－浮世草子における好色化と当世化を中心に」, 『江戸文学』 41号, ぺりかん社, 2009 등에서 구체적으로 설명하고 있다.

이에 비해 이순신은 엄연히 역사적 인물이고, 그에 관한 역사의 서사가 현존하며 자세한 기록으로 남아 있으므로, 이순신을 문학작품의 주인공으로 형상화하거나 지배의 수단으로 이용하는 데 있어서는 공적인 역사기록의 굴레에서 결코 자유로울 수가 없었다.

그리고 이순신이 외세의 침략에 대응한 민족의 영웅인 반면에, 구스노키 마사시게는 천황을 중심으로 하는 일본의 제국주의가 침략전쟁에 국민을 동원하는 데에 이용된 영웅이라는 점이 가장 큰 차이라 할 수 있다. 이순신이 일제 식민지하에서 제국주의에 맞서는 중요한 무기로써 영웅으로 형상화 되었다면, 마사시게는 제국주의의 침략전쟁에 국민들을 동원하는 방법으로 이용되었다고 볼 수 있다.

즉 이순신이 한국이라는 상징적인 공동체가 존재하고 있는 한반도라는 공간을 지키는 국토수호의 신이라면, 구스노키 마사시게는 천황제를 중심으로 한 일본이라는 사회의 수직적 계층구조를 수호하는 천황의 왕권수호의 신이라고 할 수 있다. 이로 인해 천황중심의 제국주의의 몰락과 함께 역사의 무대에서 사라진 구스노키 마사시게와는 달리, 이순신은 현재 그의 인간적인 면이 재평가 되는 등 새로운 이미지로의 변신이 다양한 매체를 통하여 일어나고 있다.

대중동원의 아이콘으로서의 영웅의 기념문화는 근대국가로의 이행기(履行期)에서 국가가 국민을 동원하기 위해 국민을 설득하고, 자신들의 정권의 정당화를 주장하기 위한 가장 보편적인 방편의 하나로 볼 수 있다.[20] 하지만 그러한 영웅에 대한 기억은 영웅이 기념되는 사회의

---

20 대중독재사회에서 영웅은 기존의 모든 영웅 형식을 종합한 모습으로 나타나는데, 혁명이나 쿠데타를 통해 권력을 장악한 정권도 자신들의 정체성을 확립하고 대중의 지지를

변동에 따라 언제나 다른 형태로 나타날 수 있다. 그리고 이러한 까닭으로 인해, 현재의 두 영웅의 기념은 극단적인 차이를 보이고 있다.

일본 제국주의의 전시(戰時)하에서는 황국주의(皇國主義)가 만연하고, 마사시게의 천황에 대한 절대적인 충성을 칭송하는 언설들이 범람하였지만, 전후의 황국주의의 쇠퇴와 함께 마사시게 숭배도 자연히 약해져 간다. 전후에는 마사시게는 군국주의 일본의 잔해로서 '마사시게=황국의 망령'이라고 하는 형태로 역사의 무대에서 물러나게 되며, 이와 같은 영향으로 근대이후의 마사시게에 대한 평가는 양극단으로 변화하고 있는데, 현재에도 구스노키 마사시게라고 하는 인물의 평가를 둘러싸고는 복잡한 배경이 얽혀 있다고 할 수 있다.

현재 황거 앞 광장에는 구스노키 마사시게의 동상이 서 있고, 일반적으로 구스노키 마사시게를 충신의 한 명으로서 평가하는 것에 대한 이견(異見)은 보이지 않는다. 그러나 현대의 일본인이 상기할 수 있는 '충성(忠誠)'의 이미지 속에 구스노키 마사시게의 '충효(忠孝)'는 존재하고 있지 않을 가능성이 높다. 오히려 충신 구스노키 마사시게보다는 시부야역 앞의 충견 하치코[忠犬ハチ公] 쪽이 현재의 일본인이 상기하는 '충(忠)'의 이미지와 결부되어 있을 것이다. 결국 일본에 있어서 '충(忠)'의 의미 그 자체가 전전(戰前)과 전후(戰後)에 있어서 크게 달라져 있다고 봐야 할 것이다. 전후 70년 가까이 지난 오늘날, 일본인의 마음속에 자기를 희생하는 것으로 천황에 대한 절대적인 충을 다하려고 한 관념은 이미 일반적인 것이 아니게 되었고, 충(忠)이라고 하면 하치코와 같

유지하고 선전하기 위하여 가능한 모든 영웅상을 이용하는 것을 꺼리지 않았다(권형진·이종훈 편, 『대중독재의 영웅 만들기』, 휴머니스트, 2005, 7면 참조).

은 주인에 대한 종속행위와 그런 행위의 반복에서 느낄 수 있는 '사랑 (愛)'과도 같은 심성(心性)이라는 인식이 있을지도 모른다.[21]

반면 이순신은 현재까지도 한국인들에게 있어 가장 위대한 영웅으로 숭배되고 있다. 이순신도 한 때 식민지 제국주의자들에 의해 이용되기도 하였지만, 이는 어쩌면 당시 일본 식민제국주의자들이 한일 공히 존경할 역사적 인물을 제시하고 양자 간의 동일성을 과시하여 그에 따라서 식민통치를 합리화하고 자연화하기 위해 일본에서의 구스노키 마사시게와 같은 역할을 식민지 조선에 있어서는 이순신에게 부여했을 가능성이 크다. 그럼에도 불구하고 외침에 대항하여 나라와 백성을 지켜냈다는 이순신의 공헌에 대한 역사적 사실에는 변함이 없기 때문에 권위주의시대의 동원기재로써 이순신이 이용되었다고 하더라도, 이순신에 대한 기억은 현재의 관점에서 새로이 재해석되어 한국 국민들에게 이순신의 인간적인 면이 강조된 형태로 받아들여지고 있다.

현재 지략가로서의 이순신을 넬슨, 도고와 비교하는 경우는 있지만, 지략가로서가 아니라 국민통합의 수단으로서 이용된 이순신을 일본의 천황중심의 군국주의 하에서의 충성을 상징하는 구스노키 마사시게와 비교하는 경우는 지금까지 한 번도 없었다. 하지만 천황중심의 제국주의 일본에서의 마사시게의 현창사업이 이순신의 현창사업과 전혀 아무런 영향관계가 없다고는 할 수 없다.

일제는 1930년대 파시즘체제를 형성하면서 과거의 동화주의 문화정책의 연장선상에서 황민화 문화정책의 추진에 박차를 가하였다. 총

---

21 졸론, 「忠犬ハチ公と忠臣楠公 ―1930年代の日本における「忠」の形象化をめぐって―」, 『日本學研究』 42, 단국대 일본연구소, 2014, 271면.

독부는 국체관념의 명징, 경신숭조의 사상 및 신앙심의 함양, 보은·감사·자립정신의 양성을 심전개발의 목표로 삼고, 천황제 이데올로기의 핵심적인 내용들을 주입하는 정신문화정책을 추진하였다.[22] 이러한 일제하 식민시대를 가장 적극적으로 살아온 이들이 바로 이순신 현창사업을 주도한 박정희와 이은상이다.

박정희 정부는 이순신의 신격화 작업을 통해 자신들의 정책을 합리화하고자 하였고, 박정희는 이순신이 가지고 있는 반일적인 이미지를 통해 자신의 친일적 이미지를 희석시키려 하였는데, 특히 이순신이라는 영웅의 스토리가 상상되고 기억되게끔 구조화되어 가는데 이를 주도한 박정희와 이은상이 식민지하에서 경험했을 마사시게 현창사업에 대한 학습은 다양한 방면에서 영향을 미치고 있었다고 볼 수 있을 것이다.

이순신에 대한 담론 형성에 적극적이었던 이은상은 일본에서 제국주의의 상징으로서의 마사시게 현창이 한창이었던 1925년에 와세다대학 사학부에서 청강을 하고 있고, 1927년에는 동경의 동양문고에서 국문학을 연구하고 있었다.[23] 그리고 박정희의 경우 1926년에 구미보통공립학교에 입학하여, 1932년에 졸업 후 대구사범학교에 입학하고 있고, 1937년에는 대구사범학교를 졸업하고 있는데,[24] 박정희가 식민지 하에 교육을 받던 당시의 총독부의 역사교과서에는 구스노키 마사시게가 충효를 상징하는 인물로서 등장하고 있으며,[25] 박정희가 다닌

---

22 이지원, 「파시즘기 민족주의자의 민족문화론 – 민족문화운동과 관련하여」, 『일제하 지식인의 파시즘체제 인식과 대응』, 혜안, 2005, 403~405면.
23 노산문학회, 『민족시인 노산의 문학과 인간』, 횃불사, 1982, 762면.
24 조갑제, 『내 무덤에 침을 뱉어라』 2, 조선일보사, 1998 참조.
25 당시의 『초등국사(初等國史)』 권1(1937)에는 「楠木正成」라는 항목이 있어, 마사시게는 물론 마사시게의 처와 적자인 마사쓰라의 이야기가 알기 쉽게 기술되어 있다.

〈사진 5〉 조선총독부 발간 『초등국사(初等國史)』에 실린 사쿠라이에키의 이별 장면
(국립중앙도서관 소장본)

일본의 육군사관학교의 역사 교재에도 구스노키 마사시게는 중요한
인물로 등장하고 있다.

박정희는 소년시절에 '군인을 무척이나 동경하였다'고 술회하고 있
는데, 5학년 때 이광수가 쓴 『이순신』을 읽고 이순신 장군을 숭배하게
되었으며, 6학년 때에 나폴레옹 전기를 읽고 감명을 받아 그를 존경,
흠모하게 되었다고 밝히고 있다.[26] 어린 시절부터 군인을 동경했던 박
정희가 초등학교 선생으로 실제 학교에서 구스노키 마사시게에 대해

---

26 조갑제, 앞의 책 참조.

서 학생들에게 교육하고, 사관학교 생도와 군인으로서도 구스노키 마사시게의 숭배현상을 목격하고 체험했을 것이므로,[27] 마사시게에 대한 일본인들의 숭배와 현창에 대해서 잊었을 리는 없다.

이와 같이 박정희 체제의 문화정책과 영웅현창사업의 문제점은 일제강점기의 국민동원을 위한 일본의 영웅현창사업과 박정희 체제의 국가동원체제와 영웅현창사업이 일련의 연장선상에 위치하면서 깊은 연관성을 가지고 있다는 것이다. 사범학교로의 진학과 만주군관학교와 일본육군사관학교로의 지원에서 알 수 있듯이 박정희는 일본제국의 일등국민이 되기를 열렬히 원했고, 그 방법을 적극적으로 모색한 인물이다. 따라서 박정희라는 개인에게는 해방 후에도 내선일체(內鮮一體)의 잔재가 남아있었다고 볼 수 있다. 즉 박정희는 자신에게 일본적인 것들이 내재되어 있었지만, 이 일본을 극복해야만 하는 모순을 동시에 지니고 있었던 것이다.

이렇게 보았을 때 박정희 정권하에서의 이순신의 영웅만들기 기념사업이 천황제 근대국가 일본에서의 구스노키 마사시게의 영웅화 현창사업과 전혀 연관성이 없다고는 할 수 없을 것이다. 이처럼 대한민국 건국초기의 근대국가에 있어서 이순신의 기념사업은 어쩌면 메이지 초기 일본의 근대국가의 발생부터 1930~40년대의 전시 하까지 이루어져 왔던 마사시게의 영웅화 기념사업으로부터 영향을 받았을 가

---

27 박정희가 다녔던 일본육군사관학교의 예비학교격인 육군유년학교에는 매년 구스노키 마사시게가 전사한 5월 25일에 마사시게를 기리기 위한 남공회(楠公會)를 열었다고 한다. 생도들은 이 날 대강당에 모여 마사시게에 관한 시를 짓고, 노래를 하며 강연을 듣기도 하였다고 한다. 이런 전통이 이어지고 있던 일본육군사관학교에서 수학한 박정희는 일본 제국주의의 마사시게 현창사업에 대해서도 인지하고 있었음에 틀림없다.

능성이 많다고 추측해 볼 수 있다.

5. 나오며

이 글에서는 이상에서 동아시아 연구라는 지역학적 관점에서 이순신과 구스노키 마사시게와 같은 한일 양국의 대표적인 영웅의 특징과 그 기념화 과정을 도출하여, 단순히 영웅전설의 연구에 국한되지 않는 한일 양국의 영웅의 기념화 과정에서의 문화적인 특징과 영웅에 대한 국민들의 인식까지도 파악하고자 하였다.

한일 양국에 있어서 영웅으로서의 구스노키 마사시게와 이순신의 현창에는 많은 공통적 요소가 존재하고 있다는 것을 알 수 있다. 특히 일본에서는 1930~40년대 천황중심주의 근대국가가 전쟁으로 치닫고 있었던 시기에 구스노키 마사시게는 전시하 국민동원의 수단으로 이용되고 있었고, 한국에서는 해방 후 이승만 정권과 박정희 정권 하에서 정권의 정통성을 유지하기 위한 수단의 하나로써 이순신을 영웅화하고, 여러 기념사업들을 통하여 국가가 자신을 정당화하고 국민들을 설득하는 방식으로 영웅을 기념하고 있다는 점에서 한일 양국의 영웅에 대한 기념사업이 국가주도의 국민통합을 위한 수단이었다는 공통점을 도출해 낼 수 있다.

특히 다방면에서 일본을 모방하고 있던 박정희 정권하에서의 이순신 현창사업은 식민지배의 국민동원체제와 유사한 점이 많고, 그 연장선상에 있다고 할 수 있다. 이는 바로 일제의 식민통치를 경험한 세대의 한계성에서 기인하고, 이로 인한 식민지기 일제의 국민동원정책을 답습하는 결과를 초래한다.[28] 이순신 현창사업을 담당한 이들의 식민 경험의 연속성은 단순하게 간과해 버릴 수 없는 성질의 것이고, 이에 대한 재평가는 반드시 다시 이루어져야 할 것이다.

---

28 한국 민족주의 비판론자들은 일제강점기 파시즘적인 민족의식과 문화지형이 박정희 시 대의 권위주의적 국가주의 동원체제의 이념과 일맥상통한다고 평가하고 있다(임지현, 『이념의 속살』, 삼인, 2001).

참고문헌

논문

공임순, 「순결지상주의와 민족의 영웅-'이순신'을 중심으로」, 『역사와 문화』 6호, 문화사학회, 2003.

노영구, 「역사 속의 이순신 인식」, 『역사비평』 통권69, 한국역사연구회, 2004.

박계리, 「충무공동상과 국가이데올로기」, 『한국근현대미술사학』 12, 한국근현대미술사학회, 2004.

박정희, 「국민교육헌장 선포에 즈음하여 담화문」, 『박정희대통령 연설문집 4 : 6대편상』, 1973.

송백헌, 「春園의 『李舜臣』 연구」, 『語文研究』, 語文研究會, 1983.

이상록, 「이순신 '민족의 수호신' 만들기와 박정희 체제의 대중 규율화」, 『대중독재의 영웅 만들기』, 휴머니스트, 2005.

이지원, 「파시즘기 민족주의자의 민족문화론-민족문화운동과 관련하여」, 『일제하 지식인의 파시즘체제 인식과 대응』, 혜안, 2005.

이충호, 「江戸の楠正成像-浮世草子における好色化と当世化を中心に」, 『江戸文学』 41号, ぺりかん社, 2009.

_____, 「구스노키 마사시게[楠正成]의 「칠생멸적(七生滅賊)」과 천황중심 사생관의 탄생과 전개」, 『일어일문학』 64, 대한일어일문학회, 2014.

_____, 「忠犬ハチ公と忠臣楠公 ―1930年代の日本における「忠」の形象化をめぐって―」, 『日本學研究』 42, 단국대 일본연구소, 2014.

단행본

임지현, 『이념의 속살』, 삼인, 2001.

초출일람

『고사기』의 세계관이 만드는 아메노히보코 이야기 – 『일본서기』와의 비교를 통해
　　김정희, 「古事記の世界観がつくるアメノヒボコ物語」, 『일본학보』 제98집, 한국
　　일본학회, 2014.2.

모노가타리 문학[物語文学] 속의 고료신앙[御霊信仰] – 『니혼료이키[日本霊異記]』와
『곤자쿠모노가타리슈[今昔物語集]』의 나가야노 오키미[長屋親王] 설화의 비교를 중심으로
　　한정미, 「物語文学における御霊信仰の様相－『日本霊異記』と『今昔物語集』の長
　　屋親王説話の比較を中心に」, 『日本學報』 第93輯, 韓國日本學會, 2012.11.

서도 전수를 통해 본 고전 텍스트의 연환[連環] – 『겐지 이야기』를 중심으로
　　이부용, 「父の娘への書道教育－『源氏物語』を中心に」, 『일본문화연구』 제51집,
　　동아시아일본학회, 2014.7.

오토모노 야카모치[大伴家持]의 한문서 – 시서[詩序]에서 와카서[和歌序]로
　　박일호, 「大伴家持の漢文序」, 『일본학보』 제93집, 한국일본학회, 2012.11.

근대 일본 번역 창가의 문예적 성격
　　박진수, 「근대 일본 번역 창가의 문예적 성격－『소학창가집』 초편의 외국 곡 「멀
　　리 보니」를 중심으로」, 『日本研究』 第16輯, 高麗大學校 일본연구센터, 2013.2.

번역/번안의 분기 – 『장한몽』과 '번안의 독창성(originality)'
　　권정희, 「번역 / 번안의 분기－『장한몽』과 '번안의 독창성(originality)」, 『상허학
　　보』 제39집, 상허학회, 2013.10.

일본 사소설과 『외딴방』

안영희, 「일본 사소설과 『외딴방』」, 『일본문화연구』 제33집, 동아시아일본학회, 2010.1.

오카쿠라 덴신[岡倉天心]의 일본미술 발견과 야나기 무네요시[柳宗悦]의 공예를 둘러싼 근대 의식

이병진, 「오카쿠라 덴신[岡倉天心]의 일본미술 발견과 야나기 무네요시[柳宗悦]의 공예를 둘러싼 근대의식」, 『비교문학』 제60집, 한국비교문학회, 2013.6.

잡지 『조선공론』 영화란의 탄생과 재조일본인의 영화문화

임다함, 「잡지 『조선공론』 영화란의 탄생과 재조선 일본인 영화문화의 태동」, 『비교문학』 제65집, 한국비교문학회, 2015.2.

검열과 글쓰기 – 사카구치 안고의 점령기 텍스트들의 비교를 통해서

남상욱 「사카구치 안고를 통해 보는 '점령' – 검열을 통해 본 「백치」, 「전쟁과 한 여자」, 「속 전쟁과 한 여자」」, 『일본학』 제36집 제36호, 동국대 일본학연구소, 2013.

오오에 켄자부로[大江健三郎] 문학 속의 '조선인' 상 – 『만엔 원년의 풋볼[万延元年のフットボール]』을 중심으로

최재철, 「오에 켄자부로[大江健三郎] 문학 속의 '조선인'상 – 『만엔 원년의 풋볼[万延元年のフットボール]』을 중심으로」, 『일본연구』 제60호, 한국외대 일본연구소, 2014.6.

한국과 일본의 영웅 만들기 문화현상 비교 – 구스노키 마사시게와 충무공 이순신 현창사업을 중심으로

이충호, 「한국과 일본의 전쟁영웅 만들기 문화현상 비교 – 구스노키 마사시게와 충무공 이순신 현창사업을 중심으로」, 『한일군사문화연구』 20호, 한일군사문화학회, 2015.

필자 소개

김정희 金靜希, Kim Jounghee

성신여자대학교 일어일문학과 강사. 일본 상대 문학, 고대사를 전공했다. 대표 논저로는 「古代史研究方法論の見直し」(『일본문화연구』 제54집, 동아시아일본학회, 2015.4), 「『日本書紀』の中の任那-任那という國号をめぐって」(『일본학보』 제95집, 한국일본학회, 2013.5), 「『古事記』『日本書紀』における「韓」-テキスト論的な觀点から」(『비교일본학』제26집, 한양대 일본학국제비교연구소, 2012.6)가 있다.

한정미 韓正美, Han Chongmi

단국대학교 일본연구소 학술연구교수. 일본 고전문학을 전공했다. 대표 논저로는 『源氏物語における神祇信仰』(武蔵野書院, 2015.10), 「『春日権現験記絵』に現れている春日神の様相-巻二から巻七までの詞書を中心に」(『日本學研究』第46輯, 檀國大學校日本研究所, 2015.9), 「変貌する天神の様相-覚一本・延慶本『平家物語』・『源平盛衰記』の安楽寺関連記事を中心に」(『日本學報』第101輯, 韓國日本學會, 2014.11), 「모노가타리 속 신들의 활약」(『키워드로 읽는 겐지 이야기』, 제이앤씨, 2013.2)이 있다.

이부용 李芙鏞, Lee Buyong

한국외국어대학교 일본어통번역학과 강사. 비교문학비교문화를 전공했다. 대표 논저로는 「桐壺帝の光源氏に對する教育-儒學との關連を中心に」(『일본학연구』 43, 단국대 일본연구소, 2014), 「과묵한 여자, 시끄러운 여자, 대화하는 여자」(일본고전독회 편, 『키워드로 읽는 겐지 이야기』, 제이앤씨, 2013), 「光源氏の夕霧教育-「少女」卷を中心に」(『超域文化科學紀要』18, 東京大學大學院總合文化研究科, 2013)가 있다.

박일호 朴一昊, Park Ilho

성신여자대학교 인문과학대학 일어일문학과 교수. 일본 고전문학을 전공했다. 대표 논저로는 「야카모치 망첩비상가에 있어서 죽음의 실재와 관념-망처가의 계승과 변용」(『비교일본학』 제32집, 일본학국제비교연구소, 2014), 「와카和歌의 한국어역에 있어서 운율의 번역」(『일본학보』 제100집, 한국일본학회, 2014), 「와카和歌의 한국 어역에 있어서 수사(修辭)의 번역」(『일본학보』 제97집, 한국일본학회, 2013)이 있다.

박진수 朴眞秀, Park Jinsu
가천대학교 인문대학 동양어문학과 교수. 일본 근대문학을 전공했고, 최근에는 한 일 양국의 대중가요 언어 텍스트를 대상으로 한 비교문화론으로 영역을 넓히고 있 다. 대표 논저로는 「근대 한일 대중가요의 성립 과정과 번역―〈카추샤의 노래〉의 원 곡과 번역곡 가사의 비교 분석」(『아시아문화연구』 39, 가천대 아시아문화연구소, 2015), 「근대 일본의 번역창가와 문화내셔널리즘―〈올드 랭 사인〉의 수용과 〈반디〉 를 중심으로」(『아시아문화연구』 33, 가천대 아시아문화연구소, 2014), 『근대 일본의 '조선 붐'』(공저, 역락, 2013)이 있다.

권정희 權丁熙, Kwon Junghee
성균관대학교 비교문화연계전공 강사. 비교문학비교문화, 한일 근현대문학을 전공 했다. 대표 논저로는 「「태어나는 고뇌[生れ出づる惱み]」와의 비교로 읽는 「암야(闇 夜)」」(『외국문학연구』 제60호, 한국외대 외국문학연구소, 2015.11), 「김우진의 일본 어 글쓰기―근대문학의 공백과 이중 언어 인식」(『비교문학』 제66집, 한국비교문학 회, 2015.6), 「번안소설로서의 〈귀거래〉―1910년대 양건식 단편소설의 원작 연구」 (『국어국문학』 제166호, 국어국문학회, 2014.3), 『『호토토기스』의 변용―일본과 한 국의 텍스트의 번역』(소명출판, 2011) 등이 있다.

안영희 安英姬, An Younghee
계명대학교 교양교육대학 조교수. 일본 근대문학, 한일 비교문학을 전공했다. 대표 논저로는 『한일 근대소설의 문체 성립―다야마 가타이・이와노 호메이・김동인』 (소명출판, 2011.8.30), 『일본의 사소설』(살림, 2006.5), 『韓國から見る日本の私小説』 (鼎書房, 2011.2), 「한일 근대의 소설문체―삼인칭과 종결어미」(『일본어문학』 제32집 (한국일본어문학회, 2007.3))가 있다.

이병진 李秉鎭, Lee Byungjin
세종대학교 국제학부 일어일문학전공 부교수. 도쿄대학 대학원 비교문학비교문화 과정에서 박사학위를 취득했다(2002). 세부전공은 야나기 무네요시[柳宗悅]와 아사 카와 다쿠미[淺川巧]의 한일 비교문화론이다. 대표 논저로는 『소통하는 십대를 위한 고전 콘서트』(꿈결, 2015.8), 『야나기 무네요시와 한국』(소명출판, 2012.12), 『비교문

학자가 본 일본, 일본인』(현대문학, 2005.1)(이상 공저)이 있다. 번역서는 나쓰메 소세키[夏目漱石]의 『도련님[坊っちゃん]』(꿈결, 2015.2)과 마쓰모토 세이최[松本淸張]의 『모래그릇[砂の器]』 1, 2(문학동네, 2013.6)가 있다.

임다함 任다함, Yim Daham

고려대학교 글로벌일본연구원 연구교수. 한일 비교영화사를 전공했다. 대표 논저로는 『1920년대 재조일본인 시나리오 선집』(역락, 2015)이 있다.

남상욱 南相旭, Nam Sangwook

인천대학교 일어일문학과 조교수. 일본 근현대문학 및 표상문화론을 전공했다. 대표 논저로는 『21世紀の三島由紀夫』(翰林書房, 2015)(공저), 『三島由紀夫における「アメリカ」』(彩流社, 2014)(단독저서), 「일본, 상실의 시대를 넘어서」(박문사, 2014), 『지금, 여기의 극우주의』(자음과모음, 2014)(이상 공저), 『미시마 유키오의 문화방위론』(자음과모음, 2013)(역서) 등이 있다.

최재철 崔在喆, Choi Jaechul

한국외국어대학교 일본대학 일본언어문화학부 교수. 비교문학비교문화・일본근현대문학을 전공했다. 대표논저로는 『일본문학의 이해』(민음사, 1995), 나츠메 소오세키, 『산시로』(역서, 한국외대 출판부, 1995), 「일본 근대문학의 자연・계절의 발견과 그 전개」(『일어일문학연구』 제84집, 한국일어일문학회, 2013.2)가 있다.

이충호 李忠澔, Lee Chungho

부산외국어대학교 일본어창의융합학부 조교수. 일본 고전문학(근세)을 전공했다. 대표논저로는 『植民地朝鮮の日本語雜誌における怪談・迷信』(이충호・나카무라 시즈요 편저, 學古房, 2014), 「近世期における韓日の英雄傳說の比較―民衆の英雄としての金德齡と由比正雪」(『アジア遊學』 163, 勉誠社, 2013), 「江戶の楠正成像―浮世草子における好色化と当世化を中心に」(『江戶文學』 41, ぺりかん社, 2009)가 있다.